文庫 SF
19〉

ジョン・ヴァーリイ傑作選

逆行の夏

ジョン・ヴァーリイ
浅倉久志・他訳

早川書房
7594

RETROGRADE SUMMER AND OTHER STORIES

by

John Varley

Translated by
Hisashi Asakura
and Others

First published 2015 in Japan by
HAYAKAWA PUBLISHING, INC.
This book is published in Japan by
arrangement with
VIRGINIA KIDD AGENCY, INC.
through TUTTLE-MORI AGENCY, INC., TOKYO.

目次

逆行の夏

逆行の夏

Retrograde Summer

大野万紀◎訳

クローンの姉が月《ルナ》から来るというその日、ぼくは一時間早く宇宙港に着いていた。理由の一つは彼女にたまらなく会いたかったということ。ぼくより三地球年年上で、それまで全然会ったことがなかった。もちろん宇宙港へ行けるチャンスがあるならいつでもとびつくというのも理由。発着する船をただ眺めるためだけにでも出かけていたものだ。だけど、惑星の外に出たことは一度もない。いずれは行くつもり。でも、運賃を払うお客さんとしてじゃない。ぼくは飛行士訓練学校に入学するつもりだった。

ルナからのシャトルの到着時間なんて気にしちゃいられなかった。ぼくの本当の関心はどこであれ太陽系のはるか奥地へと飛び立つ定期船《ライナー》にあったからだ。たまたまその日、彗星帯へ連絡するエリザベス・ブローニング号が、冥王星へのノン・ストップ、高加速度《ハイ・G》飛行に飛び立つことになっていた。船は数キロメートル離れた発着場《フィールド》に停泊中で、乗客と貨物を積み込んでいるところだった。貨物の方はほとんどなかったが。ブローニング号は豪華船で、乗客は割り増し料金を払って液体を満たした部屋に閉じ込められ、麻酔をいっぱいにきかされ、栄養はチューブからとって、五Gの特急飛行をするのである。九日後、冬の冥王星で、液を抜き出し、十時間のリハビリテーションを受ける。同じ旅程でも二Gで十四日間というのもある。不快さが和らげられるのはほんのわずかだが、その価値があるという乗客もいるらしい。ブローニング号が混雑することはまずあり得ないとわかっていた。

ぼくとブローニングの間にタグボートが降下してこなかったら、ルナ・シャトルの到着には気がつかなかっただろう。彼らはそれを、ぼくの立っているところから数百メートル離れたベイ9に停泊させようとしていた。そこでそっちへ向かうトンネルにとび込んだ。

着いたとき、タグボートが次の入港してくる船と会合するために繋索を切って宇宙へ飛び出していくのが見えた。ルナ・シャトルは着陸ベイのまん中に停まっている全反射する球だった。そっちの方へ歩いていくと、力場でできた屋根がベイの上に張り出して夏の陽光をさえぎった。空気が吹き込みはじめ、数分のうちにぼくの〈服〉が消えた。突然汗がふき出した。いまだ消散していない熱気の中でぼくはうだった。今度も〈服〉はあまりに早く消えすぎたのだ。整備に出しておけばよかったんだが。裸足で熱く灼けたコンクリートに触れないよう、ちょっと足踏みする。

気温が標準温度の二十四度まで下がると、シャトルを包んでいた力場が消えた。後に残ったものはデッキと隔壁が織りなすスカスカの格子模様だけ。乗客たちがなくなった壁の外を船室からぽかんと眺めていた。

ぼくは移動タラップのまわりに集まっている人々に加わった。姉の写真を見たことがあったけど、それは古いものだった。見わけられるかどうか不安だった。

何も問題はなかった。ぼくはタラップの先頭にいる彼女を見つけた。おかしな格好の月《ルー》風《ティ》なフロック・コートを着て、与圧されたスーツケースを下げていた。それで間違いないと思ったのは、まったくぼくそっくりだったからだ。ほとんど大差なし。彼女が女性で、しかめっ面をしているという点を除けば。ぼくより何センチか背が高かったかもしれないが、それは低重力の下で育ったせいだ。

ぼくは人を押しわけて彼女に近づき、スーツケースを取った。

「水星へようこそ」と、自分では一番愛想のいい態度でいった。彼女がじろりと見た。どうしてだか知らないが、彼女はぼくに対していきなり嫌悪を示したのだ。少なくともそう思えた。実際のところは、会う前からずっとぼくを嫌っていたのだが。

「あなたがティミーね」と彼女。それだけでいいっ放しにはさせるわけにはいかなかった。限度ってものがある。

「ティモシーだ。で、きみがぼくの姉さんだね、ジュー」

「ジュビラント」

すばらしい出だしだった。

彼女は着陸ベイの騒々しい群衆をぐるりと見回した。それから力場の屋根のつやのない黒い底面を見上げ、しりごみしたように見えた。

「どこで〈服〉が借りられるの？」と訊いた。「一着用意しておきたいわ、ここが破裂《パンク》する前に」

「そこまでひどくないぜ」とぼく。「ここじゃ確かにルナで起こるよりも多いけれど、それは仕方がないんだ」ぼくは人工環境局の方へ歩き出した。彼女が後からついて来た。歩くのに苦労している。月人《ルーニィ》にはなりたくないもんだ。まずどこへ行こうと、体が重くなりすぎるのだ。

「飛行中に聞いたわ、この港でほんの四カ月《ルネーション》前にパンクがあったって」

なぜか知らないが、ぼくは弁護台に立たされたような気がした。つまり、ここでよくパンクがあるのは事実だけれど、そのことで非難されちゃたまらない。水星には潮汐《ちょうせき》力によるひずみがたっぷりとたまっている。それは地震が多いという意味だ。どんなシステムだって充分に揺さぶったら壊れるに決まっている。

「ああ、そうだね」とぼくはいった、穏当に聞こえるよう努力しながら。「ぼくはたまたまそのときここにいたんだ。この前の夜年《ダークイヤー》の中ごろだった。通路の約十パーセントで与圧が失われたんだが、でもほんの二、三分で復旧した。人命はひとりも損なわれなかったよ」

「二、三分ってのは〈服〉を着てない人を殺すには充分すぎるんじゃゃなくって？」ぼくに何と答えられる？　これで一点かせいだと思っているようだった。「だからあなたたちのような〈服〉を着られたら、もっと安心していられるのよ」

「わかったよ、〈服〉をもらいに行こう」ぼくは会話を再開できるような話題を探したが、思いつかなかった。どういうわけか、彼女はわれわれ水星の環境エンジニアを低く評価しており、そのあざけりをぼくにぶつけようとしているようだった。

「きみは何の訓練を受けているの？」と、思いきって訊いた。「学校は卒業しているんだろ。何になろうと思ってるの？」

「環境エンジニアになろうと思ってるわ」

「おやおや」

医者たちが彼女をやっとテーブルに横たえ、コンピュータとの接続端子を後頭部のソケットにつなぎ、運動中枢と知覚中枢を止めたとき、ぼくはほっとした。人工環境局への残りの道のりは、マーキュリー・ポート気圧管理局の欠陥に関する、ひっきりなしのクレームというありさまだったのだから。ぼくの頭はもうくらくら——五重の冗長性をもった故障知らずの圧力センサー、自動密閉式閘《ロック》、パンクに備えた防災訓練といったもので。そういったものは全部水星にもあって、ルナのと同じくらい優秀なものだと確信している。でも日に百回もすべてを揺さぶる地震に対してできる最上のことは、九十九パーセントの安全率を達成することだ。ジュビラントはぼくがその数字をひけらかすとあざ笑った。例として小数点以下十五桁がすべて九の数字を出した。それがルナでの安全率だというのだ。

ぼくはわれわれがそういう種類の安全率を必要としない主な理由を、まさしく外科医の腕の中に見ていた。彼は彼女の胸を切開し、右肺を取り除いて、そのすき間に〈服〉の発生器を取り付けていた。それは金属製で鏡のようなつやがあることを除けば、取り除かれた肺とまったく良く似ていた。それを気管と肺動脈の根元につなぎ、細かく調節する。それから体細胞接着剤を傷口に塗って、傷をふさいだ。三十分もあれば完全に回復し、起き上がれるようになるだろう。手術の痕跡はただひとつ、左の鎖骨の下にある通気バルブの金色のボタンだけとなる。そして、もし気圧が次の瞬間に二ヘクトパスカルずつ下がってゆくようなことがあれば、力場が彼女を包むのだ。それが〈水星服《マーキュリースーツ》〉だ。彼女は今が生涯で一番安全なはずだ、ルナの〈まあなんて安全なんでしょう〉式ウサギ穴にいるときよりも、ずっと。

外科医はジュビラントがまだ気を失っている間にぼくの〈服《ヴォーダー》〉の頭脳を調整してくれた。それから彼女に副次的な備品を取り付けた。喉に豆粒大の発声器を付けて空気を吸ったり吐いたりしなくても話ができるようにしたり、両耳用《バイノーラル》の無線受信機を中耳に取り付けたり。そして脳からプラグを引き抜いた。彼女が起き上がった。ほんのわずか友好的になったように思えた。一時間の知覚喪失を経験すると、回復時にはより開けっぴろげに、リラックスした気分になりがちなものだ。彼女はまた月風《ルーティ》なコートを着はじめた。

「そんなの、外に出たとたん燃えてなくなっちまうぜ」と注意した。

「あら、そうね、トンネルで行くのかと思ってたの。でもここにはあんまりトンネルってないんでしょ？」

それを与圧したままになんてできっこないだろ、ねえ？

ぼくはわれわれの技術について思いっきり弁護したくなってきた。

「一番難しいのは、息をしないよう体を慣らすことだ」

西出口で、ぼくらは外界とわれわれを隔てる力場のカーテンごしに外を眺めていた。熱風がカーテンから吹き出し、そこはいつでも夏の盛りだった。外にあるものが見られるよう、ある波長の光の通過が許されているのだが、それによってカーテンに接した空気が熱せられるのが原因だ。今は〈逆行の夏《レトログレード・サマー》〉のはじまり。太陽が天頂で逆戻りして、膨大な光と輻射熱の三杯めのおかわりをごちそうしてくれる季節。マーキュリー・ポートは熱極のひとつにある。そこでは逆行する太陽の運行が太陽の南中と一致する。だから、たとえ力場のカーテンがわずかな可視光線の領域を残してすべてを遮断したとしても、すり抜けてくるのは強力なやつなのだ。

「何か特別な秘訣ってない、知っておいた方がいいような？」

ここは貸しにしよう。彼女はどんな意味においても馬鹿じゃない。ただ、あまりに口うるさすぎるっていうだけだ。いったん〈服〉の操作の話になると、ぼくがエキスパートだということを何の疑いもなく認めてくれた。

「大したことじゃない。あと二、三分もしたら、息をしたくてたまらなくなると思うけど、それはまったく心理的なものなんだ。血液には酸素が供給されている。ただ脳がそれをうまくいってないと感じるだけさ。でものり切れると思うよ。それから話すときに息をしようとしないように。ただ無言で話すんだ。そうすれば喉のラジオがひろってくれる」

ぼくはちょっと考えて、何かつけ加えてやろうと思った。無料サービスだ。

「もしひとり言をいうくせがあるのなら、やめるようにした方がいい。口に出したり、ちょっと強く考えごとをするだけでも、発声器《ヴォーダー》がひろってしまう。そうするだけで喉が動くことがあるからね。きまり悪いことになるかもしれない」

彼女が笑ってぼくを見た。初めてのことだった。少しずつ好ましく思えるようになってきた。ぼくはいつでもそうし**たかった**んだ。でもこれは彼女が与えてくれた最初のチャンスだった。

「ありがとう。心にとめておくわ。出かけない？」

ぼくから先に踏み出した。力場のカーテンを歩いて抜けても、まったく何も感じない。そもそも〈服〉の発生器を埋め込まないかぎりそれを歩いて抜けるなんてことはできっこないのだ。でも〈服〉のスイッチが入っているなら、通り抜けたとたん、力場が体のまわりに形成される。振り返ってみると、見えるのは完全に平らな、全反射する鏡面ばかりだ。そこにふくらみが生じ、見る間に裸の女の形となり、そのふくらみがカーテンから離れた。残ったものは銀メッキのジュビラントだった。

〈服〉の発生器は力場を体の線にそって発生させるが、それは肌から一ないし一・五ミリメートルの範囲内にである。力場はその範囲で振動し、その体積の変化がふいごの働きをして、二酸化炭素を通気バルブから排出させる。排気の放出と身体の冷却を同時に行えるわけだ。力場は光を完全反射するが、眼球の動きに追従する二つのひとみ大の不連続点があって、そこから目で見るのに充分なだけの光が入ってくる。といっても目をつぶすほどじゃない。

「もし口をあけたらどうなるの？」と、彼女がもごもごといった。明確に無音発声するこつを覚えるにはしばらくかかる。

「何も。力場が口の中まで拡がる。ちょうどきみの鼻の孔をおおっているみたいにね。喉の奥まではいかないだろうけど」

数分後、「ほんと、息をしたくなるわね」ということは、彼女はのり切ったということだ。「どうしてこんなに暑いの？」

「どうしてって、一番効率のいいセッティングにすると、〈服〉はおよそ三十度以下にきみを冷やすだけの二酸化炭素を排出しないからさ。だから、ちょっと汗をかくことになるだろうな」

「まるで三十五度か四十度くらいに感じるわ」

「そんな気がするだけだよ。空気バルブのノズルをまわしてセッティングを変えてもいいけど、そうしたらタンクからCO_2といっしょに酸素もいくらか排出されてしまうことになる。いつそれが必要になるともかぎらないからね」

「予備はどのくらいあるの？」

「持って来ているのは四十八時間分だ。〈服〉が酸素を直接血液に浸透してくれるんで酸素の利用効率は約九十五パーセント。冷房のために大部分を逃してしまったりしないからね、月風《ルーニティ》の〈服〉がやってるみたいに」そういわずにはいられなかったのだ。

「それをいうならルナ風よ」と彼女。冷たく。おやおや。当時のぼくはそれが悪いことばだということすら知らなかったのだ。

「わたし、今は快適さのためなら多少余裕がなくてもいいと思うわ。このままでも充分に不快なんだから。たとえ汗まみれじゃなくっても、この重力じゃ」

「好きにすれば。きみは環境の専門家なんだろ」

彼女はぼくを見た。でも鏡のような顔から表情を読みとる術に慣れていたとは思えない。

左胸の上に突き出たノズルをまわすと、そこから流れ出す蒸気が増した。

「それでだいたい二十度まで下がるだろうな。およそ三十時間分の酸素が残る。理想的な状態での話だよ、もちろん。じっとすわったままでいるとしてだ。動けば動くほど、〈服〉は涼しくするためによけいに酸素を浪費する」

彼女は腕を腰においた。「ティモシー、あなた、わたしが涼しくしない方がいいっていってるの？　わたし、いうとおりにするわよ」

「いや、大丈夫だと思う。ぼくの家まで三十分ほどだから。それにきみが重力のことをいったのには一理ある。きっと休息が必要なんだ。でも手ごろな妥協としては二十五度に上げたいな」

彼女は黙ってバルブを再調節した。


ジュビラントは二キロメートルごとのセクションに分かれて動く交通コンベアなんてバカげていると考えたようだった。はじめの三、四回、ひとつの端から降りてもうひとつのへ乗り換えるたびに不平をいっていた。彼女が口をつぐんだのは、地震でやられたセクションまで来たときだった。ぼくらはセクション間に仮設された滑降路《スライドウェイ》をしばらく歩き、彼女は古いそれの下にひらいた二十メートルの空隙に作業員が橋を架けようと働いているのを眺めた。

　家に帰り着くまでに地震は一度しかなかった。たいしたものじゃなかったが、ただ足をすべらさないよう、ちょっとドタバタしなければならなかった。ジュビラントにはそれがあまり気に入らなかったようだ。もしジュビラントが悲鳴を上げなかったら、ぼくは地震が起こったことなど全然気にもとめなかっただろう。

　当時ぼくらの家は丘のてっぺんにあった。七夜年《ダークイヤー》前に襲った大地震で以前住んでいた崖の斜面が崩れてしまった後、そこへ運び上げたのだ。そのときぼくは十時間のあいだ埋まっていた——掘り出してもらわなければならなかったのはそれがはじめてだった。水星人は谷間に住むのをいやがる。大地震のとき岩屑で埋まってしまうことがよくあるからだ。丘のてっぺんなら、崩れたときでも、土砂の頂上近くになるチャンスが大きくなる。それに、ママもぼくもそこの景色が好きだった。

　ジュビラントもそれが気に入った。景色について最初の感想を口にしたのは、家の外で立ちどまり、今渡って来た谷間をはるかに見渡したときだった。三十キロ離れた山脈の頂上にマーキュリー・ポートがある。この距離からは一番大きい建物の半球状の形がやっと見わけられる。

ところがジュビラントは、後方にある山々の方に興味をいだいた。山すその丘の背後から立ちのぼる輝く紫色の雲を指さし、何かと訊ねた。

「あれは水銀洞だ。〈逆行の夏〉のはじめにはいつもああいう風に見えるんだ。あとで連れてってあげる。きみも気に入ると思うよ」

壁を通り抜けて入ると、ドロシーがぼくらを迎えてくれた。

何がママを悩ませていたのか、ぼくにはよくわからなかった。十七年ぶりでジュビラントと会って、充分幸せそうに見えた。ずいぶん大きくなったのね、ずいぶんきれいになったわねと、つまらないことをいい続けた。ぼくらを並んで立たせ、二人がお互いにとってもよく似ていると指摘した。それは事実だった。当然だ。遺伝子的には等しいんだから。彼女はぼくより五センチ背が高かったが、でも水星の重力の下で何ヵ月かすごすうちにはその差もなくなるだろう。

「二年前のおまえとそっくりだよ、この前〈変身《チェンジ》〉する前の」と、ぼくにいった。そいつはちょっと怪しかった。前回ぼくが女性だったときには、性的に成熟しきっていたとはいえないんだから。でも要点は正しい。ジュビラントもぼくも遺伝子的には男性だったんだが、はじめて水星に来たとき、ママがぼくの性を変えてしまったのだ。ぼくが二、三ヵ月のときだ。ぼくは人生の最初の十五年間を女性としてすごした。また〈変身〉して戻ろうと考えているが、でも急ぐことじゃない。

「お元気そうでよかったわ、グリッター」と、ジュビラントがいった。

ママは一瞬眉をしかめた。「今じゃドロシーよ、おまえ《ハニィ》。こっちに移ったとき名前を変えたの。水星ではオールド・アースの名前を使うのよ」

「ごめんなさい。忘れてたわ。わたしの母はあなたのことを、いつもグリッターっていってたものだから。あれより前に母が、つまり、わたしが――」

ぎこちない沈黙があった。何かが隠されているように感じ、ぼくは聞き耳を立てた。いくら一所懸命に催促してもドロシーがどうしても話してくれなかったことを、ジュビラントから何か聞き出せるんじゃないかと大いに期待した。少なくとも、ジュビラントから聞き出すのにどこから手をつけたらいいかぐらいはわかっていた。

どうしてぼくは水星で育てられることになったのか、ルナではなくて。そしてなぜぼくにはクローンの姉がいるのか。そういう謎についてほとんど知らないことに気づいたとき、ひどくいらだたしかった。クローンのふたごがいるっていうのは大変まれなことで、どうしてそうなったのか知りたくなったのも無理はない。社会的に問題があるというわけじゃない。実の兄弟をもつとか、そういったスキャンダラスなこととはわけが違う。でもぼくは小さいころからそれを友だちにもらしてはいけないと思い知らされた。連中は知りたがる。どうしてそうなったのか、どうやってぼくの母はそういう良くない趣味を禁止している法律を出し抜いたのか。〝一人の人間には一人の子供〟それが子供たちの最初に学ぶ道徳だ。〝汝命《なんじ》を奪うなかれ〟より先なのだ。ママが投獄されたことはない。だから、合法には違いなかったのだろうが。でも、どうして？　それから、なぜ？　ママは話そうとしなかった、でもおそらくジュビラントなら。

夕食はピリピリするような沈黙の中、ときおりぎこちなく会話しようとして中断された。ジュビラントはカルチャー・ショックと神経の疲れで参っていた。ぼくにはそれがわかった。ぼくを見つめるその目つきから。月人《ルーニィ》は——失礼、ルナ人《ルナリアン》は——一生岩の中のウサギ穴で暮らし、堅く物質的な壁の存在をまわりに必要とするようになる。彼らはあまり外に出ない。出るときにはスチールとプラスチックの繭で身を包み、自分がそれにくるまれていることを感じ、外を見るときには窓を通して見る。ジュビラントはひどくむき出しにされたような気分になり、それに耐えようと努力していたのだ。力場の〈泡《バブル》〉でできた家の中にいるのはまるでまぶしい太陽の下、平らな台の上にすわっているようなものだ。内側からだと〈泡〉は見えないのだ。

彼女を悩ましているものが何かわかって、ぼくは偏光を強めにした。これで〈泡〉は淡色のガラスのように見える。

「あら、かまわなかったのに」と、彼女がいった。から元気をだして。

「わたし、慣れなくちゃね。ただ、目に見える壁か何かがどこかにあったらいいのにと思ったたけ」

何かがドロシーを混乱させているということに、疑いの余地がなくなった。ママはジュビラントの不安に気がついていない。全然らしくないことだ。お客に保護壁の存在感を与えるために、カーテンか何かを用意すべきだった。

テーブルを囲んでのとぎれとぎれの会話からやっといくつかのことがわかった。ジュビラントは地球年で十歳のとき母親と絶縁していた。通常ではあり得ない年齢だ。こんな年で絶縁する唯一の動機は、真に度はずれたこと、たとえば狂気とか狂信的カルト教団のようなものだけである。ぼくはジュビラントの養母についてあまり知らない——名前もだ——でも彼女とドロシーがルナで仲のいい友だちだったことは知っていた。とにかく、ドロシーがどのようにして、またなぜ、自分の子を捨てぼくを、そっくりさんを、水星に連れて来たのかという問題は、その人間関係と結びついているのだった。

「わたしたち、一度も親密にはなれなかったわ、思い出せるかぎりずっと昔から」と、ジュビラントが話していた。「母は気違いじみたことばかりいって、うまくやれるとは思えなかったの。ちゃんと説明はできないけど、でも法廷がわたしに味方してくれた。いい弁護士がついたのがよかったのね」

「たぶん一つには普通じゃない親子関係ということもあったんだろうね」とぼく。力づけるように。「どういう意味かわかるだろ。実の母親じゃなくて養母に育てられるっていうのは、そんなにありふれたことじゃない」それは死んだような沈黙に迎えられた。夕食の残り時間中ただ口をつぐんでいた方がいいんじゃないかと思うほどだった。意味ありげな視線が行き交った。

「ええ、一つにはそうだったかも知れないわね。とにかく、あなたが水星へ行っちゃってから三年たたないうちに、もう耐えられないってわかったの。わたしはいっしょに行くべきだったんだわ。ほんの子供だったけど、そのときにはもうあなたといっしょに行きたいと思ってた」そういって、訴えるようにドロシーを見つめた。彼女はじっとテーブルを見ている。ジュビラントは食べるのをやめてしまっていた。

「きっとこの話はしない方がいいのね」

驚いたことに、ドロシーはそれに同意した。もう間違いなかった。何かをぼくから隠しているものだから、二人はそれについて話そうとしないのだ。

ジュビラントは夕食の後、一眠りした。ぼくといっしょに水銀洞へ行きたいけれど、重力のせいで休息をとらねばならないということだった。彼女が眠っている間、もう一度ドロシーに、月での生活のありのままの話をさせようとしてみた。

「だけど、そもそもどうしてぼくがいるんだい？　実の子であるジュビラントを、三歳のときにルナで世話してくれる友だちのところへ残してきたっていうけれど。連れて行きたくなかったの？」

　彼女は疲れたようにぼくを見た。この話は以前にすませていたのだ。

「ティミー、おまえはもう大人になって、三年になるのよ。もしそうしたいのならわたしを置いて出て行ってもかまわないといってあるでしょ。どっちみち、すぐにそうなるわ。だけどわたしはこれ以上深入りしたくないの」

「ママ、ぼくが無理に聞き出そうとしないって、わかってるだろ。でもそんな話でごまかそうなんて、そんなにぼくを信用してもらえないの？　もっと裏があるんだろ」

「そうよ！　そのとおり。もっと裏があるのよ。でもそれは過去に眠らせておきたいものなの。個人的なプライバシーの問題よ。それを問いつめるなんて、そんなにわたしを信用してもらえないの？」こんなに取り乱したところを見たことがなかった。ママは立ち上がり、壁を抜けて丘を降りて行った。半分ほど降りたところで走り出した。

　ぼくは後を追いかけ、でも二、三歩で戻って来た。すでに口にしたこと以外、何をいったらいいのかわからなかった。


　水銀洞へは楽な道のりだった。ジュビラントは休息の後、ずっと元気になっていたが、それでも何カ所かの急坂では苦労していた。

　水銀洞に来たのは四昼年《ライトイヤー》ぶりで、そこで遊んだというとさらに以前のことだった。だけどそこは、今でも子供たちにとって人気のある場所だった。大ぜいがそこに集まっていた。

ぼくらは水銀の池を見おろす狭い岩棚の上に立った。今度ばかりは、ジュビラントも本当に心を動かされたようだった。水銀の池は大昔に地震でふさがった狭い峡谷の底にある。峡谷の片側は永遠の影の中。それは北に面していて、われわれのいる緯度では太陽がその深さまで絶対に届かないからだ。峡谷の底に池があり、幅二十メートル、奥行き百メートル、深さはおよそ五メートルである。われわれはそれだけの深さがあると思っていい、とはいえ、まあちょっと水銀の池の深さを測ろうとしてみればいい。鉛のおもりがまるで厚い糖蜜を突き抜けるように沈むほかは、ほとんどあらゆるものが浮いてしまうのだ。子供たちは適当な大きさの丸石を中央に持ち出して、ボート代わりにしている。

それだけでも十分美しい光景だ。しかし今や〈逆行の夏〉。温度が最高点に達しつつあった。そのため水銀が沸点に近づき、そこらじゅう蒸気でいっぱいだった。太陽からの電子の流れがこの蒸気を突き抜けるとき、光を発し、ぼうっとした藍色の嵐の中で、閃き、渦を巻く。水面は低かったが、決して全部蒸発してしまうことはない。それは暗い岩壁に凝結しつづけ、また池へと流れて戻るからだ。

「これいったい、どこから来るの？」と、ため息をついてジュビラントが訊いた。

「一部は天然のものだけど、大部分は宙港にある工場から来るんだ。核融合反応のどれかの過程から出てくる副産物なんだけど、全然使い道が見つからないから、環境に放出されるんだ。どこかに行ってしまうには重すぎるんで、夜年《ダークイヤー》のうちに谷間に凝結する。中でもここは溜まりやすいんだ。子供のころはよく遊んだものさ」

彼女は感銘を受けていた。ルナにはこんなものはない。ぼくの聞いているところでは、ルナの表面は地味でつまらないものだ。何十億年もの間、何ひとつ変化がない。

「こんなにきれいなもの見たことないわ。だけど、そこで何をするの？　泳ぐには密度が高すぎるでしょう？」

「ことばじゃうまくいえないな。がんばって手をあの中に突っ込んでも五十センチが限界だ。うまくバランスがとれたら、およそ十五センチ沈んだままその上に立つことだってできる。でも泳げないっていう意味じゃないよ。あの上で泳ぐんだ。おいで、見せてあげる」

彼女はまだイオン化した雲に見とれていたが、でもぼくについてきた。この雲は催眠作用をおよぼすことがある。最初、全体が紫色だと思っている。すると他の色が視野の端に見えてくるのだ。決してはっきりとは見えない。あまりにも淡くて。でもそれはそこにある。これは他のガスによる局所的な不純物のおかげだ。

ぼくは人々がイオン化したネオン、アルゴン、水銀などといったガスを使ってランプを作っていたことを知っている。水銀の谷間に歩いて入るのは、まったくこういった古いランプの明りの中へと歩いて行くようなものだ。

　坂道を半分降りたところでジュビラントがひざを崩した。尻もちをついて滑りはじめ、最初の衝撃によって〈服〉の力場が硬化した。池の中に滑り込んだときには、転ぶまいとするぎこちない姿勢のまま凍りついて、硬い彫像となっていた。彼女は池をするすると渡り、あおむけになって止まった。

　ぼくは池の表面《おもて》にダイビングし、楽々と彼女のところまで滑っていった。彼女は立ち上がろうとして、不可能だと気づいた。やがて、相当おかしな格好に見えるに違いないとわかって、笑いはじめた。

「ここで立とうなんて思ってもムダだよ。ごらん、こうやって動くんだ」ぼくはぺたんと腹ばいになり、泳ぐような動作で腕を動かしはじめた。まず前にまわし、大きく輪を描くようにわきへ返す。深く水銀に突っ込むほど、それだけ速く進む。そうすると足の先を突っ込むまで、そのまま進みつづける。この池には摩擦がないに等しいのだ。

　彼女はすぐにそばで泳げるようになり、とても楽しくやりはじめた。まあ、ぼくも同じだった。どうして成長するとあんなにもたくさんの楽しいことを諦めてしまうようになるんだろう？　水銀の上で泳ぐほどのことは太陽系中さがしたってない。今このとき、それが戻ってきた。顎の先で航跡を刻みながら鏡のように輝く表面を滑走する、まじりっけなしの喜び。視線が表面のすぐ上にあるので、目くるめくスピード感はたいへんなものだ。

何人かの子供たちがホッケーをしていた。ぼくも加わりたかったけれど、彼らの目つきから、ぼくらが大きすぎ、そもそもこんな所にいるべきじゃないんだと思われているのがわかった。いやはや、せちがらいものだ。泳げるだけでもよしとしよう。

二、三時間後、ジュビラントが休憩したいといった。ぼくはどうすれば池の端まで行かずにそうできるか教えてやった。両足を広く開いてすわり、三脚をつくるのだ。ぺったり寝そべる以外には、ほとんど唯一の方法だ。それ以外だとどんな格好でも滑ってしまって体を支えられない。ジュビラントはぺったり寝そべるのだけでも満足なようだった。

「まだ太陽をまっすぐ見られないの」と彼女がいった。「わたし、あなたたちのシステムの方がここには適しているのかも知れないって思えてきたわ。内蔵している〈服〉のおかげで、という意味よ」

「それは考えてみた」とぼく。「きみたち月《ルー》……ルナ人は、力場の〈服〉が必要になるほど長い時間を外ですごしたりしない。ずいぶんとやっかいで、高くつくことになるからね。特に、子供には。子供たちに〈服〉を着せておくのにどれだけかかるか信じられないだろうな。ドロシーは二十年間かかっても借金を返しきれないんだ」

「ええ、でもそれだけの価値があるようね。ああでも、とっても高くつくっていうのはそのとおりだと思うけど、大きくなって着られなくなるということはないでしょ。どのくらいもつの？」

「二、三年ごとに取り換えるべきだね」ぼくはひとつかみの水銀をすくい取り、それが手の間から彼女の胸へしたたり落ちるのにまかせた。話をドロシーのことと、ジュビラントが彼女について知っていることの方へもっていくような、遠まわしの方法を思いつこうとしていた。何度かつまずいた後、どうして口を閉ざそうとするのかと、ずばりと訊いた。

彼女は話にのろうとしなかった。

「あの上の洞窟には何があるの？」と、寝そべったまま体を転がして訊いた。

「水銀洞さ」

「その中に何があるの？」

「話してくれたら見せてやるよ」

彼女はちらりとぼくを見た。「子供みたいなことはいわないで、ティモシー。もしあたのお母さんが月での暮らしのことを知ってほしいと思ったのなら、自分で話すでしょう。わたしの仕事じゃないわ」

「きみがぼくのことを子供扱いしなければ、子供じみたことはいわないよ。ぼくらは二人とも大人だ。母に訊かなくたって、いいたいことがいえるはずだ」

「その話はやめにしましょう」

「誰もがそういうんだ。いいよ、あのほら穴までひとりで登るんだな」すると彼女はそのとおりにした。ぼくは池の上にすわり、すべてのものをにらみつけていた。隠し事をされるのは楽しくなかったし、だいたい身内にいいくるめられるなんておことわりだった。

ぼくは、ドロシーの水星行について、その真の物語を知ることがどんなに重要なことになるのか気づいて、ちょっと唖然とした。十七年間知らずに暮らしてきて、別に傷つきもしなかった。だが今度、子供のころにいわれたことについて考えてみると、つじつまがあわないとわかったのだ。ジュビラントが到着したことで、もう一度考えてみた。なぜママはジュビラントをルナに残したのか？　なぜ代わりにクローンの幼な子を連れて来たのか？


水銀洞は峡谷の入口にある洞窟で、その口からは水銀の流れがあふれ落ちている。昼《ライト》年《イヤー》の間はいつでも起きていることだが、夏のまっ盛りには流れがより豊かになるのだ。洞窟の中に集まった水銀蒸気が、そこで凝結し、壁をつたってしたたり落ちるためだ。

ジュビラントは溜《たま》りのまん中にすわって、恍惚《こうこつ》としていた。洞窟内のイオンの輝きは外よりずっと明るく見える。外だと、太陽の光が競争相手となるからだ。それに加えて、何千ものしたたり落ちる水銀の流れから反射が投げ返されている。入ってみなければ信じられないような場所だ。

「ちょっと聞いてくれ、うるさがらせたのは済まなかった。ぼくが――」

「しいっ」と彼女は手を振った。天井からしたたるしずくが洞窟の床の取り残された溜りに波紋を起こさずぽちゃんと落ちるのを見つめている。ぼくもそのそばにすわり、いっしょに見つめた。「ここで暮らすのも悪くないと思うわ」と、一時間くらいしていった。

「他で暮らすのなんて、本気で考えたこともないよ」

彼女はぼくの方を見、また顔をそむけた。ぼくの表情を読みたかったのだろうが、見えたのは自分自身のゆがんだ鏡像だけだった。

「あなたは宇宙船の船長になりたいんだと思ってたわ」

「ああ、そのとおりだよ。でもぼくはいつでもここへ帰ってくるのさ」それからしばらくの沈黙。後になってますますぼくを悩ますことになる何かについて考えながらの。

「実のところ、別の仕事につくかもしれない」

「どうして？」

「うん、宇宙船の船長って仕事が、昔と同じじゃなくなってきたと思うんだ。いってる意味がわかるかい？」

彼女はまたぼくを見た。今度はもっとしっかり顔を見ようとしながら。

「たぶんね」

「何を思ってるかわかるよ。大勢の子供たちが船のキャプテンになりたがる。でも成長するとそこから離れていく。たぶんぼくもね。ぼくは、生まれるのが一世紀遅かったんだと思う。キャプテンが船首飾り以上のものである船なんて、今じゃほとんど見つけられないだろう。船の本当の支配者はコンピュータの複合体だ。そいつがあらゆる仕事を受けもつ。

キャプテンはそいつを支配することもできない」

「そこまでとは気がつかなかったわ」

「それ以上さ。旅客航路は全部、完全自動化船に置き換えられていく。高加速船《ハイ・G・ライン》は今でもそんなようなものさ。五Gで十数回飛行すると、乗組員が完全に参っちまうという理由《わけ》でね」

　ぼくはわれらが現代文明の悲しむべき事実というやつを指摘した。ロマンの時代は去ったのだ。太陽系は飼いならされた。冒険の余地なんてない。

「彗星帯へ行ったらいいじゃない」と彼女が示唆した。

「もうそれだけだよ、ぼくがパイロットのトレーニングを続けている理由は。あそこまで行ってブラックホールを獲るのにコンピュータは必要ないからね。この前の夜年《ダークイヤー》には、仕事を見つけて切符を買おうとまで思ったんだ。そのときは本当に落ち込んでたからね、そのことで。でも、行く前にもう少しパイロットのトレーニングをつづけるつもりなんだ」

「その方がかしこいと思うわ」

「わからないさ。連中は宇宙飛行《アストロゲーション》コースを廃止するとかいってる。独学しなくちゃいけないのかもしれない」

「まだ先へ行くつもり？　おなかがすいてきたわ」

「いや。もう少しここにいよう。ぼくはここが好きなんだ」

そこでまる五時間のあいだじっとしていたのは確かだ。ほとんど何も話さないで。

環境エンジニアリングにどうして興味をもったのかとたずね、驚くほど率直な答えを聞いた。彼女は自分の職業についてこういったのだ。「母と絶縁してから、やりたいのは自分が安全に生きられる場所をつくることだってわかったの。そのころ、ちっとも安全だとは感じてなかったのね」あとで他の理由も見つけたが、自分を動かしているのが依然として安全への希求だと認めた。ぼくは彼女の奇妙な幼年時代について思いをめぐらせた。彼女は今までに知っている中でたったひとりの、生みの母に育てられなかった人間だった。

「わたしも外太陽系へ行くことを考えているのよ」と、また長い沈黙のあとでいった。

「冥王星ね、たとえば。ひょっとしたらわたしたち、いつかそこで会うことになるかもね」

「あり得るね」

小さな地震があった。そんなに大きくなかったが、水銀の池を揺らしはじめ、ジュピラントに出発の用意をさせるには充分だった。池の中、帰り道をたどっているとき、長い、揺さぶるような衝撃があった。紫色の輝きが消えた。ぼくらは互いにぶつかり、離ればなれになって完全な闇の中に転げ落ちた。

「何だったの？」彼女の声にはパニックのきざしがあった。

「閉じ込められたみたいだな。きっと入口で地滑りがあったんだ。じっとすわってろ、ぼくが見つけてやるから」

「どこにいるの？　見えないわ。ティモシー！」

「じっとしてるんだ。一分以内でそっちへ行くから。落ち着いて、とにかく落ち着いて、心配することなんて全然ない。みんなが、ほんの一、二時間で外に出してくれるよ」

「ティモシー、あなたが見つかんないわ、見つかんない――」彼女の片手がぼくの顔をぴしゃりとたたいた。それからぼくの体中をなでまわした。ぼくは彼女をしっかりと抱き締め、なだめてやった。今日の前半では、彼女のふるまいをバカにしていたかも知れない、でもぼくには彼女がもっとよく理解できるようになった。それに、誰だって生き埋めになるのは嫌なのだ。ぼくだってそうだ。ぼくは気が静まるまで彼女を抱いていた。

「ごめんなさい」

「あやまることないよ。ぼくも初めてのときは似たような感じだったんだ。きみがここにいてくれて嬉しいや。ひとりで埋められるって、ただ生き埋めになるのよりずっとひどいからね。さあ、すわって、ぼくがいうとおりにするんだ。通気バルブを左へずっと回してやった？　それで酸素を一番ゆっくりと使っていることになる。できるだけじっとしていなければならない、あんまり温度を高くしないように」

「わかったわ。次は何？」

「そうだな、手はじめに、きみチェスできる?」

「何?　それだけ?　標識電波のスイッチを入れるとか何かしなくていいの?」

「もうとっくにやってるよ」

「万一身動きできないほど埋まってしまって、〈服〉がつぶされないよう硬化してしまったとしたら?　そのときはどうやってそのスイッチを入れるの?」

「それは自動的に入るんだ。もし〈服〉が一分以上硬化していたら」

「ふうん。わかったわ。ポーンをキングの四へ」


十五手めでゲームをやめた。ぼくは頭にチェス盤を思い浮かべるのが苦手だったし、彼女は得意だったが、ゲームを考えるには神経が疲れすぎていた。ぼくの方も神経質になってきた。もし想像したとおり、入口がごろ石でふさがれたのなら、みんなは一時間以内にぼくらを外へ出せたはずだ。ぼくは暗闇の中で時間を推測していたが、もう地震から二時間を数えていた。どうやらぼくの思ったより大きな地震だったに違いない。ぼくらのところまで手がまわるのに、ひょっとしたらまる一日かかるかも知れない。

「わたし驚いたわ、抱き締められたとき、あなたに触れたのよ。つまり、あなたの肌にね、〈服〉じゃなくて」

「きみがぎょっとしたって感じたよ。〈服〉は合体するのさ。きみが触れたとき、ぼくらは二つじゃなく、一つの〈服〉を着てたんだ、それがときどき役に立つこともあるんだよ」

　ぼくらは並んで水銀の溜りに横たわり、互いに腕を相手の体にからませていた。そうしていれば気分がやわらぐとわかったのだ。

「つまり……わかったわ。〈服〉を着たままメイク・ラブできるのね。それがあなたのいってることなの？」

「水銀の池でやってごらん。最高だよ」

「わたしたち水銀の池にいるわ」

「だけどいまはできない。オーバーヒートしちゃう。自制しなくちゃ」

　彼女は黙っていた。でもぼくの背中で彼女の手がぎゅっと握られるのを感じた。

「何かまずいことが起こっているの、ティモシー？」

「いいや。でも長時間になるかも知れない。だんだん喉《のど》が渇いてくるだろう。もちこたえられるかい？」

「メイク・ラブできないなんてあんまりだわ。気が紛れると思ったのに」

「もちこたえられるかい？」

「もちこたえられるわ」

「ティモシー、わたし家を出る前にタンクを一杯にしておかなかったの。何か問題があるかしら？」

　血の気が引いたとまではいわないが。でもひどく驚かされた。考えてみたが、たいして問題になるとは思えなかった。冷却率をずいぶん高くしていたとはいえ、家に帰るまでに使った酸素はせいぜい一時間分だ。でもそこで彼女がぼくの腕に抱かれたとき、肌がどんなにひんやりしていたかを思い出した。

「ジュビラント、家を出たとき〈服〉の冷却を最強にセットしていたのかい？」

「いいえ、でも途中で上げたわ。あんまり暑かったから。消耗しきって気絶するところだったの」

「で、地震があるまで下げなかったんだね？」

「そのとおりよ」

　ぼくは大まかに試算したが、気に入らない結果が出た。最も悲観的な仮定によると、彼女にはおよそ五時間分以上の酸素は残っていない。多くても十二時間だろう。彼女だってぼくと同様、簡単な算数ぐらいできる。隠したって意味がない。

「もっとぴったり寄って」とぼく。彼女はとまどった。ぼくらはもうぎりぎりまで近寄っていたからだ。でもぼくがしたかったのは、ぼくらの通気バルブを一つにすることだった。

それをつなぎ、三秒間待った。

「さあ、ぼくらのタンクの内圧は等しくなったよ」

「どうしてそんなこと？　おお、だめ、ティモシー、そんなことしちゃいけなかったのに。不注意だったのはわたしが悪かったのよ」

「ぼくのためでもあるんだよ。もしきみがここで死んで、ぼくが助けられるはずだったなんてことになったとして、どうやって耐えていけるんだ？　それを考えてくれよ」

「ティモシー、あなたのお母さんについて、どんな質問にも答えるわよ」

　彼女がぼくを怒らせたのはこれがはじめてだった。タンクをいっぱいにしておかなかったことについては腹が立たなかった。冷却についてでさえそうだ。それはむしろぼくの失敗だった。冷却の強度について、生き残るための予備を確保しておくことがどんなに大切なことかきちんと告げないまま、軽く見ていたのだ。彼女もまじめにとらなかった。そして今ぼくらは、ぼくのささやかな冗談のつけを支払っているわけだ。彼女がルナの安全に関する専門家だというので、自分のことは自分でできるだろうと思い込んだのがまちがいだった。危険に対して実際的な予測ができないのに、そんなことができるはずがない。

　ところが、この申し出には酸素に対するお礼のようなニュアンスがあり、そして水星でそんなことをしてはいけないのだ。進退きわまったとき、空気はいつでもタダで分かち合うものなのだ。感謝なんて礼儀知らずだ。

「ぼくに何か借りがあるなんて考えないでくれ。それはよくないことだ」

「そんなつもりでいったんじゃないわ。もしもこの地の底で死ぬことになるのなら、秘密をもったままなんてバカげていると思うの。これは筋が通ってるかしら？」

「いいや。もし二人とも死ぬのなら、ぼくに話して何になるんだい？　そうすることで何の利益があるというんだ？　それに筋も通っちゃいないよ。ぼくらには死が迫っているわけでもない」

「すくなくとも時間つぶしにはなるでしょう」

ぼくはため息をついた。聞きたかったことを知るというのは、そのときには大して重要に思えなかったのだ。

「わかったよ。じゃあ質問その一。なぜドロシーは水星《こっち》へ来たとき、きみを置いていったのか？」そう訊いたとたん、その質問が突然また重要なものとなった。

「なぜなら、彼女はわたしたちの母親ではないから。わたしが十歳のときに絶縁した人こそが、わたしたちの母親なの」

ぼくは起き上がった、ひどくショックを受けて。

「ドロシーがちがうって……じゃ彼女は……ドロシーはぼくの養母？　今までずっと聞いてきた話では――」

「いいえ、彼女、あなたの養母でもないわ。専門用語でいえば、彼女はあなたの父親よ」

「**なんだって？**」

「あなたの父親なの」

「誰がいったい——父親？　そんなの頭のおかしい冗談だろ？　自分の父親が誰かなんていったいどこのどいつが知っているっていうんだ？」

「わたしが知ってるわ」と、あっさりいった。「そして今じゃあなたもね」

「はじめから話してくれた方がいいと思うな」

彼女はそうした。それはまったく説得力があり、実に奇怪な話だった。

ジュビラントの母親（ぼくの母親だ！）とドロシーは〈第一原理《ファースト・プリンシプル》〉という宗教団体の一員だった。彼らはたくさんのおかしな考えを持っていたという話だが、中でも奇妙なのは〝核家族〟と呼ばれるものに関するものだ。なぜそう呼んだのかわからないが、たぶん核エネルギーが初めて利用された時代に考えられたものだからだろう。それを構成するのは、一人の母と一人の父、二人とも同一世帯に住んでいること、そして大勢の子供たちだった。

〈第一原理〉はそこまで行き過ぎなかった。彼らは〝一人の親に一人の子供〟の伝統を依然として支持している——これもまたけっこうな偏見だけど、さもなければ彼らは嫌われながらも大目に見られるのではなく、リンチされていただろう——しかし、生物学的両親がいっしょに住んで子供を二人育てる、という考えを好んだのだった。

そこでドロシーとグリーム（それが彼女の名前だった。ルナでの二人は〝煌き《グリッター》〟と〝輝《グリ》き《ーム》〟だった）は〝結婚し、最初の子供のためにグリームが女性役を引き受けた。彼女は妊娠し、出産し、その子に〝喜び《ジュビラント》〟と名付けた。

　それからおかしくなりはじめた。まともな人なら誰でもそうなるはずだといってやれただろう。ぼくはあんまり歴史に詳しくないが、でも母なる地球でどうだったか、少しは知っている。夫が妻を殺し、妻が夫を殺し、親が子供をなぐり、戦争、飢え——そういったことを。そのどれくらいが核家族のせいなのかは知らない。でも、誰かと〝結婚〟したあげく、手遅れとなってから相手がまずかったとわかるなんて、ひどいことに違いない。そこで子供にあたることになる。社会学者じゃないが、それくらいわかる。

　彼らの関係は、初めのうちこそ、煌き輝く《グリッター・グリーム》ものだったかもしれないが、三年の間に着実に悪化していった。ついにグリッターが、彼の配偶者とは惑星を共にできない、というところまで進んだ。しかし彼は子供を愛しており、その子を自分自身のものだと思うまでになった。そんなことを法廷で話してごらん。現代の法制では、父権なんて概念さえ認めちゃいないのだ。国王の聖なる権利を認めない以上だ。グリッターには、よって立つべき合法的根拠がなかった。その子はグリームのものだった。

　だが、母は（養母だ。まだ父と呼ぶ気にはなれない）妥協策を見い出した。ジュビラントを連れて行けないという事実を悔やんでもしかたがない。それは受け入れなければならない。しかし彼は彼女の片われを取ることができた。それがぼくだ。そういうわけで、彼はクローンの子供と共に水星へ渡り、性転換し、ぼくを大人になるまで育てた。〈第一原理〉については一言も口にしないで。

これを全部聞かされたとき、ぼくの気分は落ち着いたが、しかしこいつは大した暴露だった。疑問で頭がいっぱいで、そのときは生存のことなど忘れた。

「いいえ、ドロシーはもうその教会のメンバーじゃないの。それも不和の原因の一つだったわ。わたしの知るかぎり、今ではグリームがただ一人のメンバーよ。そんなに長つづきしなかったのね。教団をつくったカップルたちは、夫婦間の争いによって引き離されていったわ。それが法廷がわたしの絶縁を認めてくれた理由。つまり、グリームは彼女の宗教をわたしに押しつけようとするのをやめず、わたしが友だちにそのことをいったら、みんな笑ったの。そんなことがイヤで、ほんの十歳だったけど、わたしの母は頭がおかしいと思うって裁判所に訴えたの。裁判所は同意したわ」

「それじゃ……それじゃドロシーは、まだ彼女自身の〈一人の子供《ワン・チャイルド》〉を持ってないんだね。まだ持てると思う？　それについて合法性はどうなんだろう？」

「まったく陳腐な話よ、ドロシーにいわせると。判事には気に入らなくても、それは彼女の生まれながらの権利であって、誰にも否定できないの。彼女がなんとかあなたを育てる許可を手にしたのは、法律の抜け穴のおかげだわ。水星へ行ってルナの裁判所の司法権から脱するという理由でね。抜け穴はあなたたちが去ったすぐ後でふさがれたわ。だから、あなたとわたしはまったくユニークな存在ってわけね。どう思う？」

「わからない。むしろあたりまえの家族だったらと思うよ。だけど、ドロシーになんていったらいいんだろう？」

彼女がぼくを抱き締め、ぼくはそうする彼女を愛した。ぼくは幼く、孤独な気がした。彼女の話が依然として心に沈潜しつづけており、それが消化されたとき果してどんな反応をするだろうと心配になった。

「わたしは何もいわないわよ。あなたはいうの？　たぶんあなたが彗星帯へ行ってしまうまでには、あの人も告白する気になるわよ。もしそうならなくても、それがどうだっていうの？　なんの問題があるの？　彼女はあなたのお母さんじゃなかった？　何か不満があるわけ？　母親であるという生物学的事実がそんなに重要なの？　そうは思わないわ。愛のほうがもっと重要だと思うし、それはあったはずよ」

「でも彼女は、ぼくの父親なんだ！　どうやってそのことに折り合ったらいいんだ？」

「する必要もないわ。父親が子供を愛するのは母親とまったく同じことじゃなかったかと思うの。父親というものが単なる授精以上の存在だった時代にはね」

「たぶんきみが正しいんだろう。きみが正しいんだと思う」彼女は暗闇の中でぼくをしっかり抱き締めた。

「もちろんわたしが正しいのよ」

三時間後、鳴動がして、紫色の輝きがふたたびぼくらを包んだ。

ぼくたちは手に手をとって太陽の光の中に歩み出した。救助隊員がそこで待っていて、笑いながらぼくらの背中をたたいた。彼らがタンクを満たすと、ぼくらは酸素を使って汗をひかせるというぜいたくを楽しんだ。

「どのくらいひどかったんですか？」と、救助隊長に訊いた。

「中ぐらいだ。きみたち二人は最後に掘り出された方だ。あの中で苦しかったかね？」

ジュビラントを見ると、彼女はまるでたった今死からよみがえったばかりだというようにふるまっていた。気が狂ったみたいに、にやにや笑って。ぼくは考えてから答えた。

「いえ。どういたしまして」

ぼくたちは岩だらけの坂を登り、ふり返った。地震が何トンもの岩を水銀の谷に落とし込んでいた。さらに悪いことに、低い方の端にあった天然ダムが破壊されていた。水銀の大部分は下方の広い谷間へ流れ出してしまっている。水銀洞が、もう二度と幼いころと同じ魔法の場所に戻らないのは明白だった。これは悲しいことだった。ぼくはそこを愛し、そして多くのものをそこに捨て去ったのだという気がした。

ぼくはそれに背を向け、ドロシーの待つ家へと歩き出した。

さようなら、ロビンソン・クルーソー

Good-bye, Robinson Crusoe

浅倉久志◎訳

時は夏。そしてピリは二度目の幼年期を迎えていた。一度目、二度目——だれがそんなことを数えたりする？　ピリの肉体は若いのだ。こんなに生き生きした気分になれたのは、最初の幼年期以来のこと。あのときは春、太陽がしだいに近づき、空気が溶けはじめる季節だった。

いまの彼は、〈パシフィカ〉ディズニーランドの中にあるラロトンガ・リーフで、毎日を過ごしている。〈パシフィカ〉そのものはまだ建設工事中だが、ここラロトンガはもう完成ずみ。そして、南の〝オーストラリア〟海岸のすぐ沖合いで着工した、もっと野心的な堡礁《ほうしょう》タイプのサンゴ礁の模擬実験場として、生態学者たちに利用されている。その結果、ここはほかの生物群系《バイオーム》よりもずっと定着の進んだ環境だ。外来者にも開放されているのだが、いまのところはピリしかいない。ほかのみんなは、ここの〝空〟に不安を感じるらしい。

ピリにはそんなものは気にならない。彼は真新しいオモチャをさずけられている——完全に機能的な想像力、選択性のある驚異の感覚。そのおかげでピリは、いまの自分の幻想にそぐわないものが環境の中にあっても、それを無視してしまえる。

椰子《やし》の葉のあいだからさしこむ熱帯の日ざしを顔にうけて、ピリは目をさました。浜辺から拾ってきたいろいろながらくたを使って、粗末な隠れ場をこしらえてある。べつに風雨を防ぐためではない。ディズニーランドの管理本部が、天候をちゃんとコントロールしている。露天で眠っても、おなじことだろう。しかし、無人島に流れついた人間は、なにかの隠れ場を作るしきたりだ。

ピリは機敏に跳びおきた。若い主人公だけにできる動作だった。裸の体から砂をはらいおとすと、狭い帯になった砂浜を波打ち際へと駆けおりた。

彼の足どりはぎごちなかった。両足はふつうの二倍も大きく、柔軟な指のあいだには水かきがついて、ひれ足そっくりだ。走ると、乾いた砂が両足のまわりへ雨のように降りかかる。体はクリーム入りのコーヒーのように茶色で、毛は一本もない。

ピリは水に飛びこみ、巧みに波の下をくぐって、腰の深さのあたりまで出ていった。そこで立ちどまった。鼻の呼吸をとめ、両腕を上げ下げしながら、口から空気を吐きだし、同時に吸いこんだ。それまで、下のほうの肋骨《ろっこつ》のあいだで細長い切り傷の痕《あと》のように見えていたものが、ぱっくり開いた。その中に縁のびらびらした鮮紅色《せんこうしょく》のものが見え、それがしだいに下がってきた。もはや彼は空気呼吸生物ではなかった。

彼は口をあけてもう一度水にもぐり、それっきり出てこなかった。食道と気管が閉ざされ、新しい弁が作動にはいった。その弁が水を一方にしか通さないので、いまや横隔膜は、水を口から吸いこみ、鰓孔《えらあな》から押しだすポンプとなっていた。この下胸部から流れでる水が、鰓を充血させてそれを赤紫色に変え、へしゃげた肺を胸郭の上へ押しあげる。空気の泡が脇腹からすこしずつ吐きだされ、やがて止まった。もう、転換は完全だった。

周囲の水がだんだん温かくなってくるように思えた。さっきまでは快い冷たさだったのに、いまはなにも感じられない。それは、頭蓋の中の人工器官が放出するホルモンに反応して、体温が下がってきた結果だった。エネルギー燃焼は、いままで空気中でやっていたのとおなじ割合にはいかない。水は、あまりにも効率のよすぎる冷却剤だからである。そこで、体の各部分がより低い機能率におちつくのといっしょに、全身の動脈や毛細管も収縮していく。

自然に進化した哺乳動物で、空気呼吸から水中呼吸への切り替えを果たした前例は一つもない。この研究開発計画は、生物工学技術の限界に挑戦するものだったといえる。しかし、ピリの体内のあらゆるものは、彼の生きた一部だった。そのすべてを移植するには、まる二日もかかったのだ。

本来なら、体熱の損失や酸素の欠乏でひとたまりもなく死んでしまうはずの環境で、彼を生かしつづけている複雑な化学的機構――それについてピリはなにも知らなかった。知っているのは、水底の白い砂にそって矢のように進んでいく喜びだけだった。水は透明で、遠くは青緑色に見えた。

水底はどんどん下へ遠ざかってから、とつぜん波に向かって伸びあがった。ピリはサンゴ礁の壁にそって上昇し、水面にぽっかり顔を出して、ごつごつした岩礁のでっぱりをよじ登り、やがて日ざしの中に立った。深呼吸した彼は、ふたたび空気呼吸生物になった。

その変化は、いくぶんかの不快さをもたらした。自分の体がより経済的な温血状態へと急速にもどっていくあいだ、ピリはすこし身ぶるいしながら、目まいと咳《せき》の発作がおさまるのを待った。

朝食の時間だ。

その朝を、彼はあちこちの潮だまりでの食糧徴発についやした。そこには生《なま》で食べられる植物や動物が、何十種類もあった。たらふく食い、午後に予定している外海の探検のために、エネルギーをたくわえた。

ピリは空を見上げるのを避けていた。べつに怖いからではない。ほかのみんなとちがって、空は気にならない。しかし、自分が冥王星の地下に作られたバブル型人工環境にいる観光客ではなく、船の難破で太平洋の熱帯サンゴ礁に流れついた人間だという幻想だけは、どうしてもこわしたくなかった。

まもなくピリはふたたび魚になり、岩礁の横から海に飛びこんだ。

サンゴ礁の外をとりまく水は、たえまない波の動きのために、酸素に富んでいる。ここでさえ、鰓の外縁に水の流れをいきわたらせるのに、動きつづけている必要があった。しかし、前よりもゆっくりした動きで、断崖になったサンゴ礁の暗い領域を縫いながら、深くもぐっていくことができた。赤や黄に彩《いろど》られた彼の世界は、青と緑と紫にのみこまれた。そこは静かだった。音はしているが、彼の耳には聞きとれない。鰓に触れる水の流れを最小限にたもちながら、青い光の縞《しま》の中をゆっくりと泳いでいった。

十メートルの深さまできて、彼はためらった。最初の予定では、カニ飼育場のようすを見に、アトラス洞窟へでかけるつもりだった。だが、その代りに、タコのオチョを探しにいこうかと、ふと気が変わった。一瞬、狼狽の中で、幼年期の病いにとりつかれた——自分をどう扱っていいか、決断がくだせなくなったのだ。それとも、ひょっとしたらもっと悪いものかな、と彼は思った。ひょっとしたら、これは成長のしるしかもしれない。カニの飼育場にもう飽きてきたのだ。すくなくとも、今日のところは。

イソギンチャクといちゃついている小さな赤い魚をのんびり追いかけて、しばらく時間をつぶした。一ぴきもつかまえられなかった。こんなことをしていてもつまらない。この静かなおとぎの国には、なにか冒険があるはずだ。その冒険を見つけなくては。

逆に、冒険のほうが彼を見つけた。ピリは、視野のほとんど限界あたりで、なにかが外海を泳いでいるのに気がついた。細長く青白いもの、瘦せ細った恐ろしい死のミサイル。心臓が恐怖にきゅっと縮こまり、サンゴ礁の空洞へと逃げこんだ。

ピリはその生き物を〈幽霊〉と呼んでいた。これまでにも、外海でその姿を何度も見かけたことがある。口と腹と尾でできた長さ八メートルの怪物、飢えの化身だ。ホオジロザメは、これまでに現われた最も凶暴な肉食動物だという説がある。ピリはそれを信じた。〈幽霊〉がまったく無害だという事実も、慰めにはなってくれなかった。観光客が生きたまま食われたりすれば、〈パシフィカ〉の管理本部にとっても一大事である。おとなの場合は、なんの保護手段もかりずに潜水することが許されているが、それにはしかるべき権利放棄証書を提出することが条件だ。子供の場合は、あらかじめ武器を体内に移植してもらわなければならない。ピリも、左手首の皮下のどこかに、そんな武器を持っている。一種の音響発生装置で、そこから出る音は、水中のどんな捕食生物にとっても恐怖なのだ。〈パシフィカ〉に棲《す》むすべてのサメや、バラクーダや、ウツボや、その他の捕食生物とおなじように、〈幽霊〉も、地球の海を泳いでいるいとこたちとはちがう。月《ルナ》の生物学ライブラリーに貯蔵してあった細胞からクローン再生したものだ。このライブラリーは、二百年前に、種《しゅ》の絶滅に対する保険として建設された。最初は絶滅に瀕した生物だけがファイルされていたが、〈大侵略〉の何年か前から、ライブラリーの責任者たちはあらゆる生物の標本を手に入れようと努力しはじめた。やがて異星人の侵略がはじまり、月の移民たちは、占領された地球から援助を絶たれて生きていくのに精いっぱいで、ライブラリーにかかずらう暇がなくなった。しかし、このディズニーランド建設の機運が熟したときには、ライブラリーの再整備も完了していた。

この頃には生物工学も長足の進歩をとげ、遺伝子構造のさまざまな修正が可能だった。ディズニーランドの生物学者たちは、なるべく自然をいじらないという方針を守っている。だが、捕食生物には改変をほどこすことにした。〈幽霊〉の場合、その改変は、脳につけたされた突然変異器官だ。ある種の超音波が発信されたとき、この器官が反応して、〈幽霊〉の体内に恐怖をどっと溢れさせる。

それなのに、なぜ〈幽霊〉は逃げていかないのか？　視野をはっきりさせようと、ピリは瞬膜をぱちぱちさせた。いくらか効果があった。青白い姿がややちがったふうに見えてきた。

その尾は前後に動かずに、上下に——しかもどうやら鋏《はさみ》のようなぐあいに——動いているようだ。そんな泳ぎかたをする動物は、たった一つしかない。ピリは不安を飲みくだして、サンゴ礁から体を押し出した。

しかし、どうやら長くためらいすぎたらしい。〈幽霊〉に対するピリの恐怖感は、たんなる危険では説明できない。もともと危険はどこにもない。彼の恐怖はもっと根源的なもの、あの白く細長い姿を見たとたんにうなじをチクチクさせる、理由のない反射作用だ。それには抵抗できないし、また抵抗したくもない。だが、恐怖にかられて、サンゴ礁の蔭へじっと身をひそませているあいだに、その人影は手の届かない遠くへ泳ぎ去ってしまった。追いすがろうとして必死に水を搔いたが、まもなく暗がりの中で、動く両足が残す跡を見失った。

さっき見たものは、その人影の両脇に長く尾を引いた鰓《えら》だった。水深があるために、鰓は濃いブルー・ブラックに染まって見えた。そのときの印象では、相手はどうやら女性らしかった。

トンガタウンは、この島唯一の人間の居住地だ。そこには営繕《えいぜん》関係の職員とその子供たちがぜんぶで五十人ばかり、南太平洋の原住民のそれをまねた草ぶきの小屋に住んでいる。いくつかの小屋にはエレベーターが隠されていて、地下室につうじており、そこはこの建設計画が完成したあかつきに、観光客の宿泊施設になるはずだ。そのときには、これらの小屋にプレミアムがつき、浜辺は人でこみあうだろう。

ピリは、火明かりの輪の中へはいっていって、友だちにあいさつした。トンガタウンの夜はパーティの時間だった。一日の仕事が終わると、みんなが焚火《たきび》のまわりに集まり、人工成育されたヤギやヒツジの肉を丸焼きにする。しかし、いちばんのご馳走は、新鮮な野菜料理だ。生態学者たちは、まだここの自己充足システムの欠陥を修正している最中で、開花を抑制したり、衰えかかった種を補充したりしている。そのために、外へ持っていけばとんでもない高値のつきそうな野菜が、どっさり余剰生産されることもよくある。職員たちはその一部を、ちゃっかりいただくことにしていた。それはなかば公然の役得だった。〈パシフィカ〉の空の下で、がまんして働いてくれる人間を探すのは、一苦労なのだ。

「こんばんは、ピリ。きょうは海賊にでくわした？」

そうたずねたのはハルラという少女だった。前にはピリの親友の一人だったが、ここ一年ほどだんだんよそよそしくなってきたように見える。彼女は手作りの腰みのをつけ、たくさんの花を紐《ひも》でつないで、首にかけていた。ハルラは十五、ピリは……だが、そんなことをだれが気にする？　ここには季節の変化はなく、毎日があるだけだ。なぜ、年数をかぞえる必要がある？

ピリは返答に詰まった。前にはハルラと二人で、よくサンゴ礁へ遊びにいったことがある。『失われたアトランティス』『潜水艦乗組員』『サンゴ礁の海賊』――毎日、新しい物語のすじと、善玉悪玉の登場人物を作りだしたものだ。しかし、いまのハルラの質問には、まぎれもない軽蔑がこもっていた。もう海賊ごっこに飽きたのだろうか？　いったいどうしたんだろう？

ピリの途方にくれた表情を見て、ハルラは優しくなった。

「ほら、ここへきて座りなさいよ。肋肉《あばらにく》をとっといてあげたわ」彼女は大きなマトンの塊りをさしだした。

ピリはそれをもらって、ハルラの横に腰をおろした。たっぷりした朝食のあと、一日じゅうなにも食べていなかったので、腹がすいていた。

「今日は〈幽霊〉を見たかと思ったよ」ピリはさりげなくいった。

ハルラはぞっと身ぶるいした。両手を太股《ふともも》で拭ってから、しげしげと彼を見つめた。

「思った？　見たかと思ったって？」

ハルラは〈幽霊〉が嫌いだった。一度ならず、ピリといっしょに身をすくめて、〈幽霊〉がうろつくのを見まもった経験がある。

「うん。だけど、ほんとはそうじゃなかったみたいだ」

「どこでよ？」

「外海の、そうだなあ、深さ十メートルぐらいのとこ。あれは女の人だったと思うんだ」

「そんなはずないわ。だって、あんたのほかには、ミッジーとダーヴィンと……その女の人、空気タンクを持ってた？」

「いや。鰓《えら》さ。それは見た」

「でも、ここで鰓があるのは、あんたのほかに四人だけよ。その四人が今日どこにいたかも、あたしは知ってるもの」

「きみだって、前には鰓があったんだぜ」ピリはかすかな非難をこめていった。

ハルラはため息をついた。「またその話をむし返すの？ いったでしょう、あたしはひれ足にうんざりしちゃったのよ。もっと陸地を歩きまわりたかった」

「ぼくだって陸地を歩けるぞ」ピリはこわい声を出した。

「わかった、わかった。あたしがあんたを見捨てたと思ってるんでしょ。見かたによっては、あんたがあたしを見捨てたんだと、考えたことはある？」

ピリがそういわれて首をかしげているうちに、ハルラは立ちあがって、さっさと歩み去ってしまった。彼女のあとを追いかけようか、それとも食事をすませてしまおうか。ひれ足のことは、ハルラのいうとおりだった。追いかけっことなると、ピリは分が悪い。

ピリは何事についても、くよくよ考えこむたちではなかった。ほかのみんなが歌と踊りに加わったあとも、ひたすら食べるほうに精を出した。どのみち、いつもあとに残っているほうなのだ。歌うことはできても、踊りとなるとまるきり不得手なのだから。

砂の上に寝そべって、まだもうすこし詰めこめないかな――あの小エビの照り焼きをもう一杯お代りしようか――と考えているところへ、ハルラがもどってきた。彼女はピリの横に座った。

「あんたのいったこと、ママにきいてみたわ。そしたら、今日、観光客が一人やってきたって。どうやら、あんたが正しかったみたい。その人は女性で、水陸両生」

ピリは漠とした不安を感じた。もちろん、たった一人の観光客が邪魔になるわけはない。しかし、その女性が一つの前ぶれだとしたら？　それに水陸両生だという。ここに長期在住するつもりの人間でないかぎり、そこまで徹底的な改造を受けたものは、だれもいなかったのに。自分の熱帯の隠れ場も、発見されるおそれがあるのでは？

「いったい……その女はなにをしにきたんだい？」ピリは上の空で、カニのカクテルをもう一匙《ひとさじ》ほおばった。

「あんたを探しにきたのよ」ハルラはアハハと笑って、彼の脇腹をこづいた。それからピリにとびかかり、彼が息もたえだえに笑いころげるまで、肋骨の下をくすぐった。ピリも反撃して、もうすこしで勝ちそうになったが、彼女のほうが体も大きく、やる気も上まわっていた。ハルラは花びらを彼の上に散らしながら、とうとう彼を組み敷いた。髪に飾った赤い花の一つが目にはいり、彼女は息をはずませて、それを払いのけた。

「浜辺へ散歩に行かない？」ハルラはきいた。

ハルラは愉快な友だちだが、最近はいっしょに外へ出るたびに、キスをしようとする。ピリにはまだそんな気持ちはない。まだほんのガキでしかない。たぶんハルラは、そんなことでも企《たくら》んでいるのだろう。

「食べすぎちゃったんだ」ピリはいった。嘘のないところだった。恥知らずなほどたらふく詰めこんで、あとは小屋に帰って眠りたいだけだ。

ハルラはなにもいわずに、息がおちつくまでそこに座っていた。やがて、やや荒っぽくうなずいてから、立ちあがった。ピリは、彼女の顔をのぞきこんでみたい気がした。いつもと調子がちがうのがわかったのだ。ハルラは彼に背を向けて歩み去った。

ロビンソン・クルーソーは、重苦しい気分で小屋にもどってきた。笑い声と歌声とをあとにして浜辺を歩いてくるのは、淋しいものだった。せっかくハルラがいっしょに歩こうと誘ってくれたのに、なぜ断わってしまったのだろう？　彼女が新しいゲームをしたがっているのが、そんなに困ったことなのか？

よしてくれ。ハルラがこっちのゲームにつきあおうとしないのに、なぜこっちが彼女のゲームにつきあってやらなくちゃならない？

三日月に照らされた砂浜でしばらく座っているうちに、彼は空想の中の役柄にはまりこんでいった。ああ、この孤独な漂流者の苦悩。仲間の人間たちから遠く離れ、神への信仰だけをよるべに、ひとり生きつづけなくてはならないのか。明日は聖書を読んだあと、岩の多い北の海岸の探検を進めてから、山羊《やぎ》の皮を何枚か鞣《なめ》し、できればすこし釣りをしてみよう。

明日の計画がすっかりととのうと、ピリははるかな英国恋しさの涙を拭いおわって、眠りにつくことができた。

夜のあいだに、あの幽霊女がやってきた。彼のそばの砂の上にひざまずいた。幽霊女が彼の砂色の髪を目からそっと払いのけたので、彼は寝返りをうった。足をじたばたさせた。いつのまにか、底知れぬ深淵の中を逃げまどっていた。胸は早鐘を打ち、内部から湧きあがる恐怖のほか、なにもわからなかった。背後では、大きな口が開き、もうすこしで足の指に届きそうになった。顎《あご》がぱくっと閉じた。

彼はもうろうとした頭で起きあがった。前方の波打ち際に、ずらりと並んだぎざぎざの歯が見えた。そして、月光の下で、背の高い、白い姿がカールした寄せ波の中に飛びこみ、たちまち見えなくなった。

「ハロー」

ピリはぎくっとして起きあがった。南海の孤島にひとり暮らしをしてみて——よく考えてみると、これはあらゆる子供が憧れるだろう境遇なのだが——いちばんまずいのは、悪夢を見たときに、温かい母親の胸に顔をうずめて泣けないことだった。そんな気分になることはあまりないが、なったときにはどうしようもない。

ピリは明るさに目をしばたたいた。女は太陽を頭でさえぎって立っていた。ピリは顔をしかめ、目をそらして、女の両足に視線を落とした。水かきと長い指。彼は目をすこし上にやった。女は素裸で、とても美しかった。

「だれ……？」

「もう目が覚めた？」女は彼のそばにしゃがんだ。なぜ、鋭い三角の歯があるなんて思ったんだろう？　悪夢は、雨にうたれた水彩画のように滲《にじ》んで薄れていき、ずっと気分がよくなった。女は優しい顔立ちをしていた。ほほえみかけている。

ピリはあくびをして起きあがった。寝不足で頭がぼんやりし、体がこわばり、両目は浜からきたものではない砂でふさがっていた。恐ろしい一夜だったのだ。

「うん、なんとか」

「よかった。じゃ、朝食でもどう？」彼女は立ちあがって、砂の上のバスケットをとりにいった。

「ぼくはいつも――」だが、グァバや、メロンや、薫製《くんせい》ニシンや、キツネ色に焼けた細長いパンを見たとたんに、つばきが口に湧いてきた。彼女はバターと、オレンジ・マーマレードまで用意していた。「じゃ、ちょっとだけ――」そういうと、ピリは汁気の多いメロンの一切れにかぶりついた。だが、その一切れをまだ平らげないうちに、より強烈なもう一つの欲求におそわれた。立ちあがって、小走りに椰子の木の向こう側へまわると、腰の高さに黒いしみのある幹へむかって放尿した。

「だれにもいわないでよ、ね？」ピリは心配そうにいった。

彼女は目を上げた。「その木のこと？　心配しないで」

ピリは腰をおろし、食べかけのメロンを口へ持っていった。「見つかるとまずいんだ。ちゃんと道具を渡されててね、これを使えっていわれてるから」

「わたしならだいじょうぶ」彼女はパンの一切れにバターを塗りつけてさしだした。「ロビンソン・クルーソーはポータブルの生態衛生装置《エコ・サン》なんて持ってなかったものね。そうでしょう？」

「うん」彼は驚きを隠しながらいった。どうしてこの女はそれを知ってるんだ？

ピリはつぎにいう言葉を思いつけなかった。初対面の女が自分と朝食をともにしている。まるで砂浜や海とおなじように自然な感じで。

「なんて名前？」そのへんからはじめてみるのがよさそうだった。

「リーアンドラ。リーと呼んでちょうだい」

「ぼくは――」

「ピリね。あなたのことは、ゆうべのパーティでみんなから聞いたわ。いきなりこんなふうに飛びこんできて、嫌がられなきゃいいけど」

ピリは肩をすくめ、並んだごちそうのすべてにぐるっと手を振った。「いつでもどうぞ」そういって笑った。いい気分だった。ゆうべのようなことがあったあとで、仲よくしてくれる人間がそばにいてくれるのはいいものだ。ピリはさっきよりもうちとけた目で彼女を見なおした。

　彼女は大柄だった。ピリよりもだいぶ背が高い。肉体的な年齢では三十ぐらい、女性にはめずらしいほど老けている。ひょっとしたら六十か七十近いかもしれない、と彼は思ったが、それを裏づける根拠はなにもなかった。ピリ自身も九十代なのだ。しかし、だれにそれが見抜ける？　彼女はつり上がった目をしていたが、それは天然のまぶたの下に人工の透明なまぶたを移植したせいだった。短く刈った髪の毛は細い帯になって生え、両眉のあいだからはじまって頭のてっぺんを越え、うなじにまで届いていた。両耳は効率よくぴったりと頭にくっついて、彼女をスマートな流線形に見せていた。

「どうして〈パシフィカ〉なんかへ？」ピリはきいた。

　彼女は頭の後ろに手を組み、屈託なさそうに砂の上へ寝そべった。

「閉所恐怖症」彼女はウインクしてみせた。「というわけでもないけど。冥王星があれじゃ、とても長生きできそうもないから」

　あれとはなにかさえ、ピリにはよくわからなかったが、さもわかったように微笑を返しておいた。

「どこも満員でうんざり。ここは、空が空だから、そんなにたのしい場所じゃないって評判を聞かされたけど、ためしにのぞいてみたら、べつに気にならなかった。だから、何週間かひとりでスキン・ダイビングをして過ごそうと、こうしてひれ足や鰓を買ってきたの」

ピリは空を見上げた。とてつもない眺め。もうそれには慣れてきているが、それでも必要以上にたびたび見上げる気にはなれない。

それは不完全なイリュージョンだった。すでに塗りあげられた半分があまりにも本物らしいので、よけいショッキングなのだ。仕上がったほうは、ほんとうの果てしない青空に見える。そこで、頭上にぶらさがった、まだ塗られていない半分――発破で黒焦げになり、二十キロ離れたここからでも読みとれるほど巨大な数字がところどころに記された岩の天井――にうっかり目がいくと、まるで神様が青い穴から下界をのぞいているような錯覚にとらえられる。何ギガトンもの岩石が、なんの支えもなしに、宙にうかんでいる恐ろしさ。〈パシフィカ〉を訪れた人びとは、しばしば頭痛を訴える。それも、頭のてっぺんというのが多い。彼らは身をすくめ、いつ脳天に一撃がくるかと待っている。

「ときどきぼくも、よくこんなところで暮らしていけるなと、思うことがあるよ」ピリはいった。

彼女は笑った。「わたしは平気。前に宇宙パイロットだったことがあるから」

「ほんと?」これはピリにとって、猫にマタタビのようなものだった。宇宙パイロットほどロマンチックな職業はない。ぜひとも話を聞かせてもらわなくては。

朝の時間はまたたくまに過ぎていった。彼女の物語に、すっかり空想力をそそられてしまったからだ。その一連のほら話は、どう見ても多分に創作が混じっているらしい。しかし、それがどうしていけない？　この南海の小島まできて、だれがありふれた話を聞きたいものか。ピリは意気投合する相手を見つけたと感じ、笑われるのを恐れながらも、ぽつりぽつりと『サンゴ礁の海賊』の物語をはじめた。最初は、もしそうだったら面白いのに、という願望のかたちだったが、彼女が熱心に聞きいってくれるのを見て、だんだん真剣になっていった。ピリは相手の年を忘れ、ハルラと二人で作り上げたとっておきの物語を、えんえんと話しつづけた。

その物語を真剣にうけとるというのが二人の暗黙の合意で、実はそれが肝心な点だった。それでなくては、このゲームはうまくいかない――ハルラとの場合がそうだったように。どういうわけか、このおとなの女性は、ピリとおなじゲームをして遊ぶことに興味を持っているらしかった。

その夜ベッドに横になったピリは、ハルラがよそよそしくなってから何カ月ぶりかの、すてきな気分を味わっていた。いま、ひとりの仲間を手に入れてみて、彼は気づいた――満足できるような幻想の世界を自分ひとりで守っていくのは、むずかしい仕事だ。やがてそのうちに、物語を聞いてくれる相手、物語をいっしょに作ってくれる相手がほしくなってくる。

二人はその日の午後をサンゴ礁で過ごしたのだった。ピリは彼女にカニの飼育場を見せたり、彼女をタコのオチョに紹介したりした。オチョはいつものように内気だった。ひょっとすると、このタコが自分になつくのは、ごちそうを持ってきてもらえるからだけじゃないかと、ピリは疑いたくなった。

リーは彼のゲームにやすやすと仲間入りしてきて、おとなによくあるわざとらしさは、かけらも見せなかった。どうしてだろうかとピリは考え、勇をふるって彼女にたずねてみた。これで万事がおじゃんになりそうで心配だったが、聞かずにいられなかった。どう見ても正常でない気がする。

二人は、満潮線よりも上に露出したサンゴ礁の上に座って、夕日の最後の日ざしを浴びているところだった。

「よくわからないわ」リーはいった。「こんなわたしをバカだと思ってるんでしょ、ちがう？」

「いや、そうじゃないよ。ただ、ふつうのおとなってのは、ほら、もっと〝重要な〟ことが頭にあるらしいから」ピリはその単語に侮蔑のすべてをこもらせていった。

「たぶん、わたしもそのことではあなたとおなじ気持ちなんじゃないかな。ここへきたのは遊ぶためだもの。なんだか自分が新しい世界へ生まれかわったみたいな感じがするのよ。あの底はほんとにすごいわ、あなたも知ってるように。とてもあの世界へひとりではいっていく気がしなくてね。実は、きのうあそこへ潜《もぐ》ったんだけど……」

「あなたを見たような気がするよ」

「かもね。とにかく、わたしは仲間がほしかった。そこへあなたの噂を聞いたわけ。で、あなたにガイドをしてくれないかとたのむよりも、あなたの世界へ自分を合わせていったほうが、なんていうかな、礼儀にかなっているんじゃないかって気がして」彼女は、よけいなことをしゃべりすぎたというように、眉をひそめた。「もう、そのことはあまりつつかないようにしましょう。よくって？」

「うん、いいよ。ぼくが首をつっこむ問題じゃないもの」

「あなたが好きよ、ピリ」

「ぼくもあなたが好きだ。友だちがいなかったんだよ……ずいぶん長いあいだ」

その夜のルーアウ（ハワイ料理による宴会）で、リーは姿を消してしまった。ピリはちょっと彼女を探しただけで、それほどやきもきはしなかった。リーがどんなふうに夜を過ごそうと、それは彼女の勝手だ。こっちはひるまの彼女がほしいのだから。

ピリが自分の小屋へ帰ろうとしかけたとき、ハルラが後ろからやってきて、彼の手をとった。しばらくいっしょに歩いているうちに、ハルラはこらえきれなくなったようにいった。

「昔のよしみに、一言いわせてよ。彼女には近づかないほうがいいわよ。あんたのためにならないから」

「なにいってるんだ。あの人を知りもしないくせに」

「さあ、どうかな」

「どっちなんだよ、知ってるのか、知らないのか？」

ハルラはなにもいわずに、やがて深いため息をついた。

「ピリ、もしあんたがばかを見たくなければ、あの筏《いかだ》に乗ってビキニへ行くことね。彼女のことで、いままでに……なんにも感じなかった？　前兆とか、そんなものを？」

「なんのことだか、わかんないね」そう答えながら、彼は鋭い歯と白い死のことを考えていた。

「いいえ、わかってるはずよ。わかってるけど、あんたはそれに直面する気がないのよ。あたしがいうことはそれだけ。よけいなおせっかいは焼きたくないから」

「じゃ、よせよ。なぜ、わざわざここまできて、ぼくの耳にそんなことを吹きこむんだい？」

ピリは言葉を切った。なにかが心をくすぐった。過去の生活からのなにか、注意深く抑圧されていた昔の知識の切れはし。ピリはそうしたことに慣れていた。自分がほんとうは子供ではなく、長い人生と多くの体験を経てきた人間だということを、知っていた。しかし、それについて考えはしなかった。昔の自分の一部がいまの生活に侵入してくると、いやな気分になる。

「あの人のことを嫉《や》いてるんだな」そういってから、ピリは年とった皮肉な自分がしゃべっているのに気づいた。「あの人はおとなだよ、ハルラ。きみにとっちゃ、なんの脅威でもないさ。それに、この何カ月か、きみがどんなヒントをよこしてたか、ぼくだって知ってるぜ。だけど、まだそれには早すぎるんだ。だから、ほっといてほしいな。ぼくはまだガキだからね」

「このウスノロ。あんたって、最近鏡を見たことがないの？　ピーター・パンじゃあるまいし。あんたはげんに成長してるのよ。もうそろそろおとななのよ」

「嘘だ」ピリの声にはパニックがこもっていた。「ぼくはまだ……そりゃ、ちゃんと数えたことはないけど、どう見たって九つか十にしか――」

「よしてよ。あんたはあたしとおなじぐらいの年で、あたしは二年前からおっぱいがふくらんでるのよ。でも、あんたとセックスする気はないわ。この村であんたより年下の七人の坊やとならだれとでもセックスするけど、あんたはお断わり」

どうしようもない、といいたげにハルラは両手を振り上げ、彼から一歩さがった。それから、とつぜん怒りにかられて、拳固で彼の胸をなぐりつけた。ピリは彼女の見幕《けんまく》にびっくりして、よろよろと後ずさりした。

「そうよ、あの人はおとなよ」ハルラは歯を食いしばるようにしてささやいた。「あんたに注意してあげにきたのもそれだわ。あたしは友だちなのに、あんたって気がつかないんだ。あーあ、いったってむだよね。あたしが議論してる相手は、その頭の中にいる臆病なおじいさんで、そのおじいさんはあたしの話に耳をかそうとしないんだもん。いいわよ、彼女と仲よくおやんなさいよ。でも、あの人、あんたの驚くような秘密を持ってるわよ」

「なんだ？　どんな秘密だ？」ピリは震えていた。ハルラの言葉を聞きたくなかった。ハルラが彼の足もとに唾を吐き、身をひるがえして砂浜を駆け去っていくのを見て、かえってほっとした気持ちになった。

「自分で見つけたらいいわ」ハルラがふりむいてどなりかえした。泣いているような声だった。

その夜、ピリは、白い歯がすぐ後ろから嚙みついてくる夢にうなされた。

しかし、朝になると、リーはふくらんだバッグにすてきな朝食を用意して、またやってきた。ココナッツ・ミルクを飲みながら、のんびりと中休みしたあと、二人はふたたびサンゴ礁へでかけた。海賊におそわれてさんざんな目にあったが、なんとか生きて帰ることができ、夜の集まりに間に合った。

ハルラはそこにいた。そんな服装のハルラを見るのは、ピリもはじめてだった。サンゴ礁の警備員が着るブルーのチュニックとショーツ。彼女がディズニーランドに就職して、昼間はビキニ環礁で母親と働いていることは、ピリも知っている。しかし、こんなふうに正装したのは見たことがなかった。草の腰みのに、ようやく慣れてきたところなのだ。ついこのあいだまで、ハルラは彼やそのほかの子供たちとおなじように、いつも全裸だった。ハルラは前よりもなんとなくませて、大きく見えた。たぶん、それは制服のせいなのだろう。リーの隣に立てば、やっぱり子供に見える。そのことにピリは気持ちをかき乱され、自分を守ろうとして、考えが横にそれていった。

ハルラはピリを避けようとはしなかったが、どこかもったいぶったよそよそしさを見せた。まるで仮面をつけたか、それとも、いままでつけていた仮面をはずしたかのようだった。その堂々とした物腰は、とても年からは想像もできないものに、ピリには思えた。リーは、ピリが帰ろうとする直前にいなくなった。彼は家路をたどりながら、ハルラがここへ顔を見せてくれないものだろうか、そうすれば、ゆうべ彼女にあんなことをいったのをあやまれるのにと、なかば待ちのぞんだ。しかし、ハルラは追ってはこなかった。

船首が波を切るような圧力を、彼は背後に感じた。それは、まだなじみの薄いメカニズム、魚の側線のように、まわりの水のわずかな変化にも敏感な感覚器が、知らせたものだった。なにものかが後ろにいる。そして、いくら死物狂いにひれ足で水を蹴っても、距離は刻々と縮まっていく。

あたりは闇だった。そいつがピリを追いかけるときは、いつも闇なのだ。夜の大気の上に漂いおりてくる、あのそこはかとない非物質的な闇ではなく、深海の闇、原初の、そして永遠の夜。口いっぱいに水を含んだまま悲鳴を上げようとしたが、唇を通らないうちに、ゴロゴロという臨終の息になってしまった。まわりの水は、自分の血でなま温かい。

追いつかれないうちにと、後ろへ向きなおったとき、ハルラの顔が、死骸のように青白く無気味に夜闇の中で光っているのが見えた。いや、ちがう。ハルラではなく、リーだ。リーの口は体のずっと下まで裂け、縁にはカミソリの刃が生えて、胸にぽっかり開いた三日月形の穴になっていた。彼はもう一度悲鳴を上げ――

そして、がばと起きあがった。

「なんだ？　どこにいる？」

「わたしはここよ。もうだいじょうぶ」

彼女にやさしく頭を抱かれて、彼はすすり泣きをこらえた。彼女はなにごとかをささやいてくれたが、意味がよくわからなかった。たぶん意味はないのだろう。それだけで充分だった。いつも悪夢から覚めたときはそうなのだが、まもなく気持ちはおちついた。もし悪夢がいつまでもつきまとうようなら、こんなに長くひとり暮らしはできなかったろう。

目の前には、月に青く照らされた彼女の乳房だけがあった。そして、肌と海水の匂い。彼女の乳首は濡れていた。ぼくの涙で？　いや、唇がひりひりしていたし、頬が軽くさわったとき、その乳首が硬くなっているのがわかった。彼は自分が眠りながらなにをしていたかに気づいた。

「あなたはお母さんを呼んでいたのよ」彼の心を読んだように、彼女はささやいた。「悪夢を見ているときは、起こしちゃいけないんですって。ああしたほうがおちつくようだったから」

「ありがとう」彼は静かにいった。「ここにいてくれて、という意味だよ」

彼女は片手をピリの頬にそえると、すこし彼の頭をかたむけて、キスをした。母親的なキスではなかった。彼はこれがもういままでとおなじゲームでないことを知った。彼女が別のルールを押しつけてきたのだ。

「リー……」

「だまって。もうあなたもそろそろ覚えていいときよ」

彼女に静かに仰向けに横たえられて、彼は既視感《デジャ・ヴュ》におそわれた。彼女が唇を下へ這わせていくにつれて、過去の人生からの連想がつぎつぎに呼びさまされた。よく知っている感覚だ。最初の少年期のあいだに、たびたび起こったことだ。前にこれとよく似たかたちで起こったなにかが、これから起ころうとしており、そのいくぶんかがまた記憶に残るだろう。はじめて若者になったときも、年上の女から誘惑された。彼女の手ほどきは巧みだったし、そのすべてをおぼえているが、思い出したくなかったのだ。ピリは熟練した男性であると同時に、子供でもある。

「ぼくはまだそんな年じゃないよ」と抗議したが、彼女の手には、もう彼が充分そんな年だという証拠が握られていた。何年か前から、すでにそんな年だったのだ。ぼくは十四歳だ、と彼は思った。それなのに、どうしてまだ十だなんて、自分をごまかしていられたのだろう？

「あなたは元気のいい若者よ」彼女が耳もとでささやいた。「いつまでもそんなことばかりいうようなら、わたしはがっかりしちゃうわ。もうあなたは子供じゃないのよ、ピリ。その事実を認めなさい」

「うん……そうだね」

「やりかたは知ってるでしょう？」

「と思うけど」

彼女は彼のそばに横たわり、両足を引きあげた。その体は大きく、青白く、しなやかな力に満ちていた。彼女はサメのようにぼくをのみこむだろう。腋《わき》の下にある彼女の鰓が、呼吸といっしょに開閉し、塩水とヨードと汗の匂いがした。

ピリは体を起こし、両手と両膝をついて、彼女の上にかぶさっていった。

ピリは彼女より先に目覚めた。もう日が昇っていた。温かく、雲のない朝が、また明けたのだ。予定された最初の台風がやってくるまでには、まだ二千日もある。

ピリは喜びと悲しみの混じりあった、目まいに似た気分だった。悲しいことに、サンゴ礁ではしゃぎまわる時代がこれで終わったのを、すでにさとっていた。これからもあそこへでかけることはあっても、もう前とおなじようにはいかないだろう。

十四歳！　その年月はいったいどこへ行ったのか？　自分はもうおとなに近い。その考えから逃れようとしているうちに、もっと受け入れやすい考えを見つけた。自分は思春期の若者、そして、この見知らぬ女に性の神秘の手ほどきをされた、とても運のいい若者なのだ。

彼は眠りこけている彼女の腰に両手をまわし、いとしげに撫でさすった。この女は遊び仲間から母親、そして、こんどは恋人になった。そのほかに、まだどんな役割を隠しているのだろうか？

しかし、それはどうでもよいことだった。もうどんなことにも煩わされはしない。すでに彼はきのうまでの自分を軽蔑していた。自分はもう少年ではなく、若者なのだ。かつて若者であったときの記憶から、彼はそれがどんな意味であるかを知り、そして興奮を味わった。それはセックスの時期、内部の探求と、他者の探求の時期なのだ。その新しいフロンティアへ、自分はこれまでサンゴ礁で示したのとおなじ一途《いちず》さで、立ちむかっていくだろう。

そろそろと、彼女の眠りをかき乱さないようにして、体をにじらせた。しかし、彼がはいりこむのといっしょに彼女は目を覚まし、顔をふりむかせて、眠たげなキスをよこした。結ばれあってその朝を過ごしたあと、やがて二人は満ちたりて日ざしの下に寝そべり、つやつやした爬虫類のように体を焼いた。

「とても信じられないわ」彼女がいった。「あなたはもうここに……どれぐらい？　あれだけ大ぜいの娘たちや年上の女にかこまれていたのに。それに、わたしの見たところ、すくなくともその中の一人は、あなたに気があるみたいだったわ」

その話題にはふれられたくなかった。ほんとうは子供でないのを、彼女に知られずにおくのは、大切なことだ。知られたら、すべてが変わってしまう。そんなのは公平じゃない。ひどすぎる。なぜなら、これは最初の体験だからだ。ゆうべのあれは再発見でなく、まったく新しいものだった——そんなことを説明しても、わかってはもらえないだろう。自分は大ぜいの女と寝たことがあるし、それを思いだせないわけでもない。その記憶はすべて残っており、しかも、それはセックス・プレイにもちゃんと現われている。ゆうべの自分は、決してへまなティーンエイジャーではなかった。どうすればいいかを教えてもらう必要はなかった。

だが、やはりそれは新しい。自分の内部にいる老人は見物人であり、貴重なコーチではあったが、そのすれっからしの観点が二人のあいだに割りこんでこなかったおかげで、ゆうべの出来事はたんなる繰り返しにならずにすんだのだ。それは最初の経験であり、最初の経験は特別なのだ。

しつこく問いつめられて、彼は自分の知っているたった一つの方法、キスで口をふさぐことで、彼女を黙らせた。この関係を考えなおさなくてはならないのは、明らかだった。彼女の質問のしかたは、遊び仲間のそれでも、母親のそれでもない。その新しい役割の中では、彼女は自分とおなじように自己中心的で、一瞬一瞬の欲求にしか、そしてなにより も個人的な欲求にしか、関心がないようだった。母親としての彼女は、苦境の中で無言の慰めだけを与えてくれたのに。

いまの彼女は恋人だ。愛を交わしあっていないときの恋人たちは、いったいなにをするのだろう？


二人は浜辺やサンゴ礁へ散歩にでかけた。いっしょに泳ぎもしたが、以前とはちがう感じだった。二人はさかんにおしゃべりをした。

まもなく彼女も、彼が自分のことを語りたがらないのに気づいた。ときおり、瞬間的に彼をまごつかせるような奇妙な質問をして、思い出したくない人生のある時期へ投げもどす以外には、まったく彼の過去にふれなかった。

二人は必要物資をとりにいくときのほか、村には寄りつかなかった。二人を村から遠ざけたのは、おもに彼の無言の意志表示だった。もう何年も前に、ピリは村のみんなに対して、自分がほんとうは子供でないのを、はっきりとさせたことがある。自分で自分の世話ができることを彼らになっとくさせるために、そして彼らから過保護にされるのを避けるために、そうすることが必要だったのだ。村人たちは、わざと秘密を洩らしはしないだろうが、ピリのために嘘をついてくれたりもしないだろう。

こうして彼は、リーとの関係に対してますます神経質になっていった。いわば、それが嘘の上に築かれているからだ。嘘というのが大げさなら、すくなくとも事実の隠匿《いんとく》にはあたる。いずれは打ち明けなくてはならないと考えて、彼はその瞬間がくるのを恐れた。リーが自分に惹《ひ》かれるのはおもに年齢差のせいだと、彼の一部は確信していた。

やがて彼女は、ピリが筏《いかだ》を持っているのを知って、この世界の縁まで航海してみたいと言いだした。

ピリが古いけれども筏を持っているのは、事実だった。最後の旅のあと、生い茂った藪《やぶ》の中へしまいこまれたままになっている筏を、二人はひっぱりだし、手入れにとりかかった。ピリはうれしかった。これですることができたし、しかも、なかなかの大仕事だ。おしゃべりをしている暇はない。

筏は、丸太をロープで結び合わせただけの単純な構造だった。気の狂った水夫でもなければ、こんなものを太平洋に浮かべたりはしないだろうが、二人にとっては安全そのもの。天候はあらかじめわかっているし、予報は絶対に正確だ。かりに筏がばらばらになっても、泳いで帰ることができる。

　ロープはみんな腐っていて、ほんの弱い波を受けても、すぐにばらばらになってしまいそうだった。それを新しいのにとりかえ、新しい帆柱を立て、新しい帆を張らなくてはならない。二人とも帆走にはまったく素人だったが、風が、夜は世界の縁に向かって吹き、昼は逆に縁から吹くのを、ピリは知っていた。だから、帆を上げればあとは簡単で、航海は風にまかせればいい。

　彼はスケジュールをチェックして、干潮のときに目的地へ着くように念を入れた。その夜は新月だった。彼女が世界の縁を見てどんな反応を見せるだろうかと考えて、ひとりでクスクス笑った。闇夜にこっそりとそこへ近づけば、日の出のときの衝撃は、よけいに強烈だろう。

　しかし、ラロトンガを出帆して一時間とたたないうちに、彼は自分のまちがいに気づいた。筏の上の夜は、しゃべるよりほかに、あまりすることがないのだ。

「ピリ、感じたんだけど、いくつかの話題を避けてるみたいね」

「だれ？　ぼくが？」

　リーは無人の夜に笑い声を立てた。彼女の顔はほとんど見分けられなかった。星ぼしは明るく輝いていたが、まだ、いまのところ百そこそこの数しか取りつけられておらず、それも空の一部にかたまっている。

「そう、あなたよ。自分のことを話そうとしないでしょう。まるで椰子《やし》の木みたいに、いきなりここの地面に生えてきたみたい。それに、お母さんもいるようすがない。あなたの年から見て、母親と離縁してることはありうるけど、それならどこかに保護者がいるはずだわ。あなたの道徳的な発達を見守っているだれかがね。そこから導き出される結論はただ一つ——あなたが道徳面で教育を必要としてないってこと。つまり、あなたには副操縦士がいる」

「ウム」

彼女はちゃんと裏を見透している。それぐらいは当然だろう。なぜ、いままで自分はそれに気づかなかったのか？

「つまり、あなたはクローンね。自分の細胞の一つから作りあげた新しい肉体に、自分の記憶を移植させたんだわ。ほんとのあなたはいくつ？　それとも、たずねちゃいけない？」

「いや、べつに。えーと……きょうは何日？」

彼女はそれを教えた。

「それと、いまは何年？」

彼女は笑いだしたが、それも教えた。

「ちくしょう。百歳の誕生日を素通りさせちゃった。でも、いいさ。そんなに重要なことじゃない。ねえ、リー、それを知って気持ちが変わった?」

「もちろん変わらないわ。いいこと、わたしには最初からわかっていたのよ。あなたと過ごした最初の夜から。たしかに、あなたは子犬のように熱心だったけど、自分をどう扱うかは心得ていたもの。教えて――どんな気分?」

「二度目の幼年期のこと?」彼は軽く揺れている筏の上に寝そべって、星の小さな集団に目をこらした。「まあ最高だね。まるで夢の中に生きてるみたいだ。熱帯の小島に、たったひとりで住んでみたいと思わない子供が、どこにいるだろう? ぼくにはそれができる。ぼくの中には一人のおとながいて、ぼくをトラブルから守ってくれるから。だけど、この七年間、ぼくは子供だった。やっとすこしでも成長できたのは、あなたのおかげさ。ちょっと遅すぎたかもしれないけどね」

「ごめんなさい。でも、いい潮どきに思えたのよ」

「そのとおりさ。最初はこわかったんだ。ねえ、ぼくは自分がほんとは百歳の老人なのを、ちゃんと知ってるんだよ。わかる? もう一度おとなに成長したとき、すべての記憶がそこに待ちかまえているだろうこともね。それについて考えさえすれば、すべてのことをはっきり思い出せるんだ。だけど、いままではそうしたくなかったし、ある意味では、いまでもまだそうしたくない。第二の幼年期を希望した場合は、記憶が抑圧されているんだよ。完全に成長をとげた肉体へ記憶を移植する場合とちがって」

「知ってるわ」

「知ってる？　あ、そうか。知識の上でね。ぼくもそうだったけど、それがどういう意味かは理解してなかった。結局、それは九年間か十年間の休暇なんだよ。自分の仕事からだけでなく、自分自身からの。あなたも九十歳になれば、必要を感じるかもしれない」

彼女はしばらく黙りこみ、彼の体をさわろうともせずにじっと横になっていた。

「それで人格の再統合は？　もう始まった？」

「わからない。ちょっと苦しいもんだって話は聞いてるよ。最近、なにかに追いかけられる夢をよく見るんだ。たぶん、それがぼくの前身なのかも。ね？」

「ありうるわね。あなたの前身はなにをしてたの？」

それを思いだすには、しばらくかかった。もうこれで八年間、一度もそれについて考えたことがなかったのだ。

「ぼくは経済戦略家だった」

自分でも気がつかないうちに、彼は滔々《とうとう》と攻撃的経済政策の講釈をまくしたてていた。

「あなたは知ってるかな、太陽系の内惑星からの為替投機で、冥王星がすっからかんにされそうな危険があるのを？　なぜだか知ってる？　光の速度、そいつが原因なんだよ。時《タイ》間のずれ《ム・ラグ》。それがわれわれをつぶそうとしてるんだ。地球が侵略されて以来、人類のモットーは——りっぱなモットーだとぼくも思うんだが——われわれは協力しあって生きるべきだ、というものだった。当時の人類文化の推力は、完全な経済共同体の方向へむかっていた。だが、冥王星では、それはうまくいきっこない。いずれは独立ということになるだろう」

耳をかたむける彼女に、ピリが説明しようと試みている事柄は、ついさっきまでの彼には理解さえむずかしいようなものだった。しかし、心の内部からは堰《せき》を切ったように言葉がほとばしり出てきた。インフレ乗数とか、酸素と水素の先物買《さきもの》いとか、幽霊ドルと中央銀行業者によるそれの操作とか、見えない流出とか。

「見えない流出って？　どういうこと？」

「説明はむずかしいけど、光の速度と結びついたものなんだ。実物財や用役、労働、そのほかの伝統的な効力とはいっさい関係のない、冥王星の経済的流出の一つなんだよ。それは、われわれが内惑星から手に入れる情報が、なんにかぎらず、すくなくとも九時間前のものだという事実と切り離せない。これが安定通貨経済のもとなら――たとえば、大昔の地球のように金本位制だったら、たいした問題にはならない。それでも、やっぱりいくらかの影響はあっただろうね。九時間のずれは、価格の差、将来性の差、市場の見通しの差になって出てくる。変動為替相場制のもとでは、時間はなによりも重要だ。そこでは、自分の労働投入量が、どれだけの物資購買量に換算されるかを――いいかえれば、個人の収支方程式を知るために――クレジット・メーターの情報をしょっちゅう更新しておかなくてはならない。その方程式の左右を釣り合わせて生き残っていくためにぜひとも必要なものが、インフレ乗数なんだよ。冥王星のわれわれは、内惑星の金融市場に対して、いつも不利を背負ってることになる。こうした情報の古さによる流出は、長年のあいだ〇・三パーセントあたりを上下していた。しかし、インフレ乗数は年々加速されていく。いままでは、冥王星の軌道が内惑星へ接近をつづけていたために、それがある程度相殺《そうさい》されていた。冥王星が夏へ近づくにつれて、タイム・ラグも短くなっていたからだ。しかし、それはいつまでもつづかない。やがて冥王星が近日点に達したら、そこから影響力の加速がはじまる。そうなれば戦争だ」

「戦争?」彼女はショックを受けたようだった。むりもない。

「経済的な意味での戦争だよ。通商協定を破棄するのは、たとえその協定でこっちが膏血《こうけつ》を絞られていたとしても、やっぱり敵対行為だからね。それで内惑星の全市民は経済的打撃をうけるだろうし、こっちも報復がくるのを覚悟しなくちゃならない。共同市場から脱退すれば、不安定性を招きこむことになる」

「どれぐらいひどいことになりそう? 撃ち合い?」

「そこまではいかないだろう。でも、相当に破壊的だよ。不況は笑いごとじゃない。むこうは当然そいつを計画してくる」

「ほかに方法はないの?」

「冥王星の全政府と全企業の本社を内惑星へ移動させよう、という提案もあった。それも一つの方法かもしれない。しかし、そうなったら、われわれのものだという自覚がどうして持てる？　冥王星はただの植民地になってしまう。長い目で見れば、それは自主独立よりずっと悪い解決法なんだ」

彼女は黙ってしばらく考えこんでいた。それから、こっくりと首をうなずかせた。その動きが、闇の中でかろうじて見分けられた。

「その戦争までは、あとどのぐらい？」

彼は肩をすくめた。「あれからずっと接触がなかったからね。最近の情勢がどんなふうか知らない。しかし、あと十年かそこらは、なんとか辛抱できるだろう。それからは、脱退するしかなくなる。もし、ぼくがきみの立場なら、必需物資をためこんどくな。罐詰食品、空気、水、そんなものを。生きのびるためにそれを消費しなくちゃならないほど、事態が悪化するとは思えない。しかし、準物々交換の世の中になれば、こういう品物しか価値がなくなってくる。クレジット・メーターに購買注文をパンチしたって、せせら笑われるだけだからね、いくら労働をそそぎこんであっても」

筏がゴツンと音を立てた。二人は世界の縁に到着したのだ。

外海からいきなりそそり立った堰堤《えんてい》の上の突きでた岩に、二人は筏のもやい綱をつないだ。ここはラロトンガから五キロの沖である。あたりがいくらか明るくなるのを待ちかねて、岩の斜面をよじ登りはじめた。

そこはごつごつしていた。ダムの内側を、発破でふっとばしたままなのだ。斜面は三十度の角度で五十メートルせりあがってから、急に水平になり、そして鏡のようになめらかになった。世界の縁であるダムのてっぺんは、切削《せっさく》レーザーでつるつるにされた、長さ三百キロ、幅四キロの巨大なテーブルの表面だった。二人は濡れた足跡を残しながら、その外縁へと長い徒歩の旅に出発した。

まもなく、のっぺらぼうの表面の上で、すべての遠近感が失われてしまった。もう海側の縁は見えなくなり、外側の断崖はまだ見えてこない。この頃には、夜もすっかり明けてきた。絶好のタイミングだ。外側の縁に着く頃には、ちょうど日が昇って、すばらしい眺めを見物できるだろう。

外縁まであと百メートルに近づき、むこうがすこし見えてきたところで、リーは無意識に足を遅らせはじめた。ピリは彼女を急《せ》きたてなかった。見ろと人に強制できるような種類のものではない。実は、自分もみんなといっしょにこのあたりまでやってきて、途中でひきかえしたことがある。もうすでに、墜落の恐怖が強まってきている。しかし、ともかく彼女はついてきて、彼といっしょに峡谷の突端に立った。

〈パシフィカ〉は、三つの部分に分けて作られ、水がたたえられることになっていた。二つはすでに完成しているが、三つ目はまだ掘削工事中で、いちばん深い海溝のほかは水がはいっていない。水は二人がいまその上に立っているダムによって、この区画から堰止《せきと》められている。海溝や、海底山脈、平頂海山《ギヨー》、斜面などが、仕様書どおりにすべて完成すれば、海底は軟泥で覆われ、くさび形の区画に放水がされることになる。この水は、地表の液体水素と液体酸素を核融合プラントからの無尽蔵な電力で化合させたものだ。

「われわれは、母なる地球でオランダ人がやったのとおなじことをやってるんだよ。ただし、あべこべにだけど」

ピリはそう説明したが、リーからはなんの反応もなかった。彼女は呪縛《じゆばく》にかけられたように、ダムが作りあげた絶壁と、真下に見える底なしの海溝をのぞきこんでいた。それは霧に包まれているが、どこまでも下に落ちこんでいるように思えた。

「深さは八千メートル」ピリは彼女に教えた。「完成すると、正規の海溝にはならない。この区画に水をそそぎ入れたあとで、ダムをこわしてあそこへ埋めるんだ」彼はリーの顔を見て、それ以上は数字を持ち出そうとしなかった。その体験を好きなように嚙みしめさせることにした。

人類の居住惑星でこれに匹敵する眺望といえば、ほかには火星の大地溝帯《グレート・リフト・ヴァレー》があるだけだろう。二人ともそれを見たことはないが、これに比べれば、その全景を一度に見られないという点で、遜色があるにちがいない。ここでは、端から端までが、そして海面の高さから太平洋の海溝最深部までに相当する距離が、一望のもとにある。峡谷は二人の眼下へまっすぐに落ちこみ、虚無の中へ消えている。二人の足の真下には虹が懸かっていた。左手には巨大な滝が一本の太い流れとなって、絶壁から弧を描いていた。ダムから溢れた何トンもの水が、枝分かれし、砕け散り、小さなしぶきからさらには霧となって、海溝の底に達するはるか以前にどこかへ吹き飛ばされてしまう。

真正面の約十キロ先には、この奈落に水が満たされたとき、沖縄バイオームになる予定の山があった。完成のあかつきには、水面上に現われるのは、小さい、黒く焦げた山の頂きだけだろう。

リリーは、できるだけ長くそこにとどまって、見物しようとした。長く立っていればいるほど、気持ちはおちついてきたが、それでもやはりここには彼女を追いはらうなにものかがあった。この破砕された世界は、あまりにも規模が大きすぎて、人間のはいりこむ余地がないのだ。正午にはまだかなり間のあるうちに、二人は向きを変え、筏への長い帰り道をたどりはじめた。

筏に乗りこんで、戻り旅のために帆を張るあいだ、彼女はずっと黙りこんでいた。風は思い出したように吹くだけで、ほとんど帆はふくらまなかった。あと一時間かそこらしないと、強い風は吹かないだろう。筏からは、まだダムの堰堤が見えた。

二人はおたがいに顔をそむけて、筏の上に座っていた。

「ピリ、連れてきてくれてありがとう」

「どういたしまして。むりにその話をしなくてもいいんだよ」

「わかったわ。でも、そのほかにちょっと話したいことがあるの。ただ……どこから話しはじめたらいいか、よくわからなくて」

ピリはそわそわと身じろぎした。昨夜の経済論で、気持ちが動揺していた。それは過去の人生の一部、まだ戻っていく心構えのできていない一部だ。彼はすっかり混乱しきっていた。この風と水の有形世界にはなんの関わりもない思考が、頭の中で渦巻いている。だれかが呼びかけているのだ。むかし知っていた、だが、いまは会いたくないだれかが。

「へえ？　なにを話したいんだい？」

「あのね――」と彼女はいいかけて、思いなおしたようすだった。「なんでもない。まだその時機じゃないわ」

彼女はピリににじりよって、体にさわった。だが、彼にはその気がなかった。まもなく彼女にもそれがわかり、筏のむこう側へと離れていった。

混乱した思考といっしょにとり残されて、彼は仰向けに寝ころんだ。突風がどっと吹きつけてから、またおさまってしまった。トビウオが水面から跳ねあがり、もうすこしで筏を飛び越えそうになった。空の一片が大気の中を落下してくる。一枚の羽根のようにひらひらと舞いおりる小さな空のかけらは、表が青く、裏は茶色だった。それが欠け落ちたためにできた空の穴も、よく見えた。

　きっと二キロか三キロむこうだ。いや、待てよ、そんなはずはない。空のてっぺんは二十キロの高さで、その真中あたりが落っこちたらしい。ここは〈パシフィカ〉の中心からどのぐらい離れているだろう？　百キロ？

　空のかけら？

　彼が立ちあがったはずみに、筏はもうすこしで転覆しそうになった。

「どうしたの？」

　大きい。こんなに遠くからでも、あのかけらは大きく見える。夢のようにゆっくりした落下の動き、それが錯覚を生んだのだ。

「空が……」彼はそこで言葉につまり、もうすこしで笑いだしそうになった。しかし、照れくさがっているときではない。「空が落ちてくるよ、リー」あとどれぐらい？　それを見あげながら、頭の中は数字でいっぱいになった。あれに大気層を突き抜けるだけの重さがあるとして、あの高さからの終速度は……毎秒六百メートル以上。落下の所要時間、七十秒。そのうち三十秒は、すでに過ぎ去っている。

　リーはひたいに手をかざして、彼の視線を追った。彼女はまだ冗談だと思っているらしい。空のかけらは、濃い大気層に突入するにつれて、赤熱しはじめた。

「あら、ほんとに落ちてくるわ。見て」

「大きいよ。一キロか二キロの直径がある。きっと、ものすごい水柱が立つだろうな」

二人はそれが落ちてくるのを見まもった。まもなくそれは速度を増しながら、水平線のむこうに消えた。二人は待ちつづけたが、もう見せ場は終わったようだった。それなのに、なぜ自分はまだ不安なのか？

「直径二キロの岩っていうと、どれぐらいのトン数かしら？」リーがぽつりといった。彼女も浮かぬ顔だった。しかし、それが海中へ落ちていった方角をまだ見やりながら、二人は筏の上に腰をおろした。

やがて二人はトビウオの群れにとり巻かれ、海は狂ったように沸きかえった。トビウオはパニック状態だった。水面を打つと同時にまた跳びあがった。なにかが真下を通り過ぎるのを、ピリは目よりもむしろ体で感じた。やがて、きわめて徐々に、海鳴りが近づいてきた。太く低いとどろきは、まもなく全身の骨がこなごなになりそうな振動に変わった。それにさらいあげられて揺さぶられたあと、彼は弱々しくひざまずいた。茫然として、はっきり物が考えられなかった。彼の目はまだ水平線を見つめており、白い扇形のものが、はるか遠くで静かに壮麗にせりあがっていくのを見てとっていた。落下の衝撃でできた水柱が、まだ立ち昇りつづけているのだ。

「あれを見て」ようやく声をとりもどしたリーがいった。彼女もやはりうろたえているようだった。彼はリーが指さすほうを見あげた。くねくねした一本の線が、青空を横切って這いすすんでいく。つかのま、これが最期かという気がした。宙にかかったドームぜんたいがひび割れて、頭上へ落下してくるように思えたのだ。だが、そこで気がついた。太陽の走行レールの一つだ。さっき落下した岩のためにひき剝《は》がされたレールが、ねじくれた金属の蛇のようにのたうっているのだ。

「ダム！」と、彼はさけんだ。「ダム！　ぼくらはダムに近すぎる！」

「え？」

「ダムに近いここらでは、底が盛りあがってるんだ。このへんの海はそう深くない。いまに波がやってくるよ、リー、高波が。ここでうんと高くなる」

「ピリ、影が動いているわ」

「はあ？」

意外な出来事がやつぎばやに起こって、対応のすべもない。しかし、彼女のいうとおりだ。影が動いている。だが、なぜ？

ようやくわかった。太陽は沈んでいくが、西方の隠された穴につうじるレールを走っているからではない。さっきの岩がぶつかったため、レールからはずれて、大気の中を落下しているのだ。

リーにもやはりそれがわかったようだった。

「あれはどんなもの？」彼女はきいた。「どのぐらいの大きさ？」

「それほどでっかくはないよ、聞いた話だと。たしかに大きいけど、さっき落ちてきた塊りほどじゃない。だけど、一種の核融合炉だからね。海に落ちたら、なにが起こるかわからないな」

二人は麻痺したようになっていた。なにかをすべきだとはわかっているが、あまりにも多くのことが一時に起こりすぎた。じっくり考える暇もない。

「潜るのよ！」リーがどなった。「水に潜るのよ！」

「え？」

「泳いでダムから離れなくちゃだめ。できるだけ深く潜って。そしたら、波が頭の上を通りすぎていくわ、ちがう？」

「どうかな」

「わたしたちにやれることはそれしかないわ」

そこで二人は海にとびこんだ。ピリは自分の鰓《えら》が働きはじめるのを感じ、闇に包まれた海底へ向かって斜めに潜っていった。リーも、左のほうで全力をふりしぼって泳いでいる。と、夕映えもなく、前ぶれもなしに、あたりが急に真暗になった。太陽が海に落ちたのだ。

どれほどのあいだ泳ぎつづけていたろうか、ふいに彼は体が上にひっぱられるのを感じた。無重量で水中を漂っているために、加速を感じとるには条件がよくない。にもかかわらず、急上昇するエレベーターに乗ったような、まぎれもない感覚があった。それといっしょにやってきた圧力波で、いまにも鼓膜が破れそうだった。下へ潜ろうと足をけりだし、手で水を掻いた。自分が正しい方向へ向かっているかどうかさえも、よくわからない。そのうちに、ふたたび体が下降しはじめた。

闇の中を、ひとりぼっちで泳ぎつづけた。つぎの大波が通りすぎ、彼を持ちあげてまた下におろした。二、三分後、別の大波がこんどは別の方角からやってきたように思えた。彼はどうしようもなく混乱してしまった。とつぜん、自分がまちがった方向へ泳いでいる気がした。どうしていいかわからなくなって、泳ぎをやめた。いったい、これで正しい方角に向かっているのだろうか？　それを知る手だてがない。

水を掻くのをやめて、方向を見きわめようとした。むだだ。波のうねりを感じ、自分が木の葉のようにもてあそばれているのを確信した。

やがて、無数の泡が全身を這いまわるような感覚で、皮膚がむずむずした。それがこの状況への手がかりを与えてくれた。泡は上に昇っていくものだ、そうじゃないか？　いま、泡は体の上を腹から背中へと動いていく。だから、下はあっちだ。

しかし、その情報を利用する暇もなかった。なにか固いものに腰が強くぶつかり、背中がねじれて、彼の体は泡と水の中でとんぼ返りを演じたのち、つるつるした表面を滑っていった。非常な加速がついた感じだった。自分がどこにいて、どこに向かっているかはわかったが、もうできることはなにもなかった。波の末端が、波をダムの岩の斜面からきれいに持ちあげて、滑らかな上面へと載せたのだ。いま、その波は彼を世界の縁にそって押しやりながら、しだいに勢いを弱めていた。彼はうつ伏せに体をひっくりかえし、つるつるした表面に両手でつかまろうとした。まさに悪夢だった。なにをしても、まったく効果がない。やがて、頭が水からぽっかり空気の中に出た。

まだ滑走はつづいていたが、大波は小さく砕け散って、泡と水たまりにおちつこうとしていた。水は驚くべきスピードで引いていった。彼は冷たい岩へ愛しげに頬を押しつけたまま、そこに一人とり残された。あたりはまっ暗闇だった。

彼は動こうとしなかった。もしかしたら、足指のすぐ後ろが八千メートルの谷底だということもありうる。

ひょっとすると、つぎの波が打ちよせてくるかもしれない。もしそうなったら、こんどの波は、自分をあらしの中のコルク栓のように持ちあげたりせず、上からたたきつぶすだろう。そうすれば即死だ。彼はそのことをくよくよ心配するのをやめた。いまの願いは、これ以上滑っていかないことだけだった。

星ぼしは消えていた。停電？　いま、それがまたたきしてついた。彼はすこし頭を持ちあげ、東のほうに、ほのかな光が滲んでいるのを目に入れた。月が昇ってくる――しかも、とんでもないスピードで。見まもるうちに、細い三日月は回転をつづけ、たった一分たらずで明るい満月に変わった。だれかがまだ監督にあたっていて、下界へ照明を投げかけようと決めたのだろう。

まだ膝がくがくしていたが、彼は立ちあがった。噴水のように高い波しぶきが、右手のはるか遠くに見え、海がそこでダムを攻めつけているのを示していた。いまいる場所は、ダムの両端から遠く離れた、テーブル・トップのほぼまんなかだった。海は三十ものハリケーンにかきむしられたように見えるが、さっきのような津波が襲ってこないかぎり、この距離なら安全だった。

月光がダムの上面を銀の鏡に変え、その上にばらまかれた魚がぴちぴちと跳《は》ねていた。彼はもう一つの人影が立ちあがるのを見て、そっちのほうへ駆けだした。


〈ヘリコプター〉が赤外線探知機で二人を探し出した。どれだけの時間そこにいたのか、見当がつかなかった。月が空の中央で静止したままだったからだ。

二人は身震いしながら、キャビンに乗りこんだ。

〈ヘリコプター〉のパイロットは、二人が見つかったのを喜んだあと、失われた人命のことを悲しげに語った。彼女の話では、三名の死者のほかに、十五名が行方不明で、絶望視されているという。犠牲者たちの大半は、折あしくサンゴ礁の上で働いていたのだ。〈パシフィカ〉の全陸地表面が津波をかぶったが、人命の損害は最小限に食いとめられた。大部分の人間が、津波のやってくる前に、エレベーターで地下へ、またはヘリコプターで上空へ避難するのに間に合った。

これまでに判明したかぎりでは、地殻内の熱膨張が、惑星の内部へ向かって、予想よりもずっと奥へ進行していたらしい。この地底では忘れられがちな事実だが、地上はいま夏にあたっている。技術者たちは、ここの空の内部表面が数年前から安定化していると考えていたが、わずかな温度の上昇で新しい断層が生まれたのだ。パイロットが指さしてみせる彼方では、たくさんの小艇が空のすぐそばへ蛍のように集まり、災害の発生現場をサーチライトで照らしていた。表面が安定するまで、もう二十年間〈パシフィカ〉の工事を中止する必要があるかどうかは、まだだれにもわからないという。

パイロットはラロトンガで二人をおろした。島はめちゃくちゃになっていた。高波がサンゴ礁を乗り越えて打ちよせ、泡立つ海水と漂流物とが、すさまじい勢いで島の上を掃いていったのだ。建物はあらかた押し流され、エレベーターを収納したコンクリート・ブロックが、装飾的なカムフラージュを剝ぎとられて残っているだけだった。

ピリは、見なれた人影が、かつては美しい村だった廃墟の中を通って、こっちへ近づいてくるのに気づいた。彼女は途中から駆け足になり、押し倒すような勢いで彼に抱きつくと、笑いながら彼にキスを浴びせた。

「てっきり死んだものと思っていたのよ」ハルラは、切り傷や打撲傷がないか調べようとでもするように、彼からすこし距離をとった。

「よっぽど運がよかったんだ」彼はまだ自分が生きのびたのが信じられない気持ちだった。海の上でも相当すさまじいものに思えたのだが、こうして島に帰ってみると、災害のひどさがいっそう明らかになる。彼はそれを見て、あらためて怖気《おじけ》をふるった。

「リーが、波の下へ潜ろうといいだした。それで命拾いできたんだよ。すうっと上へ持ちあげられたあと、最後の大波がぼくらをダムのてっぺんまで押しあげてから引いていったんだ。ぼくらを木の葉のように落っことしてね」

「あら、わたしの場合はそんなにお手柔らかじゃなかったわよ」リーが口をとがらせた。

「かなりの衝撃だったわ。手首を挫《くじ》いたかもしれない」

医師は手近にいた。手首に包帯を巻かれるあいだ、リーはピリをじっと見つめていた。ピリはその目つきが気に入らなかった。

「あなたに話そうと思っていたことがあるのよ、筏の上で。でなければ、島へ帰ってからすぐに。とにかく、もうあなたがここで暮らす意味はなくなったけれど、これからどこへ行くかはあなたしだいだわ」

「やめてよ」ハルラがたまりかねたようにいった。「まだ早いわ。まだ彼になにも話さないで。そんなのフェアじゃない。あっちへ行ってちょうだい」ハルラは、ピリの目には見えないなにものかの襲撃から、自分の体を張って彼を守ろうとしているようだった。

「わたしはただ――」

「だめ、だめ。この人のいうことを聞いちゃだめよ、ピリ。あたしといっしょにきて」ハルラは年上の女に訴えた。「二、三時間だけ、ふたりきりにしてちょうだい。まだ話せずじまいになっていたことが、いくつかあるの」

リーは決心のつかない表情だった。ピリは激しい憤懣《ふんまん》がわきあがってくるのを感じた。自分のまわりでなにかが起こっているのは、前から知っていた。それに目をつむっていたのはおもに自分の落度だったが、こうなれば知らずにはすまされない。彼はハルラにつかまれた手をふりほどいて、リーに向きなおった。

「話して」

リーは自分の足もとに視線を落としてから、もう一度彼の目を見つめた。

「ピリ、わたしはただの観光客じゃないわ。あなたをある方向へ導いてきた。あなたがなるべく楽にこの話を受けとれるように。でも、あなたはまだわたしに抵抗している。もう、これを楽にすませる方法はどこにもなさそうだわ」

「やめてよ！」ハルラがふたたびさけんだ。

「きみは何者？」

「精神科医よ。あなたのように精神的な休暇状態にある人たち、あなたのいう〝二度目の幼年期〟にある人たちを、回復させるのが専門なの。意識の別のレベルで、あなたはこうしたことをぜんぶ知ってたけど、あなたの内部の子供が、あらゆる段階でそれに抵抗したのよ。その結果が、たびたびの悪夢だった――おそらくその焦点はわたしだったでしょう、あなたが認めようと、認めまいとね」

リーは彼の両手首をつかんだ。挫いた片手の動きがぎごちなかった。

「さあ、聞いてちょうだい」リーは熱のこもった囁き声でいった。彼の顔に現われたパニックが堰《せき》を切らないうちに、彼がどこかへ逃げださないうちに、すべてをぶちまけてしまおうというように。「あなたはここへ休暇にやってきた。ここで十年間、のんびり成長しながら暮らすつもりで。それはもう終わったのよ。あなたが仕事を離れた当時の状況の見通しは、もう時代遅れになってるわ。あなたが夢にも思わなかったほど、事態の進行は早かった。あなたは、社会復帰したあと、来たるべき戦いの準備をととのえるのに、十年間の余裕を見越していた。その期間は、どこかへ蒸発してしまったわ。内惑星の共同市場が、すでに第一弾を発射してきたのよ。むこうは新しい決済システムを制定して、すでにそれがコンピュータに組みこまれて、動きはじめている。攻撃目標はこの冥王星で、もう一カ月も前から発効しているのよ。もうわたしたちは内惑星共同市場の加盟者という立場をつづけられない。なぜなら、いまからは、わたしたちが売買をしたり、金を動かしたりするたびに、インフレ乗数が冥王星側に不利になるよう、自動的に操作されるからよ。それは現存の協定に照らしてみても完全に合法的だし、彼らの経済にとって必要でもある。ただ、タイム・ラグという冥王星の不利を無視しているわけ。むこうの意図がなんであろうと、こっちはそれを敵対行為と見なすしかない。だから、どうしてもあなたに帰ってきてもらって、経済戦を指導してもらわなくちゃならないのよ、経済相閣下」

その最後の一言が、わずかながらピリに残されていた平静をうちくだいた。彼はリーの両手をふりほどくと、狂おしい目であたりを見まわした。それから、いちもくさんに砂浜を走りだした。一度、自分で自分のひれ足につまずいたが、スピードをゆるめずに走りつづけ、やがて見えなくなった。

ハルラとリーは無言でそれを見送った。

「あんなに荒っぽくやらなくてもよかったのに」ハルラはいったが、実はそうでないことを知っていた。ただ、あんなふうに混乱したピリを見るのが、かわいそうでならなかったのだ。

「むこうが抵抗するときは、手早くやるにかぎるの。それに、彼はだいじょうぶ。いちおう自分との戦いはあるでしょうけど、その結果については疑問の余地はないわ」

「じゃ、あたしの知ってたピリはまもなく死ぬのね？」

リーは年下の女の肩に手をかけた。

「いいえ、ちがうわ。これは、勝者も敗者もない、人格の再統合なのよ。いまにあなたにもわかる」リーは、涙に濡れたハルラの顔をのぞきこんだ。

「心配しないで。きっと年とったピリも好きになるわよ。彼のほうも、あなたを愛していることに気づくのに、暇はかからないはず」

夜のサンゴ礁へくるのは、これがはじめてだった。そこは内気な魚の領分で、彼らはいつもピリより一歩先に、すいと隠れ場へ逃げこんでしまった。これからの長い夜のあいだ、いつになったら魚たちは勇をふるってそこから出てくるのだろうかと、彼はいぶかしんだ。太陽は、これから何年も昇らないかもしれない。

魚たちも二度と出てこないかもしれない。環境に起きた変化に気づかずに、夜の魚も昼の魚もそれに適応しようとしない。食物連鎖が破壊され、臨界温度が狂い、果てしなくつづく月夜と、日光の不足とが、何十億年にわたってつちかわれた体内メカニズムを歪《ゆが》め、魚たちは死んでいく。当然そういうことが起こるはずだ。

生態学者たちは、たいへんな仕事を背負いこんだことになる。

しかし、外海に棲むただ一つの生物だけは、長いあいだ生きのびるだろう。彼は、昼と夜とに関係なく、動くものを手当たりしだいに食い、動かないものまでも食う。彼はなんの不安もなく、行動を規制する体内時計も、頭を混乱させる内的圧力も持っていない。あるのはただ一つ、すべてに優先する攻撃の衝動だけ。ここに食べ物があるかぎり、彼は生きつづけるだろう。

だが、白い腹をしたその殺し屋、別名〈幽霊〉の貧弱な脳に、いま、一片の疑いがやどった。それに似た疑いは、これまで幾度かその脳を訪れたことがあるのだが、彼にはなんの記憶もない。彼には思い出す能力がなく、ただ狩りをする能力があるだけなのだ。だから、彼の横を泳ぎながら、彼の冷たい脳に怒りに近い感情をかきたてているこの新しい生き物は、一つの謎だった。彼はまたしてもそいつに襲いかかろうとしたが、そのたびに、半メートルの体長しかなかった頃からこのかた、およそ覚えのない感情にとらえられ、恐怖にかられてひきかえしてしまうのだった。

ピリは、おぼろげなサメの輪郭と並んで泳いだ。超音波信号の不明瞭な境界すれすれをうろついているサメが、月明かりで見分けられた。ときおり、サメは頭から尾の先までぶるっと震わし、彼のほうへ向きなおって、大きさを増してきた。そのときピリに見えるのは、ぱっくり開いた口だけだった。やがて、サメはすばやく向きを変え、底なしの奈落のような片目でピリを釘づけにしてから、すうっと泳ぎ去っていく。

ピリは、このあわれな愚かしい魚を笑うことができたら、と思った。こんな無知な、食べるだけの機械を、なぜ自分は怖がったりしたのだろう？

さようなら、ウスノロくん。ピリは向きを変え、岸を目ざしてゆっくりと水を掻きはじめた。サメが向きを変えてこっちのあとを追い、警報器の有効範囲である球の中へ鼻づらをつっこんでくることはわかっていたが、そう考えても別にひるみはしなかった。もう怖くはない。すでに悪夢の腹にのみこまれたというのに、この上なにが怖いというのか？　悪夢のあごにとらえられたあと、自分は目覚め、そして思いだした。そして、恐怖にけりがついたのだ。

さようなら、南海の楽園よ。こうなるまでのきみは、愉快な遊び相手だった。いまのぼくはもうおとなだ。これから戦争に行かなくちゃならない。

たのしくはなかった。いくらその時機がきたとはいえ、幼年期をあとにするのは、体の一部をもがれるように辛いことだった。いまや自分には責任がのしかかり、それを背負っていかなくてはならない。彼はハルラのことを思った。

「ピリ」と、彼は自分にいいきかせた。「おまえのようなとんまな少年は、とても生きていくのがむりだったのさ」

こうして泳ぐのも最後だと知りつつ、鰓の上を流れる水の冷たさを感じた。これまでずいぶん役に立ってくれた鰓だが、こんどの仕事には必要がない。そこには魚の出る幕はなく、ロビンソン・クルーソーの出る幕もないのだ。

さようなら、ぼくの鰓よ。

彼は岸に向かって力強く水を蹴りつづけ、やがて、水をぽたぽた垂らしながら、砂浜の上に立った。ハルラとリーが、そこで彼を待っていた。

バービーはなぜ殺される
The Barbie Murders

宮脇孝雄◎訳

その死体は二二四六時にモルグに到着した。とくべつそれに注目した者はいない。ちょうど土曜の夜で、死体の数は、材木溜めの丸太のように増えつつあったからだ。忙しげに働く係員は、列になったステンレスのテーブルのあいだで順に作業を片づけ、最後に、問題の死体と一緒に届いた書類の束を取り、ふたたびその顔をシーツで覆った。次にポケットのカードを出すと、捜査担当官や病院のスタッフが寄こしたレポートから、必要な事柄を書き写した。

《イングラハム、リーア・ピートリ。女性。年齢：三十五。身長：二・一メートル。体重：五十九キロ。死亡状態で到着。クリジウム救急ターミナル。死亡状況：他殺。近親者：不明》

女性の係員は、死体の左足の親指にカードの針金を巻きつけ、テーブルの上から車輪つきの運搬台に移すと、保存棚六五九Aの前に運び、細長い台を引き出した。

扉が音をたてて閉まり、係員は既決書類入れに書類を置いたが、その女には一つだけ見落としたことがあった。捜査担当官は、レポートに死体の性別を明記していなかったのである。

＊

アンナ＝ルイーゼ・バッハ警部補の新しいオフィスは、引っ越して三日目なのに、机の書類が早くも床に雪崩落ちそうな有様だった。

ここをオフィスと呼ぶのはこじつけもいいところだ。部屋には、係争中の事件の書類を収めたファイル・キャビネットがあったが、その扉は、かなりの危険が生命や手足に及ぶのを覚悟しなければ開けられたものではない。引き出しは何かというとすぐに飛び出して、隅の椅子にすわったら、もう、身動きさえ取れなくなってしまう。〝A〟の棚には、椅子の上に立たないと手が届かない。〝Z〟の棚を開けるときは、机に腰かけるか、机の脚入れと壁のきわに大きく足をひろげて一番下の引き出しをまたぐか、その二つに一つ。

だが、そのオフィスには、ちゃんとドアがついていた。ただし、机と向かいあった一人用の椅子を誰かが使うと、もう開けられなくなってしまう。

それでも、不平をもらすつもりは少しもなかった。バッハはこの部屋が大いに気に入っていた。十年ものあいだ、ほかの刑事たちとデカ部屋で肘をつきあわせていたことを思えば、十数倍も快適なのである。

ジョージ・ヴァイルが戸口から顔を出した。

「やあ。新しい事件の賭けを始めたんだがね。いくらで乗る？」

「たった半マークでもそんな賭けには乗りたくないわ」バッハは、書きかけの報告書から顔を上げずに答えた。「わからない？　今忙しいのよ」

「これからはもっと忙しくなるぜ」許可なしに入ってくると、ヴァイルは椅子におさまった。バッハは顔を上げ、口を開きかけたが、結局何もいわなかった。バッハの権限をもってすれば、ヴァイルに命じてその大足を〝解決済み事件〟の書類箱からどかせることもできるだろうが、それを発動したことはまだ一度もない。ジョージとは三年間チームを組んだ仲だった。肩の金線が一本増えたからといって、今さら二人の関係を変えることがあるだろうか。多分、ヴァイルがなれなれしい口をきくのは、たとえ昇進した身であっても、それを鼻にかけたりしなければ、おれは何もいわないという、ヴァイルなりの意志表示なのだろう。

ヴァイルは〝緊急案件〟と記された今にも崩れそうな書類の山に、もう一つ書類ばさみを載せると、元どおり椅子にふんぞりかえった。バッハはその大量の書類に目をやった――そして、そこから五十センチも離れていないところにある、壁にはめこまれた円環式のゴミ廃棄口を見た。その先は焼却炉に通じている——事故でもあったらどうしよう。不注意で、肘がちょっとでも触れたら……。

「開けてみないのか?」ヴァイルは失望した様子だった。「おれが事件の出前に来るなんて、めったにないぞ」

「なら、話したらどう。しゃべりたくてうずうずしているようだから」

「いいだろう。まずは死体。これはかなりメチャメチャに切り裂かれている。凶器も見つかったが、そいつはナイフだ。目撃者が十三人で、犯人の風体も証言できるんだが、その必要はない。殺人が起こったのは、テレビ・カメラの前だったからだ。テープは押さえてある」

「それなら、第一報が入って十分もしたら解決じゃない。人間が手を出すまでもないわ。コンピューターにまかせたらどうなの」しかし、バッハは改めて顔を上げた。いやな予感がしたのだ。

「でも、どうしてわたしに?」

「もう一つの事実があるからさ。犯行現場の件だがね。殺人は、バービーの居留地で起こったんだ」

「おや、まあ」

＊

月《ルナ》の統一教礼拝堂は、ノース・クリジウムのエニイタウンにある統一教徒コミューンの中心部にあった。そこへ行くには、クリジウム横断急行と並んで走る鈍行の管状線《チューブ》を使うのがいちばんの早道だとわかった。

バッハとヴァイルは優先選択コードで白と青の警察用カプセルをつかまえると、ニュードレスデン市営交通――ニュードレスデン市民が〝錠剤選別機《ピル・ソーター》〟と呼ぶ輸送機関に入った。二人の乗ったカプセルは管区内の滑斜口を抜け、交通中枢に到着した。そこでは、何千というカプセルが、コンピューターに行路申請が通るのを待って渋滞していた。検札所へつづく巨大なコンベアに乗ったとき、二人のカプセルを鉄の鉤《かぎ》――警官たちは〝司法の長い腕〟と呼んでいる――がつかみ上げ、ほかのカプセルからのうらめしげな視線を受けながら、クリジウム横断線の複数の胃袋へと一足とびに移動させた。カプセルの挿入が終わり、バッハとヴァイルは強く座席に押しつけられるのを感じた。

数秒後には、地下の路線から、クリジウムの平原に出ていた。誘導レールの上に磁力で二ミリほど浮かんだまま、真空の中をどんどん走って行く。バッハは、空にかかった地球を見上げてから、窓の外を飛び去る平凡な風景に目を移した。そして物思いにふけった。

バービーの居留地がこのニュードレスデン市内に入っていようとは、実際に地図で確かめるまで、信じられなかった。行政管区を好き勝手にいじったのだろうが、あつかましいにもほどがある。エニイタウンは、ニュードレスデンの市境から五十キロは離れているはずだった。ところが、実際には、一メートル幅の地面を表わす点線によって、ちゃんと市につながっていたのである。

カプセルがトンネルに入り、管状線《チューブ》の前方に空気の注入が始まると、耳を聾《ろう》する轟音が高まった。その衝撃波を受けて一揺れしたあと、カプセルは、エニイタウンの駅へつづく圧力ドアをくぐり抜けた。シューッと音をたててカプセルの扉が開き、二人はプラットフォームに降り立った。

エニイタウンの駅は、貨物の倉庫や荷積み場として使われるのが本来の姿である。その広い空間では、四方の壁に合成樹脂の荷箱が積まれ、五十人ほどの人々がそれぞれを貨物カプセルにさばいていた。

バッハとヴァイルは、どこに行けばいいのかわからず、しばらくプラットフォームに立っていた。殺人は、そこから二十メートルも離れていない駅の構内で起こったのだ。

「何だかゾッとするよ」と、おっかなびっくりにヴァイルがいった。

「わたしもよ」

バッハの目に入る五十人は、寸分たがわず同じ顔をしていた。顔や手足が見えるだけで、ほかのところはウエストにベルトを巻いたゆるやかな衣装に包まれているが、外見上は全員が女性だった。誰もがブロンドで、それぞれ髪を肩のところで切り揃え、中央で分けている。青い瞳、広いひたい、短い鼻すじ、そしてこぢんまりした口もと。

バービーたちは、一人、二人と作業の手を休め、バッハとヴァイルに注目しはじめた。うさんくさげな視線が二人に集まった。バッハは適当に目星をつけ、中の一人に話しかけた。

「ここの責任者は誰ですか？」

「わたしたちです」そのバービーは答えた。自分が責任者だといっているのだろう。バッハは、バービーたちが決して一人称単数を使わないという話を思い出した。

「礼拝堂で人と会うことになっているんだけど、どう行けばいいのかしら」

「あの戸口を通ってください」女は答えた。「その先にメイン・ストリートがつづいています。そこをまっすぐ行けば礼拝堂に着きます。でも、あなたがたは、その体を覆うべきですよ」

「え？　どういうこと？」バッハは、自分もヴァイルも、服装に変なところはないと思っていた。確かに、バービーたちと比べれば、露出した部分は多い。バッハの服装は、いつものナイロン・ブリーフに加えて、規則で決められた制帽と、腕と太もものバンド、それにかかとがついた布底のスリッパ。銃器や通信器、手錠などは、皮の装着ベルトにしっかり固定されている。

「肉体を覆いなさい」苦しげな表情でバービーは繰り返した。「いけませんよ。これ見よがしに差異をふりまくのは。それからそこの人、あなたのその毛は……」ほかのバービーたちから忍び笑いが漏れ、中には叫び出す者もいた。

「警察の仕事だ」ムッとしてヴァイルがいった。

「ええ、そうよ」と、うなずいたものの、相手のペースに巻き込まれたことがバッハには腹立たしかった。少なくとも、ここはニュードレスデンの市内である。慣例的に統一教徒の領地になっているのは事実だが、それにしても天下の往来であることに変わりはない。どんな服を着ていようと大きなお世話ではないか。

メイン・ストリートは、道幅の狭い、しみったれた通りだった。ニュードレスデンのショッピング地区にあるプロムナード程度の広さはあるだろう、というバッハの予想に反して、これでは普通の住宅の廊下と大差ない。同じ顔をした何人もの通行人とすれちがうとき、二人は好奇の視線を浴び、かなりの者は露骨に眉をひそめた。

通りの行きどまりにこぢんまりした広場があった。ペンキを塗っていない金属の低い屋根つきで、まばらに樹木が植えてあり、八方にひろがる歩道の中心部に、石づくりのずんぐりした建物がひかえている。

これまでに会ったバービーと寸分たがわぬ女が、その入口で二人を出迎えた。ヴァイルと電話で話したのはあなたか、とバッハが訊くと、女はうなずいた。バッハは中で話したいと申し入れた。しかし、礼拝堂への部外者の立ち入りは許されないということで、そのバービーの提案に従って、三人は外のベンチにすわることにした。

腰を落ち着けてから、バッハは事情聴取を始めた。「まず、名前と肩書をうかがいます。たしかあなたは……ええと、何でしたっけ？」バッハはメモを覗いた。オフィスの端末から、ディスプレイを大急ぎで書き写したものである。「肩書はないようですね」

「ありません」と、バービー。「どうしてもとおっしゃるのなら、わたしたちは記録保管者です」

「いいでしょう。で、名前は？」

「ありません」

バッハはため息をついた。「わかりました。つまり、ここへ来たときに名前は捨てたわけですね。でも、前にはあったでしょう。生まれたときにつけてもらったはずです。捜査に必要ですから、ぜひ教えてください」

女は苦しそうな顔をした。「おわかりになっていないようです。確かに、この肉体は、かつて名前を持っていました。しかし、それは、この心からすっかり拭い去られているのです。そのことを思い出すと、この肉体は激しい苦痛を覚えます」〝この肉体〟という言葉を使うたびに、女は必ず口ごもった。たとえどんな婉曲ないいかたでも、一人称を使うのは苦しいのだろう。

「では違う角度から訊きましょう」いいかげん面倒になってきたが、これはまだほんの序の口だという予感があった。「あなたは記録の保管者だといいましたね」

「そうです。法律にしたがって、記録を保管しています。市民は一人残らず記録されなければならないということですから」

「記録には立派な理由があるんですよ」と、バッハ。「これからその記録を見せてください。捜査のためです。わかっていただけますね。たしか捜査官が一度目を通したと思います。そうじゃなければ、リーア・P・イングラハムという被害者の身元はわからなかったはずですから」

「そのとおりです。でも、また見ていただくことはありません。わたしたちはここで自白します。識別番号一一〇〇五のL・P・イングラハムを殺したのは、わたしたちです。おとなしく自首します。どうか刑務所に入れてください」女は手錠をかけやすいように、両手を揃えてさしだした。

ヴァイルはびくっとして、おずおずと手錠に手を伸ばした。それから、バッハのほうを見て、指示を仰いだ。

「はっきりさせておきましょう。あなたは自分が殺したというのですか？　あなた個人が」

「そうです。わたしたちがやりました。世俗の権威に反抗しないのがわたしたちのしきたりです。喜んで罰を受けましょう」

「もう一度訊きますよ」バッハはバービーの手首をつかみ、掌を上にして、指をひらかせた。「この個人ですか？　この肉体が殺人を犯したのですか？　この手、ここにあるこの右手が、ナイフを握ってイングラハムを殺したのですか？　何千もある〝あなたたち〟のほかの手じゃなくて、この手がやったのですね？」

　バービーは眉根をよせた。

「そういうふうに言われると、違います。この手は凶器を握りませんでした。でも、わたしたちの手は握ったのです。同じことじゃありませんか？」

「法律的には大違いです」バッハはため息をついて、女の手を放した。女？　はたして女でいいのだろうか。バッハは、もっと統一教徒のことを知るべきだと反省した。しかし、女性的な顔つきなのだから、女で通したほうが便利には違いない。

「もう一度やりましょう。実は、あなたと――それから事件を目撃した人たちにお願いして、殺人のテープを見ていただきたいのです。殺人犯、被害者、目撃者。わたしには誰が誰だか区別できません。でも、あなたならわかるはずです。つまり、こう考えたのです……昔の言葉にありますね、〝中国人はみな同じ〟だと。もちろん、白人にはという意味です。東洋人なら、お互い同士、すぐ見わけがつくでしょう。だから、あなたが見れば……あなたたちの目で見れば……」バッハは最後までいわなかった。バービーがポカンとした顔つきになっているのを目にしたからだ。

「何をおっしゃっているのか、わたしたちにはさっぱりわかりません」

バッハは肩を落とした。

「つまり、できないと……犯人にもう一度会っても？」

女は肩をすくめた。「わたしたちは、あの者とみんな同じ顔なのです」

*

アンナ＝ルイーゼ・バッハは、その夜おそく、浮揚ベッドに手足を投げ出して、紙切れの群れに取りまかれていた。部屋が散らかるのは困りものだが、わかったことをデータリンクにぶちこむより、こうして紙切れに書きつけるほうが、バッハの頭脳には適しているのである。それが最高に冴えるのは、深夜自宅で、ベッドに入っているときだ。その前に、まず、バスか性交をすませておく。今夜は両方をすませたが、どうやらその爽やかに澄んだ頭を絞りきることになりそうな雲行きだった。

統一教。

この型やぶりな宗派は今から九十年前に創立された。教祖の名前は伝わっていないが、別に意外なことではない。規格統一教徒は教団に入ったそのときに俗世の名前を捨て、教義にのっとり、男でも女でも、これまでの自分が存在しなかったも同様に、その名前や個性の痕跡を抹消すべく、あらゆる努力を重ねるからだ。教徒たちは、さっそく、報道機関から〝バービー〟という呼び名をちょうだいした。その名前は、二十世紀から二十一世紀の初期にかけて流行した子供のおもちゃ――プラスティック製で、性器がなく、手のこんだ衣装をつけて大量生産された〝女〟の人形からきている。

子供を生むことができず、新しいメンバーの補充は外部に頼るしかないことを考えれば、バービーの集団は立派にその命脈を保ったといえる。やがて、二十年間成長をつづけたあと、死者の数と新しいメンバー――〝構成分子〟と呼ばれている――の数が同じになる、人口の均衡状態がおとずれた。あちらこちらで宗教的非寛容からくる控え目な迫害を受け、各国を転々とした末に、大挙してルナに移り住んだのが六十年前のことである。

教団はこの社会で生きることに傷ついた者たちを魅きつけた。おとなしく規則に従い、常に受け身でいて、何千万人もの同胞から暖かいはげましを受けることが大切だといわれながら、それ相応の個性とがんばりを身につけ、群から抜きんでなければ報われない世界、そんなところでうまく生きられない人々が新しい構成分子となった。バービーたちは、群集の中の一つの顔でありながら、同時に夢や望みを持つ誇り高い一個人であることを強いられる社会の仕組みから、すすんで離れていったのである。いってみれば、綿々とつづく禁欲的な世捨て人の末裔として、名前も、肉体も、現世の野心も投げうって、出来合いのわかりやすい人生観に身をゆだねたことになる。

が、それは少し酷ないいかたかもしれない、とバッハは思った。みんながみんな社会の落伍者だというわけでもあるまい。中には、単にその宗教思想に共鳴して入信しただけの者もいるだろう。だからといって、有意義な教えだとも思えないのだが。

バッハは、教義にざっと目を通して、メモを取った。統一教は、人類の共通性を説き、自由意志を否定して、教団とその総意を神に次ぐ位置にまで祭り上げている。ただし、それを実践する段になると、いかにも薄気味悪いことになる。

創世譚と神の物語も伝えられていた。ここでいう神は、信仰するものではなく、瞑想の対象として考えられている。天地創造は、造化の女神——原初的な大地母神で、名前はない——が宇宙を生み落とすところから始まる。つづいて女神は、一つの同じ鋳型から姿も形もそっくりな人間たちを造り、その宇宙にすまわせた。

ここで罪が登場する。人間の中に疑問を抱く者が現れたのだ。この人物には名前がついている。原罪を犯したあとで、罰として名前を与えられたのだが、どこを読んでもそれは書き記されていなかった。いわばけがらわしい言葉であって、統一教徒たちは外部の者に決してそれを漏らさないのだろう。

その人物は、この世の意味を女神に尋ねた。宇宙にはせっかくの虚無があるのに、なぜ人間という存在価値のないものでそれを満たすのか？

一巻の終わりだ。なぜだかわからないが——理由を問うことさえはばかられるのだろう

——女神は差異の罰を人間に与えた。イボ、ダンゴ鼻、ちぢれ毛、白い肌、のっぽ、デブ、奇形、青い瞳、体毛、ソバカス、陰茎、陰唇、無数の顔と指紋、この世に二つと同じものがない肉体に閉じ込められた魂。そして、永遠につづくどなりあいの中で、確かな自分を築いてゆかねばならない重い責め苦。

しかし、この教団は、失われたエデンを取り戻すべく努力することで平安が得られると説く。全人類がふたたび一つになれば、女神はその復帰を喜ぶであろう。人生は試練なのだ。

それにはバッハも同感だった。バッハは、かき集めたメモを一つにまとめると、今度はエニイタウンから持ち帰った一冊の本を手に取った。この本は、殺された女の写真のかわりに、例のバービーから渡されたものである。

それは人間の設計図だった。

題して『人体仕様の書《ザ・ブック・オブ・スペシフィケーションズ》』。ちぢめて『仕様書《ザ・スペックス》』。バービーたちは、それぞれこの本を、巻尺つきで腰につるしている。いわば、バービーの外見を定義し、その許容誤差を機械工学的に定めた本なのだ。中を開けば、肉体の各部分が豊富な図解をつけてミリ単位で詳しく説明されている。

バッハは、それを閉じ、上半身を起こして枕に頭をあずけた。そして、ヴィューパッドをたぐりよせ、ひざにのせると、殺人テープの検索コードを叩いた。これを見るのはその晩二十回目のことである。全員同じ顔をした駅の人ごみから、一つ影が飛び出し、リーア・イングラハムを刺して、また雑踏に溶けこむ。床に倒れた被害者は、内臓をさらけ出して、血を流している。

バッハは再生速度をおとし、殺人犯に注目して、特徴を見つけようとした。どんな小さなことでもいい。ナイフの一突き。吹き上がる血。呆然としてそれを取りまくバービーたち。遅ればせながら犯人を追いかける者もいたが、もう間にあわない。こういうときは間にあったためしがないのだ。しかし、殺人犯は、手に血をつけている。あとで忘れずに尋ねてみよう。

バッハはもう一度テープを見たが、何の収穫もなかった。その夜は、これでおひらきにした。

＊

奥行きが深く、天井の高い部屋。頭上の光板からの明るい光がその部屋を照らしている。バッハは、係員につづいて、一方の壁に並ぶ扉の前を進んだ。空気はひんやりして、湿り気をふくんでいる。ホースを使ったあとで、床は濡れていた。

手に持ったカードを見ながら、男が死体保存庫六五九Aの扉をあけると、ガランとした部屋に騒々しい音が響いた。男は台を引き出し、死体のシーツをめくった。

切り刻まれた死体ならすでにおなじみだが、裸のバービーを見るのは初めてだった。バッハの目は、乳房を模した二つの小高い丘に乳首がついていないこと、そして、股の付け根がつるんとした肌になっていることをただちに見てとった。係員は眉をひそめて死体の足首のカードを調べていた。

「とんでもない間違いだ」男はつぶやいた。「まったく、頭が痛いよ。刑事さん、こんなものをどうするんです？」男は頭を掻くと、カードの〝F〟（女性）を線で消して、きちんと〝N〟（中性）に直した。そして、バッハを見て気の弱そうな笑いを浮かべながら、「どうするんです？」と繰り返した。

そんなことにいちいちかまってはいられない。バッハは、L・P・イングラハムの死体を調べた。この死体のどこかに、仲間のバービーから死を宣告される理由が隠されていることを期待しながら。

いかにして死んだかはすぐわかった。ナイフは、腹部に深く突きささり、傷口は上にひろがって、ナイフの跡は胸骨にまで達している。その骨も途中まで切られていた。いかに鋭い刃物とはいえ、よほどの力がないかぎり、そこまで肉を切り進むことはできないだろう。

係員がめずらしそうに見守る前で、バッハは死んだ女の両脚をひろげ、そこにあるものを調べた。湾曲部のうしろ、肛門のすぐ前に、尿道の小さな割れ目が見えた。

バッハは、『仕様書《ザ・スペックス》』をひろげ、巻尺を取り出すと、次の作業にとりかかった。

＊

「アトラスさん、形態改造手術案内のファイルで知りましたが、統一教とはかなりの取り引きがおありになるそうですね」

男は眉をひそめ、つづいて肩をすくめた。「それがどうしました？　あの連中、お気に召さないかもしれませんが、合法的な団体なんですよ。わたしのところも書類だけはきちんとやってますからね。刑事さんのところで前科のチェックがおわった客じゃないと、手術はおことわりするきまりでして」男は、広々とした相談室のデスクにちょこんと腰をおろし、バッハと向かいあっていた。ロック・アトラス氏——もちろん、商売用の名前だろう——は、大理石の彫像のような肩と、真珠のように輝く歯と、若い男神のような顔の持ち主だった。その職業の生きた広告というべきだろう。バッハは居心地悪く脚を組んだ。こういうたくましい男が好みのタイプなのである。

「取り調べじゃないんですよ、アトラスさん。殺人事件の捜査にご協力をお願いしたいのです」

「ロックと呼んでください」アトラス氏は愛嬌のある笑みを浮かべた。

「あら、そう？　じゃあ、そうしましょう。実は手術のことですが、時間はどのくらいかかるのでしょうか、わたしをバービーにするとしたら」

アトラス氏は顔を曇らせた。「おや、まあ、なんともったいない！　ゆるしませんよ。まさに犯罪行為です」それから、バッハのほうに手を伸ばし、アゴに軽く指を当て、顔の向きを変えさせると、「それよりも、刑事さん、わたしにまかせていただけるのなら、頬のくぼみをほんの少し強調しますね――裏側の筋肉を締めるという手がありますな――それから、目玉の入っている骨をちょっと鼻から遠ざければ、目と目の間隔が広くなる。いっそう人目をひくこと、うけあいですよ。神秘的な感じがでる。もちろん、鼻も直さなければ……」

バッハはアトラス氏の手をはらいのけて、かぶりを振った。「いや、手術に来たんじゃありません。ただ教えてほしいんです。手術は手間がかかるんですか？　それから、教団の体格の基準と、どの程度まで似せられるんでしょう？」そのとき、ふと眉をひそめると、いぶかしげにアトラス氏を見た。「わたしの鼻、おかしいかしら」

「いや、めっそうもない、何もいけないと言うんじゃありません。確かに、その鼻は、場合によっては大きな威力を発揮するでしょう。なんせ、ご商売がご商売ですからな。まあ、多少左に曲がっているとしても、美学的には――」

「結構です」バッハはいった。商売上手に乗せられたことが腹立たしかった。「質問に答えてください」

アトラス氏はバッハをじっくり観察したすえに、立って一回転するように命じた。バッハとはかぎらず、女性一般を手術の対象に考えてほしかったのだが、それを抗議しようと口を開きかけたとき、アトラス氏のほうはバッハへの興味をなくしたようだった。

「たいした手間じゃありませんな。身長は基準より少し高い。まあ、もともとすねをつめればいい。椎骨も少々削ることになるかな。ここの脂肪を抜いて、こっちにくっつける。乳首を取り、子宮や卵巣をほじくりだして、股のあいだを縫いつける。男ならペニスを切り落とすんです。頭蓋骨も少々いじって、骨相を変えないといけませんね。それを土台にして顔をつくりましょう。ま、二日の仕事ですか。一日だけ入院して、あと一日は通いということです」

「手術がおわってから見わける目印になるところはありますか？」

「は？」

バッハが手短に事情を説明すると、アトラス氏は考えこんだ。

「そいつはお困りですね。手足の指紋は消すんです。外から見てわかるようなキズは残りません。ほんの小さなやつでもね。ホクロ、イボ、アザ――こういうのはみんな取ってしまう。血液検査なら区別できますね。網膜紋を調べるのもいいでしょう。それから頭蓋骨のX線写真も。声紋――こいつはだめか。声の質もできるだけ揃えていますから。これくらいですね、思いつくのは」

「じゃ、目で見ただけでは何も？」

「だって、そのために手術するんでしょう？」

「ええ。ただ、バービーの知らないことでも、あなたに訊けばわかるんじゃないかと思いまして。ともかく、お手間をとらせました」

立ちあがったアトラス氏は、バッハの手を取って接吻した。「いいえ、どういたしまして。それから、ご決心がつきましたら、その鼻のお世話をぜひわたしに……」

＊

バッハは、エニイタウンのまん中にある礼拝堂の門口でジョージ・ヴァイルと会った。ヴァイルは午前中からここで記録を調べていたはずだが、その様子から見ると、結果は思わしくなかったようだった。一人のバービーがバッハとヴァイルを待っていた。そのバービーは前口上ぬきでいきなり切り出した。

「わたしたち、ゆうべの総意統一礼会で、できるかぎり協力することに決めました」

「あら、そう？　これはどうも。実をいうと期待していなかったのよ。五十年前の事件もあることだし」

ヴァイルは首をかしげた。「何だ、それは？」

バッハはバービーが自分で説明するのを待っていたが、どうもだめらしいとわかった。

「じゃ、いいわ。ゆうべ調べたの。統一教徒は前にも人を殺したことがあるのよ。月《ルナ》へ来て日が浅いうちにね。気がつかない？　ニュードレスデンではバービーを一人も見ないでしょう？」

ヴァイルは肩をすくめた。「それがどうした。みんな一カ所にかたまっているだけさ」

「命令でそうしているのよ。最初のうちは、一般市民に混じって自由に行動していたそうよ。ところが、ある日、中の一人が殺人を犯した——そのときの相手は教徒じゃなかったの。犯人がバービーだということは、目撃者がいてすぐわかった。警察は犯人を捜しはじめた。それからどうなったと思う？」

「今のおれたちと同じ問題にぶつかったわけか」ヴァイルは顔をしかめた。「どうやら見通しは暗いようだな」

「楽観は難しそうね」と、バッハも認めた。「犯人は見つからなかったわ。バービーたちのほうじゃ、適当に一人を差し出して、当局に許してもらおうとしたらしいけど、もちろんだめ。そのうちに猛烈な世論が湧き起こって、何か区別できる印をつけるように圧力がかかったの。たとえば、額にいれ墨で番号を書くとか。そんなことをしても役に立たないでしょうね。隠せばいいんだもの。

問題は、バービーたちが社会の脅威だと思われるようになったことね。好きなように人を殺して、自分たちの小社会に逃げこんだら、海辺の砂粒みたいにわからなくなってしまう。犯罪者を処罰しようにも手が出なかった。まだ取り締まる法律がなかったんですものね」

「それからどうなった?」

「捜査は打ち切り。逮捕者なし、起訴なし、容疑者なし。結局、バービーたちとの取り引きが成立して、信仰を認めるかわりに、一般市民との交流が禁止されたわけ。それ以来、このエニイタウンに閉じこもるようになったのよ。これでいいかしら?」バッハはかたわらのバービーを見た。

「ええ。わたしたちは協定を固く守っています」

「でしょうね。たいがいの人はここにあなたたちがいることさえ忘れてるくらいですもの。で、今度はこの事件。バービーが仲間のバービーを殺した、それもテレビ・カメラの前で……」バッハは言葉を切り、ふと考えこんだ。「待って、もしかしたら……。そうよ、そ、い、い、うなのよ」いやな予感がした。

「変じゃない?　今度の殺人は管状線《チューブ》の駅で起こったわね。エニイタウンで市の保安カメラが据えてあるのはそこだけよね。五十年で殺人一件というのは、いくら狭い町でも少なすぎるし……ねえ、ジョージ、ここの人口、何人だったかしら」

「約七万。全員と知り合いになったような気分だよ」ヴァイルは、一日がかりでバービーを選びわけていた。殺しのテープで寸法をとった結果、犯人の身長は許容限度ぎりぎりの高さだとわかったのだ。

「どうかしら？」バッハはバービーのほうを向いた。「何かいうことはない？」

女は唇を噛んだ。心細げな表情が浮かんでいる。

「どう、協力するといったはずよ」

「わかりました。実は、この一ヵ月で三件の殺人が起こったのです。今度の事件にしても、外部の人の前で起こったのでなければ、あなたがたの耳には届かなかったでしょう。荷積み場のプラットフォームには購買局の人たちが来ていました。最初に通報を入れたのはその人たちです。もみ消そうとしても、わたしたちの力では無理でした」

「でも、なぜ隠したがるの？」

「当然ではありませんか？　わたしたちには、生きているかぎり、迫害の恐れがつきまとうのです。ほかの人たちから害があると思われたくありません。平和な集団だと思われたいのです――また、実際にそうです。だから集団の問題は集団内で処理するのです。わたしたちの聖なる総意によって」

この理屈の行きつく先は見えていた。バッハは、これまでの連続殺人に議論を戻すことにした。

「知っていることを話してください。殺されたのは誰ですか？　何かその理由に心当たりは？　それとも、ほかの人に訊いたほうがいいかしら」そのとき、バッハは、ふとあることに思い当たり、どうして先に確かめておかなかったのか、と後悔した。「きのうわたしと話をしたのはあなたですね？　別の言葉を使いましょう。きのうあなたは……いえ、わたしの前のこの肉体は……」

「おっしゃることは分かります」バービーは答えた。「ええ、そのとおりです。あなたと話したのは、わたしたち……わたし……です」女は、顔を真っ赤にしながら、喉をふりしぼってその言葉を口にした。「わたしたちは……わたしは……刑事さんの相手をする構成分子として選ばれました。ゆうべの総意統一礼会の認知で、この事件は処理されなければならないと認識されたからです。この者が……わたしが……その任をおおせつかったのは、罰としてです」

「無理に〝わたし〟を使わなくても結構です」

「そうですか。助かりました」

「罰というのは、何のために？」

「つまり……個人主義的な傾向に対してです。総意統一礼会で、わたしたちの意見は、あなたに協力するほうへ個人的に傾きました。そのほうが得だと思ったからです。保守派の人たちは、どんな犠牲を払っても、神聖な原則を固く守るつもりでいます。わたしたちは分裂しました。おかげで、組織にわだかまりが生まれ、不健康な雰囲気が高まったのです。この者は、その意見を主張したために、罰として自分の考えをつらぬくことになりました。

だから……一人離れて……あなたの相手をするように命じられたのです」女はバッハと視線をあわせることができなかった。その顔は恥辱で燃えていた。

「この者は、識別番号を教えるようにいわれました。今度いらっしゃるときは二三九〇〇番を呼んでください」

バッハはそれをメモした。

「結構です。ところで、動機の見当はつきますか？　この殺人は、すべて同じ……構成分子の仕業でしょうか？」

「わかりません。この集団から一人の……個人……を選び出すのは、わたしたちにもできないのです。しかし、とても驚いています。恐ろしいことです」

「やっぱりね。これはだいたいの感じでいいのですが、被害者と犯人は……変ないいかたですが……顔見知りだったと思いますか？　それとも無差別の殺人でしょうか？」バッハはそうでないことを願った。無差別殺人の犯人ほどつかまえにくいものはない。犯人と被害者の結びつきがなく、殺害の機会があった何千人もの容疑者から一人を選び出すのはむずかしいのだ。しかも、バービーが相手だと、二重三重にやりにくい。

「これもわかりません」

バッハはため息をついた。「事件の目撃者に会わせてください。そろそろ事情聴取を始めたいと思いますので」

ほどなく十三人のバービーが連れてこられた。バッハは、全員を質問攻めにして、話に一貫性があるか、変更した箇所はないか、詳しく調べてみるつもりだった。

みんなを席にすわらせ、一人ずつ順番に話を訊いていったバッハは、すぐさま壁に突き当たった。四、五分すると、問題点がはっきりした。バービーたちのうちで最初に捜査官と話したのは誰か、二番目は、三番目はと尋ねても、腹立たしいほど埒があかなかったのである。

「ちょっと待って。よく聞いてよ。殺人が起こったとき、この肉体はそこにいましたか？この目はそれを見ましたか？」

「いいえ。でも、同じことではありませんか？」

バッハは眉にシワを寄せた。

「違うのよ、わたしには。二三九〇〇番さんちょっと来て！」

さっきのバービーが戸口に顔を出した。バッハの顔には苦痛の表情が浮かんでいた。

「実際にその場にいた人から話を訊きたいのよ。勝手に十三人選んだってだめだわ」

「あの話ならみんな知っています」

バッハは、五分かけてそうではないことを説明し、二三九〇〇番が本物の目撃者を集めてくるまで一時間辛抱した。

そして、ふたたび壁に突き当たった。みんなの話は、隅から隅まで同じだった。こんなことはありえない。見る目が変われば、いうこともそれぞれ違うはずなのだ。おのおのが自分を主役にして、目撃したことの前後につくり話を加え、順序を変えたり、適当に編集したり、自分なりの解釈を下したりする。ところが、バービーは違っていた。揺さぶりをかけるべく一時間にわたって悪戦苦闘したが、結局どうにもならなかった。バッハの前に立ちはだかっているのは教団の総意なのだ。議論が煮つまり、事件についての一つの解釈が生まれると、やがてそれが真実と見なされる。おそらく、真相にきわめて近いものだろう。しかし、バッハには何の役にも立たない。証言に食い違いでもあればじっくり思案するところだが、あいにく、そんなものは少しもなかった。

いちばん困るのは、誰一人、嘘をついているらしい様子がないことだ。適当に選ばれた最初の十三人を訊問しても、きっと同じ答えが返ってきただろう。みんな現場にいたつもりになっている。というのも、居あわせた何人かの仲間がみんなに話を聞かせたからだ。一人の体験は全員の体験。

バッハは、証人を帰し、二三九〇〇番を呼びもどして椅子にすわらせると、一つ一つ指を折りながら疑問点を尋ねた。

「その一。被害者の持ち物は保管してありますか？」

「わたしたちは私有財産を持たないのです」

バッハはうなずいた。「その二。被害者の部屋を見せてもらえますか？」

「わたしたちは都合がよければどの部屋ででも夜の睡眠を取るのです。だから――」

「わかりました。その三。被害者の友人か仕事仲間のうちで……」バッハは片手で額をこすった。「いや、よしましょう。その四。被害者の仕事は何でしたか？　それに、仕事場は？」

「ここでは決まった仕事はありません。わたしたちは必要に応じて――」

「もういいわ！」バッハは大声をあげて席を立つと、床の上を歩き始めた。「いったいこんな情況でどうしろというの？　手がかりなんかちっともありゃしない。これっぽっちもないじゃないの。なぜ殺されたのかもわからないし、どうやって犯人を見つけたらいいかもわからないし、それに、それに……ああ、もう勝手にすればいいんだわ。このわたしに何をしろというの？」

「何もなさらなくて結構です」バービーは静かに答えた。「来てほしいとお願いしたわけではありません。このまま帰っていただけたら、わたしたちは安心します」

怒りのあまり、バッハはそれを忘れていたのだ。不意にどの方向へも動けなくなり、バッハは立ち止まった。そして、ヴァイルの視線をとらえると、ドアのほうにあごをしゃくった。

「さあ、もう帰りましょう」ヴァイルは何も答えず、バッハにつづいてドアを抜けると、急いであとを追った。

二人は管状線《チューブ》の駅に着いた。バッハは、待たせておいたカプセルのわきに足を止めた。そして、ベンチにぐったりすわりこみ、頬づえをついて、蟻のようにかたまって作業する荷積み場のバービーたちを見ながらつぶやいた。

「何かいい考え浮かんだ？」

ヴァイルは首を振り、バッハの横にすわると、制帽を脱いで額の汗をぬぐった。

「ここの温度調節、暑いくらいだな」ヴァイルはいった。バッハもうなずいたが、実際には聞いていなかった。前を見ると、バービーたちのうちの二人が集団を離れ、バッハのほうへ二、三歩近寄ってくる。二人だけで冗談をいいあっているのか、どちらもまっすぐバッハを見て笑い声をあげていた。と、一人がブラウスに手を入れ、ギラギラ光る長いスチール・ナイフを取り出した。そして、なめらかな身のこなしで相手の腹を一突きすると、かかとを地面につけて伸び上がりながらナイフをしゃくった。刺されたほうのバービーは、一瞬、唖然とした顔になり、自分の姿に目をやった。魚をおろすようにナイフが肉を裂いてゆくのを見て、口があんぐり開く。やがて、目を丸くして、恐怖のまなざしを連れに向けると、ナイフをかかえこむようにしてゆっくり膝を折った。血がどくどく流れ、白いお仕着せがぐっしょり濡れた。

「あ、あの女をつかまえて！」一瞬、恐怖で金縛りになったあと、バッハはそう叫び、ベンチを立って駆け出していた。テープで見た光景とあまりにもそっくりだった。

殺人者は四十メートルほど先を、走るというより早歩きでもするような格好で悠然と逃げていた。バッハは襲われたバービーのわきを通り過ぎた――女は横向きになり、まるでいとおしむようにナイフのつかを握って、苦痛に身をよじっている。通信器のパニック・ボタンを押して、肩ごしに振り返り、傷ついたバービーの横でヴァイルが膝をつくのを見てから、ふたたび前方に視線をもどすと――

何人ものバービーが入り乱れて走っていた。どれだろう、犯人は？　どれだ、どれだろう？

バッハは、中の一人の腕をつかんだ。振り返る前に見た殺人者と、同じところを同じ方向に走っているように思えたからだ。そのバービーを引き寄せると、首の横に手刀を叩きこみ、相手が倒れるのを見ながら、ほかのバービーたちの様子にも目をくばった。それぞれが二つの方向に分かれて走っている。逃げ出そうとする者。何事かとばかりに荷積み場へやってくる者。悲鳴や金切り声があがり、右往左往する人波で、てんやわんやの状態になっていた。床に落ちている血まみれの何かが目に入った。しゃがみこんだバッハは、倒れたまま動かない女に手錠をかけた。

視線をあげると、何十もの同じ顔が、そこにあった。

＊

部屋を暗くした警察本部長は、バッハやヴァイルと一緒になって大型のスクリーンと向かいあった。スクリーンの横では、写真分析技師が、指示棒を手にして立っている。テープが回りはじめた。

「ほら、ここにいます」女技師は長い棒で二人のバービーを示した。今はまだ、人ごみから離れ、動きだしたばかりの、二つの顔にすぎない。「被害者はこちら、その右が容疑者です」みんなの目の前で刺殺の場面が繰り返された。バッハは、自分の反応があまりにも遅いことを恥じた。救われるのは、ヴァイルのほうがまだほんの少し遅かったことである。

「ここでバッハ警部補が動きはじめます。容疑者は人ごみのほうへ。すぐ出てきますが、肩ごしに警部補を振り返るところがあります。ほら、この場面です」女技師は画像を止めた。「警部補のほうはすでに目を離してますね。容疑者は、返り血を浴びないようにはめていたビニールの手袋を脱ぎ、それを捨ててから、横に移動します。警部補は視線を戻しますが、見当違いの容疑者に目をつけたことはこれでわかるでしょう」

バッハは、胸が悪くなるのを感じながら、スクリーンの中の自分が無実のバービーに襲いかかるのを食い入るように見つめていた。真犯人はほんの一メートルほど左にいる。テープの回転が元に戻り、バッハはまばたきもせず、目が痛くなるのも忘れて、殺人者の姿を追いつづけた。今度は絶対に見失いたくなかった。

「おそろしく大胆な犯人ですね。そのあと二十分も現場を離れなかったのですから」

バッハは、膝をついた自分が、医療班に手を貸して、傷を負ったバービーをカプセルに運ぶのを見ていた。殺人者は、バッハの横、手を伸ばせばすぐ届くところに立っている。

バッハは片方の腕に鳥肌が立つのを感じた。

それと同時に、傷ついた女のそばにしゃがみこんだときの、吐き気をともなう恐怖も思い出した。犯人はすぐそばにいるかもしれない。たとえば、うしろの女……。

バッハは銃を抜き、壁ぎわに退いて、二、三分後に応援がやってくるまでそこを動かずにいた。

本部長の合図で部屋が明るくなった。

「報告を聞かせてもらおうか」本部長はいった。

バッハはヴァイルに目くばせして、メモを読みあげた。

「〝ヴァイル巡査部長は、医療班が到着する直前に被害者の話を聞いた。何か犯人を識別する特徴はないか、と尋ねたところ、何もないという答えが返ってきた。被害者は、ただ〈神の怒り〉という言葉を口にするだけで、それ以上の説明は聞けなかった〟。次に、ヴァイル巡査部長がその会話のあとで書きつけたメモを読みます。〝『痛い、痛い』『わたしは死ぬ、わたしは死んでしまう』もうすぐ医者がくるから、といいきかせても、被害者の答えは『わたしは死んでしまう』だった。やがて、意識をなくしそうになったので、わたしはヤジ馬のシャツを借りて出血を止めようとした。協力は得られなかった〟」

「〝わたし〟という言葉がいけなかったんでしょう」とヴァイルはいいそえた。「女が口にしたその言葉を聞いて、ヤジ馬は散りはじめたんです」

「〝女はもう一度意識を取り戻した〟」バッハはつづけた。「〝今度は、一連の番号をささやいた。イチ、ニ、イチ、ゴ。わたしは一二一五と書きとめた。女はまた興奮して、『わたしは死ぬ』といった〟」メモを閉じて、バッハは顔を上げた。「もちろん、そのとおりになりましたが」そして、居心地悪そうに咳払いする。

「わたしたちは、ニュードレスデン統一法規三十五条b項の〈緊急捜査法〉を適用して、捜査のあいだ、その地区の市民権を制限しました。構成分子一二一五番は簡単に見つかりました。バービーたちを一列に並べて、ズボンを下ろすように言ったのです。それぞれ腰のところに識別番号をつけていますから。一二一五番のシルヴェスター・J・クロンハウゼンという構成分子は、ただいま拘留中です。その捜査と並行して、わたしたちは鑑識をつれて一二一五番の寝室に行きました。そのとき、寝台の下の隠し戸棚から見つかったのがこれです」バッハは席を立って証拠物件の押収袋をあけ、中身をテーブルへ並べた。

木彫りの仮面。これは先の曲がった大きな鼻と口ヒゲがあり、まわりを黒い髪が取り囲んでいる。仮面の横には、白粉、化粧クリーム、ドーラン、コロン、黒いナイロンのセーター。黒いズボン、一足の黒いスニーカー。雑誌から切り抜いた写真の束。それは普通人の写真で、大部分が普通のルナ市民よりも多くの衣装を身につけていた。そして、黒いカツラと、同じ色のマーキンがあった。

「その最後の品は何だ?」本部長が尋ねた。

「マーキン」とバッハ。「つまり、陰毛のカツラです」

「なるほど」本部長は、椅子に背中をあずけて、その取りあわせをじっと見つめた。「どうやらおめかしの好きな者がいたらしいな」

「そのようです」バッハは立ったまま両手を後ろに組んで、無表情な顔をつくっていた。強い敗北感があった。それと同時に、自分の目の前で殺人を犯し、そのあともすぐ近くに立っていたあの鉄面皮の女を必ず捕まえてやるという冷たい決意を固めていた。もう間違いのないところだろうが、犯行の時と場所は意識的に選ばれたのだ。あのバービーは、バッハへの当てつけに処刑されたのである。

「この品は被害者のものだろうか?」

「そうとは言いきれません」と、バッハ。「しかし、情況はそちらに傾いています」

「と言うと?」

「自信はありませんが、被害者のものだったと考えたほうがよくはないでしょうか。ほかの寝室も無差別に調べてみましたが、この種のものは出てきませんでした。この証拠物件は協力者の二三九〇〇番に見てもらいました。何に使うのか見当もつかないということです」バッハは一息入れて、つづけた。「わたしの勘では、嘘をついているのだと思います。明らかに、嫌悪の表情を浮かべていましたから」

「で、その女、逮捕したか？」

「いいえ。それはまずいと思います。今のところ、ただ一人のコネクションですので」

本部長は眉をしかめて指を組んだ。「判断は、バッハ警部補、きみにまかせよう。正直いって、このやっかいごとは早く始末したいのだ」

「まったく同感です」

「きみにはわたしの立場がわかっていないのかもしれない。何よりも生身の犯人をつかまえて起訴することだ。今すぐにもだ」

「わたしもできるだけのことはやっています。率直にいうと、いささか手詰まりになりかけているのですが」

「やはりわかっていないようだな」本部長は部屋を見まわした。速記者と分析技師はすでに帰っている。残っているのはバッハとヴァイルだけだ。本部長は机のスイッチを倒した。録音装置をオフにしたのだろう、とバッハは思った。

「ニュース屋がこの事件を取り上げはじめた。そろそろ圧力がかかっている。一方では、市民にもバービーへの恐怖が高まりつつある。五十年前の殺人と、あの非公式な取り決めのことが噂になっているのだ。誰もいい顔はしておらん。それから、市民権擁護論者のこともある。バービーたちにもしものことがあったら、連中は先頭に立って噛みついてくるはずだ。行政当局は、そういう面倒事を好まんのだ。その態度は、むしろ、もっともだと思うがね」

　バッハは何もいわなかった。本部長の顔には苦しそうな表情が浮かんだ。

「はっきりいったほうがよさそうだな。われわれのところには拘留中の容疑者がいる」

「構成分子一二一五番のシルヴェスター・クロンハウゼンのことでしょうか？」

「違う。きみが逮捕した女だ」

「お言葉ですが、テープを見ればわかるとおり、あの女は犯人じゃありません。罪のない目撃者です」バッハはそういいながら、顔が火照るのを感じた。くやしいが、あれでも精いっぱいのことはやったのだ。

「これを見てもらおうか」本部長がボタンを押すと、ふたたび再生が始まった。しかし、画像の質は非常に悪く、しきりに雨が降り、ところどころ絵がすっかり消えてしまう箇所もあった。壊れかけたカメラの感じがよく出ている。バッハは、人ごみの中を駆けてゆく自分の姿を目で追った。そこに、白い閃光が走った――次の場面では、もう例の女に手刀を振りおろしていた。部屋に明かりが戻った。「分析技師には話をつけてある。いうとおりにしてくれるそうだ。うまくいったら、ボーナスを出そう。きみたち二人にな」本部長はヴァイルを見て、バッハを見た。

「わたしにはできそうもありません」

　本部長は、レモンを口に含んだような顔をした。「今日これからという話ではないんだよ。いわば、選択の問題だ。しかし、その方向からも考えてもらいたい。考えるだけでいい。わたしはもう何もいわんから。これは、バービーたちも望んでいることじゃないのかね。きみが最初に行ったとき、連中は同じことを申し出たはずだ。自白があれば、事件は無事に落着する。容疑者なら例の女を押さえてあるんだ。殺したことは認めている。みんな自分の仕業だったとな。考えてもみたまえ、この女のいうことは間違っているか？　おのれの良心と道徳に照らして当然のことをいっているのじゃないかね？　女は、あの連続殺人は自分にも罪があると思っている。社会は犯人を出せといっている。バービーたちの申し出を受けて、これっきりにするのがなぜ悪い？」

「でも、わたしには納得できません。こんなの、警察官の宣誓にはありませんでした。罪のない者を守るのがわたしの役目です。あの女は無実です。あの女だけですよ、バービーの中でわたしにも無実がわかっているのは」

本部長はため息をついた。「バッハ、きみには四日間、時間を与えよう。それまでに別の容疑者を連れてきたまえ」

「いいでしょう。もしも失敗したら、本部長のなさることに口ははさみません。ただ、その前に辞表を受け取っていただきます」

＊

アンナ＝ルイーゼ・バッハは、たたんだタオルを枕にして、浴槽に手足を投げ出していた。顔と、乳首と、膝頭だけが、波も立てずに湯の上からのぞいている。入浴剤をたっぷり入れたので、湯は紫色になっていた。バッハは、歯のあいだに細い葉巻をくわえていた。その先からラベンダー色の煙がただよい、天井の近くで湯気の雲と一緒になった。

バッハは、片足をのばして栓をひねり、さめた湯を抜きながら、額から汗が吹き出すまで熱い湯を満たした。浴槽につかってから、もう何時間にもなる。指の先は洗濯板のようにふやけていた。

打つ手はほとんどないようだった。バービーのことはバッハにはよくわからないし、かわりに人をやって調書を取ったとしても事情は変わるまい。連中は、バッハが事件解決に手を貸すのを望んでいない。おなじみの手順や捜査方法は役に立たないだろう。目撃者はいてもいなくても同じだ。誰が誰なのか区別できないし、証言も一致するに決まっている。犯行の機会？　数万人にあった。動機は不明。犯人の身体的特徴はこまかいところまでわかっている。実際に現場をとらえたテープさえある。どちらも用なしだ。

何とかなりそうな捜査の方法が一つだけあった。バッハは、何時間も湯にのぼせながら、今の仕事がどれほどのものか秤にかけていた。

いったい、ほかに好きな仕事が見つかるだろうか？

バッハは一気に浴槽を飛び出して、おびただしい湯を床にこぼした。そして、急いで寝室に入ると、ベッドのシーツをはぎとり、裸の男の尻をピシャリと叩いた。

「起きてちょうだい、スヴェンガリ」バッハはいった。「お望みどおり、わたしの鼻をいじらせてあげるわよ」

＊

バッハは、目が使えるうちに、統一教に関する文献を読みあさった。アトラスが目の手術を始めると、今度はイヤホーンでコンピューターの教授を受けた。おかげで『聖規律書』をほぼ暗記することができた。

手術が十時間。それにつづいて、あおむけに横たわり、全身麻酔の処置を受け、肉体がその再生を強いられる八時間のあいだ、バッハの目は頭上のスクリーンにうつされる文字を追いつづけていた。

三時間の訓練で、短くなった手足に慣れた。次の一時間で、身じたくを整えた。

アトラスの病院を出たバッハは、これなら一人前のバービーとして通用するだろうと思った。ただし、服を脱いだらばれてしまう。そこまではする気になれなかったのだ。

＊

地表へつづく通用閘《こう》は、しばしば見すごされがちである。バッハは、その盲点をついて、一度ならずも人の意表を衝く場所に現れたことがあった。

借りてきた匍行車《クローラー》を、閘《ロック》のそばに乗りすてる。圧力服でぎこちない動きになりながら、閘に入って、気門を回して閉め、中の扉を抜けてエニイタウンの備品室に出た。そして、圧力服を隠し、洗面所で簡単に身づくろいをすると、ゆったりした白いジャンプスーツにベルトでとめた巻尺をまっすぐに直して、薄暗い廊下に侵入した。

この行動はどこから見ても合法的だが、違法すれすれのところにある。変装を見つけたら、バービーたちはいい顔をしないだろう。バッハも承知のうえだが、一人のバービーをこの世から消してしまうことなど、すぐにできるのだ。この事件をバッハが引き受けるまでに、すでに三人がそんな目にあっている。

周囲に人の気配はなかった。ニュードレスデンの任意日周制でいうと、もうかなり夜がふけている。総意統一礼会の時間だ。バッハは急ぎ足で静かな通路を抜け、礼拝堂の大集会室へ向かった。

そこにはバービーがあふれ、話し声がどよめいていた。バッハは難なく忍び込み、二、三分のうちに、アトラスがいうように整形手術が成功したことを確認した。

総意統一礼会は、各自の経験を統一するバービーなりのやりかたである。いくらバービーでも、生活を極端に単純にして、それぞれが毎日同じ一つのことをやればいいというわけにはいかない。それが理想だが、女神との聖なる同一化が果たせないかぎり無理である、と『聖規律書』には書かれている。バービーたちは、生活に欠かせないいくつかの作業を簡略にして、誰にでもできるようにした。利益を上げるのが目的ではないが、空気や水や食料は買い入れなければならない。それに、壊れた備品の交換や、生活の管理にも金がかかるから、コミュニティの中で物をつくり、外の世界と交易する必要があった。

バービーたちが売るのは贅沢品ばかりである。手彫りの神像、飾りつきの聖書、彩色陶器、刺繍したタペストリー。ただし、統一教と関係のあるものは一つもない。バービーたちにとっては、同じ外見と巻尺だけが信心の象徴となる。だが、教義では、ほかの宗教の信者にそれぞれの信仰する物を売っても、別にさしつかえないとされていた。

バッハは高級な店で連中のつくった物を見たことがある。念入りに仕上げられていたが、残念なことに、どれを取ってもそっくりだった。工業技術が進んだ時代に人が手づくりの贅沢品を求めるのは、機械製品では得られないような違いがそれぞれにあるからだ。ところが、バービーは、まったく同じ物をつくろうとする。皮肉な話だが、自分たちの規律を固く守るためには商品価値など喜んで犠牲にするのだろう。

昼のあいだバービーはできるかぎりほかの仲間がやってきたのと同じ仕事をする。しかし、食事の用意や、空気供給装置の点検、荷役などの作業を引き受ける者も必要だ。構成分子は、それぞれ日替わりで別の仕事についている。総意統一礼会では、みんなが集まって、その差異を均《なら》すのである。

退屈な集会だった。たまたまそばにいる者に向かって、全員が手当たりしだいに話しかけている。それぞれが今日やったことをしゃべっているのだ。バッハは、真夜中をまわるまで、似たような話を何百回も聞き、耳を傾ける者がいればその話を繰り返した。

何か特異な体験をした者は、ラウドスピーカーで全員にそれを伝え、自分だけがみんなと違うのだという耐えがたい責め苦を解消させることになっていた。ほかの誰も知らないことを、自分の胸にしまっておくバービーはいない。全員がそれを分かちあうまで、その身は汚れたものと見なされるのである。

バッハはいいかげんうんざりしていた——睡眠不足がつづいているのだ——と、そのとき、不意に明かりが消えた。どよめく話し声は、テープが壊れるように、ピタッと止まった。

「闇の中の猫はみんな似ている」と、バッハのすぐそばで誰かがつぶやいた。そのとき、一つの声があがった。その声は荘厳で、ほとんど詠唱するような響きを持っていた。

「われらは神の怒りである。われらの手は血に染まっている。だが、それは、聖なる浄めの血なのだ。前にも話したとおり、われらが肉体の心臓は癌細胞にむしばまれている。だが、おまえたちは、臆病にもまだ手をこまねいているのだ。けがれは取り去らねばならぬ！」

バッハは、この真の闇のどこからそれが聞こえてくるか見当をつけようとしていた。ふと気がつくと、人の動きが始まっていた。誰もがそばをすり抜け、同じ方向に進んで行く。その流れにさからっているうちに、人の波は声が聞こえてくるのと逆の方向に進んでいることがわかった。

「おまえたちは、われらの聖なる一致を利用して身を潜めようとしているが、女神の報復の手はそれを見のがしはしない。かつての姉妹たちよ、印はすでにその身に刻まれている。罪の刻印が、おまえたちを分かち、すみやかにその報いが訪れるだろう」

「残るはあと五人。女神はおまえたちを知っている。そして聖なる真実をけがしたことを、おゆるしにはならないのだ。思いもよらぬときに死の運命がおまえたちをみまうだろう。女神はおまえたちの差異はお見通しだ。好んでおまえたちが求めた差異を、そして、高潔な姉妹から隠しとおした差異を」

　人の流れはいっそう速くなっていた。前のほうではつかみあいの始まったらしい気配があった。バッハは、全身からおびえが感じられる人の波をかきわけて、ようやく空いたところにたどりついた。演説の主は、すすり泣きや素足が床をこする音に負けまいと、声を張り上げている。バッハは腕をいっぱいに伸ばして前進した。だが、演説の主のほうが先に手を触れた。

　そのパンチは腹をそれていたが、バッハは思わず胸の空気を吐き、仰向けに倒れた。誰かがバッハの体につまずいた。早く立たなければ大変だ。バッハは身をくねらせて起き上がろうとした。部屋に明かりが戻ったのはそのときである。

一団となって安堵のため息がもれ、バービーたちはそれぞれ近くの者の安全を確かめあった。バッハは、もしやまた死体が、と思っていたが、どうやら取り越し苦労におわったようだ。殺人者は今度も姿をくらましていた。

バッハは、解散の前にその部屋を抜け出すと、小走りで人のいない通路を通り、一二一五号室に向かった。

*

その部屋――独房より少し大きいくらいで、寝棚と、椅子と、テーブルの上にライトがある――で二時間余り待っていると、予想が適中して、やがてドアが開いた。一人のバービーが息を切らしながら入ってきて、閉めたドアにもたれかかった。

「来ないかと思っていたのに」と、バッハは切り出してみた。

女はバッハのもとに駆け寄り、膝に身を投げ出してすすり泣いた。

「わたしたちをゆるしてちょうだい、どうかゆるして。ゆうべはくる勇気がなかったの。こわかったから……もしかして……もしかして、殺されたのはあなたじゃないかと思って。それに、この部屋で神の怒りが待ちかまえているような気がしたから。ゆるして、ゆるしてちょうだい」

「そんなことはかまわないわ」とバッハはいった。ほかには答えようがなかったのだ。すると、そのバービーが不意にのしかかってきて、身も世もなくキスの雨を降らせた。こういうことも予想していたのだが、バッハはやはりドキリとした。そして、できるだけのことをしてそれに応じた。やがて、バービーはまた話しはじめた。

「このままじゃいけないのよ、もうよさなければ。神の怒りに触れたら大変だもの。でも……でも、この胸の想いが！　自分ではどうにもならないわ。あなたに会いたい、そう思うと一日じゅううわの空なの。遠くにいるんだろうか、それともすぐそばで作業している人があなただろうか。昼のあいだに想いはつのるばかり。そして、夜になると、また罪を繰り返してしまう」女は涙を流していた。こんどはもっと静かに。それは、バッハを恋人と間違えて、再会を喜ぶ涙ではなく、絶望の淵からの涙だった。「わたしたち、どうなるの？」女は頼りなげにつぶやいた。

「黙って」バッハは優しく声をかけた。「きっと大丈夫よ」

しばらくなぐさめてから、ふと目をやると、相手の女が顔を上げるのが見えた。その目には奇妙な光が宿っていた。

「もう我慢できないわ」そういうと、女は立ち上がり、着ている物を脱ぎ始めた。手の震えがバッハにもわかった。

着衣の下に、そのバービーは、見おぼえのある物を隠していた。両脚のあいだには、すでに陰毛のカツラをつけているのが見える。木彫りの仮面は、秘密の戸棚で発見されたものとよく似ていた。そして、口の広いビンが一つ。バービーはその蓋を取り、中指を使って、乳房の先に茶色のシミをつけた。形だけの乳首ができあがった。

「わたしを見て」女は、一人称に力をこめて、声を震わせた。そして、床につみ上げた衣類から薄物の黄色いブラウスを抜いて肩にかけると、ちょっとポーズをとってから、狭い部屋を気取った格好で歩き始めた。

「ねえ、ダーリン」女はいった。「わたし、きれいでしょう？　わたし、かわいいでしょう？　わたしだけよね、あなたが好きなのは？　わたしだけでしょう？　どうしたの？　まだこわがってるの？　わたしはこわくないわ。あなたのためなら何でもできるのよ。わたしのたった一人のいとしい人」だが、女は足を止め、疑いの目をバッハに向けていた。

「どうしておめかししないの？」

「わたしたち……いえ、わたしはできないのよ」バッハはとっさにいいわけを考えながら、

「あの人たち、というか、誰かが見つけたらしいの、全部なくなってたわ」ここで服を脱ぐわけにはいかない。乳首と陰毛は、この薄暗い明かりの中でも本物だとわかるだろう。

バービーはあとずさりをはじめていた。そして仮面をひろい、胸元に抱きこんで身をかばうようにした。「どういうこと？　あの女がここに来たの？　神の怒りね？　わたしたちを追いかけて来るんでしょう？　そうなのね？　わたしたちのこと、見わけられるんだ

わ」女はあと少しでまた泣き出しそうになっていた。錯乱の一歩手前だった。

「違うのよ。きっと警察が――」しかし、その言葉は役に立たなかった。相手は早くも戸口に立ち、途中までドアを開けていた。

「あなたがあの女ね！　よくもわたしの……だめ、近寄らないで」

女は、拾い上げていた衣類に手を入れた。ナイフを出すのだと思って、バッハは一瞬たじろいだ。そのわずかなすきに、バービーは素早く戸口をすり抜け、うしろ手にばたんとドアを閉めた。

バッハがドアのところへ行ったとき、女の姿はすでになかった。

＊

バッハは繰り返し自分にいいきかせた。ここへ来た目的は、これからの被害者――あの訪問者は確かにそれだ――を見つけることではなく、殺人犯をつかまえることだ。それにしても、もう少しひきとめて、話を聞けばよかったという思いは変わらなかった。

さっきの女は倒錯者だ。といっても、その定義は、統一教徒の中でしか通用しないのだが。あの女と、おそらく殺されたバービーたちには、個性がフェティシズムの対象になるのだろう。そのことに思いあたったバッハは、それならなぜ居留地を離れて好きなようにしないのか、とまず考えた。しかし、キリスト教徒が売春婦を買うのはなぜか？　こたえられない罪の味があるからだ。外の広い世界に出れば、こうしたバービーたちのすることはほとんど意味がない。ここにいるかぎり、それは最悪の罪であって、何物にもかえがたい快楽なのだ。

そして、誰かがそれを憎んだ。

ドアがまた開いた。見ると、バッハのほうを向いて女が立っていた。髪は乱れ、息を切らしている。

「わたしたち、やっぱり戻ってきました」女は言った。「ごめんなさい、取り乱してしまって。ゆるしてくださる?」女は両手を広げ、バッハのほうへ近づいてきた。いかにも弱々しく、しょげかえった様子だったので、握りこぶしが横っ面に当たったとき、思わず虚を衝かれた形になった。

バッハは壁ぎわにふっとび、気がつくと、女の膝に押さえこまれて、冷たい尖ったものを喉元に突きつけられていた。おそるおそる生唾をのみこんだが、バッハは何もいわなかった。喉がむずがゆく、我慢できないくらいだった。

「あの女は死んだ」バービーがいった。「今度はおまえの番よ」しかし、その顔には、よくわからない妙な表情が浮かんでいた。バービーは二、三度目をこすり、横目づかいにバッハを見おろした。

「ちょっと待って。人違いよ。ここでわたしを殺したら、あなたの姉妹たちにとんでもない災難がふりかかるのよ」

バービーはすこしためらってから、バッハのズボンの中に荒々しく手を入れた。性器にさわって目を見張った。が、ナイフはピクリとも動かない。何かしゃべらなければ、とバッハは思った。しかも、相手を怒らせないことだけを。

「これでわかったでしょう?」バッハは相手の反応を見たが、何もなかった。「知ってのとおり、政治的な圧力がいつかかるかもしれないわよ。外部に危険だと見なされたら、すぐにでもこの居留地はつぶされてしまう。それはあなたも望まないでしょう」

「そうなったら、それでもかまわない」バービーは答えた。「大切なのは純潔を保つこと。滅びるなら、純粋なままで滅びるわ。そのためにも冒瀆《ぼうとく》者は殺さなければならない」

「そのことならもういいわ」バッハがいうと、バービーは初めて気をひかれた様子を見せた。「わたしにも原則があるのよ。あなたほど狂信的ではないかもしれない。でも、わたしには大切なもの。一つは、犯罪者に正義の裁きをくだすこと」

「犯人はとらえたはずよ。その女を裁けばいい。処刑するがいい。その女もいやだと言わないだろう」

「犯人はあなたよ」

女はにっこりした。「じゃ、逮捕したら」

「わかったわ。ごらんのとおり、それはできない。もしもわたしを生かしておいても、そのドアから出て行きさえすれば、もうあなたを見つけられないでしょう。そのことならあきらめたわ。だいいち時間がないのよ。これが最後のチャンスだったのに、どうやらしくじったらしいから」

「いくら時間があっても無理なものは無理よ。それに、おまえを生かしておいたって何になる？」

「助けあうことができるわ」ほんの少し緊張がやわらいで、バッハはどうにか唾をのみこんだ。「わたしを殺せばこのコミュニティが破滅するから、あなたの損になる。こちらとしては……今の泥沼を何とかして、できれば少しでも面目を保ちたい。あなたの道徳観はもっともだと思うし、この集団で裁きをふるってもいいでしょう。あなたは正しいことをいっているのかもしれない。もしかしたら神に代わる人かもしれない。でも、あの女を罪におとすのはいけないわ。だいいち、誰も殺していないんだから」

ナイフはもう首に触れていなかったが、あいかわらず、ほんの少し動かせば喉に突きささるところにあった。

「で、生かしておいたらどうする？　何かできるの？　どうやって〝無実の〟容疑者を助けるつもり？」

「さっき殺したばかりの死体があるところを教えてちょうだい。あとはわたしがうまくやるから」

＊

検屍班が去り、エニイタウンは落ち着きを取り戻しつつあった。バッハは、ジョージ・ヴァイルと一緒にベッドの端に腰かけていた。ちょっと覚えがないくらい疲れている。最後に睡眠をとったのはいつだったのだろう？

「今だからいうが」と、ヴァイル。「まさかうまくいくとは思ってもいなかったぜ。おれの思いすごしだったようだな」

バッハはため息をついた。「生きたままつかまえるつもりだったのよ。できると思ったのに。でも、ナイフをかまえて向かってきたから……」嘘をつくのがいやだったので、あとはヴァイルの想像にまかせた。インタビュアーにはすでに嘘の話を聞かせてある。それによると、襲ってきた相手からナイフを奪い、おとなしくさせようともみあっているうちに、やむをえず殺したことになっていた。うまい具合に、バッハの後頭部には、壁に叩きつけられたときのコブがある。おかげで、しばらく気を失っていたという話も疑われずにすんだ。さもなければ、警察や救急車を呼ぶのがなぜ大幅に遅れたのか、不審に思われたことだろう。みんながやってきたとき、バービーは死んでから一時間たっていた。

「降参するよ。見事なもんだ。実をいうと、おれは悩んでいた。自分ならおまえさんみたいなことをやって辞職するだろうか、それともこのままつづけることになるだろうかってね。今じゃわからなくなったよ」

「そのほうがいいかもしれないわ。わたしだってわからないもの」

ジョージはバッハを見てにやっとした。

「どうも落ち着かんな。そのとんでもない顔がおまえさんだとはね」

「こっちだって同じよ。鏡を見るのもいやだわ。すぐアトラスのところへ行って、元どおりにしてもらわなくちゃ」バッハは疲れた足で立ち上がると、ヴァイルと一緒に駅へ向かった。

ヴァイルには、まだいっていないことがある。すぐにでも顔を元どおりにしたい——鼻も含めてだ——というのは本当だが、その前に一つだけすることが残っていた。最初から気がかりになっていたことに、犯人はどうやって被害者を見わけたのか、という疑問がある。

おそらく、倒錯者たちは、あらかじめ時と場所を決めたうえで、あの奇妙な儀式にふけっていたのだろう。むずかしいことではない。バービーは簡単に仕事をさぼることができるのだ。気分が悪くなったと申し出れば、そのバービーがきのうも同じことをいったとはわからないし、一週間つづけても、一ヵ月ぶりにやっても通用する。働く必要はない。次の作業へ向かうようなふりをして通路を歩いていればいいのだから。そうすれば誰もとがめはしないだろう。二三九〇〇番は同じ部屋でつづけて寝るバービーはいないといったが、もしいたとしても気づかれずにすんでしまうのだ。一二一五室は倒錯者たちがずっと占領していたにちがいない。

連中は、秘密の集まりをもったとき、良心のとがめも覚えずに識別番号で互いの身元を確かめあったことだろう。もちろん、外でおおっぴらにそれをすることはできない。そして、殺人者のほうにも、良心のとがめはなかった。

しかし、集団の中から連中を選び出すには、何か方法がなければならない。おそらく、儀式にまぎれこんで、その参加者に目印をつけたのだろう、とバッハは思った。一人がわかればもう一人がわかる。こうして全員をつかんでから、仕事にとりかかったのだ。

バッハは、犯人が自分を見つめたときの、奇妙な横目づかいの様子を思い出した。人違いのまますぐに殺さなかったのは、そこにはなかった何かの目印をさがしていたのだろう。それを確認するため、一つ考えていることがある。

バッハは、まずモルグへ行き、いろいろな波長の光を、各種のフィルターを通して、これまでの死体に当ててみるつもりだった。そうすれば、なんらかの目印が顔に浮かび上がってくるはずだ。その目印を殺人者は捜していたのだ。コンタクトレンズを通して。

それは、適当な器具を使うか、一定の条件が揃うかしなければ、見えてこないものだろう。だが、根気よくつづければつきとめられるはずだった。

もしも目に見えないインクを使ったのなら、もう一つ面白い疑問がわいてくる。どうやってそれをつけたのか？　刷毛やスプレーで？　まず無理だろう。そして、そんなインクは、見た目や感触は水と変わらず、犯人の手に残っていても気がつかないに違いない。

せっかく被害者に目印をつけたのだから、犯人は念を入れ、かなりの時間がたっても消えないように注意したことだろう。殺人は一ヵ月の期間にまたがっている。殺人者は、消えない透明のインク、毛穴にしみこんだインクをさがしていた。

そして、もしも消えないのなら……。

これ以上考えるのは無駄だった。正しいか間違っているか、答えはその二つ。犯人と取り引きしたとき、バッハは、真相を知らないまま幕を引くことを覚悟したのだ。今となっては、犯人を法廷に引き出すわけにはいかない。あのとき、あんなことをいったのだから。

いや、もしもエニイタウンに戻ってきて、罪に手をよごしたバービーを見つけたら、結局は自分でその仕事をすることになるだろう。

残 像

The Persistence of Vision

内田昌之◎訳

あれは四度目の大不況の年。わたしは失業者の列に加わったばかりだった。当時の大統領は、恐怖そのもの以外には恐れるものなどなにもないと言っていた。わたしは彼の言葉を——そのときだけは——真っ正直に受け取り、バックパックを背負ってカリフォルニアへと旅立った。

わたしだけがそういうことをしたわけではない。世界経済は、一九七〇年代初頭からの二十年間、焼けた鉄板に置かれた蛇のようにのたうち回っていた。繰り返される好景気と不景気の循環には終わりがないように思えた。それは、この国が三〇年代を過ぎたあとの黄金時代にたいへんな苦労をして築き上げた安心感をすっかり消し去っていた。ある年には裕福でも次の年にはパンの施しを受ける列にならぶかもしれないという事実に、だれもが慣れてしまっていた。わたしも八一年にはそうやって列にならんだし、八八年にもならんでいた。この年は、タイムレコーダから解放されたことを利用して世界を見て回ろうと決めた。日本へ密航しようと考えたのだ。もう四十七歳で、無責任な行動をとれるチャンスは二度とないかもしれなかった。

夏も終わろうかというころだった。州間高速道路《インターステート》のかたわらで親指を突き立てていたら、シカゴで食料を求める暴動が頻発していることなど簡単に忘れてしまった。夜は寝袋を敷いて横たわり、星空を見上げてコオロギの鳴き声に耳をかたむけた。

シカゴからデモインまでの道のりはほとんど歩きになった。両足は、何日かひどいまめに悩まされたあとで、硬く鍛え上げられた。めったに車に乗せてもらえなかったのは、ほかのヒッチハイカーたちとの競争のせいでもあり、当時の世情のせいでもあった。土地の住民は怖がって都会人を乗せようとしなかった――飢えのあまり大量殺人鬼になりかねない連中だと聞かされていたせいだ。わたしも一度、手荒い歓迎を受けて、二度とイリノイ州シェフィールドには足を踏み入れるなと言われたものだ。

それでも、路上で生活するこつはだんだんと身についていった。初めは福祉センターでもらったわずかな缶詰でしのいだが、それがなくなったころには、道中にある農場で仕事を手伝えばたいていは食べ物にありつけることがわかっていた。

きつい仕事をさせられたこともあったし、施しは良くないという考え方が染みついた人たちからほんの申し訳程度の仕事を頼まれたこともあった。ごくまれにただ飯にありついたときには、孫たちが顔をそろえた家族のテーブルで、祖父あるいは祖母から、何度も繰り返された昔話を聞かされた――二九年の世界恐慌《ビッグ・ワン》のときには、だれもが運の悪い人を助けることをためらったりはしなかったと。相手が高齢であればあるほど、親身になってもらえる可能性が高い。あのころ学んだ数多くの秘訣のひとつだ。たいていの場合、高齢の人たちは、こちらが黙ってすわって話を聞いていれば、なんでもくれた。わたしは話を聞くのが得意になった。

デモインの西からはヒッチハイクがうまくいくようになり、チャイナ帯状地《ストリップ》に隣接する難民キャンプに近づくとまた不調になった。なにしろ、あの大災害からまだ五年しかたっていなかったのだ。オマハの原子炉がメルトダウンしたあのとき、ウランとプルトニウムの熱いかたまりが中国《チャイナ》を目指して大地の浸食を開始し、放射性物質が風下側へ六百キロメートルにわたって帯状にぶちまけられた。ミズーリ州カンザスシティの住民の大半は、相変わらずベニヤとトタンの掘っ立て小屋で暮らし、市内がふたたび居住可能になるときを待っていた。

難民たちの境遇は悲惨だった。人びとが大きな災害のあとでしめす連帯はとっくに消え失せて、住みかを追われた人びとに特有の倦怠と絶望が取って代わっていた。彼らの多くは入退院を繰り返して残りの生涯を過ごすことだろう。さらに悪いことに、土地の住民は難民たちを嫌い、恐れ、関わろうとしなかった。彼らは現代の不可触民であり、けがれた存在だった。そのこどもたちは忌避された。キャンプにはそれぞれ番号がついているだけだったが、土地の住民はどれもガイガータウンと呼ばれていた。

リトルロックへ大きく迂回したのは帯状地《ストリップ》を横切るのを避けるためだったが、そのときはもう、長くとどまったりしなければ危険はなかった。州兵駐屯地で支給された不可触民のバッジ——線量計——をつけて、ガイガータウンを次々と渡り歩いた。こちらから近づいていきさえすれば、人びとは痛ましいほど友好的だったので、常に屋内で眠ることができた。食事もキャンプの食堂へ行けば無料だった。

リトルロックまでたどり着くと、よそ者——〝放射線病〟におかされているかもしれない連中——を同乗させるのをいやがる風潮がなくなったので、アーカンソー州とオクラホマ州とテキサス州はすみやかに横断できた。あちこちで少しずつ仕事はしたが、いったん車に乗せてもらうと長く移動することが多かった。テキサス州は車の窓越しにながめただけだった。

ニューメキシコ州に入ると、こうした流れにいささか飽きてきた。そこで、また少し歩くことにした。そのころにはカリフォルニアよりも旅そのものへの興味のほうがまさっていた。

道路をはずれて、行く手をさえぎるフェンスがいっさいない荒れ野へ踏み込んだ。わかったのは、ニューメキシコ州でさえ、文明のしるしから遠く離れるのはむずかしいということだった。

タオスは、六〇年代には、別の生き方を見つけようとする文化的実験の中心地となっていた。その当時は、たくさんの生活共同体《コミューン》や協同農場が周辺の丘陵地に作られた。その多くは数カ月か数年で崩壊したが、ごく一部は生き延びた。後年、新しい生活理論とそれを実践できるだけの円をもつグループはみな、ニューメキシコ州のその一帯に引き寄せられたようだった。結果として、あたりには、いまにも倒れそうな風車、太陽熱パネル、ジオデシックドーム、集団結婚、ヌーディスト、哲学者、理論家、救世主、世捨て人、それと少なからぬ数の単なる狂人が点在していた。

タオスは最高だった。たいていのコミューンでは、ちょっと立ち寄って一日でも一週間でも居座り、有機栽培の米や豆を食べ、山羊のミルクを飲んで過ごすことができた。ひとつのコミューンに飽きたら、どの方向でもいいから数時間歩けば別のコミューンに行き当たった。そこで待っていたのは、夜通しの祈りと唱和だったり、儀式じみた乱交パーティだったりした。塵ひとつない納屋に、乳牛用の自動搾乳機をそなえているグループもあった。便所すらなく、ただしゃがんで用を足しているグループもあった。修道女のような服を着ている連中もいれば、初期のペンシルヴェニアで暮らしていたクエーカー教徒みたいな連中もいた。また別の場所では、だれもが裸になって体毛を剃り落とし、全身を紫色に塗っていた。男ばかりや女ばかりのグループもあった。前者の場合だと、たいていは泊まっていけと勧められた。後者の場合の反応は、一夜のベッドと楽しい会話からショットガンをそなえた有刺鉄線のフェンスまでさまざまだった。

勝手な決めつけはしないよう心がけた。こうした人びとはみな、ある重要なことをしていた。シカゴで暮らさなくてすむような生き方を試していた。わたしにとっては驚きだった。下痢と同じように、シカゴは避けようのないものだと思っていたからだ。

すべてのグループが成功していたというわけではない。シカゴが理想郷のように思える場所もあった。あるグループなどは、自然への回帰とはすなわち、豚の糞の中で眠ってハゲタカすらふれようとしない食べ物を口にすることだと考えているようだった。明らかに消える運命にあるグループも多かった。彼らがあとに残すのは一群のあばら屋とコレラの記憶だけだろう。

だから、そこは楽園ではなかった。ぜんぜんそんなことはなかった。でも、成功しているグループもあった。いくつかは六三年か六四年からずっと続いていて、第三世代を育てていた。残念なことに、そうしたグループのほとんどは、いくつかの驚くべき相違点はあったものの、確立された行動基準からの逸脱がもっとも少ないほうだった。実験が過激であればあるほど、もたらされる実りは小さいようだ。

その年の冬はずっとそこで過ごした。同じグループを再訪してもびっくりされることはなかった。大勢の人びとがタオスにやってきて、あちこち見て回っていたらしい。わたしはひとつの場所に三週間以上とどまることはめったになかったし、いつでも自分の仕事は充分にこなした。友達をたくさんつくり、道路から離れて暮らすときに役立ちそうな技術をあれこれ身につけた。どこかのグループにずっととどまろうかと考えてもみた。心を決められずにいたら、あわてることはないと助言された。カリフォルニアまで行ってから戻ってきてもいいのだと。きっとそうすると思われていたようだった。

そこで、春が来ると、丘を越えて西へ向かった。道路には近づかず、夜は野宿した。ほかのコミューンを見つけて泊まることも多かったが、それもだんだんとまばらになり、ついにはすっかりなくなった。田舎の風景もそれまでのような美しさをなくした。最後のコミューンからだらだらと三日間歩いて、壁に行き当たった。


一九六四年、合衆国ではドイツはしか、すなわち風疹が大流行した。風疹はもっとも軽い伝染病のひとつだ。ただし、妊娠四ヵ月以内の女性が感染したときだけは問題が起こる。胎児が感染して、さまざまな合併症が引き起こされるのだ。聴覚障害、視覚障害、さらには脳に障害が起こることもある。

一九六四年当時は、まだ妊娠中絶は簡単にできることではなかったので、感染したら手の打ちようがなかった。大勢の妊婦が風疹にかかり、出産にまでいたった。視覚と聴覚の両方に障害のある赤ん坊が一年間で五千人生まれた。通常であれば、合衆国で一年間に生まれる視聴覚障害の赤ん坊は百四十人だ。

一九七〇年に、この五千人のヘレン・ケラー候補たちはそろって六歳になった。アン・サリヴァンが足りないのは明白だった。それ以前なら、視聴覚障害のこどもたちについては、数は少ないとはいえ特別な施設があって、そこへ送り出すことができたのだ。

これは問題だった。視聴覚障害のこどもの相手はだれにでもできることではない。うなり声をあげるからといって、黙れと命じることはできない。うなり声はほかの人をいらつかせるのだと、筋道を立てて教えることもできない。一部の親たちは、こどもを自宅で育てようとしてノイローゼになってしまった。

五千人のこどもたちの多くは、知的発達がひどく遅れていて、事実上、意思疎通が不可能だった——たとえ、なんらかの試みがなされたとしても。そうしたこどもたちは、たいていの場合、〝特殊な〟児童を対象とする、何百とある名もない養護施設やホームへあずけられることになった。ベッドに横たえられて、働き過ぎの看護師たちに日に一度は体を清めてもらい、たいていは完全な自由という恵みをあたえられた。自分だけの、暗い、静かな宇宙の中で、勝手に朽ち果てることを許されたのだ。それが彼らにとってひどいことだとだれに言える？　彼らの不平の声が届くことはなかったのに。

脳に障害のないこどもたちの多くは、見えない両目の奥に自分がいることをだれにも伝えられなかったせいで、障害のあるこどもたちとごっちゃにされてしまった。彼らは一連の触覚テストで失敗した。見ることも聞くこともできない時計のカチコチに合わせて丸い木釘を丸い穴に差し込むよう指示されたとき、それに自分の運命がかかっていることなど知る由もなかった。その結果、残りの生涯をベッドの上で過ごすはめになり、やはり、だれひとり不平を口にすることはなかった。抗議するためには、もっとましな状態があることに気づかなければならない。それが言語の習得の助けにもなる。

数百人のこどもたちについては、知能指数は通常レベルであると判定された。彼らが思春期に近づいたころ、ニュース報道により、適切な教育をおこなえる人材が不足していることが明らかになった。資金が投じられ、教師たちが養成された。こうした教育のための支出は、こどもたちが成人するまでの一定期間だけ続けられ、その後、すべては元通りになって、だれもが困難な問題にうまく対処したと自画自賛できるはずだった。

たしかに、計画はかなりうまくいった。このようなこどもたちと意思を通じてものを教える方法はある。必要なのは、忍耐と、愛と、献身と、それらすべてを仕事に注ぎ込むことのできる教師たちだ。特殊学校の卒業生たちは、手を使って会話するすべを習得していた。一部の者は話すことができた。ごくわずかだが書くことができる者もいた。ほとんどの者は親元か親戚のところで暮らすために施設を離れたが、どちらもむりな場合は、社会に適応するためのカウンセリングと支援を受けた。選択肢は限られていたが、どんなに大きなハンディキャップがあろうと、人は実りある人生を送れるものなのだ。全員ではなかったが、ほとんどの卒業生は、置かれた状況にそれなりに満足していた。お手本であるヘレン・ケラーの、まるで聖人のような安らぎに到達した者もいた。心がとげとげしくなって引きこもる者もいた。ごく一部は、やむなく精神病院に入り、二十年まえからそこで過ごしていた仲間たちと区別がつかなくなってしまった。それでも、たいていの場合、彼らはうまくやっていた。

だが、どんな集団でもそうであるように、この集団にも規格外の存在がいた。そういう者たちは、聡明で、知能指数では上位十パーセントに含まれることが多かったが、必ずそうだったというわけではない。平凡な点数でありながら、なにかをしたい、変化を起こしたい、波風を立てたいという渇望に取り憑かれている者もいた。五千人もの集団なのだから、そこには当然混じっていたのだ――天才も、芸術家も、夢想家も、扇動家も、個人主義者も、人を動かしたり進路を定めたりする者も、さらには、輝かしき狂人も。

大統領になってもおかしくない人物もひとりいたが、現実には、目が見えず、耳が聞こえず、しかも女性だった。頭は切れたが、いわゆる天才ではなかった。夢想家であり、独創力があり、革新者だった。彼女は自由を夢見た。だが、妖精の城を建てたいわけではなかった。夢見た以上、それを実現しなければならなかった。

その壁は石をていねいに組み上げたもので、五フィートほどの高さがあった。ニューメキシコ州で目にしたどんなものともまったく脈絡がなかったが、使われているのは土地にある岩だった。あのあたりでそういう壁を築くことはまずない。なにかを閉じ込める必要があるときは有刺鉄線を使うが、多くの人びとはいまも家畜は放し飼いにして焼き印を押している。なんとなく、その壁はニューイングランドから移設されたように見えた。

かなり頑丈な造りだったので、乗り越えるのは賢明ではない気がした。旅のあいだに何度も有刺鉄線のフェンスを突っ切っていて、そのせいでトラブルになったことはなかったものの、何度か牧場主たちと話をしたことはあった。たいていはさっさと行けと言われたが、機嫌を損ねるようなことはなかった。これはそうはいかなかった。わたしは壁に沿って歩き出した。地形のせいでどこまで続いているのかはわからなかったが、時間はたっぷりあった。

次の丘のてっぺんに着くと、それほど遠くへ行く必要はないとわかった。壁はすぐ先で直角に曲がっていた。そのむこうへ目をやると、いくつか建物が見えた。ほとんどはドームで、建てるのが簡単なうえに耐久性が高いため、あちこちのコミューンでよく見かけたものだった。壁のむこうには羊の群れと、雌牛が何頭かいた。そいつらが食《は》んでいる草の緑がとても鮮やかで、中に入って寝転がりたいほどだった。壁は草地を長方形に囲んでいた。わたしが立っていた壁の外側は、低木とセージばかりが茂っていた。そこに住む人びとはリオ・グランデからの灌漑《かんがい》用水を利用していた。

角を曲がり、壁沿いにふたたび西へ向かった。

わたしが馬に乗った男を見つけるのとほぼ同時に、男のほうもわたしを見つけた。男はわたしの南、壁の外側にいたが、向きを変えてこちらへ馬を走らせてきた。

浅黒い肌をした、濃い顔立ちの男で、デニムにブーツを履き、よれよれになった灰色のステットソン帽をかぶっていた。ナバホ族かもしれない。インディアンのことはあまりよく知らないが、そのあたりにいるという話は聞いていた。

「やあ」わたしは馬を止めた男に呼びかけた。男はわたしをしげしげと見ていた。「きみの土地に入ってしまったかな?」

「部族の土地」男は言った。「ああ、おまえはそこに入っている」

「標識がひとつもなかったんでね」

男は肩をすくめた。

「気にするな、若いの。おまえは牛泥棒には見えない」男はにやりと笑った。大きな歯がタバコで汚れていた。「今夜は野宿か?」

「ああ。どれくらい先まで続いているんだろう、その、部族の土地というのは? 今夜のうちに抜けられそうかな?」

男は重々しく首を振った。「いや。明日いっぱいでもむりだ。別にかまわんさ。焚き火をするなら、ちゃんと気を付ける、いいか?」男はまたにやりと笑い、馬で走り去ろうとした。

「なあ、ここはどういう場所なんだ？」わたしが身ぶりで壁をしめすと、男は馬を止めてふたたびこちらへ向き直った。砂埃が舞い上がった。

「なぜ知りたい？」男は少し疑っているようだった。

「さあ。ただの好奇心かな。いままで立ち寄った場所とちがうから。こんな壁は……」

男は顔をしかめた。「いまいましい壁だ」そして肩をすくめた。それ以上なにも言うつもりはないように見えた。ところが話は続いた。

「ここの連中のことは、おれたちも気を付けてる。まあ、やっていることに賛成はできん。だが、やつらもひどい目にあってるから、なあ？」男はなにかを期待するようにわたしを見た。こういう口数の少ない西部の男と話をするのは苦手だった。自分がだらだらとしゃべりすぎている気がしてならないのだ。うなり声をまじえたり、肩をすくめたり、断片的な文章を使ったりして、言葉を省略するので、話をしているとこっちが気取り屋になったような気がする。

「ここの人たちは客を歓迎してくれるかな？」わたしはたずねた。「ひと晩泊めてもらえないかと思ったんだけど」

男はまた肩をすくめたが、今度はまったく別の意味があった。

「たぶんな。みんな目も見えず耳も聞こえないから、なあ？」男がその日に口にできる言葉はそれで終わりのようだった。男は舌打ちし、馬を駆って走り去った。

そのまま壁をたどって歩くと、小川に沿ってうねうねと続く砂利道が、壁の内側へと続いていた。そこには木製の門があったが、開けっ放しになっていた。手間をかけて壁を築きながら、どうしてそんなふうに門を開けておくのか不思議だった。ふと見ると、門から延びている幅の狭い線路が、外側でぐるりとループを描き、ふたたび元の線路につながっていた。壁の外側に沿って数ヤードの短い待避線も用意されていた。

しばらくそこに突っ立っていた。なぜあんな決断をしたのかはわからない。屋外で眠るのにすこしばかり疲れ、家庭料理に飢えていたのだと思う。太陽はじりじりと地平線に近づいていた。西に見える大地はどこまでも代わり映えがしなかった。もしもハイウェイが見えていたら、そこまで行ってヒッチハイクをしていたかもしれない。だが、わたしは向きを変えて門を通り抜けた。

わたしは二本のレールのあいだを歩いた。両側に延びる木製のフェンスは、家畜囲いのように板を水平に張ったものだった。片側では羊の群れが草を食んでいた。そばにいる一頭のシェットランドシープドッグは、両耳をぴんと立てて、通り過ぎるわたしを目で追っていたが、口笛を吹いても近づいてはこなかった。

半マイルほど前方にひとかたまりの建物が見えていた。四つか五つあるドームは温室みたいに半透明の素材でできていて、ほかにふつうの四角い建物がいくつかあった。風車が二基、そよ風の中でゆるゆると回っていた。太陽熱温水器が何列かならんでいた。これはガラスと木で造られた平たい箱で、地面から離れた位置で支えられ、太陽を追いかけて角度を変えられるようになっていた。このときはほぼ垂直に立ち上がり、夕暮れどきの斜めに差し込む日差しを受け止めていた。何本か見える樹木は、かつては果樹園だったのかもしれなかった。

道のりの半分ほどを歩いたところで木製の人道橋の下をくぐった。それは線路の上にアーチを描き、東側の牧草地から西側の牧草地への通路となっていた。ふつうに門をつけるだけではなぜだめなんだろう、とわたしは思った。

そのとき、なにかがこちらへ向かって近づいてくるのが見えた。それはとても静かに線路の上を走っていた。わたしは足を止めて待った。坑道の奥から石炭を運び上げる、鉱山用の機関車を改造したものに見えた。バッテリ駆動だったので、音が聞こえたときにはかなり近くに来ていた。小柄な男がそれを運転していた。後方に貨車を一台引っ張り、調子っぱずれな歌を精一杯の大声でがなっていた。

男は時速五マイルほどでぐんぐんわたしに近づきながら、左折の合図をするように片手を差し出していた。迫ってくる機関車を見て、突然、わたしはなにが起きているのかに気づいた。その男は停車しようとしていなかった。手でさわってフェンスの支柱をかぞえていた。わたしはあわやというところでフェンスをよじのぼった。列車と左右のフェンスとの隙間は六インチほどしかなかった。男の手のひらがフェンスに体を押しつけているわたしの脚にふれて、機関車は急停車した。

男が機関車から飛び下りてきてわたしをつかんだので、これはまずいことになったと思った。ところが、男は怒っていたのではなくて心配していたらしく、わたしの体中にふれて、怪我をしたかどうかたしかめようとしていた。わたしは恥ずかしくなった。身体検査をされたからでなく、自分があまりにも愚かだったからだ。あのインディアンから、ここの住人はみんな目も見えず耳も聞こえないと言われていたのに、本気で信じていなかったのだ。

どうにかこうにか大丈夫だと伝えると、男はすごくほっとしたようだった。そして雄弁な身ぶりで、そこにいてはいけないということをわたしに理解させた。フェンスを乗り越えて、そのまま牧草地を進まなければいけないと。男は同じことを何度か繰り返してわたしに確実に理解させてから、乗り越えるわたしに手を添えて、線路から離れたのをたしかめた。そのあと、男はフェンス越しに手を伸ばしてわたしの両肩をつかみ、にっこりと笑った。線路を指さして首を横に振ってから、ならんだ建物を指さしてこくりとうなずいた。わたしの頭にさわり、わたしがうなずくとにっこりした。男はふたたび機関車に乗り込んでそれを始動させたが、そのあいだずっと、何度もうなずいてわたしが行くべきところを指さしていた。それから、あらためて走り去った。

わたしはどうしたものかと悩んだ。ここできびすを返し、牧草地を抜けて壁まで引き返し、外の丘陵地へ戻るべきだという思いは強かった。ここの住民はわたしがうろつくことを望まないだろう。そもそも話ができるとは思えなかったし、へたをしたら怒らせてしまうかもしれない。そのいっぽうで、わたしは心惹かれてもいた。当然だろう？　彼らがどんなふうに暮らしているのか見てみたかった。全員が目も見えず耳も聞こえないというのはやはり信じられなかった。そんなことはありえないように思えた。

例の牧羊犬がわたしのズボンのにおいを嗅いでいた。見おろすと、雌犬はいったんあとずさりしてから、わたしが差し出した手のひらへ優美な足取りで近づいてきた。そしてにおいを嗅ぎ、ぺろりとなめた。頭をなでてやると、そいつは羊たちのもとへ駆け戻っていった。

わたしはならんだ建物へと歩き出した。

まず必要となるのは資金だった。

経験上、生徒たちはお金についてあまりよく知らなかったが、図書館には点字の書物がたくさんあった。彼らは読み始めた。

最初の段階でわかったことのひとつは、お金の話が出てくるときには、弁護士がからんでくるということだった。生徒たちはどんどん手紙を書いた。返信の中から、ひとりの弁護士を選んで雇った。

当時、彼らはペンシルヴェニアにある学校で暮らしていた。各地の特殊学校に入学した生徒たちは、最初は五百人いたのだが、親戚のもとで暮らすために出ていく者や、みずからの特殊な問題に対して別の解決策を見つけた者がいたために、およそ七十人まで減っていた。その七十人については、行く場所があるのにそれを望まなかった者もいれば、ほかに選択肢がほとんどなかった者もいた。両親が亡くなってしまったり、こどもと暮らすことに興味をもたなかったりしたのだ。そこで、全国の学校に散らばっていた七十人がひとつの場所に集められ、彼らをどうするかについて検討がおこなわれた。当局にはいくつか計画があったが、生徒たちはそれに先んじて行動を起こした。

一九八〇年以降、生徒たちには一定額の年金が保証されていた。だが、ずっと政府の保護のもとにあったので、それを受け取っていなかった。彼らは弁護士を裁判所へ送り込んだ。帰ってきた弁護士は受け取りはできないという裁定をたずさえていた。生徒たちは上訴し、勝利をおさめた。年金は過去にさかのぼって支払われ、利息も付いたので、総額はかなりのものになった。生徒たちは弁護士に礼を言い、不動産仲介業者を雇った。そのあいだもずっと、読書を続けた。

生徒たちはニューメキシコ州にあるコミューンについて読み、仲介業者にそのあたりで土地を探すよう指示した。仲介業者はナバホ族との契約により、ある区域の永代借地権を取得した。生徒たちはその土地について読み、彼らが望むような生産性をあげるには大量の水が必要になることを知った。

生徒たちはいくつかのグループに分かれて、自給自足を実現するためになにが必要になるのかを調べ始めた。

水については、リオ・グランデの貯水池から南部の開拓地へ延びる用水路にパイプラインをつなげば手に入るはずだった。このプロジェクトには、保健教育福祉省と農務省とインディアン局のからむ迷路のような行政組織を通じて、連邦政府の資金を活用することができた。結局、パイプラインには自分たちの金をほとんど使わずにすんだ。

そこは不毛の土地だった。放牧に頼ることなく羊を育てようとすれば肥料が必要になる。肥料にかかる費用は〈農業救済計画〉から援助してもらえるはずだ。あとは、クローバーを植えれば、望みうるすべての養分を土壌にもたらしてくれるだろう。

さまざまな技術を活用すれば、肥料や農薬について心配することなく、エコロジカルな農業を実現できた。あらゆるものがリサイクルされる。基本的には、一方の端に太陽の光と水を投入し、反対の端から羊毛、魚、野菜、リンゴ、蜂蜜、卵を収穫する。消費するのは土地だけだが、人の排泄物を土壌へ戻してリサイクルすれば、それすら入れ替えができる。彼らは巨大なコンバインと農薬散布機を使う農業ビジネスには興味がなかった。利益をあげたいとさえ思わなかった。自給自足できればそれで良かった。

こまかな問題はみるみる増殖した。生徒たちのリーダーは、最初にアイディアを出して、それを圧倒的な困難にもめげずに実行に移した、ジャネット・ライリーという名の精力的な女性だった。将軍や重役が大きな目標を達成するときに用いる手法についてはなにも知らなかったのに、彼女は自力でそれを考え出し、このグループならではの欲求と限界に適応させた。法律、科学、社会計画、設計、買い付け、物資管理、建設といった、プロジェクトの各分野について解決策を検討させるために、それぞれ調査部隊を編成した。どの時点においても、なにが起きているかをすべて把握しているのはライリーだけだった。彼女はなにもかも自分の頭におさめていた——どんな種類のメモもとらずに。

ライリーが、ただの有能なまとめ役ではなく明確なヴィジョンの持ち主であることをしめしたのは、社会設計の分野においてだった。彼女がここで実現しようとしたのは、障害のない人びとの生活の、光と音のない模造品ではなかった。彼女が望んだのはまったく新しい第一歩であり、視聴覚障害者による視聴覚障害者のための生き方、いままでずっとそうだったからというだけの理由で慣習に縛られたりしない生き方だった。人類の文化的制度を結婚から公然猥褻《わいせつ》まで残らず調べて、それが自分や仲間たちの欲求にどのように関係するかを知ろうとした。こうした取り組みが危険だということはわかっていたが、ひるむことはなかった。ライリーの〝社会調査部隊〟は、過去に独立独行で進もうとした世界中のあらゆる種類のグループについて資料を読み、それらが失敗あるいは成功した理由と過程についての報告書を彼女にあげた。ライリーはこれらの情報をみずからの経験に照らして選別し、独自の欲求と目的をもつこの特殊なグループにどのように応用すればいいかを検討した。

こまかな問題は絶え間なく生じた。ライリーたちは女性の建築家を雇って自分たちのアイディアを点字の設計図に起こしてもらった。計画は徐々に進んだ。彼らはさらに資金を投入した。建設作業が始まると、すでにこの計画にすっかり魅せられていた建築家が、無償で現場監督をつとめてくれた。現場には信頼できる人物が必要だったので、それはとても重要な申し出だった。遠く離れた場所でやれることはごく限られていた。

ようやく移住できる態勢が整ったとき、役所とのあいだにトラブルが起きた。予期していたこととはいえ、これは痛手だった。彼らの福祉援助を担当していた政府機関が、この計画は賢明とは言えないのではないかと異議を唱えたのだ。どれだけ説得しても計画が止まらないことがはっきりすると、当局が実力行使に踏み切り、生徒たちの保護という名目で、学校を離れることを禁ずる命令が出された。そのころには、全員が二十一歳になっていたが、自分のことを自分でするには精神面で能力が足りないと判断されたのだ。審問の予定が組まれた。

幸運なことに、まだ例の弁護士とは連絡がついていた。この男もライリーたちの常軌を逸したヴィジョンに影響を受けていて、彼らのために果敢に戦いに挑んでくれた。彼は施設に収容された人びとの権利を認める裁定を勝ち取り、それがのちに最高裁判所でも支持されると、州や郡の病院にまで大きな影響がおよぶことになった。全国で不適切な施設に収容されている何千人もの患者たちとトラブルが起きることに気づいて、政府機関は異議を取り下げた。

それが一九八八年の春、ライリーたちの移住は予定より一年遅れていた。土地の浸食を防ぐクローバーを植えられなかったため、肥料の一部はすでに洗い流されてしまっていた。作付けは手遅れになりつつあり、資金も不足していた。にもかかわらず、彼らはニューメキシコ州へ移住して、すべてを始めるという骨の折れる仕事に取りかかった。生徒たちの数は五十五人、ほかに三カ月から六歳のまでのこどもたちが九人いた。

自分がどんなことを予想していたのかはわからない。すべてが驚きだったことはおぼえている――あまりにもふつうだったり、あまりにもちがっていたりしたせいで。そういう場所がどんなふうになるかというわたしのバカげた憶測はひとつも当たらなかった。もちろん、そこの歴史についてはなにも知らなかった。あとになってから断片的な情報を集めていったのだ。

一部の建物に明かりがあったのには驚かされた。まず思ったのが明かりは必要ないだろうということだったからだ。あまりにもふつうだったせいで驚かされたことの一例だ。

ちがっていたことのほうで、最初に目についたのは、鉄道の線路に沿って延びるフェンスだった。あやうく怪我をするところだったので、個人的に興味を引かれたのだ。わたしはなんとかそれを理解しようとした。たとえひと晩でも泊まるつもりなら、そうしなければならなかった。

　門からずっと線路を囲っていた木製のフェンスは、そのまま納屋まで続いていて、そこでは、壁の外でもそうだったように、線路がぐるりとループを描いて元の線路につながっていた。線路全体がフェンスで囲われていたのだ。立ち入れる場所は、納屋の脇にある荷積み用のプラットホームと、外への門だけ。それは理にかなっていた。視聴覚障害者にあんな機関車を運転させるためには、線路にはだれもいないと保証するしかない。ここの住民は絶対に線路には出ない。列車の接近を知る手立てがないからだ。

　集まった建物のあいだへ入り込むと、薄明かりの中で人びとが歩き回っていた。予想どおり、だれもわたしの存在には気づかなかった。みんな足取りは速く、何人かはほとんど駆け足に近かった。わたしは立ち止まり、だれかがぶつかってきたりしないかとあたりへ目を配った。より大胆に動くためには、彼らがどうやっておたがいにぶつからずにいるのかを知る必要があった。

　地面にかがみ込んで調べてみた。あたりはますます暗くなっていたが、その一帯にコンクリート製の歩道が縦横に走っているのはすぐに見て取れた。それぞれの歩道には、材料が固まるまえにさまざまな模様の溝が刻まれていた——線、波形、くぼみ、ざらざらやすべすべの斑点。すぐにわかったのは、急いでいる人はそうした歩道の上だけを移動していて、みんな裸足だということだ。深く考えなくても、それが足で読み取る通行標示であるのは明らかだった。わたしは体を起こした。どういう仕組みになっているのかを知る必要はなかった。正体がわかって、通路から離れていられれば充分だった。

人びとには特に変わったところはなかった。服を着ていない者もいたが、わたしはそういうのにはもう慣れていた。体形や背の高さはさまざまだったが、こどもたち以外はみんな同じくらいの年齢に見えた。だれもが立ち止まって話をするどころか、近づいてくる相手に手を振ることさえないという事実がなければ、目が見えていないとは思いもしなかっただろう。人びとは歩道の交差点に近づくと——どうやってそれを知るのかはわからなかったが、考えられる手段はいくつかあった——足取りをゆるめてそこを横切った。まさに驚嘆すべきシステムだった。

だれかに近づいてみたくなってきた。わたしは三十分近く、侵入者としてそこにまぎれ込んでいた。たぶん、そこの人びとの傷つきやすさについてまちがった考えをもっていたんだと思う。まるで押し込み強盗になったような気分だった。

ひとりの女とならんで一分ほど歩いてみた。まっすぐ前方を見て歩く姿からすると、なにかはっきりした目的があるようだった。女はなにかを感じ取った。わたしの足音かもしれない。女が少し足取りをゆるめ、わたしはほかになにも思いつかなかったのでその肩にふれてみた。女はすぐに立ち止まってこちらに向き直った。両目はひらいていたがうつろだった。女は両手をわたしの全身に走らせ、顔に、胸に、両手にそっとさわり、服をいじくった。見知らぬ相手だということは、おそらく最初に肩を叩かれたときからわかっていたはずだった。それでも、女は心からの笑みを浮かべて、わたしを抱き締めた。その両手はとてもデリケートで温かかった。きつい仕事でたこができていたのだから、おかしな表現かもしれない。それでも、とても繊細に感じられたのだ。

女はわたしに伝えた――建物を指さし、想像上のスプーンで食べるしぐさをして、腕時計の数字にふれ――一時間後に夕食だから、あなたを招待すると。わたしは女の両手に顔をさわられたまま、うなずいて笑みを浮かべた。女はわたしの頬にキスして足早に立ち去った。

さて。それほど悪くない結果だろう。実は意思疎通ができるかどうか不安だった。のちにわかったことだが、その女がわたしについて仕入れた情報は、そのときわたしが考えていたよりもはるかに多かったのだ。

食堂らしき建物に入るのはもう少しあとにすることにした。迫り来る夕闇の中をぶらぶらと歩き、全体の配置を見て回った。例の小さな牧羊犬が夜に備えて羊の群れを囲いへ連れ戻していた。だれにも指示を受けることなく、犬がひらいたゲートをとおして巧みに群れを追い込むと、ひとりの住民がそれを閉じて鍵をかけた。その男はかがんで犬の頭をかいてやり、犬は男の手をぺろぺろとなめた。夕べの仕事をすませた犬は、わたしのところへ走ってきてズボンの脚のにおいを嗅いだ。そして、その日はずっとわたしのあとをついて回った。

みんなとても忙しそうだったので、ひとりの女がなにもせずに線路のフェンスに腰掛けているのを見たときには驚いた。わたしはそちらへ向かった。

近づいてみると、女は初めに思ったよりも若かった。十三歳だと、のちに知った。服はいっさい着ていなかった。肩にふれると、少女はフェンスから飛び下りてさっきの女と同じ手順に取りかかり、遠慮なくわたしの体中をさわった。それからわたしの手を取り、手のひらに当てた指を素早く動かした。なにを言っているのかはわからなかったが、それがなんであるかはわかった。わたしは肩をすくめ、いろいろな身ぶりで自分はハンドトークを使えないのだと伝えようとした。少女は両手でわたしの顔にふれたままうなずいた。

少女は夕食まで滞在するのかとたずねた。わたしはそのつもりだとこたえた。少女は大学から来たのかとたずねた。体の動きだけで質問をするのが簡単なことだと思うなら、試してみるといい。だが、その少女は身のこなしがとても優雅でしなやかで、上手に意味を伝えることができた。その姿は美しかった。会話でありながらバレエのようでもあった。

わたしは大学から来たのではないと伝え、自分がなにをしていてどうやってここへ来たのかを少しばかり説明してみることにした。少女は両手でわたしの言葉を聞き、わたしがうまく意味を伝えられなかったときにはわかりやすく自分の頭をかいた。その顔に浮かぶ笑みはだんだんと大きくなり、わたしがみっともない身ぶりをするたびに、少女は音もなく笑い声をあげた。そのあいだずっと、すぐそばに立って、わたしにさわっていた。とうとう、少女は両手を自分の腰に当てた。

「まだ練習が必要みたいね」少女が言った。「でも、あなたさえかまわなければ、いまはマウストークにしない？　大笑いしてしまいそう」

わたしは蜂に刺されたように飛び上がった。あんなふうにさわられて、相手が視聴覚障害者の少女なら気にせずにいられたが、急にそれが場ちがいに思えた。わたしはすこし後ずさりしたが、少女はまた両手を戻した。少女はとまどったような顔をしてから、なにが問題なのかを両手で読み取った。

「ごめんなさい」女は言った。「あたしのことを視聴覚障害者だと思ってたのね。そうとわかっていれば、すぐに教えてあげたのに」

「ここにいる人はみんなそうなのかと思ったんだ」

「親たちだけよ。あたしはこどもだから。こどもたちはちゃんと見たり聞いたりできるの。そんなに固くならないで。さわられるのをがまんできなかったら、ここの暮らしを好きになれないわ。気を楽にするのよ、あなたを傷つけたりしないから」少女は両手をわたしの体に当てて動かし続けた。ほとんどは顔の上だった。あのときは理解できなかったが、それは性的な行為とは思えなかった。のちにまちがいだとわかったものの、露骨なものではなかった。

「いろいろ教えてあげないとね」少女はそう言って、ドームへと歩き出した。わたしの手をつかみ、すぐそばを歩き続けた。もう片方の手は、わたしがなにか言うたびに顔のほうへ動いた。

「第一に、コンクリート製の歩道には近づかないこと。あれは——」

「それはもう見当がついたよ」

「そうなの？　ここへ来てどれくらいになるの？」少女の両手が、あらためて興味がわいたようにわたしの顔をなで回した。あたりはすっかり暗くなっていた。

「一時間もたっていない。きみたちの列車にあやうく轢かれそうになった」

少女は声をあげて笑ってから、謝罪し、あなたにとって笑い話じゃないのはわかってると言った。

わたしは少女に、あのときはそうでもなかったが、いまはわたしにとっても笑い話だと伝えた。少女はあの門には危険を知らせる標識があるのだと言った。わたしが不運だったのは、門がひらいていたときに来たために——門が遠隔操作でひらくのは、列車が始動する直前だった——標識が見えなかったことだと。

こだった。

「きみの名前は?」わたしは少女にたずねた。食堂からもれる柔らかな黄色い光はすぐそ

少女の手は反射的にわたしの手のひらで動きかけてから、止まった。「さあ、知らない。ひとつあるんだけどね。ほんとはいくつも。だけど、それはボディトークだから。あたしは……ピンクよ。翻訳したらピンクになるの、たぶん」

この件には裏話があった。少女は特殊学校の生徒たちのあいだで生まれた最初のこどもだった。彼らは赤ん坊がピンクと表現されることを知っていたので、少女をそのように呼んだ。彼らにとっては、この少女の感触がピンクだったのだ。食堂に入ると、少女の名前が外見的には適切ではないとわかった。両親の片方が黒人だったのだ。肌は浅黒く、目は青、ちぢれた髪は肌よりは明るい色だった。鼻も幅が広かったが、唇は小さかった。

少女から名前をきかれなかったので、わたしも名乗らなかった。食堂にいたあいだずっと、口頭では、だれからも名前をきかれなかった。彼らはボディトークでわたしをいろいろなふうに呼んだし、こどもたちがわたしを呼ぶときは「ねえ、あなた」だった。彼らは話し言葉があまり得意ではなかった。

食堂があるのはレンガ造りの長方形の建物の中だった。それは大きなドームのひとつとつながっていた。明かりは薄暗かった。のちに知ったことだが、明かりはわたしひとりのためにつけられていたのだ。こどもたちも読書のとき以外は明かりを必要としていなかっ

た。わたしはピンクの手を握り、案内人がいることにほっとしていた。目をしっかりとひらき、耳をすませていた。

「あたしたちはかしこまらないの」ピンクが言った。その声は大きな部屋の中でびっくりするほど大きく響いた。ほかに話している者はだれもおらず、聞こえるのは身じろぎや呼吸の音だけだった。何人かのこどもたちが顔をあげた。「いまはあなたをみんなに紹介しないわ。家族の一員になったと思って。あとでみんながあなたをさわるから、そのときに話ができる。このドアのところで服を脱いでいいから」

それについては気にならなかった。ほかの人たちはみんな裸だったし、そのころのわたしは、家族の習慣にやすやすと順応できるようになっていた。日本ではだれでも靴を脱ぐし、タオスではだれでも服を脱ぐ。なにもちがいはないだろう？

まあ、実際には、かなりのちがいがあった。ほかの人にさわることが、目を向けるのと同じくらいあたりまえのことなのだ。だれもがまずわたしの顔にふれたあと、まったく無邪気な様子でそれ以外のあらゆる場所にふれてくる。例によって、これも見た目どおりではなかった。別に無邪気だったわけではないし、同じグループの仲間たちに対するふだんの態度ともちがっていた。彼らがおたがいの性器にさわる頻度は、わたしのそれにさわるよりはるかに多かった。みんなわたしが怖がらないように控えていたのだ。彼らは来客に対してとても礼儀正しかった。

長くて丈の低いテーブルがひとつあり、全員がそのまわりで床にすわり込んでいた。ピンクがわたしをそこへ案内した。

「床に帯状にむきだしになった部分があるでしょ？　そこには近づかないで。なにかを置いたりもしないで。みんなが歩くところだから。それと絶対にものを動かさないで。たとえば、家具とか。位置は全体ミーティングで決めることになってるから、みんながものの置いてある場所を把握してるの。小さいものも同じ。なにかひろったら、見つけた場所にきちんと戻しておいて」

「わかった」

となりのキッチンから食べ物をのせた鉢や皿が運ばれてきた。それらがテーブルに並べられると、人びとがさわり始めた。彼らは手の指で、取り皿を使わず、ゆっくりといとおしむように食べた。どれも長々とにおいを嗅いでから口に入れた。ここの人たちにとって、食事はとても官能的な行為だった。

彼らの料理はすばらしかった。それ以前もそれ以降も、ケラーで食べたほどうまい料理に出会ったことはない（ケラーというのは、わたしが口で話すときの呼び名だが、ボディトークの名前もよく似たものだった。わたしがそこをケラーと呼ぶと、だれでもそれがなにを指しているのかわかってくれた）。まず初めに、都会ではなかなかお目にかかれない良質な生鮮食品が出てきて、そのあとに芸術性と独創性にあふれた料理が続いた。それまでに食べたどんな国の料理とも似ていなかった。彼らは即興で料理をつくっていて、同じものを同じやりかたで二度調理することはめったになかった。

わたしはピンクと少しまえにわたしを轢きそうになった男とのあいだにすわった。そしてがつがつと腹いっぱい食べた。いつも食べていたビーフジャーキーやボール紙みたいな乾燥食品とはあまりにもちがっていたので、とてもがまんできなかった。ずいぶん時間をかけたのに、食べ終えたのはほかのだれよりも先だった。慎重にうしろへ体を倒して、ほかの人たちの様子をながめながら、腹を壊すのではないかと不安をおぼえた（ありがたいことに、大丈夫だった）。彼らは自分だけでなくまわりの人にも食べさせ、ときには立ち上がってぐるりとテーブルを回り込み、反対側にいる友達にいちばんおいしい部分をあげたりした。わたしもそんなふうにして多すぎるほどの人たちから食べ物をもらい、腹がはち切れそうになったところでようやく、教わった片言のハンドトークでもう満腹だと伝えられるようになった。ピンクからは、もっと友好的に断るなら自分からなにかあげればいいのだと言われた。

やがて、ピンクに食べ物をあげてほかの人たちをながめる以外、なにもすることがなくなった。そこでもっとじっくり観察してみた。みんなひとりぼっちで食べているとばかり思っていたのだが、すぐに、テーブルのまわりで生き生きした会話が流れているのがわかってきた。忙しい手の動きは、目で追い切れないほどの速さだった。彼らはおたがいの手のひら、肩、脚、腕、腹など、体のあらゆる部分に文字を綴っていた。なにか気の利いた台詞が列に沿って伝えられていくにつれ、笑いのさざ波がテーブルの片方の端から反対の端までドミノ倒しのように広がっていくのを見たときには驚いた。すごく速いのだ。じっと観察していると、さまざまな考えが移動している様子が見えてきた——だれかにたどり着いて、次へ送られると同時に、その返事が別の方向へ送られて、さらにまた次へ送られ、列のいたるところで生まれたさまざまな反応が行ったり来たりしていた。まるで水面のように、ひとつの波形となっていた。

それはきたならしかった。正直に認めよう。指で食事をしながらその手で会話をしていれば、体中が食べ物で汚れてしまう。でも、だれも気にしなかった。わたしはまちがいなく気にしなかった。疎外感が強すぎてそれどころではなかった。ピンクは話しかけてくれたが、わたしは耳が聞こえなくなるというのがどういうものか理解し始めていた。だれもが親しげで、わたしを気に入っているように見えるのに、こちらにはどうすることもできない。意思疎通ができないのだ。

食事のあと、掃除係を除く全員がぞろぞろと外へ出て、ひどく冷たい水しか出ない一群の蛇口の下でシャワーを浴びた。ピンクに皿洗いを手伝いたいと申し出てみたが、じゃまになるだけだと言われた。ケラーでなにかをするためには、そのきわめて特殊なやり方を学ぶ必要があると。彼女はすでに、わたしがそれくらい長く滞在すると見込んでいるようだった。

建物に戻って体を乾かすときには、例によって子犬のようにじゃれ合い、勝ったものがタオルで拭いてもらえるゲームをしたりした。それから、わたしたちはドームの中に入った。

ドームの内部は暖かかった。暖かくて暗かった。食堂につながる通路から光が射し込んでいたが、頭上につらなる三角形の格子窓をとおして見える星をかき消すほどではなかった。まるで屋外にいるみたいだった。

ピンクは早速、ドーム内での居場所に関するエチケットを説明してくれた。従うのはむずかしくなかったが、それでも、歩行用の空間へ侵入してだれかをつまずかせたりするのが心配で、ついつい腕や脚を体に引き寄せてしまいがちだった。

わたしはここでも思いちがいをした。聞こえてくるのが肌と肌のこすれ合う柔らかな音だけだったので、自分が乱交パーティのただ中にいると思ってしまった。それ以前に、よそのコミューンで体験したことがあり、雰囲気がとてもよく似ていたのだ。それがまちがいだというのはすぐにわかったが、もっとあとになって、自分はやはり正しかったのだと気づいた。ある意味では。

わたしが判断をまちがえたのは、ここの人びとが集団で話をしようとすれば乱交パーティに見えて当然だという単純な事実のせいだった。あとになってもっと仔細に観察したときには、大勢の裸体がいっせいに滑り、こすれ、キスし、愛撫しているのだから、区別をつけたところで意味がないように思えた。実際に区別などなかったのだ。

ここで言っておくが、〝乱交パーティ〟という言葉を使うのは、密接な接触をしている大勢の人びとという概念を伝えるためでしかない。この言葉を好きになれないのは、否定的なニュアンスが強すぎるからだ。しかし、あのときはわたし自身も同じ印象を受けていたので、それが乱交パーティではないとわかったときにはほっとした。以前に何度か経験したやつがどれも退屈で人間味に欠けていたので、ここの人びとにはもっとましなものを期待していたのだ。

大勢の人びとがわたしに会うために群衆の中を這い寄ってきた。一度に来るのはひとりだけだった。彼らはどういう状況かを常に意識していて、話しかける順番をきちんと待っていた。もちろん、そのときのわたしはそんなことは知らなかった。ピンクがわたしのとなりにすわって、むずかしい思考を通訳してくれた。そうこうするうちに、彼女に説明を求めることが少なくなり、触覚で見て理解するこつがわかってきた。全身をくまなくさわって初めてほんとうの知り合いになれると考える人ばかりだったので、わたしはいつもだれかの手でさわられていた。わたしもおずおずと同じことをした。

あちこちさわられて、わたしはたちまち勃起し、ひどく恥ずかしい思いをした。性的な反応を抑えられない自分に、彼らにはできているように見えた知的な対応ができない自分に、腹が立ってしかたがなかったが、そのとき、となりのカップルが愛を交わしているのに気づいてショックを受けた。実際には十分ほどまえから行為におよんでいたのだが、周囲の状況にあまりにも自然に溶け込んでいたので、わたしはそのことに気づいていながら気づいていなかったのだ。

それに気づくと同時に、疑念が湧き上がってきた。ほんとうに、やっているのか？　動きはとてもゆるやかだし明かりは暗かった。それでも、女が両脚をあげていて、男が女の上にのしかかっているのはたしかだった。自分がどんなことに巻き込まれているのか知る必要があった。状況がわからなければ、どうして適切な社会的反応ができる？

何カ月もあちこちのコミューンで過ごしていたせいで、わたしは礼儀作法にとても敏感になっていた。ある場所では夕食のまえに祈りを捧げるのに慣れたし、別の場所ではハレークリシュナを唱えるのがうまくなったし、さらに別の場所ではよろこんでヌーディストの仲間入りをした。〝郷に入れば〟というやつで、それができないのならそもそも訪問するべきではない。メッカを向いてひざまずいたり、食事のあとにげっぷをしたり、言われたものになんでも乾杯したり、有機米を食べて料理人を褒め称えることだってできただろう。とはいえ、正しくおこなうためには、習慣を知らなければならない。わたしはケラーの人たちのことをわかったつもりでいたが、わずか三分で三度も考えをあらためてしまったのだ。

　男が女に挿入しているという意味で、そのふたりはたしかに愛を交わしていた。同時に、ふたりはおたがいに深く関わりをもっていた。おたがいの全身をまるで蝶のようにひらひらと舞う手は、わたしには見ることも感じることもできないさまざまな意味合いであふれていた。だが、ふたりはその周囲にいる大勢の人びととともふれ合っていた。たとえそれが額や腕をぽんと叩く程度の簡単なメッセージだとしても、ふたりは周囲のすべての人たちと言葉を交わしていたのだ。

　ピンクがわたしがどこに注意を引かれているかに気づいた。彼女はわたしに絡みつくような格好をしていたが、挑発的と思える行動はとっていなかった。とにかくわたしには判断がつかなかった。とても無邪気なように見えたが、そうではなかった。

「あれは（――）と（――）」ピンクは言った。括弧の中は、わたしの手のひらに押しつけられた手の動きをしめしている。ピンク以外の人びとについて音のある単語で名前を教わったことはなかったし、ボディトークの名前をここに再現するのは不可能だ。ピンクが足を伸ばして女のほうにふれ、つま先でなにやらややこしい動きを見せた。女はにっこり笑ってピンクの足をつかみ、指を動かした。

「（――）があとであなたと話したいって」ピンクがわたしに言った。「（――）との話が終わったらすぐに。まえに彼女と会ったことがあるの、おぼえてる？　あなたの両手が好きだと言ってるわ」

いかれた話に聞こえるのはよくわかっている。わたしだってずいぶんいかれた話だと思った。そのとき、まるで天啓のように、ピンクの考える〝話す〟とわたしの考えるそれとはまったく別物なのだとひらめいた。彼女にとっての〝話す〟は、全身のあらゆる部分を使った複雑な交流だ。彼女はわたしの筋肉のさまざまな動きから、まるで嘘発見器のように、言葉や感情を読み取ることができた。彼女にとって、音は、意思疎通のほんの一部分でしかなかった。外部の人びとと口でしゃべるときに使うだけのものだった。ピンクはその全身全霊をもって話していた。

まだ半分もわかっていなかったとはいえ、ケラーの人びとについてすっかり考え直すには充分だった。彼らは肉体によって話をしていた。それまで考えていたように、両手だけではなかった。体のどこかがだれかと接触していれば、それは意思疎通の一環であり、ときにはきわめて単純かつ基本的で——マクルーハンの語る基本的メディアとしての電球について考えてみるといい——「わたしはここにいる」と語っているにすぎないのかもしれない。とはいえ、話していることに変わりはないわけで、たとえ会話が性器による語らいを必要とするまで進化しようとも、それはやはり会話の一部だった。わたしが知りたかったのは、彼らがなにを言っているのかということだ。かすかな認識がおとずれていたとはいえ、それが自分に理解できる範囲を超えているのはわかっていた。あなたはこう言うにちがいない。愛を交わすときに体で相手に話しかけていることくらい知っていると。それほど新しい概念ではないと。たしかにそのとおりだが、触覚優先で生きてきたわけではないあなたにとってさえ、そうした会話がどれほどすばらしいものであるかを考えてほしい。あなたはそこから考えを推し進めることができるのか、それとも、日没のことばかり考えるミミズで終わってしまうのか？

そんなことを考えていたあいだ、ひとりの女がずっとわたしの体に親しんでいた。女の両手が膝の奥にふれるのを感じたとき、わたしは射精した。わたしはすごく驚いたが、ほかの人はだれも驚かなかった。わたしは周囲の人びとに対して、何分もまえから、彼らが手で感じ取れるさまざまなサインにより、そうなることを伝えていたのだ。たちまち、いくつもの手がわたしの全身にふれてきた。彼らが綴るやさしい思いを理解できるような気がした。言葉はわからなくても、言わんとすることはわかった。ほんの一瞬だけひどく恥ずかしくなったが、気楽に受け入れてもらったおかげですぐに落ち着いた。それは強烈な体験だった。ふつうに息ができるようになるまでだいぶかかった。

原因となった女が指でわたしの唇にふれてきた。女は指をゆっくりと動かしたが、そこにはたしかに意味があった。やがて、女はまたグループの中へ溶け込んでいった。

「彼女はなんて言ったんだ？」わたしはピンクにたずねた。

ピンクはにっこりした。「わかってるはずよ。あなたも言葉での表現から自由になれればいいのに。まあ、おおざっぱに言うと、〝あなたにとってすごく良かった〟という意味ね。〝わたしにとってすごく良かった〟と訳してもいいわ。この場合の〝わたし〟は、あたしたちみんなを意味してるの。この生命体そのものを」

やはり、とどまって話し方を学ばなければならないようだった。

コミューンには浮き沈みがあった。生徒たちもだいたい予想していたとはいえ、それがどういうかたちでやってくるかはわかっていなかった。

冬になると果樹の多くが枯れてしまった。それらは交雑株と植え替えられた。クローバーがしっかりと根を下ろす時間がなかったために、暴風雨でさらに多くの肥料と土壌が失われた。裁判のせいで当初のスケジュールは放棄されており、一年以上のあいだ、事業を軌道に乗せることができなかった。

魚はすべて死んだ。彼らは死体を肥料にまわし、なにがまずかったのかを調べた。飼育に使われたのは、七〇年代に有機農業推進者たちが開発した三段階のエコロジータイプだった。これはドームに覆われた三つの池から成り、一番目には魚がいて、二番目は砕いた貝殻とバクテリアが入った部分と藻が入った部分に分かれていて、三番目はミジンコでいっぱいだった。第一の池から出た魚の排泄物を含んだ水は、ポンプで貝殻とバクテリアの中をとおされて、毒素を除去され、含まれるアンモニアは藻のための肥料となる。藻が入っている水はポンプで第三の池へ送られてミジンコの餌となる。それから、ミジンコと藻がポンプで魚の池へ餌として送られ、栄養豊富な水はすべてのドーム内にある温室栽培の植物の肥料となる。

水と土を検査したところ、貝殻に含まれる不純物から化学物質がにじみ出て、食物連鎖の過程で濃縮されたことがわかった。徹底的な清掃のあとで飼育を再開すると、すべては順調に運んだ。とはいえ、最初の換金作物は失われてしまった。

飢えることはなかった。寒い思いをすることもなかった。年間をとおしてたっぷりと降り注ぐ日光が、ポンプと食物サイクルの動力源となり、居住空間を暖めてくれた。建物はどれも半地下式で、対流する空気のもつ冷暖房効果を利用するための窓がひとつあいていた。だが、資本金の一部を使わなければならなかった。最初の年は赤字になった。

最初の冬に建物のひとつが火事になった。スプリンクラーが正常に作動しなかったために、ふたりの男性とひとりのおさない少女が命を落とした。これは彼らにとって大きなショックだった。製品は宣伝どおりに機能すると考えていたからだ。建築業界の実態や、現実とかけ離れた見積もりについて知っている者はいなかった。一部の設備が仕様を満たしていないことが判明したので、彼らはあらゆるものについて定期的な点検を始めることにした。農場にあるすべての機器の分解修理の方法を学んだ。手に負えない複雑な電子部品が組み込まれていたときは、それをはずしてもっと単純なものと入れ替えた。

社会的な面では、彼らはずっと有望な進歩を見せていた。ジャネット・ライリーは賢明にも、彼らの関係における絶対不変の原則はふたつだけにすると決めていた。第一の原則は、自分が大統領や、議長や、酋長や、最高司令官にはならないということだった。彼女は最初から、この計画を推し進めて、土地を購入して、新しいなにかを求めるみなのあやふやな願望から明確な目的意識を育て上げるには、だれか精力的な人物が必要になると見抜いていた。だが、いったん約束の地にたどり着くと、彼女は身を引いた。そこから先は、民主的な共産主義体制で運営を進めることになるだろう。もしもそれが失敗したら、また新しいやり方を取り入れるだけのことだ。ライリーを長とする独裁体制以外ならなんでもいい。彼女はそんなものに荷担したくなかった。

第二の原則は、なにも受け入れないということだった。視聴覚障害者が独力で運営する共同体はそれまで存在しなかった。あるべき姿というものはなかったし、目が見える人たちのように暮らす必要もなかった。彼らは孤立した存在だった。いままでやっていなかったというだけの理由で、なにかをするなと言われることもなかった。

この社会がどうなるかという点については、彼らにも明確な見通しはなかった。自分たちの欲求に合わない枠の中に押し込められていたのはたしかだが、それ以上のことはなにもわからなかった。筋のとおったふるまいを、視聴覚障害者にふさわしい道徳を見つけ出さなければならない。彼らは道徳の基本原理を理解していた——常に変わらず道徳的なことなどないし、条件さえそろえばどんなことでも道徳的になる。すべては社会的文脈との関係にすぎない。なにもかも白紙からの出発であり、従うべき手本はなかった。

二年目が終わるころには、彼らは独自の文脈を生み出していた。常に修正が加わっていたものの、基本パターンは固まっていた。彼らは自分たちを知り、自分たちが何者であるかを知ったが、それは学校では絶対にできなかったことだった。彼らは独自の用語で自分たちを定義したのだ。


ケラーでの最初の一日は学校で過ごした。それは明らかに必要なことだった。ハンドトークを学ばなければならなかったのだ。

ピンクは親切でとても辛抱強かった。わたしは基本となるアルファベットを学び、それを懸命に練習した。午後になると、ピンクは口でしゃべることを拒み、わたしに手で話すよう強要した。彼女は強く頼まれたときだけしゃべり、やがてまったくしゃべらなくなった。三日目以降、わたしはほとんど言葉を口にしなくなった。

急にハンドトークがうまくなったというわけではない。とんでもない。最初の日が終わるころには、アルファベットをおぼえて、四苦八苦しながらも考えを伝えられるようになった。自分の手のひらに綴られた言葉を読み取るのはあまりうまくなかった。かなり長いあいだ、手を見なければなんと綴られているのかわからなかった。だが、どんな言語でもそうであるように、いずれはその言語で考えられるときがくる。わたしはフランス語に堪能なのだが、しゃべるまえに考えを翻訳する必要がなくなったときに感じた驚きはいまだに忘れられない。

最後に口頭でピンクに質問したことをひとつおぼえている。それはわたしが不安に感じていたことだった。

「ピンク、わたしはここで歓迎されているのかな？」

「あなたがここへ来てもう三日になるわ。拒否されていると感じるの？」

「いや、そうじゃないんだ。きみたちが外部の者に対してどんな方針をとっているのか聞いておきたいだけだ。わたしはいつまで歓迎されるんだろう？」

ピンクは眉間にしわを寄せた。初めての質問だったらしい。

「まあ、実務面から言うと、あたしたちの過半数があなたに出ていってほしいと判断するまでね。でも、そんなことは一度もなかった。ここに数日より長く滞在した人はひとりもいなかったから。たとえば、見ることも聞くこともできる人が仲間に加わりたいと望んだときにどうするかについて、方針を定める必要が生じたことはないわ。いままではそんな人はいなかったけど、可能性はあるんじゃないかな。たぶん、彼らは受け入れないと思う。あなたは気づいていないかもしれないけど、彼らはとても独立心が強くて、自由をたいせつにしているの。あなたが彼らの一員になれるとは思えない。でも、あなたが自分のことを客人だと思っているかぎりは、たとえ二十年でも滞在できると思う」

「いま〝彼ら〟と言ったね。きみは自分をグループの中に含めないのか?」

初めて、ピンクは少し不安そうな表情になった。あのときもっと相手の身ぶりを読み取る力が上達していたら良かったのに。彼女がなにを考えていたのかについて、わたしの両手はたくさんのことを教えてくれたはずだ。

「もちろん」ピンクは言った。「こどもたちだってグループの一員よ。あたしたちはそれが気に入ってる。よそへ行きたいとはぜんぜん思わないわ、外の世界について知っていることから考えると」

「むりもないな」語られていないことはたくさんあったが、わたしには適切な質問をするだけの知識がなかった。「でも、問題になったことはないのかな、親たちが見えないのにこどもたちは見えるということが? 親たちはけっしてきみたちを……憎んだりしないのかな?」

今度はピンクは声をたてて笑った。「そんな、まさか。ありえないわ。彼らは独立心が強すぎるもの。あなたも見たでしょ。彼らは自分たちができないことのためにあたしたちを必要としているわけじゃない。あたしたちは家族の一員なの。彼らとまったく同じことができる。それに、別にたいしたものじゃないでしょ。つまり、視覚のこと。聴覚だってそう。あたりを見回してみて。自分の行く先が見えるからって、あたしはなにか特別に有利になってる?」

それについては認めざるを得なかった。それでも、彼女がわたしに伝えていないことがなにかあるような気配が感じられた。

「あなたがなにを気にしているか知ってるわ。ここにとどまることについて」ピンクはやむなく最初の質問へ話を引き戻した。わたしがずっと思い悩んでいたからだ。

「なんだろう?」

「あなたは日々の暮らしに参加している気がしないのよ。なにも仕事をあたえられていないから。あなたはとても誠実な人で、自分の務めを果たしたがっている。あたしにはわかるの」

いつものように、ピンクの読みは的確だったので、わたしはそれを認めた。

「でも、みんなと話ができるようになるまではむりよ。だからレッスンに戻りましょ。あなたの指はまだぜんぜんへたくそだもの」

学ぶべきことはたくさんあった。まず身につける必要があったのは、ペースを落とすことだった。ケラーの人びとは、ゆっくり、きちょうめんに作業をして、めったにミスをせず、きちんとできているならひとつの仕事にまる一日かかっても気にしなかった。わたしがひとりで作業をしていたときは、そんなことは気にせずに、掃き掃除をし、リンゴを摘み、菜園の雑草を抜いていた。しかし、チームワークが要求される仕事では、まったく新しいペースを学ばなければならなかった。視覚があれば、何度かちらりと目をやるだけで、ひとつの仕事のさまざまな要素を同時にこなすことができる。視覚障害者は、仕事が広く散らばっている場合、それぞれの要素を順番にこなすことになる。すべてを手でさわってたしかめなければならない。だが、作業台でする仕事のときは、彼らのほうがわたしよりもずっと速かった。彼らを見ていると、自分が手ではなく足の指で作業をしているような気がした。

視覚や聴覚のおかげでどんなことでも彼らより早くできたと言いたいわけではない。彼らはわたしによけいなお節介をするなと言っても良かったはずだ。視覚による支援を受け入れるのは従属への第一歩だし、結局のところ、彼らはわたしが去ったあともここで同じ仕事をこなさなければならないのだ。

そう考えたら、またこどもたちのことが気になってきた。わたしは、親たちとこどもたちとのあいだには、表面にあらわれない、おそらくは無意識の敵意があるにちがいないと思うようになってきた。両者のあいだに大きな愛があるのは明らかだったが、自分の才能を拒否されたこどもが親を恨まずにいられるものだろうか？　とにかく、わたしはそんなふうに推理していた。

日常の作業にはすぐに慣れた。ほかの人たちより良く扱われることも悪く扱われることもなく、そのことがうれしかった。たとえ望んだところで、けっしてグループの一員になることはできなかったのだが、自分は完全なメンバーではないと思い知らされるようなことはいっさいなかった。それが彼らの来客の扱い方だった——自分たちの仲間と同じように扱うのだ。

そこでの暮らしは、都会ではありえないほど充実していた。この牧歌的な平穏は、ケラー特有というわけではなかったが、住民はそれをたっぷりと満喫していた。裸足で踏みしめる地面は、都会の公園ではけっして味わえないものだった。

日々の暮らしは忙しく充足感にあふれていた。鶏と豚の餌やり、蜜蜂と羊の世話、魚の捕獲、雌牛の乳搾り。男たちも、女たちも、こどもたちも、だれもが働いていた。あらゆるものが、見たところなんの苦労もなくぴたりと組み合わさっているように思えた。だれもが必要なときになにをするべきかを知っているようだった。きちんとオイルを差した機械のようでもあったが、そういう比喩は、特に人間をあらわすときには使いたくなかった。わたしはそれをひとつの生命体と考えていた。社会集団とはそういうものだが、ここのはうまく機能していた。わたしが訪問したコミューンの大半は、あからさまに欠陥をかかえていた。全員が酔っ払いすぎていたり、面倒なことがきらいだったり、そもそもなにをしなければいけないのかわからなかったりしたら、ものごとがうまくいくはずがない。その手の無知は、発疹チフスや土壌喪失や仲間の凍死につながり、ソーシャルワーカーに干渉されてこどもたちを連れ去られてしまったりする。わたしはこの目でそれを見たのだ。

ここではちがった。彼らは世界の姿をありのままにきちんと把握していて、ほかの大勢のユートピアの住民たちみたいにバラ色の幻想を抱くことはなかった。彼らは為すべき仕事をしていた。

ケラーのコミューンがどのようにして機能していたのか、すべての部品（これもまた機械の比喩だ）についてくわしく説明することはできない。例の魚の循環池ひとつをとっても、複雑すぎて圧倒されてしまう。温室で一匹の蜘蛛を殺したあとで、それが特定の害虫を退治するために導入されたものだと知ったこともあった。カエルも同じだった。水中にはほかの虫を殺してくれる虫がいた。そうこうするうちに、事前に承諾を得なければカゲロウ一匹つぶすのさえ不安になってしまった。

日がたつにつれて、コミューンの歴史を少しずつ教わることができた。彼らもいろいろ失敗はしていたが、それは驚くほど少なかった。

ひとつの失敗は自衛に関することだった。当初、彼らはその方面ではまったく備えをしていなかった。人里離れた僻地にまでやってくる蛮行や無差別の暴力というものがよくわかっていなかったからだ。こういう土地では銃は理にかなった選択であり、好んで使われてもいたが、彼らに扱えるようなものではなかった。

ある晩、飲み過ぎた男たちの一団が車でやってきた。町でこの場所の話を聞いてきたのだ。彼らは二日間とどまり、電話線を切断して女たちの多くをレイプした。

侵略が終わったあと、人びとはあらゆる選択肢について議論し、生物による解決策をとることにした。ジャーマンシェパードを五匹購入したのだ。〝攻撃犬〟として市場に出されている精神的にゆがんだやつではなく、アルバカーキ警察で推薦された業者で特別に訓練されたやつだ。その犬たちは盲導犬と警察犬の両方の訓練を受けていた。ふだんはまったく無害だが、外部の者が明らかな攻撃性を見せたときには、武装解除をするのではなく、まっすぐ喉に食らいつくよう訓練されていた。

彼らが取り入れたほかの多くの解決策と同じように、これもうまく機能した。二度目の侵略では、二名の死者と三名の重傷者が出たが、すべて相手側だった。大がかりな襲撃があった場合の補助的な対策として、もと海兵隊員をひとり雇い、至近距離の肉弾戦の基本を教えてもらったりもした。彼らはうぶなフラワーチルドレンではなかった。

日に三度、すばらしい食事が出た。息抜きの時間もあった。ずっと働いているわけではなかった。夕食まえの日暮れどきには、友達といっしょに出かけて、木陰の草の上でくつろぐこともあった。だれかがしばらく作業の手を止めて、なにか特別な宝物をみなと分かち合うこともあった。ひとりの女――ここでは〈背の高い緑の目をした女〉と呼ぶしかない――に手を取られて、キノコが生えている、ひんやりした納屋の床下へ連れていかれたときのことをおぼえている。ふたりでそこへもぐり込み、群生するキノコに顔をうずめて、いくつか摘み取り、においを嗅いだ。女はどうやって嗅ぐかを教えてくれた。数週間まえなら、キノコの美しさを台無しにしていると思っただろうが、結局のところ、それは視覚の問題でしかなかった。わたしはすでにその感覚を軽視し始めていた。視覚はものの本質からは遠く離れていた。女はわたしに、見た目を損なってしまったあとでも、手触りやにおいはやはりすばらしいことを教えてくれた。そのあと、摘み取ったキノコをエプロンに包んでキッチンへ向かった。その夜のキノコはいつもよりずっとおいしかった。

ある男——ここでは〈禿げ頭〉と呼ぼう——は、女たちのひとりといっしょに木工所でかんなをかけた厚板を持ってきてくれた。わたしはそのすべすべした表面にふれ、においを嗅いで、これは上出来だという男の意見に同意した。

そして、夕食のあとには〝集い〟があった。


三週目に、わたしがこのグループ内でどんな地位にあるかを教えてくれる出来事があった。このとき初めて、わたしが彼らにとって意味ある存在なのかどうかがほんとうの意味で試された。つまり、なにか特別な存在なのかということだ。わたしは彼らを友達とみなしたかったので、ここへぶらりとやってきた者がだれでも同じように扱われると思うと少し胸が騒いだ。こどもじみた言いがかりでしかなかったが、もっとあとになるまで、自分ではその不満に気づいてもいなかった。

わたしは苗木の植え付けがおこなわれた農地へバケツで水を運んでいた。そのためのホースが一本あったのだが、このときは村の反対側で使われていた。その苗木は自動スプリンクラーの水が届かないところにあって枯れかけていた。ほかの解決策が見つかるまでのあいだ、わたしがそこへ水を運んでいたのだ。

暑い日で、正午に近かった。わたしは鍛冶場の近くにある蛇口から水を汲んでいた。バケツを背後の地面に置き、かがんで流れ落ちる水に頭を突っ込んだ。木綿のシャツを着て、まえのボタンはあけていた。気持ちのいい水が髪のあいだを抜けてシャツにしみ込んでいく。そのまま一分ほどじっとしていた。

背後でガシャンという音がして、わたしはあわてて顔を上げ、その拍子に頭を蛇口にぶつけた。振り返ると、ひとりの女が地面にうつぶせに倒れていた。女は膝をかかえてゆっくりと体を回した。わたしがうっかりコンクリート製の歩道に置いたバケツにつまずいたのだと気づいて、目のまえが暗くなった。考えてほしい――障害物がいっさいないはずの通路をのんびり歩いていて、いきなり地面に倒れ込むはめになったのだ。彼らのシステムを機能させているのは信頼だけであり、それは全体で支えなければならない。わたしは彼らからの信頼を裏切ってしまったのだ。気分が悪くなってきた。

女は左の膝にひどい擦り傷を負っていて、そこから血がにじんでいた。地面にすわり込んだまま両手で傷口にふれて、うなり声をあげ始めた。不気味な、痛々しい声だった。両目から涙をあふれさせ、左右のこぶしで地面を何度も叩きながら、「ふうん、ふうん、ふうぅん！」とうなり続けた。女は怒っていて、それは当然のことだった。

女がバケツを見つけ出し、わたしはおずおずと手をさしのべた。女はわたしの手をつかみ、そこからたどって顔までたどり着いた。ずっと泣いたまま、わたしの顔にさわり、それから涙をぬぐって立ち上がった。女は建物のひとつへむかって歩き出した。わずかに足を引きずっていた。

わたしはみじめな気持ちですわり込んだ。どうすればいいのかわからなかった。

男たちのひとりがわたしを迎えに来た。〈大男〉だった。わたしがそう呼んでいたのは、ケラーでいちばん背の高い男だったからだ。別に警察官とかそういうものではなく、のちに知ったところでは、怪我をした女が最初に出会ったというだけのことだった。男はわたしの手を取り、顔をさぐった。そこにある感情を読み取ったとき、男の目から涙が流れ始めた。彼はいっしょに建物の中へ来てくれと頼んだ。

即席の会議が招集された。陪審団と呼んでもいい。たまたま近くにいた人たちで、こどもも何人か混じっていた。十人か十二人はいただろう。全員がとても悲しそうな顔をしていた。わたしが怪我をさせた女もそこにいて、三、四人の人たちに慰められていた。上腕に目立つ瘢痕《はんこん》があったので、ここでは〈傷跡〉と呼ぶとしよう。

全員が次々とハンドトークで話しかけてきて、わたしをどれほど気の毒に思っているかを伝えてきた。彼らはわたしをなでたりさすったりして、少しでも苦しみをやわらげようとしていた。

　ピンクが駆け込んできた。必要に応じて通訳をつとめるために呼ばれたのだ。これは正式な手続きだったので、わたしにここでなにが起きているかきちんと理解させる必要があった。ピンクは〈傷跡〉に近づき、少しだけいっしょに泣いてから、そばへ来てわたしをしっかりと抱き締め、こんなことになってほんとうに残念だと両手で伝えてきた。わたしはすでに心の中で荷物をまとめていた。あとは、わたしを追放するための手続きしか残っていないように思えた。

　そのあと、全員でいっしょに床にすわり込んだ。身を寄せ合っていたので、体のどの面もだれかにふれていた。審問が始まった。

　ほとんどはハンドトークでのやりとりで、ときおりピンクが言葉をはさんだ。だれがなにを言っているのかよくわからなかったが、それでかまわないのだった。グループがひとつになってしゃべっていたのだ。どの意見も、統一見解となるまではわたしに伝わることはなかった。

「あなたが告発されたのは規則に違反したためです」グループが言った。「そして（わたしが〈傷跡〉と呼んだ女）に怪我をさせたためです。これに異議を唱えますか？　わたしたちが知るべき事実がなにかありますか？」

「いいえ」わたしは彼らに言った。「わたしに責任があります。あれはわたしの不注意でした」

「わかりました。わたしたちはあなたの自責の念に同情します、それはだれにとっても明らかです。しかし、不注意は違反行為です。これは理解できますか？　これは犯罪であり、そのためにあなたは（——）」それは省略話法《ショートハンド》によるひと組のシグナルだった。

「いまのはなんだ？」わたしはピンクにたずねた。

「ええと……〝わたしたちのまえに連れてこられた〟？　〝裁判にかけられた〟？」どちらの解釈もしっくりこなかったらしく、ピンクは肩をすくめた。

「はい。わかります」

「事実関係に疑問はありませんので、全員一致であなたは有罪です」（「〝責任がある〟って」と、ピンクがわたしの耳元でささやいた）「わたしたちが決定をくだすまで、しばらく下がっていてください」

わたしはその場を離れて壁際にたたずんだ。わたしがみなに目を向けられずにいるあいだ、彼らはつないだ手をとおしてやりとりを続けていた。喉の奥に飲む込むことのできない熱いかたまりがあった。しばらくして、ふたたびグループに加わるよう求められた。

「あなたの罪に対する刑は、慣例によって決定されました。その慣例がなければ、もっと別の裁定をくだすこともできたのですが。あなたは選ぶことができます。指定された罰を受け入れて罪を消してもらうか、さもなければ、わたしたちの司法権を拒否してこの土地からあなたの身柄を引き上げるか。どちらを選びますか？」

この宣告はピンクに繰り返してもらった。どういう提案がなされたのかを知ることがきわめて重要だったからだ。正しく読み取れたと確信できたところで、ためらうことなく罰を受け入れた。選ばせてもらえてほんとうにありがたかった。

「けっこうです。あなたは、わたしたちがあなたと同じ違反をした同胞に対するときのように扱われることを選びました。こちらへ来てください」

全員がさらに身を寄せてきた。なにが起きるのかは教えてもらえなかった。わたしはグループに引き込まれ、あらゆる方向からそっと押された。

〈傷跡〉が両脚を組んでグループの中心あたりにすわっていた。彼女はまたもや泣いていて、わたしのほうも泣いていた、と思う。うまく思い出せないのだ。いつしか、わたしはうつぶせに彼女の膝に覆いかぶさっていた。彼女はわたしの尻をぴしゃりと叩いた。

その罰をありえないとか異様だとか思ったことは一度もない。それはあの状況からの自然な流れだった。全員がわたしをつかんで、そっとなでさすり、手のひらや脚や首や頬に励ましの言葉を綴ってくれた。わたしたちはみんな泣いていた。それはグループ全体で立ち向かわなければならない困難だった。ほかの人たちもやってきてわたしたちに加わった。

この罰はその場にいる全員からあたえられていたが、実際に叩くのは、被害者である〈傷跡〉ひとりだった。そのことにより、膝を擦りむかせてしまったという事実以上に、わたしは彼女を不当に苦しめていた。彼女はわたしを罰するという重い責務を背負わされていて、だからこそあんなに声をあげて泣いたのだ。自身の怪我の痛みのためではなく、やがてわたしに苦しみをあたえなければならないと知った痛みのために。

ピンクがあとで教えてくれたところによれば、わたしにここにとどまる選択肢をあたえようともっとも強硬に主張したのは〈傷跡〉だったらしい。即時追放を求める者もいたのだが、彼女は、あれだけ良い人なのだから、彼女自身とわたしに厳しい試練を課すだけの価値があると思うと言ってくれたのだ。それを理解できないとすれば、あなたはわたしがあの人びとの中で感じた連帯感をつかみそこねているのだろう。

尻叩きは長いあいだ続いた。とてもつらかったが、残酷ではなかった。そもそも屈辱的でもなかった。もちろん、いくらかそういう面はあった。だが、その本質は、なにより直接的な言葉で教わる実地訓練だった。最初の数カ月はだれもがその罰を受けたものだったが、最近はそんな者はいなくなっていた。あれは学びの場だったのだ、嘘じゃない。

この件については、あとになってずいぶん考えてみた。あれ以外にどんなことができただろうかと。おとなの尻を叩くなんて聞いたこともなかったが、実際にそれを体験してからずいぶんたつまでそのことに気づかなかった。そのときはあまりにも自然に思えたので、自分がひどく異様な状況に置かれているという考えは頭に浮かぶことすらなかった。

彼らはこれと似たような罰をこどもたちにもあたえていたが、あれほど長くもなければきつくもなかった。歳が若ければ、それだけ責任も軽くなった。こどもたちが学ぶまでのあいだ、おとなたちはときどきあざをつくったり膝を擦りむいたりすることを進んで受け入れていた。

だが、成人したとみなされると——おとなたちの過半数がそう判断したときか、本人がみずからその特権を受け入れたとき——尻叩きはとても真剣なものになる。

違反を繰り返す者や悪意をもって違反する者が出たときのために、もっと厳しい罰も用意されていた。それが必要になることはめったになかった。仲間はずれにされるというのがその罰の内容だった。一定期間、だれもその人にさわることがなくなる。初めてそれを聞いたときには、すごくきつい罰だと思えるようになっていた。わざわざ説明してもらうまでもなかった。

どうやって説明すればいいのかわからないが、その尻叩きには深い愛情がこもっていたので、暴力を振るわれたという感覚はなかった。〝あなたが痛いのと同じくらいわたしも痛いのよ。こうするのはあなたのためなの。愛しているわ、だからあなたのおしりを叩くのよ〟彼らはこの昔ながらの決まり文句を、その行動によってわからせてくれた。

尻叩きが終わると、全員がいっしょになって泣いた。だが、それはすぐに幸せな気持ちに変わった。わたしは〈傷跡〉を抱き締め、こんなことになってほんとうに残念だと言い合った。わたしたちは語らい——愛を交わしたと言ってもいい——わたしは彼女の膝にキスして服を着るのを手伝った。

　その日はずっといっしょに過ごして、おたがいの痛みをやわらげた。


　ハンドトークが上達するにつれて、〝目から鱗が落ちる〟のを実感した。毎日、それまでわからなかった新しい意味の層を発見した。それはまるで、タマネギの皮をむいてその下に新しい皮を見つけるみたいだった。芯にたどり着いたと思うたびに、それまで見えていなかった別の層があらわれるだけだった。

　わたしはハンドトークを学ぶのが彼らとの意思疎通の鍵になると考えていた。それはまちがっていた。ハンドトークは赤ん坊の言葉だった。長いあいだ、わたしはまともにブーブーとすら言えない赤ん坊だった。わたしの驚きを想像してほしい――やっとそれが言えるようになったとたん、構文、接続詞、品詞、名詞、動詞、時制、呼応、仮定法があらわれたのだ。わたしは太平洋の端っこにある潮だまりをよたよたと渡っていた。

　ここで言うハンドトークとは国際指文字アルファベットのことだ。だれでも数時間から数日でおぼえることができる。しかし、口頭でだれかと話すとき、ひとつひとつ単語を綴るだろうか？　この文章を読むとき、ひとつひとつ文字を読むだろうか？　ちがう、それぞれの単語を実体として認識し、音のグループや文字のグループを、意味をもったゲシュタルトとして聞いたり見たりするのだ。

ケラーではだれもが言語に深い関心をもっていた。それぞれが数ヵ国の言語――話し言葉――を知っていて、それらを流暢に読んだり書いたりできた。

彼らはまだこどものころに、ハンドトークは視聴覚障害者が〝外部の人〟と話すための手段だと理解していた。おたがい同士では、それはあまりにもわずらわしかった。ちょうどモールス符号のようなものだ――オン・オフ方式の情報伝達手段しかないときには役に立つが、好んで使いたいとは言えない。彼らがおたがい同士で話すときのやり方は、わたしたちの文字や音声によるやりとりのほうにずっと近く――はっきり言ってしまうと――それよりすぐれていた。

このことがわかるまでには時間がかかった。まず初めに、両手ですばやく綴れるようになっても、なにかを伝えようとするとほかの人たちよりずっと時間がかかることに気づいた。器用さがちがうというだけでは説明のつかない差だった。そこで、彼らのショートハンドを使う会話を教えてほしいと頼んだ。わたしはその習得に取りかかり、このときはピンクだけではなく全員に教えてもらった。

ショートハンドはむずかしかった。彼らはどんな言語のどんな単語でも、手のふたつの動きで表現できてしまうのだ。その習得は数日ではなく数年がかりの作業だった。アルファベットを学べば、存在するあらゆる単語を綴るために必要な道具はすべて手に入る。同じひと組のシンボルを書き言葉と話し言葉で共用しようというときには、それが大きな利点となる。ショートハンドはそういうのとはまったくちがっていた。ハンドトークに見られる線形性や共通性とは無縁だった。英語やそのほかの言語に対応する略号ではなかった。同じ構造や語彙をもつ言語はほかにひとつもなかった。それはケラーの住民が自分たちの必要に合わせて新しく作りあげたものだった。わたしはひとつひとつの単語を、ハンドトークの綴りとは別物として学び、暗記しなければならなかった。

それまでの数カ月間、わたしが夕食後の〝集い〟ですわって「わたし、〈傷跡〉、とても、とても、愛する」とか言っていたとき、周囲では会話の波が満ちたり引いたり渦巻いたりしていて、そのほんの端っこだけがわたしをかすめていたのだった。それでも、わたしは根気よく練習を続け、こどもたちは果てしない忍耐をもってそれに付き合ってくれた。わたしは少しずつ上達した。これより先、わたしが書き記す会話はハンドトークかショートハンドのどちらかで交わされたものであり、そのときのわたしの語学力に応じた制限を受けていることを理解してもらいたい。罰を受けたあの日以降、わたしは口頭で話しかけることも話しかけられることもなかった。

わたしはピンクからボディトークのレッスンを受けていた。そう、愛を交わしていたのだ。気づくまで数週間かかったのだが、彼女には性欲があり、わたしが無邪気――あのころはそう決めつけていた――なものと思い込もうとしていた愛撫は、無邪気でありながら無邪気ではなかった。彼女は、自分が両手でわたしのペニスに語りかければ、結果的に別の種類の会話になるかもしれないということを、まったく自然なことと理解していた。まだ思春期のただなかにあったとはいえ、彼女は全員からおとなとみなされていたし、わたしもそのつもりで受け入れていた。彼女が語りかけてくることが見えなかったのは、ひとえに文化的な条件付けのせいだった。

だからわたしたちはたくさん語り合った。ピンクが相手だと、ほかのだれが相手のときよりも、体の発する言葉と音楽をよく理解できた。彼女は腰と両手でとても率直な歌をうたい、罪の意識もなく、なにか音を探り当てるたびにあけっぴろげで新鮮な反応を見せてくれた。

「あなたは自分のことをあまり話してくれないのね」ピンクは言った。「外にいたときはなにをしていたの？」この台詞がいま書いたような文章になっていたという印象はあたえたくない。わたしたちはボディトークの最中であり、汗だくになって、おたがいのにおいを嗅いでいた。メッセージは両手、両足、口をとおして届いていた。

一人称単数代名詞のサインまで綴ったところで、わたしは動きを止めた。

シカゴでのわたしの暮らしをどうすれば伝えられただろう？　若いころの作家になりたいという野心を、それがどのようにして挫折したのかを。そしてなぜうまくいかなかったのかを。才能がなかったのか、意欲がなかったのか？　自分の仕事について話すことはできた。あんなものは結局は無意味な書類の並べ替えでしかなく、国民総生産をあげる役にしか立たなかった。経済の浮き沈みがあって、そのせいでケラーへやってきたが、そうでもなければ安易な人生の流れからはずれることはなかっただろう。あるいは、四十七歳になるというのに、愛する価値のある相手を一度も見つけられず、お返しに愛されることもなかった寂しさ。ステンレススチールの社会で永遠の難民になることの寂しさ。一夜かぎりの関係、どんちゃん騒ぎ、九時から五時までの勤務、シカゴ交通局、暗い映画館、テレビで観るフットボールの試合、睡眠薬、窓が開かないのでスモッグを吸うことも外へ飛び出すこともできないジョン・ハンコック・タワー。それがわたしだったんだろう？

「そうね」ピンクが言った。

「わたしは旅をしているんだ」そう言ったとたん、それが真実だと気づいた。

「そうね」ピンクは繰り返した。同じことを別のサインで。文脈がすべてだった。彼女はわたしのふたつの面について話を聞き、それを理解した——ひとつはかつてのわたし、もうひとつはそうなりたかったわたし。

ピンクはわたしの上で横たわり、片手をわたしの顔にそっとのせて、数年ぶりに自分の人生について考えている男のさまざまな感情のせめぎ合いをとらえていた。やがて、彼女は声をあげて笑い、ふざけてわたしの耳をつまんだ。わたしの顔が語ったのだ——記憶にあるかぎり初めて、人生を幸せに感じていると。幸せなんだと自分に言い聞かせているだけでなく、ほんとうに幸せなんだと。ボディトークで嘘をつくことはできない。汗腺が嘘発見器に嘘をつけないのと同じだ。

わたしは部屋がいつになくがらんとしていることに気づいた。ごそごそと手探りしてみると、こどもたちだけしか残っていなかった。

「ほかのみんなはどこにいるんだ？」わたしはたずねた。

「みんなは外で＊＊＊」ピンクが言った。まさにそんな感じだった——広げた指で胸を鋭く三度叩くのだ。その指が〝動名詞〟の形になっていたので、全体としては、みんなは外で＊＊＊している、という意味になる。当然ながら、それではほとんどなにもわからなかった。

なにかを伝えてくれたのは、そう言ったときのピンクのボディトークだった。わたしは以前よりもそれを読み取れるようになっていた。彼女はうろたえ、悲しんでいた。その肉体はこんなふうに言っていた——「なぜあたしはみんなの仲間入りができないの？　なぜあたしはみんなといっしょに（嗅いで味わってさわって聞いて見て）感じることができないの？」ピンクはこのとおりのことを言っていた。このときも、自分の理解力に不安があったわたしは、その解釈を受け入れることができなかった。相変わらず、自分の概念をそこで体験したものごとにむりやり当てはめようとしていたのだ。わたしはピンクやほかのこどもたちが親たちに腹を立てているのだと決めつけた。それが当然だと思っていたからだ。こどもたちはある面では自分たちのほうがすぐれていると感じているはずだと、抑えつけられていると感じているはずだと。

　わたしはしばらくあたりを探し回り、北の牧草地でおとなたちを見つけた。親たちは全員がそろっていて、こどもはひとりもいなかった。一団となってたたずんではいたが、見たところなんのパターンもなかった。円形とは言えないものの、おおむね丸い。なにか規則性があるとすれば、全員がほかの人たちとほぼ同じ距離を保っていることだった。

　ジャーマンシェパードたちとあの牧羊犬もそこにいて、ひんやりした草の上にすわり込み、集まった人びとに顔を向けていた。耳をぴんと立てていたが、身じろぎひとつしていなかった。

　わたしは人びとのほうへ歩き出した。足を止めたのは、張り詰めた気配に気づいたからだ。彼らはふれ合っていたが、その手はぴくりとも動いていなかった。いつも体を動かしている人たちがそんなふうにじっと立っているのを見ると、静寂でこちらの耳がおかしくなりそうだった。

　少なくとも一時間は彼らを見守っていた。犬たちのそばですわり込み、耳のうしろをかいてやった。犬たちは、よろこんでいるときによくやるように舌で口のまわりをなめていたが、その注意はしっかりとグループに向けられたままだった。

やがて、グループが動いていることがわかってきた。たっぷり時間をかけて、あちらこちらで一歩だけ足を運ぶという、とてもゆっくりした動き。全体がそうやって広がっていたので、ひとりひとりのあいだの距離はみんな同じだった。すべての銀河がほかの銀河から遠ざかっている膨張宇宙のようだ。いまや彼らは腕を大きく広げていた。指先だけをふれ合わせて、結晶格子のような配列になっていた。

やがて、おたがいにまったくふれ合わなくなった。けっして届かない距離をなんとか詰めようとして、指がぴんと伸びているのが見えた。それでも、彼らは等間隔で広がり続けた。一頭のシェパードがかすかに鳴き声をあげた。わたしはうなじの毛が逆立つのを感じた。ここは冷えるな、と思った。

わたしは目を閉じた。急に眠くなってきたのだ。

ぎくりとして目をあけた。それから、またむりやり閉じた。まわりの草の中でコオロギたちがリリリリと鳴いていた。

目の裏側の暗闇になにかがあった。目をぐるりと回すことができれば、簡単に見ることができたのだろうが、それは巧みにわたしの目線をのがれてしまい、周辺視野が新聞の大見出しを読むように思えるほどだった。けっして見極めることができず、まして描写などしようがないものがこの世にあるとしたら、それがそうだった。むずむずする感覚はしばらく続き、犬たちの鳴き声が大きくなってきたが、まったく正体はわからなかった。目の見えない人が曇った日に太陽から受けるような感覚、というのが、思いつくことのできたいちばんましなたとえだった。

わたしはふたたび目をあけた。

ピンクがとなりに立っていた。目をぎゅっと閉じて、両手で耳をふさいでいた。ひらいた口が音もなく動いていた。その背後に、年かさのこどもたちが何人かいた。みんな同じような行動をとっていた。

夜の質がどことなく変わった。グループのおとなたちは、いまやおたがいから一フィートほど離れていたが、ふいに、そのパターンが崩れた。全員がいっとき体を揺らしてから、耳の聞こえない人が笑うときの、あの不気味な、まわりを気にしない声で笑い出した。彼らは草の中に倒れ込み、腹をかかえて、ごろごろころがりながら吠えた。

ピンクも声をあげて笑っていた。驚いたことに、わたしも笑っていた。顔と脇腹が痛くなるまで、マリファナを吸ったときにやっていたように、ひたすら笑い続けた。

それが、＊＊＊する、ということだった。


まだケラーの表面的な様子しか語っていないことはわかっている。誤った見解を助長しないためにも、ここで取り上げておかなければならないことがいくつかある。

たとえば、服のことだ。たいていの人たちは、たいていの時間、なにかしら身につけていた。ピンクだけは服が嫌いな性分だったらしい。いつでもなにも着なかった。

ズボンと呼べるものをはく者はひとりもいなかった。服はどれもゆったりしていた――ローブ、シャツ、ワンピース、スカーフなど。多くの男たちが女の服と言ってよさそうなものを着ていた。単にそのほうが快適だからだ。

多くの服はぼろぼろだった。生地はシルクか、ビロードか、それ以外の手触りの良いなにか。典型的なケラーの住人がまとうのは、龍の刺繡がほどこされた日本製のシルクのローブで、いくつもの大きな穴や糸のほつれがあり、残飯を入れたバケツを手に豚小屋でばちゃばちゃ歩き回るせいで、そこらじゅうにお茶とトマトのしみがついている。一日の終わりにそれを洗濯して、色があせることは気にしない。

それと、同性愛についても言及していないようだ。わたしがケラーでもっとも深い関係をもった二人が女――ピンクと〈傷跡〉――だったという前提があったせいかもしれない。これまでいっさいふれなかったのは、どう書けばいいのかわからないからだ。わたしは相手が男でも女でも同じ言葉で話した。男たちと親密になることについては、自分でも驚くくらい、ほとんど抵抗がなかった。

ケラーの住民は、客観的に見れば両性愛者だったが、わたしはそんなふうに考えることはできなかった。あれはもっとずっと奥が深かった。彼らは同性愛のタブーなどという不快きわまりない概念は思いつきもしなかっただろう。それは彼らが最初に学んだことのひとつだった。同性愛と異性愛を区別したら、人類の半数との意思疎通を――完全な意思疎通を――放棄することになる。彼らは汎性欲主義者であり、セックスを人生のほかの部分から切り離すことはできなかった。ショートハンドには英語のセックスに直訳できる単語は存在すらしないのだ。男性と女性をあらわす単語には無数の変化形があったし、英語では表現できない肉体経験の程度と種類をあらわす単語もあったが、それらの単語はすべて、経験の世界の別の部分をあらわすものでもあった。どの単語も、わたしたちがセックスと呼ぶものを、それ専用の狭い部屋に閉じ込めてはいなかった。

まだ答えていない疑問はもうひとつある。わたし自身が初めて到着したときに悩んだことだから、答えておく必要があるだろう。あのコミューンがそもそも必要なのかという点にかかわる疑問だ。ほんとうにあんなふうでなければならなかったのか？　わたしたちの生活様式に順応していたら、彼らはもっと楽な暮らしができていたのか？

すべてが平和で牧歌的だったわけではなかった。侵略とレイプの話はすでにした。それはまた起こるかもしれなかった――とりわけ、都市の周辺をうろついているギャングたちが本格的にあちこち移動を始めたら。オートバイで遠征する集団ならひと晩でケラーを壊滅させてしまうだろう。

さらに、法律上のごたごたも続いていた。おおむね年に一度、ソーシャルワーカーたちがケラーに押し寄せてこどもたちを連れ去ろうとした。コミューンの人びとは、児童虐待から非行の助長まで、およそ考えられるかぎりの告発を受けてきた。これまではどれも失敗に終わっていたが、いつかは成功するかもしれない。

それに、市場に出回っている最新鋭の装置を使えば、視聴覚障害者でも少しは見たり聞いたりできるようになる。彼らにもそういう装置が役立つかもしれない。

一度、バークリーに住む視聴覚障害者の女性と会ったことがある。わたしだったらケラーへの移住を選ぶだろう。

その機械のことだが……

ケラーの図書室に、ものを見るための機械が一台ある。テレビカメラとコンピュータを利用して、びっしりならんだ金属製のピンを振動させる仕組みだ。それを使えば、カメラに写された物体の動く映像を感じ取ることができる。小型軽量で、ちくちくするピンを背中に当てたまま持ち運べるようになっている。価格はおよそ三万五千ドル。

わたしはそれを図書室の隅で見つけた。表面に指をすべらせると、分厚いほこりが取れて、あとにきらきらと光る筋が残った。

ほかの人びとがやってきては去っていったが、わたしはとどまり続けた。

ケラーは、わたしが立ち寄ったことのあるほかのコミューンと比べると来訪者が少なかった。ひどくへんぴな場所にあるからだ。

ある男は昼ごろにやってきて、あたりを見回し、なにも言わずに去った。

カリフォルニアから家出してきた十六歳のふたりの少女が、ある晩姿をあらわした。少女たちは服を脱いで夕食に加わり、わたしの目が見えることに気づいてショックを受けた。ピンクはそのふたりをひどく怯えさせてしまった。気の毒な少女たちがピンクのレベルまで世間ずれするには、もっとたくさんの人生経験が必要だったのだ。とはいえ、ピンクもカリフォルニアへ行ったら落ち着かない気持ちになったかもしれない。翌日、少女たちはあれが乱交パーティだったのかどうかよくわからないまま去っていった。あんなにふれ合っておきながら行為におよばないというのは、とても奇妙なことだ。

サンタフェから来るすてきな夫婦は、ケラーとその弁護士とのあいだの連絡係のような役割を果たしていた。ふたりには九歳になる男の子がいて、ほかのこどもたちとハンドトークでえんえんとおしゃべりをしていた。彼らはほぼ一週間おきにあらわれ、何日か滞在して、日光をたっぷり吸収し、夜には〝集い〟に参加した。たどたどしいショートハンドで会話をし、わたしにも気を遣って口頭では話しかけてこなかった。

何人かのインディアンたちが、不定期にぶらりとやってきた。その態度はほとんど挑戦的と言えるほど排他的だった。滞在中でもリーバイスにブーツという服装をけっして変えようとはしなかった。ただ、ケラーの住民を変わり者と思ってはいても、それなりの敬意を抱いているのは明らかだった。彼らはコミューンを相手に商取引をおこなっていた。毎日、門のところに出される生産物をトラックで運び、売却して、歩合を取っていたのはナバホ族だった。彼らは地面にすわり込み、手の中に綴るサインの言語でインディアン流の談判をおこなう。ピンクの話によると、インディアンはそうした取引ではとても良心的だった。

そして、おおむね週に一度、親たちが全員で牧草地に出て＊＊＊した。

わたしのショートハンドとボディトークはどんどん上達した。五ヵ月があっという間に過ぎて、冬がすぐそこに迫っていた。相変わらず自分の願望を精査することはなかったし、残りの人生でなにをしたいのかについて真剣に考えることもなかった。流れに身をまかせるという習慣があまりにも深く根付いてしまっていたのだと思う。ただぐずぐずして、立ち去るかどうかを決めることも、ずっと滞在しようとしたときに生ずる問題を直視することもできずにいた。

やがて、わたしはきっかけをつかんだ。

長いあいだ、わたしはそれが外部の経済状況と関係があったのだと考えていた。ケラーの人びとも外の世界のことは意識していた。ここで孤立して、自分たちとは無関係なものとしてやり過ごせる問題をすべて無視してしまうのは危険なことだった。そこで、彼らは点字版のニューヨーク・タイムズ紙を定期購読し、ほぼ全員がそれを読んでいた。テレビも一台あって、月に一度くらいは電源が入れられていた。こどもたちがそれを見て、親たちのために通訳するのだ。

おかげで、わたしは大不況がもっとふつうのインフレスパイラルへゆるやかに移行していることを知っていた。求人が増え、ふたたび資金が流れ始めていた。それから少したって外の世界に戻ったとき、わたしはそれが理由だったのだと考えた。

ほんとうの理由はもっと複雑だった。ショートハンドのタマネギの層をむいて、その下に別の層があるのを見つけたことと関係があった。

ハンドトークは何度か簡単なレッスンを受けただけでおぼえた。そのあと、ショートハンドとボディトークの存在に気づき、おぼえるのがはるかにむずかしいことを知った。五カ月間ずっと没頭して――言語を学びたいのならそれしかない――ショートハンドについては五、六歳のこどもと同等のレベルまで達した。時間さえあれば習得できることがわかったのだ。ボディトークのほうはまた別の問題だった。ボディトークではそんなふうに簡単に進歩の度合いをはかることはできない。定まった形のない、きわめて対人的な言語であり、そのときの相手や、時刻や、雰囲気に応じてどんどん変化する。それでもわたしは学び続けた。

それから、わたしは〝タッチ〟に気づいた。単一の、むりのない英語の名詞で表現しようとするならそれくらいしかない。彼らがこの第四段階の言語をどう呼ぶかは日々変わっていたが、なんとか説明してみよう。

最初にそれに気づいたのは、ジャネット・ライリーに会おうとしたときだった。すでにケラーの歴史については聞いていて、どの逸話でも彼女がきわめて重要な役割を果たしていた。ケラーの住民なら全員知っていたのに、彼女はどこにも見つからなかった。わたしはそれぞれの住民を、〈傷跡〉とか〈前歯のない女〉とか〈ごわごわした髪の男〉とかいった名前で把握していた。これらはわたしがつけたショートハンドの名前で、みんなも文句も言わずに受け入れてくれていた。彼らは外の世界での名前をコミューンの中では捨てていた。それは彼らにとってなんの意味もなかった——なにも語らなかったし、なにも表現しなかった。

初めは、わたしがショートハンドをうまく使いこなせないせいで、ジャネット・ライリーについて的確な質問ができていないのだろうと思っていた。そのうち、彼らがわざと教えてくれないのだと気づいた。理由はわかったし、納得できたので、それについてはもう考えないことにした。ジャネット・ライリーという名前は、彼女が外の世界で何者であったかを表現したものであり、彼女がそもそもこの事業を断行するために定めた原則のひとつは、自分がここで特別な存在にならないというものだった。彼女はグループの中へ溶け込んで消えてしまった。見つけてほしくなかったのだ。それならしかたがない。

ただ、この件についてあれこれ調べていたとき、コミューンのメンバーには特定の名前がないということに気づいた。たとえば、ピンクの場合だと、コミューンのそれぞれのメンバーたちからひとつずつ、合計で百十五もの名前をつけられていた。それらはピンクと相手の人物との関係を物語る文脈的な名前だった。わたしが肉体的特徴を元につけていた簡単な名前は、こどもがまわりの人につける名前のようなものとして受け入れられていた。こどもたちはまだ、外側の層の下へ進んで、自分自身やその人生や他者との関係をあらわす名前を使う方法を学んでいなかった。

さらに混乱するのは、こうした名前が日に日に変化することだった。初めて垣間見たタッチの様相に、わたしは愕然とした。それは順列の問題だった。単純に掛け算するだけでも、一万三千以上の名前が使われているということであり、しかもそれらは不変ではないので記憶することもできない。たとえば、ピンクが〈禿げ頭〉のことでわたしに話しかけるときには、自分で彼につけたタッチの名前を使うわけだが、それは話している相手がわたしであって〈小柄な太った男〉ではないという事実によって変化するのだ。

やがて、それまで見逃していた深淵が足下でぱっくりを口をひらき、わたしは急に息もつけないほどの高所恐怖に襲われた。

タッチはケラーの住民がおたがいに向かって使う言語だ。わたしが学んだほかの三種類の方式の驚くべき混成物で、その本質はけっして同じ状態にとどまらないという点にある。彼らにショートハンド――これがタッチの真の基礎だ――で話しかけられたときには、表面のすぐ下にタッチが流れているのがわかった。

　それは言語を次々と生み出す言語だった。だれもが自分だけの方言を話すのは、だれもがそれぞれの道具で――それぞれの肉体と人生経験で――話すからだ。タッチはあらゆるものごとによって変化した。けっして静止することはなかった。

　彼らは夜の〝集い〟で共にすわり、ひと晩でタッチの応答の一体系をまるごと造り上げてしまう。慣用的な応答も、私的な応答も、ありのまま完全に裸にされる。しかもそれは、翌日の夜の言語を構築するための一片のブロックにしかならない。

　わたしはそこまで裸にされたいかどうかよくわからなかった。ごく最近になって自分自身を見つめ始めたばかりで、そこに見つけたものに満足してはいなかった。みんながわたし自身よりもそれをよく知っている――正直な肉体が、わたしの怯えた心が明かそうとしないことまで語ってしまう――というのは、とてつもない衝撃だった。わたしはカーネギーホールのスポットライトの下で素っ裸になっていて、過去からあふれだしたパンツをなくす悪夢に取り憑かれていた。急に、みんなが欠点も含めてわたしを愛してくれているという事実だけでは充分とは言えなくなった。暗い小部屋にもぐり込み、内向きな自我が腐るにまかせたかった。

　この恐怖は克服できたかもしれなかった。ピンクはわたしを助けようとして、あれこれ言葉をかけてくれた。しばらくはつらいかもしれないが、すぐに慣れて、額に炎で書き込まれた暗い感情とともに生きられるようになる。それに、タッチは最初に感じるほどむずかしいものではない。ショートハンドとボディトークをおぼえてしまえば、木の幹からにじみ出す樹液のように、タッチは自然に流れ出してくる。それは避けようのないことであり、さほど努力しなくても勝手に起こることなのだ、と。

わたしはほとんどピンクを信じかけた。だが、彼女の本音は見えていた。いや、ちがう。そうではなくて、彼女の中にあった＊＊＊にまつわるなにかのせいで、たとえここを乗り切ったとしても梯子の次の段に頭をぶつけるだけだと確信してしまったのだ。

＊＊＊――

少しだけそれが明確になっていた。簡単に英語に翻訳できるようなものではないし、たとえ試みたところで、漠然とした概念しか伝えられないだろう。

「あれは、さわることのないさわり方なの」ピンクは言ったが、その肉体は、＊＊＊にまつわる自身の不完全な概念を伝えようとして、わたしの理解力の低さにさまたげられ、ひどい混乱をきたしていた。ショートハンドでしめした定義の正しさをみずから否定し、同時に、彼女自身もそれがなんなのかわからないと認めていた。

「あれは、ひとつの才能で、それによって永遠の静寂と闇からなにか別のものへ自分自身を広げられるの」ふたたび、ピンクの肉体はその説明を否定した。彼女は腹立ちまぎれに床を叩いた。

「あれは、ほかの人たちにさわりながらずっと静寂と闇の中にいる存在だけがもつ、ひとつの特性なの。はっきりしているのは、視覚と聴覚がそれをさまたげたりぼやけさせたりするということだけ。あたしだって、できるだけ静寂と闇をつくり出せば、その端っこくらいは認識できるけど、心が視覚に順応してしまっているのはどうしようもない。扉はあたしには閉ざされているのよ、ほかのこどもたちみんなにも」

ピンクが初めのところで使った〝さわる〟という動詞は、タッチ混合物《アマルガム》であり、彼女のわたしにまつわる思い出や、わたしが自分の経験について彼女に話したことと結びついていた。それは、納屋の床下の柔らかな土の中にあった、つぶれたキノコのにおいや手触りとともに、ものの本質を感じるすべを教えてくれた〈背の高い緑の目をした女〉のことを思い起こさせた。そこにはまた、わたしがピンクの暗く湿ったところをつらぬき、彼女がわたしを迎え入れるのがどんな感じであるかを説明していたときの、ふたりのボディトークでのやりとりへの言及もあった。これらすべてがひとつの単語であらわされていた。

わたしは長いあいだじっくり考えた。タッチの裸性を堪え忍ぶことになんの意味があるのだろう――結局は、ピンクが味わっているような、いらだたしい盲目性のレベルまでしかたどり着けないのだとしたら？

わたしを人生でもっとも幸せなときを過ごしていた場所から追い立てたのはなんだったのか？

ひとつは、非常にいまさらではあったが、要するに「いったいわたしはここでなにをしているのだ？」と気づいてしまったことだ。その疑問に答えてくれそうなのが次の疑問だった――「ここを離れたら、いったいわたしはなにをするのだ？」

それまでの七年間、ケラーに数日以上滞在した訪問者はわたしだけだった。そのことをじっくりと考えてみた。わたしは強くもなければきちんと自分が見えていたわけでもなかったので、それがほかの訪問者ではなくわたしの自身の欠陥にほかならないと認めることができなかった。いとも簡単に満足し、ぬるま湯につかってしまったために、ほかの人たちに見えた欠陥が見えなかったのだろう。

それはケラーの住民の、あるいはそのシステムの欠陥であるはずがなかった。そう、わたしは彼らをあまりにも愛し、尊敬していたから、そんなふうには考えられなかった。彼らが進めていたことは、戦争も起こさず、政治も最小限にして人びとが暮らしていく手段としては、この不完全な世界にかつて存在したもっとも健全かつ合理的なものだった。結局のところ、人類が社会的動物となるための方策としては、いまだにその二頭の老いた恐竜しか発見されていないのだ。たしかに、戦争は人が他者と共に生きるためのひとつの手段だ。きわめて明白なかたちで自分の意志を他者に押しつけるので、相手は屈服するか死ぬか逆に殴り返すかするしかない。たとえそれがなにかの解決策になるとしても、わたしだったらむしろ解決策なしで生きるほうがいい。政治もたいして変わりはない。唯一の取り柄と言えば、ときどきはこぶしの代わりに対話を使うのに成功することだ。

ケラーはひとつの生命体だった。それは新しいかたちの人のつながりであり、機能しているように見えた。世界のあらゆる問題の解決策になると言っているわけではない。あれが機能したのは、視聴覚障害という、拘束力のある希有な共通の利害をもつ集団だったからという可能性はある。さまざまな欲求があれほど相互に依存している集団はほかに思いつかない。

あの生命体の個々の細胞はみごとに協力し合っていた。あの生命体は強く、生命の定義として耳にしたことのあるすべての性質をそなえていたが、唯一の例外が生殖能力だった。致命的な欠陥があったとしたら、それがそうだったのかもしれない。わたしはこどもたちの中になにかの種が芽生えつつあるのをたしかに見た。

あの生命体の強さは意思疎通の力だった。それは疑いようもない。ケラーに組み込まれていた、あの精巧な、嘘を許さない意思疎通のメカニズムがなかったら、狭量や、嫉妬や、所有欲といった、人間がもつたくさんの〝先天的な〟欠陥によって、みずからを滅ぼしていたことだろう。

夜ごとの〝集い〟はあの生命体の基礎だった。そこでは、夕食のあとから眠りにつくまでのあいだ、だれもが嘘をつくことのできない言語で語り合った。なにか問題が起きようとしていると、それは自然に表面化し、ほぼ自動的に解決された。嫉妬？　恨み？　胸の奥でうずくちょっとした悪意？　〝集い〟ではそれを隠すことはできないので、すぐにみんながまわりに集まってきて、愛でその病を押し流してくれる。ちょうど白血球のように、病んだ細胞を包み込み、それを破壊するのではなく、癒やすのだ。早いうちに対処できれば解決できない問題などないように思えたし、なにしろタッチがあるので、まわりの人たちは本人よりも早くそのことに気づいて、あやまちを正し、傷を癒やし、その人の気持ちを楽にしてまた笑えるようにするための努力を始めるのだった。〝集い〟では笑い声が絶えなかった。

しばらくのあいだ、わたしは自分がピンクを独占したがっているのだと思っていた。初めのうちはたしかにそんな気持ちもあった。ピンクはわたしの特別な友達で、最初からあれこれ手助けしてくれたし、何日かはわたしが話しかけられる唯一の相手だった。ハンドトークを教えてくれたのもピンクの両手だった。彼女がわたしの膝に横たわりながらほかの男と愛を交わすのを初めて見たときには、なわばり意識で胸がざわついた。だが、ケラーの住民が読み取りを得意としているシグナルがあるとすれば、それがまさにそうだった。まるで警報ベルのように、ピンクと、その男と、わたしのまわりの男女たちの中で、そのシグナルが鳴り響いたのだ。彼らはわたしをなだめ、甘やかし、あらゆる言語で、大丈夫だ、恥ずかしく思うことはないと語りかけてきた。それから、問題の男がわたしを愛し始めた。ピンクではなく、その男がだ。観察重視の人類学者にとっては論文をひとつ書き上げられるくらいの題材になっただろう。ヒヒたちの社会的行動をとらえた映画を見たことがあるだろうか？　犬も同じことをする。多くの哺乳類の雄がやることなのだ。雄同士が優位をめぐって争うとき、弱いほうは尻尾を巻いて降参し、服従の意をしめすことで、相手の攻撃意欲を削ぐことができる。あの男がふたりの意志の衝突の対象――ピンク――を譲り渡して、わたしに関心を向けたときほど、攻撃意欲を削がれたことはなかった。わたしになにができただろう？　わたしは声をあげて笑い出し、その男も笑い出し、すぐにみんなが笑い出して、なわばり意識は消え去ったのだった。

ケラーでは〝人間性〟に関わるたいていの問題がそうやって解決された。ある意味では東洋の武道に似ている。しなやかに打撃を受け流すので、相手は攻撃する力で倒れ込んでしまう。それを、そもそも殴りかかるのが無意味で、だれも抵抗していないのにそんなことをするのはバカげていると相手が気づくまで繰り返す。じきに、攻撃者はターザンではなくチャーリー・チャップリンになってしまう。そして笑い出すのだ。

だから原因は、ピンクやその愛らしい肉体でもなかったし、彼女を自分だけのものにして洞窟に閉じ込めてかじり取った大腿骨で守ることはできないのだ、とわたしが気づいたせいでもなかった。もしもわたしがそんな考えにこだわっていたら、ピンクからはアマゾンのヒル程度の魅力しかない男だと思われただろうし、あそこの行動主義者たちは大いに困惑してそれを克服させようとしていただろう。

　こうして、わたしの思いはケラーを訪れては去っていった人びとに戻った。彼らはわたしが見なかったどんなものを見たのだろう？

　たしかに、だれの目にも明らかなことはあった。あの生命体がどれほど心地よいものだとしても、わたしはあの生命体の一部ではなかった。いつかその一部になれるという希望もまったくなかった。ピンクが最初の週にそう言っていたのだ。彼女自身、うっすらとはいえ、同じことを感じていた。彼女は＊＊＊できなかったが、そのせいでケラーを離れたいという気持ちにまではならなかった。彼女はそのことをわたしに何度もショートハンドで伝えていたし、ボディトークで念押しもしていた。たとえわたしが離れるとしても、彼女が同行することはないのだ。

　客観的になって考えてみたら、かなりみじめな気持ちになった。わたしはいったいなにをしようとしているのだ？　わたしの人生の目標はほんとうに視聴覚障害者のコミューンの仲間入りをすることなのか？　そのころにはひどく気分が落ち込んでいたので、正反対のあらゆる証拠を突きつけられていたのに、それを屈辱的なことと考えてしまった。わたしはほんものの世界へ出てほんものの人間たちと暮らすべきなのだ――こんな、できそこないの障害者たちとではなく。

　すぐにそんな考えは振り払った。わたしは完全に正気を失っていたわけではなく、ただ狂気の瀬戸際にいただけだった。ケラーの人びとは、わたしが人生で得た最高の友達であり、おそらくは唯一の友達だった。そういう相手について、たとえ一瞬でもあんなふうに考えるほど自分が混乱しているという事実が、なによりもわたしを不安にさせた。最終的な決断にいたったのはそのせいかもしれない。わたしは幻滅が深まるばかりで希望の満たされない未来を見た。みずから目と耳をつぶさないかぎり、わたしは常に部外者でいることになる。わたしのほうが目も見えず耳も聞こえない存在になるのだ。わたしのほうができそこないになるのだ。わたしはできそこないになりたくなかった。

　わたしが出ていくと決めたときには、彼らはもうそのことに気づいていた。最後の数日は長い送別会となり、わたしにふれるすべての言葉に、愛情のこもった別れのあいさつが込められていた。わたしはそれほど悲しくはなかったし、彼らもそれは同じだった。彼らがしたことはなんでもそうだったが、それもすてきなお別れだった。彼らがさようならと言うときには、寂しい気持ちと、〝人生は続いていく〟と、〝またきみにさわりたい〟とが、ちょうどいい具合に混じっていた。

　タッチの意識がわたしの精神の端っこをかすめた。ピンクが言っていたとおり、悪い気分ではなかった。一年か二年あれば、わたしでも習得できていたかもしれなかった。

　だが、すでに決心はついていた。長いあいだたどってきた人生のわだちにふたたび戻るのだ。ちゃんとやるべきことを決めたのに、どうしてその決定を再検討することを恐れるのだろう？　たぶん、最初の決断であまりにも多くの犠牲を払ったので、もう一度繰り返したいとは思えなかったのだろう。

その晩、わたしはそっとコミューンを離れた。ハイウェイへ出てカリフォルニアへ向かうつもりだった。彼らは牧草地に出て、またあの輪をつくってたたずんでいた。彼らの指先はいつになくおたがいから離れていた。犬たちとこどもたちが、晩餐会を見守る乞食のように、近くでたむろしていた。どちらがより渇望と困惑をあらわにしているかはよくわからなかった。


ケラーでの経験は、当然のごとくわたしに痕跡を残していた。以前のようには生きられなかった。しばらくはまったく生きられないような気もしたが、なんとか生き続けた。生きることに慣れすぎていたせいか、人生を終わらせる決定的な一歩を踏み出すことができなかった。待てばいいのだ。人生はわたしにひとつ喜びをもたらしてくれた——また別の喜びがあらわれるかもしれない。

わたしは作家になった。以前よりも人にものを伝えるのがうまくなっていることがわかった。あるいは、初めてそれを手に入れたのかもしれなかった。いずれにせよ、創作活動は順調に進み、作品は売れた。自分が書きたいことを書いて、飢えることは恐れなかった。ものごとをあるがままに受け入れた。

九七年の大不況はなんとか乗り切った。失業率は二十パーセントに達し、政府はまたもやそれを一時的な停滞とみなして無視した。景気はやがて上向いたが、失業率は前回よりも、さらにその前回よりもわずかに高い水準にとどまり続けた。さらに百万の役に立たない人びとが生み出され、ほかにすることもないので、通りをだらだら歩いて、進行中の騒ぎを探した。交通事故、心臓発作、殺人、発砲、放火、爆破、暴動——果てしなく独創的な街頭劇場。けっして退屈することはなかった。

わたしは金持ちにはならなかったが、たいていは快適に暮らした。これはひとつの社会病であり、その症状として、自分の社会がじくじくした膿疱を育ててその脳を放射性のウジ虫に食い荒らされているという事実を無視できるようになる。わたしはマリン郡の、機関銃座の見えないところにすてきなマンションを持っていた。人びとが贅沢になり始めたころには、車も一台持っていた。

わたしの人生は、すべてが望みどおりにいくようにはなっていないのだと、わたしは結論づけていた。だれもがなにかしら妥協をしているのだし、あまり高望みをすれば失望するだけだと自分を納得させていた。ふと気がつくと、〝高望み〟からほど遠いところで落ち着いてしまっていたが、だからどうすればいいというのはわからなかった。冷笑主義と楽観主義の入り混じった姿勢で進み続けたが、わたしにはちょうどいい感じの組み合わせに思えた。いずれにせよ、それはわたしの原動力になり続けた。

最初に目指していたように、日本に行きさえした。

人生を分かち合う相手は見つからなかった。それができる相手はピンクしか、ピンクとその家族しかいなかったが、わたしたちは深い淵によって隔てられていて、そこを渡る勇気は出なかった。あまり彼女のことは考えないようにしていたほどだ。そんなことをしたら心の平衡を危険なほど崩されたはずだった。わたしはその状況を受け入れ、これがわたしの生き方なんだと自分に言い聞かせた。孤独に生きることが。

歳月はダッハウ強制収容所のキャタピラートラクターのようにごりごりと進み、やがて千年紀の終わりから二日まえまでたどり着いた。

サンフランシスコは二〇〇〇年を祝おうと大騒ぎになっていた。この都市がゆっくりと崩壊しかけていようが、文明がぼろぼろのヒステリー状態へ向かっていようが、そんなの知ったことか！　さあパーティだ！

一九九九年の最後の日、わたしはゴールデンゲートダムの上に立っていた。太陽は、太平洋の彼方、ネオ＝サムライが急増している以外はほとんど変わっていない日本の上に沈もうとしていた。わたしの背後では、全燔祭《はんさい》を祝う花火の最初の一群が打ち上げられていて、その祭典は燃えさかるビルの炎と競い合っているかのようだった。社会的および経済的に無力な人びとも、自分たちなりの方法でこのときを祝っていたのだ。都市は貧困の重みにふるえ、サンアンドレアス断層の破断面に沿って滑り落ちたがっていた。軌道上をめぐる原子爆弾のことがちらりと脳裏に浮かんだ――頭上のどこかで、ほかの手立てが残らず尽きたとき、キノコ雲を生やそうと待ち構えているのだろう。

　ふと、ピンクのことが心に浮かんだ。

　気がつくと、わたしは汗だくになり、ハンドルを握り締めて、ネバダ砂漠を疾走していた。激しく泣いていたけれど、声は出していなかった――かつてケラーでやり方を学んだように。

　戻れるものだろうか？


　街から乗ってきた車は砂利道にできた穴に何度も突っ込んだ。車体は分解しかけていた。こんな旅に適した車ではないのだ。東の空が明るくなり始めていた。新しい千年紀の夜明けだ。アクセルを踏み込むと車は獰猛に跳ねあがった。わたしは気にしなかった。二度とその道を引き返すつもりはなかった。なんとしてもとどまるつもりだった。

　壁にたどり着いて、安堵のあまりむせび泣いた。最後の百マイルは、すべては夢だったのではないかという悪夢にずっと悩まされていたのだ。冷たい現実の壁にふれると気持ちが落ち着いた。かろやかな雪があらゆるものの上をただよい、未明の光の中で灰色に染まっていた。

　遠くに人びとの姿が見えた。全員が牧草地に出て、わたしがここを離れた日にいた場所に集まっていた。いや、そうではない。それはこどもたちだけだった。初めはどうしてあんなに大勢に見えたのだろう？

　ピンクがそこにいた。すぐに彼女だとわかったが、冬服を着ているのを見るのは初めてだった。背が伸びて、肉もついていた。もう十九歳になっているはずだった。足下では幼いこどもが遊んでいて、ピンク自身は両腕で赤ん坊をだっこしていた。わたしは彼女に近づいて、その手に話しかけた。

　ピンクはわたしを振り返り、うれしそうに顔を輝かせた。以前には見たことのない目つきだった。両手はわたしの体をひらひらと動き回ったが、その目は動かなかった。

「あなたにさわる、あなたを歓迎する」ピンクの手が言った。「あと何分か早くここに着いていたら良かったのに。どうして出ていったの、あなた？　どうしてこんなに長く戻ってこなかったの？」彼女の目は顔にはめ込まれた石だった。目が見えなくなっていた。耳も聞こえなくなっていた。

　こどもたち全員がそうだった。いや、ピンクのこどもはわたしの足下ですわり、笑顔でこちらを見上げていた。

「みんなはどこにいるんだ？」息がつけるようになって、わたしはたずねた。「〈傷跡〉は？　〈禿げ頭〉は？　〈緑の目〉は？　いったいなにがあったんだ？　きみの身になにが起きたんだ？」わたしは心臓発作か神経衰弱かなにかの瀬戸際でよろめいていた。現実がいまにも崩れ去りそうだった。

「みんなは行ったわ」ピンクは言った。その単語は意味不明だったが、文脈はマリー・セレステ号やヴァージニア州ロアノークの集団失踪事件を思い起こさせた。〝行った〟という単語の使い方が複雑だった。それは彼女が以前に語っていたことに似ていた——手の届かない、いらだちの源。わたしをケラーから追い立てたものと同じだ。だが、いまピンクの言葉が語っているのは、まだ彼女のものではないが、手を伸ばせばつかむことのできるなにかについてだった。そこに悲しみはなかった。

「行った？」

「ええ。どこへ行ったのかはわからない。みんなは幸せなの。みんなは＊＊＊したの。すばらしかったわ。あたしたちはその一部にしかさわれなかった」

最終列車が駅から出て行く音に、わたしの心臓は早鐘を打っていた。両足は霧の中へと消えている枕木の列を踏み鳴らしていた。昨日のブリガドーンはどこにある？　魔法の国へ戻れるおとぎ話なんて聞いたことがない。目が覚めたときには、もうチャンスは消えている。自分で捨ててしまったのだ。愚か者め！　チャンスは一度きり、それが教訓ではないのか？

ピンクの両手がわたしの顔にふれながら笑った。

「この〈口から乳首に話しかけるあたしの一部〉を抱いて」彼女はそう言って、女の赤ん坊をわたしに手渡した。「あなたに贈り物をあげるわ」

ピンクは手を伸ばし、冷たい指でわたしの両耳にそっとふれた。風の音が途絶え、手が離れても、二度と聞こえることはなかった。彼女はわたしの両目にふれて、すべての光を締め出し、わたしはもはや見ることはなかった。

わたしたちは美しい静寂と闇の中で生きている。

ブルー・シャンペン

Blue Champagne

浅倉久志◎訳

　メガン・ギャロウェイは、三人の撮影班をひきつれて〈バブル〉へ乗りこんできた。補助呼吸装置とボディーガイドを身につけているので、肌はあまり見えない。全裸といってもこれほどヌードらしくない女性を見るのは、プールの救助員たちもはじめてだった。

「彼女、撮影班よりもハードウェアをごっそりかかえてるぜ」とグレンがいった。

「ああ。だけど、そう見えないところがミソだ、ちがうか？」

　Q・M・クーパーは、〈バブル〉伝統の球形カプセルにはいったシャンペンを受けとるギャロウェイをながめながら、むかしを思いかえした。「ちょっとした記録じゃないかな？　お付きが三人もいるなんて」

「ブラジル大統領は？　彼女、二十九人もお供がいたわよ」アンナ＝ルイーゼが反論した。

「イギリス国王は二十五人」

「うん。だけど、ネットワーク・プールのカメラはたった一台だった」

「あれなのね、黄金のジプシーは」リアがいった。「どっちかっていうと、ブリキのトランジスターに近いんじゃない」

アンナ＝ルイーゼが鼻を鳴らした。

このジョークは何度目かのむしかえしだったが、やっぱりみんなが笑った。プールの救助員たちは、トランス・シスターズと呼ばれる体験テープのスターたちにあまり敬意をはらっていない。それでもクーパーは認めずにはいられなかった。感情の規格化をもとめるその業界でもギャロウェイだけは別格で、独自の個性を持っている。ほかのスターたちは、ニュース解説者のようにあっさり交換がきく。

緊急放送と警報のためにあけてあるチャンネルをつうじて、救助員たちの耳に無線のささやきがはいった。

「いま〈バブル〉に入場してきたのはメガン・ギャロウェイ、GWAコングロマリットの完全所有になる子会社、フィーリー・コーポレーションの代表だ。フィーリー社は最高の体験テープとエロチックスの製作会社である。ブルー・シャンペン・エンタープライズは、諸君がテープ撮影の妨害をしないものと確信する。極力注意するように」

「またCM撮影かよ」グレンがうんざりした口調でいった。〈バブル〉を愛する人間にとって——ここの救助員はみんなそうだが——これはコングロマリット対抗落書き選手権の決勝戦に、タージ・マハルの壁を使うような冒瀆行為だった。

「ヨット・レースまでがまんしろって」クーパーはいった。「くるならくるで、予告しといてくれりゃいいのに。あのボディーガイドっていうのはどういうものなんだ？　彼女に事故が起きる場合を考えたら、こっちにも予備知識が必要なんじゃないかな」

「たぶん、自分で自分のお守りができるんじゃないの」そう答えたリアは、ほかの四人から白い目でにらまれた。生まれてはじめて〈バブル〉にきて、自分で自分のお守りができる人間はひとりもいない、というのが救助員の一致した信念だった。

「彼女、あのボディーガイドを水中まで持っていくと思う？」

「ま、あれがないと動けないんだから、とっぱずすとは思えないな」クーパーはいった。

「スチュー、操業課を呼びだして、なんで予告してくれなかったのか理由を聞けよ。ついでに特別な注意事項がないかどうかも。あとのみんなは仕事にもどれ。Ａ・Ｌ、きみがこの責任者だ」

「あんたはなにをするのよ、Ｑ・Ｍ？」Ａ・Ｌと呼ばれたアンナ＝ルイーゼが片方の眉をつりあげてたずねた。

「近くでもっとよく見てくる」クーパーは体を押しはなすと、〈バブル〉のカーブした内表面めがけて飛びだした。

〈バブル〉は、Q・M・クーパーがこれまでに出会ったうちで、最初から空想を刺激された上に、何年も興味をそそられつづけ、しかもはじめてそれを目のあたりにしたとき、失望を感じなかった唯一のものだった。まさしくひと目惚れだった。

〈バブル〉は月の周回軌道にうかんでいるため、遠近感の助けになるようなものがなにひとつない。こうした条件下だと、人間の目は地球や月をゴルフボール大の石ころなみに感じ、宇宙船の窓から数ミリ先にある氷の細片を遠くで回転するアステロイドと見あやまる。はじめて〈バブル〉を見たとき、クーパーも完全な錯覚をおこした――船体から二、三メートルのところに、だれかがシャンペン・グラスをおきわすれたのではないか、と。

口もとですぼまったその円錐形は、〈バブル〉を維持する力場発生機の計算から割りだされたものだ。それは細い金属線の複雑なネットワークから作られている。それ以外の形態は考えられない。力場発生機がシャンペン・グラスの頭部と脚に似ているのは、たんなる偶然なのだ。

〈バブル〉そのものは無重量でなくてはならないが、職員や利用客には遠心的重量のある居住区が必要になる。そのためには車輪よりも円盤のほうが好都合。1Gの外縁部から自由落下状態の回転軸まで、段階的に重力の強弱をつけることができる。この円盤をどこにくっつけるのが最も論理的かといえば、それは力場発生機の軸の基部をおいてほかにない。そこはまたグラスの底にも相当する。一説では、〈バブル〉の建築家が設計中に発狂し、好物のマティーニになぞらえて、巨大な緑のオリーブを突き刺すマンモス・サイズのつまようじを青写真のなかにとりいれたとか。

しかし、それはステーションぜんたいの話。もちろん、ステーションもけっこう美しいが、〈バブル〉とはくらべものにならない。〈バブル〉は力場発生機の浅いボウルのなかにうかび、けっしてボウルの縁とは接触しない。それは中心を共有する二重の球形のエネルギーの場にはさまれた、二億リットルの水だ。内側の球は直径百メートル、外側の球は直径百四十メートル。ふたつの力場がかかえる水の外殻は百万トン近い重さがあり、そのまんなかに五十万立方メートルの空気がはいっている。

クーパーはこうした数字をそらんじていた。ブルー・シャンペン・エンタープライズは、〈バブル〉の全入場者にすくなくとも一度はその数字を聞かせようと念を入れている。しかし、数字だけでは、ほんとうの〈バブル〉の姿はわからない。それを知るためには、その巨大な気泡の中央まで達したガラスのマドラーのなかをエレベーターで昇り、ボックスから出て、救助員詰所のそばのジャングルジム風の支柱にしがみつき、このとんでもない建造物の存在が信じられるようになるまで気持ちが落ちつくのを待つしかない。

プールの救助員たちは、利用客を六つにランク分けしている。もちろん非公式な分類だ。

ブルー・シャンペン・エンタープライズ、略称BCEにとっては、どなたさまもだいじなお客なのだから。さて、このランクづけには利用客の行動や癖もひと役買うが、おもに物をいうのは水泳能力だ。

甲殻類は、ジャングルジムにしがみついたままである。たいていは足を濡らしもしない。彼らが〈バブル〉にやってくるのは、人に見られるためで、泳ぐためではない。プランクトンたちは泳げると思いこんでいるが、それはひとりよがりの願望でしかない。カメとカエルは泳げるが、なんとなく滑稽だ。

サメはたっしゃな泳ぎ手である。それ以外の才能にもうすこし脳みそをつけたしてくれれば、救助員たちも彼らが大好きになるだろう。イルカは最高。クーパーはイルカ級の泳ぎ手で、だからこそ第三当直班の主任救助員に選ばれた。

クーパーの予想に反して、メガン・ギャロウェイはカエルとサメの中間に位置していた。彼女のぎごちない動作の大半は無重力環境に慣れていないためであり、平たい水のなかでは明らかに相当な年季を積んでいるようだ。

クーパーは先まわりして、第三力場に到達できるだけのスピードをつけ、〈バブル〉の外表面へと飛びだした。第三力場は、空気をとりこみ、有害放射線をはねのけるように作られている。彼は空中で体をひねり、ギャロウェイがどんなふうにこの飛躍をこなすかを見てやろうとした。ボディーガイドの金属バンドの金色の反射が見えるが、むこうの姿はまだ水面下の不定形でしかない。そのまわりの水は、カメラの照明を受けて明るいアクアマリン色。撮影班ははるか後方にひきはなされている。

いきなり強烈な反感がこみあげてきた——なんというおぞましい生きかただろう。〈バブル〉で働くのは、おれにとってすごくたいせつなことだ。そりゃまあ利用客のことでは人なみにぼやきもする。ジャングルジムへもどるだけのスピードも出せない、手数のかかる甲殻類を選んでやったり、方向感覚をなくして怖気づいただれかが思わずもらした排泄物を始末するときは、ぐちをこぼしもする。しかし、根本的な真実はこういうことだ。おれの目には〈バブル〉はけっして古びない。いつもかならず新しい見かたが生まれ、新しい魔法をそこに見いだせる。もしおれが移動テレビ局のなかで暮らし、いつも全世界の注目を浴びていたら、こんな感じかたができるだろうか？

クーパーがゆっくり水にもどろうとしかけたとき、ギャロウェイが水中から飛びだした。金色の人魚のように水面からぽっかり現われ、羽毛のような水柱を立てて飛びあがった。水柱はそのあとを追って空中高く上昇しながら、無数のふるえる結晶に変わった。球形の水滴が作りだす雲のなかで、ギャロウェイはとんぼがえりを打った。水泡《みなわ》から生まれた肉と金属のアフロディーテ。

ギャロウェイのマウスピースが唇からはずれ、レギュレーター・ホースの端にぶらさがり、クーパーは彼女の笑い声を聞いた。彼女がクーパーの存在に気づいているとは思えなかった。ほんの数秒でも、ひさしぶりにひとりになれたと思っているのにちがいない。ギャロウェイは子供のようにはしゃぎ、撮影班がぶつくさいいながら水中から現われるまで笑いつづけた。

撮影班は、彼女に最初からのやりなおしを求めた。

「彼女、あんたが努力するほどの価値はないわよ、Q・M」

「だれ？　ああ、黄金のジプシーか」

「あんたの閨房技術を九千万人のウスノロたちにのぞき見されたいの？」

クーパーはふりかえった。アンナ＝ルイーゼがうしろの細長いロッカールーム用ベンチにすわり、靴のひもを結んでいる。むこうはちらと彼を見てにやりとした。クーパーは、スターファッカーという自分の評判を知っていた。〈バブル〉で働きはじめたころは、有名な女性と知りあい、仲よくなってベッドをともにする機会を一種の役得と思っていたし、実際にそこまでいった相手もすくなくない。しかし、そんな段階はとっくに卒業していた。

「ギャロウェイはスーハー物に出てないぜ」

「いまのところはね。でも、リシア・トランブルも一年前まではそうだった。それとか、あのＡＢＳの俳優、だれだっけ……そうそう、チン。ランドル・チン」

「それにサロメ・ハッサン」だれかが部屋の奥から口をはさんだ。クーパーはそっちに目をやり、第三当直の全員が聞き耳を立てているのを知った。

「きみたちはもうそんなものを卒業したと思ってた。やっぱりフィーリー親衛隊の集まりだったか」

「どうしても名前が耳にはいるんでね」スチューが弁解がましくいった。

アンナ＝ルイーゼが頭からシャツをひっかぶって立ちあがった。「テープを使ったことを否定する気はないわ。トランス・シスターズだって生活がかかってる。ギャロウェイもいずれはそれを撮るでしょうよ。性夢の人気はうなぎ昇りだもん」

「たしかに連中、よく昇りつめるぜ」スチューがわいせつな身ぶりをまじえていった。

「くだらんことをしゃべってないで、さっさと出ていけよ」とクーパー。

みんながぼつぼつ外に出ていき、まもなく〇・一Gの小さなロッカールームに残ったのはクーパーとアンナ＝ルイーゼだけになった。彼女は鏡の前に立ち、頭皮を光らせようとローションをすりこんでいた。

「ねえ、第二当直へ移りたいんだけど」

「頭のへんな月っぺ《ルーニー》がなにをいってるんだ」クーパーはむっとしていいかえした。

アンナ＝ルイーゼは腰をひねり、彼をにらみつけた。

「それは同語反復の上に、もろ差別的だわ。わたしがこれほど優しい人間でなかったら、腹を立ててるところよ」

「しかし、事実だぜ」

「それも腹を立てないもうひとつの理由だけど」

クーパーは立ちあがって、うしろから彼女を抱きしめ、耳をこすりつけた。

「あら、びしょびしょじゃんか」

クーパーの両手がシャツを持ちあげ、パンツのベルトの下にもぐりこんでも、アンナ＝ルイーゼは笑うだけで抵抗しなかった。向きなおってキスをした。

六カ月同棲していても、クーパーはまだアンナ＝ルイーゼという女がよくわからなかった。彼女の体格はけっしてクーパーに劣らず、しかもクーパーはけっして小男とはいえない。アンナ＝ルイーゼの故郷はルナのニュー・ドレスデンだ。母語はドイツ語だが、なまりのない英語を流暢にしゃべる。その顔は、強いとか、健康だとか、血色がいいとか、生き生きしているとかの形容詞はつけられても、お色気という単語には縁がない。早くいえば、肉体的にはほかの女性救助員たちとそっくりなのだ。頭もつるつるに剃りあげているが、ほかのみんなが過去の栄光に執着し、オリンピック出場当時の雄姿をいまもたもとうとしているのにひきかえ、アンナ＝ルイーゼには競泳の経験がない。それだけでもこのグループの変わり種だったし、おそらくそこが新鮮なのだろう。救助隊にはいっているほかの女たちはみんな単純な体育会系で、ふたつのことしか頭にない——好きな順に、水泳とセックス。

それに文句をつけるつもりは、クーパーにはなかった。ある程度、それは自分にもいえることだと思っている。しかし、クーパーもそろそろ三十歳を迎える日が間近にせまっている。運動選手にとっては、けっしてたのしい時期ではない。アンナ＝ルイーゼが当直班を替わりたいといったときに気持ちを傷つけられたのが、むしろ意外だった。

「いまの話、ユーリー・フェルドマンとなにか関係があるのか？」キスの合間にクーパーはたずねた。

「彼、あの班だった？」

「じゃ、ぼくらはまだ寝友なんだな？」

アンナ＝ルイーゼは体をひいた。「これからその話？　だから服をぬがせてるの？」

「ちょっと気になってね」

彼女は背中を向け、パンツのバックルをとめた。

「あんたが部屋を移らないかぎりはまだ寝友よ。でも、たいしてちがいはないと思ってた。誤解かな？」

「すまない」

「ひとりで寝るほうがよけいな気苦労がない、それだけのことよ」アンナ＝ルイーゼは向きなおってクーパーの頰をなでた。「なにさ、Q・M。ただのセックスじゃない。あんたはすごく上手だから、そっちさえその気があれば、ふたりでうまくやってけるわ、ちがう？」まだクーパーの頬に手をおいたまま、彼の瞳をじっとのぞきこんでいるうちに表情が変わった。

「ただのセックス、そうでしょ？　つまり――」

「そうさ。ただの……」

「もし、そうじゃないなら……でも、なにもいってくれなかったわね。そんな意味の――」

「むろんいわないさ。束縛されるのはいやだ」

「わたしも」アンナ＝ルイーゼはなにかいいたそうだったが、もう一度彼の頬をなでただけで外に出ていった。


すっかり考えこんでいたクーパーは、メガン・ギャロウェイと撮影班がすわったテーブルの横を通りすぎたのに気がつかなかった。

「クーパー！　あなたクーパーでしょう、ちがう？」

ふりかえった彼は、カメラ用の微笑をちゃんとうかべていた。もう最近ではこんなふうに声をかけられることもめったにないが、身についた反射運動はまだ錆びついていない。しかし、彼の微笑は、たちまち掛け値なしの喜悦の表情に変わった。ギャロウェイがこの顔をおぼえていてくれたと知って、意外でもあったし、こそばゆい気分にもなったのだ。

　ギャロウェイはおでこに片手を当て、滑稽なほど熱心に考えこんでいる。ぱちんと指を鳴らし、もう一度おでこをたたいた。

「あなたが泳いでいるのを見たときから、ずっと名前を思いだそうとしてたの。いっちゃだめ……すぐに思いだすから……なんかのニックネーム……」自信なげに語尾をとぎらせ、どんと両肘をテーブルについて頬杖すると、クーパーをにらんだ。「思いだせない」

「それは――」

「いっちゃだめ！」

　それは秘密にしておきたい、というつもりだったクーパーは、肩をすくめてだまりこんだ。

「きっと思いだすわ。時間さえくれれば」

「そうなのよ」もうひとりの女がそういってから、あいた椅子を示し、クーパーに片手をさしだした。「わたしはコンスエラ・ロペス。一杯おごらせて」

「ぼくは……クーパー」

　ロペスが顔を近づけてささやいた。「もし十分たってもあの子が名前を思いだせなかったら、教えてやってくださる？　でないと、思いだすまで使いものにならないのよ。あなた、救助員でしょ？」

　うなずいたところへ、もう飲み物が運ばれてきた。クーパーは驚きを隠そうとした。このプロムナードに並んだカフェで、ウェーターの注意をひくのは不可能に近い。だが、ギャロウェイの一行には、注文もしないのに飲み物が届く。

「魅力的なお仕事ね。くわしく話してちょうだい。わたしはプロデューサー。現在はヒモになるべく修行中」

相手の体がいくらかふらついているのを見て、クーパーはコンスエラ・ロペスが酔っているのを知った。しかし、舌はもつれていないようだ。

「あのあごひげを生やした悪魔風の男は、マーカム・モントゴメリー。ディレクター兼タレント商人」モントゴメリーがちらとクーパーをふりかえり、うなずきの省略手続きに似たしぐさをした。「それとあの性別不明の人物は、ココ＝89（プレーズゴッド）、記録技師にしてエニグマ、おまけに本人にもよくわからないほどあいまいな新興セックス宗教の信者」

クーパーはさっき水中でココを見たおぼえがあった。この男または女は男性生殖器と女性の乳房を備えていたが、〈バブル〉ではアンドロギュノスはべつにめずらしくない。

「乾杯」ココがしかつめらしくグラスを上にあげた。「おかかれ目にて光栄どーんと」

みんなが笑ったが、クーパーにはいまのジョークがぴんとこなかった。ロペスのしゃべりかたはべつに気にならない――もっとリッチな／ソフィスティケートされた連中のしゃべれた話しっぷりをしょっちゅう聞かされている。しかし、ココのしゃべりかたはめちゃくちゃだ。

ロペスが小さい銀色のチューブをテーブルの縁すれすれに持ちあげ、引き金をひいた。きらきら光る銀色の粉末がココのほうへスプレーされた。粉末がはじけて、ピンの頭ほどの無数の閃光に変わった。アンドロギュノスは愚かしい笑みをうかべてそれを吸いこんだ。

「ワッキーダスト」ロペスはそう教え、チューブをクーパーに向けた。「吸ってみたい？」

返事も聞かずに、彼女はまた発射した。クーパーの顔のまわりで粉末がきらめいた。いま人気の催淫剤のようなにおいがした。

「なんだ？」とクーパーはきいた。

「幻覚剤」ロペスは芝居がかった口調でいった。彼の驚きを見てやましくなったようだ。

「トリップはうんと短いわ。それと気づかないぐらいのごく微量。長くて五分」

「どんな効果がある？」

ロペスはふしぎそうにクーパーを見つめた。「とっくに効いてるはずなんだけどな。あなた左利き？」

「そう」

「それでわかった。大部分が脳の反対側へいっちゃったのよ。どんな効果かというとね、言語中枢をスクランブルするわけ」

モントゴメリーがわずかに上体を起こし、頭をめぐらした。クーパーを見る彼の目は完全な退屈以上に冷淡だった。

「ヘリウムを吸ったときと似てる。しばらくしゃべりかたが変になる」

「そんなことは不可能だと思ってた」クーパーがいうと、みんながどっと笑った。どこが滑稽なのかわからず、反射的に笑顔をこしらえたが、いまの言葉を頭のなかでくりかえしてみて、自分がこんなことをいったらしいと気づいた。「不可そんなだと思ってた能はこと……」

クーパーは歯を食いしばり、精神を集中した。

「ぼくは」といってから、しばらく考えた。「こんなもの。好き。じゃない」

むこうは大喜びだった。ココがたわごとをまくしたて、ロペスが彼の背中をたたいた。

「それだけ早く頭がまわる人はめずらしいわ」ロペスがいった。「一語だけのセンテンスばっかり使ってればだいじょうぶ」

「ワッキーダストは脳の作文能力を混乱させるんだよ」とモントゴメリーがいった。熱狂に近い口ぶりだ。クーパーには経験からすぐにわかった。この男は、自分が夢中になれる数すくないもののひとつを話題にしている。それは最新の十分間の脅威、きょうはあらゆる知名人にもてはやされ、明日には忘れ去られてしまうしろものだ。「こみいった思考というものが、もう――」

クーパーはテーブルの上に拳固をうちおろし、期待どおりの沈黙を手に入れた。モントゴメリーは目をどんよりさせて、そっぽを向いた。やぼな相手に退屈したらしい。クーパーは立ちあがった。

「きみらは」と一同を指さしていった。「腐ってる」

「四分の一《クォーター》メーター！」ギャロウェイがクーパーを指さしてさけんだ。「クォーターメーター・クーパー！　リオ・オリンピックの銀メダル。上海《シャンハイ》オリンピックの銅メダル。千五百メートル自由形。最初は北米合衆国、つぎはライアン・コングロマリットの代表選手」

会心の笑みをうかべてあたりを見まわした彼女は、きゅうにしょんぼりした顔になった。

「どうしたの？」

クーパーはその一団からすたすたと遠ざかった。カーブしたプロムナード・デッキをまわりきって見えなくなる手前で、ギャロウェイが追いすがってきた。

「ねえ、待ってよ、クォーターメーター――」

「その名で呼ぶな！」

クーパーはどなって彼女の手をふりはらった。もう言葉がどんなつながりかたで出てこようと、知ったこっちゃない。ふりはらわれたギャロウェイの手はぎごちないポーズで宙ぶらりんになり、五本の指の関節がそれぞれの金色のバンドをきらめかせた。

「それじゃ、ミスター・クーパー」ギャロウェイは手をおろし、それといっしょに視線を下げて、ブーツをはいた自分の足を見つめた。「コンスエラのしたことにお詫びをいいたかったの。あんなことする権利はないわ。彼女、酔ってるのよ、言い訳にはならないけど」

「それは……気がついた」

「でも、もうだいじょうぶ」クーパーの腕に軽く手をふれ、なにかを思いだしてから、おずおずした笑みをうかべて手をひっこめた。

「後遺症はないいんだね？」

「ないと思うわ。これまでのところは。まだ実験段階だけど」

「しかも法律違反だ」

彼女は肩をすくめた。「もちろんよ。たのしいことって、みんなそうじゃない？」

それはあまりにも無責任な態度だとたしなめてやりたかったが、そのへんをくどくいうと、むこうが退屈するだろう。モントゴメリーが退屈してもこっちの知ったことじゃないが、ギャロウェイには退屈な人間だと思われたくない。そこで、彼女がもう一度おずおずとほほえみかけてきたときに、クーパーもほほえみかえした。ギャロウェイはにっこりして、前歯のすきまをはっきり見せた。一億人の若い娘たちがこれをまねようとしたため、全世界の歯科医が有卦《うけ》にはいった、あの歯ならび。

メガン・ギャロウェイの顔は世界で最も有名な顔のひとつだが、テレビで見るそれとはあまり似ていなかった。テレビの画面では、深みの大部分が失われてしまう。その深みが集中しているのは、短い金髪のカールに縁どられた、間隔の広い目と小さい鼻だった。口のまわりのかすかな小じわが、二十歳という第一印象を裏切り、もう三十の坂を越えた事実を示している。肌は青白く、テレビで見るよりは背が高く、手足がもっと細い感じだ。

「そのへんはカメラ・アングルでごまかしてるのよ」

そういわれて、クーパーは相手がこっちの心を読んだのではなく、視線のありかを見とがめただけなのだと気づいた。いまおれが示したのは、この女が毎日のように経験しているおきまりの反応だ。そう思うと、自分がいやになった。ボディーガイドについてはいっさい質問しないでおこう、と決心した。本人も、きっとそんな質問は耳タコで、うんざりしているにちがいない。おれがあのニックネームにうんざりしてるように。

「あそこへもどってくれない？」ギャロウェイがたのんだ。「もう失礼なことはしないから」

ふりかえったクーパーの位置からは、かろうじてテーブルの三人が見えた。そのすぐ先で、カーブした屋根が1Gレベルのプロムナードの視野をさえぎっている。

「やめとくよ。こんなことをいうべきじゃないかもしれないが、あの連中はおきまりのタイプだ。ああいう連中を見ると、せせら笑うか、それとも逃げだしたくなる」

彼女が身をすりよせてきた。

「わたしもよ。ねえ、救助してくれない？」

「どういう意味だ？」

「あの三人はへばりつくことならカサガイ顔負け。それが仕事ですもの。でも、こっちはつくづく嫌気がさしちゃって」

「じゃ、なにをしたい？」

「わたしにわかるわけないでしょ。ここでみんながたのしく遊ぶことならなんでもいいわ。水にうかべたリンゴをくわえる競争、メリーゴーラウンド、セックス、カードゲーム、ショーの見物」

「すくなくとも、そのなかのひとつには興味があるな」

「あら、あなたもカードゲームが好き？」ギャロウェイはちらと仲間たちのほうをふりかえった。「あいつら、疑惑をいだきはじめたらしいわ」

「じゃ、行こう」クーパーは彼女の腕をとっていっしょに歩きかけた。だしぬけに彼女が通路を走りだした。ためらったのはほんの一瞬で、クーパーもすぐにそのあとを追った。

ギャロウェイがころぶのを見ても、クーパーはべつに驚かなかった。彼女はすばやく起きあがったが、そのあいだにクーパーは追いついた。

「どうなったの？　いまにも落っこちそうな感じで――」

ギャロウェイは袖をまくり、世界一複雑な腕時計に目をやった。ボディーガイドの一種のモニターらしい。

「きみのハードウェアのせいじゃないよ」クーパーは彼女の手をとり、足早に歩かせながら説明した。「ステーションの回転とおなじ方向に走ったからだ。それでだんだん体が重くなった。ここで体に感じるのは重力だけじゃないことを忘れちゃいけない」

「でも、走れなければ、どうやって逃げだせるの？」

「追手よりほんのすこしだけ速けりゃいいんだよ」

ふりかえると、予想どおり、ロペスがすでに床に倒れていた。ココはひきかえして彼女を助けおこそうか、それともモントゴメリーのあとにつづこうかと迷っており、モントゴメリーだけが決然たる表情で追いかけてくる。クーパーはにやりとした。とうとうあの男の注意をひきつけるのに成功したぞ。なにしろスターをさらっていくんだからな。

階段吹き抜けのすぐ先で、クーパーはギャロウェイをドアの閉まりかけたエレベーターに押しこんだ。怒りくるったモントゴメリーの顔がちらと見えた。

「でも、こんなことしてなんになるの？」ギャロウェイがたずねた。「彼、階段から追ってくるわ。このエレベーターときたら、ミッドタウン・エキスプレスなみにのろいんだから」

「のろいのにはわけがある。コリオリの力というりっぱな理由がね」クーパーはいいながら、ポケットの鍵束をさぐった。鍵のひとつを制御盤にさしこんだ。「ここはいちばん下の階だから、モントゴメリーは当然上へいく。階段も上にしかつうじてない」

クーパーが鍵をまわすと、エレベーターは下降をはじめた。

いわば〝地下〟に相当するふたつの階は、シャンペン・ホテル複合体《コンプレックス》のなかでもいちばん高真空に近い部分だ。エレベーターはBレベルにとまり、クーパーはドアを押さえて、彼女が降りるのを待った。むきだしのパイプや、構造用ケーブルや、梁のあいだをふたりは歩いた。ここは公開された階のようにけばけばしい装飾でおおわれてはいない。五メートルおきにともった裸電球が唯一の照明だ。大きな梁とカーブした床のために、この空間はなんとなくツェッペリン飛行船の内部構造に似かよって見える。

「むこうはどこまで熱心にきみをさがすかな？」

ギャロウェイは肩をすくめた。「のんべんだらりとはしてないでしょうね、きっと。わたしを見つけるまではあきらめない。時間の問題だわ」

「ぼくをもめごとに引きこむだろうか？」

「むこうはそうしたいでしょう。でも、わたしが許さない」

「ありがとう」

「せめてものお礼だわ」

「とすると、ぼくの部屋はだめだ。最初に調べにくるだろう」

「いいえ、最初に調べにくるのはわたしの部屋。カードゲームの設備もそろってるし」

クーパーは内心で自分を責めた。この女はおれとゲームをたのしんでいる。それはわかっているが、さて、そのゲームとは？　もしそれがセックスだけなら、こっちはかまわない。ボディーガイドをつけた女とやるのははじめてだ。

「あなたのニックネーム……」ギャロウェイは反応をうかがうつもりか、いったん言葉をとぎらせた。クーパーがだまっていると、あとをつづけた。「それがいちばん得意なレースの距離だったわけ？　たしか、こんな非難を浴びたんじゃなかった？　けっして状況が要求する以上に体力を出しきらないって」

「出しきるほうがばかじゃないかな」

しかし、その烙印はいまも心にうずいていた。たしかに練習ではろくな記録を出したことがなかったし、一メートル以上の差をつけてレースに勝ったこともめったになかった。そのため、金メダルを取り逃がす前から、スポーツ・メディアはクーパーに冷淡な扱いをした。どういうわけかクーパーはなまけものと思われ、あのニックネームは、世間から四分の一メートル以下のレースが得意だという意味に受けとられてしまった。

「いや、そうじゃない」クーパーの返事がそれだけなのを見て、彼女はその話題をうちきった。その沈黙で、クーパーは熟考の時間を与えられ、考えれば考えるほど気がめいってきた。おれをものごとに引きこむようなことはさせないといったが、この女はほんとうにそうできるのか？　実際に決着がつくときには、どっちがBCEに顔がきくのだろう？

黄金のジプシーか、それともプロデューサーか？　おれがひどく危ない橋を渡っているのに、むこうは安全そのものかもしれない。ここで厄介ばらいをするべきだとわかってはいるが、いま袖にしたら、おれを保護するという申し出をむこうがチャラにするおそれもある。

「あなたがそのニックネームを嫌いなのはよくわかったわ」ようやくギャロウェイが口を切った。「だったら、なんと呼べばいいの？　本名は？」

「それも好きじゃない。Q・Mと呼んでくれ」

「ほんとに？」彼女はためいきをついた。

「ほかのみんなはそうしてるよ」

クーパーが彼女をエリオットの部屋へつれていったのは、エリオットが入院中だし、モントゴメリーとその仲間がそこまでさがしにくるとは思えないからだった。ふたりはエリオットのワインを飲み、しばらくおしゃべりをしてから、愛をかわした。

そのセックスは大騒ぎするまでもない、ごく平凡なものだった。ただ、ボディーガイドがほとんどじゃまにならないのは意外だった。それは彼女の全身をおおっていたが、温かい上に大部分が柔軟なので、まもなく気にならなくなった。

おしまいにもう一度キスをしてから、ギャロウェイは服を着た。彼女は、近いうちにまた、と約束した。愛というような言葉を聞いたような気もした。グロテスクな言葉に思えたが、もうそのときにはクーパーもあまり熱心に耳をかたむけていなかった。ふたりのあいだには目に見えない壁があり、その大部分は彼女に属している。おれはその壁を打ち破ろうとした——その努力が中途半端だったのは認める——だが、ギャロウェイの九九パーセントは、おれの絶対にうかがいしれない、厳重に警備された場所にある。クーパーは内心で肩をすくめた。彼女にそうする権利があるのはまちがいない。

クーパーは性交後の抑鬱、それも重症の抑鬱に悩まされた。どうも調子がわるい。いちばんいいのは、すべてを忘れて、もう二度とくりかえさないことだ。まもなくクーパーは自分がみごとにそれをやってのけたのに気づいた。ベッドの上に裸で横になり、天井を見つめても、彼女の言葉をなにひとつ思いだせなかった。

あれやこれやが重なって、クーパーが自分の部屋へもどってきたのは深夜だった。アンナ＝ルイーゼが目をさまさないように、明かりもつけなかった。少々足もとがふらつくので、ずいぶん気をつけて歩いた。かなり酔いがまわっていた。

それでもアンナ＝ルイーゼはいつものように目をさました。上掛けの下で温かく湿った、じゃこう臭のする体を押しつけてきた。彼女にキスをされると、すえたような息がすこし臭かった。クーパーはなかば酔っぱらっていたし、アンナ＝ルイーゼもなかば眠っていたが、両手でひきよせられ、しつこく腰を押しつけてこられると、意外にもクーパーは自分がたかまってくるのをさとった。アンナ＝ルイーゼもおなじだった。彼をみちびきいれ、静かに横を向いて、彼がうしろから寄りそうのを待った。そして曲げた両膝を両手でかかえた。彼女はクーパーの腕を枕にしていた。クーパーはなめらかな後頭部にキスをし、耳をしゃぶり、枕の上に頭を横たえてから、安らかな二、三分、ゆっくりと腰を動かした。やがてアンナ＝ルイーゼが伸びをして彼を抱きしめ、小さいこぶしを作り、足の指を彼の太腿に食いこませた。

「彼女、どうだった？」アンナ＝ルイーゼがもぐもぐとつぶやいた。

「彼女って？」

「わかってるくせに」

嘘をついてもばれない自信はあった。アンナ＝ルイーゼがそこまで確証をつかんでいるとは思えない。だが、暗闇のなかでクーパーは顔をしかめた。この女に嘘をつきたくなったのは、これがはじめてだ。

そこでクーパーはいった。「そんなにぼくのことをよく知ってるのか？」

アンナ＝ルイーゼはまた伸びをした。こんどは、ただ体から眠気を追いはらうためだけではなく、前よりずっと官能的に。

「さあ、どうかしらね。それより、この鼻にかかればいちころよ。はいってきたときは息が酒臭かったけど、あんたにさわったあとで、この指に彼女のにおいがした」

「よしてくれ」

「カッカしなさんな」彼女は手をのばしてクーパーのおしりをなで、同時に体をぴったり寄せてきた。「とにかく、名前は当たったわね。たいした第六感も必要なかったけど」

「おそまつなもんだった」とクーパーは告白した。

「それは残念ね」

クーパーは相手がほんとうにそう思っているのを知り、喜ぶべきか悲しむべきか、複雑な気分になった。これほど基本的なことがわからないとはどうかしている。

「恥ずかしい話だわ。おそまつなセックスなんてまちがってる」

「そのとおり」

「たのしくないなら、最初からしないほうがまし」

「きみは一〇〇パーセント正しい」

暗がりのなかで彼女の歯が見えただけだった。あとの笑顔は想像するしかないが、それならよく知っている。

「とっておきをわたしに残してあったりして？」

「その可能性は大いにあるね」

「じゃ、つぎの段階をすっとばして、ばっちりおめめをさましたら？」

彼女が恐るべきスピードでギアを切り替えたので、ついていくのがせいいっぱいになった。いま取っ組みあっている相手は、クーパーの知るかぎりでいちばん力の強い女性のひとりだ。レスリングの好きな女。さいわい、この試合には敗者がいない。ギャロウェイとの接触で欠けていたすべてのものがそこにある。意外ではない。いつもそうなのだ。アンナ＝ルイーゼとのセックスはまったくすばらしい。いや、そのほかのものもぜんぶ。

アンナ＝ルイーゼが眠りにおちたあとも、クーパーは暗がりでじっと横たわっていた。ふたりの体は最初そこからはじまったように、重なりあった二本のスプーンだった。クーパーはできるだけ長く、真剣に、すじみちを立てて考えようとした。なぜいけない？　なぜアンナ＝ルイーゼじゃいけない？　もしおれがチャンスを与えたら、むこうもその気になるかもしれない。そして、おれも。

クーパーはためいきをつき、彼女をきつく抱きしめた。アンナ＝ルイーゼは大きい幸せな猫のようにむにゃむにゃつぶやき、いびきをかきはじめた。

朝になったら話しあいをしよう。いま考えたことを彼女に話そう。そして、おたがいをもっとよく知りあうという、心もとない作業にとりかかろう。

だが、あいにくクーパーは二日酔いの頭で目ざめ、アンナ＝ルイーゼはすでにシャワーと着替えをすませてでかけたあとで、おまけにだれかがドアをたたいていた。

クーパーはベッドからころがりでて、だれがノックしているのかを知った――ギャロウェイだ。一瞬、強度の失見当におそわれ、相手の有名な顔が本来の場所、テレビ・スクリーンにもどってくれることを願った。だが、どこをどうしたのか、ギャロウェイはすでに部屋のなかにいた。こっちが道をあけてやったおぼえもないのに。彼女はにこにこ、にこにこしながら、ほとんど言葉が聞きとれないほどの早口でしゃべっていた。また会えてうれしいわとか、とてもすてきなお部屋ねとか、愚にもつかないおしゃべりばかり。彼女の目は、クーパーとその部屋のなかを、頭のてっぺんから爪先まで、隅から隅まで見まわしつづけた。やがてクーパーは、ギャロウェイがこの殺風景で無個性的な部屋に残されたかすかな痕跡から、アンナ＝ルイーゼのことを自分以上にくわしく知ったのではないか、という確信にとらえられた。

こいつはややこしいことになりそうだ。クーパーはドアを閉め、はだしでベッドにひきかえし、ほっとしたように腰をおろしてから、両手のなかに顔をうずめた。

ギャロウェイの言葉がようやくとぎれたとき、クーパーは顔を上げた。彼女はこの部屋にひとつしかない椅子の端にちょこんとすわり、両手を膝の上で組んでいた。いやに元気でほがらかなようすを見て、クーパーはへどを吐きたくなった。

「仕事をやめたのよ」

その言葉が頭にしみとおるまでにしばらくかかった。やっとのことで、こんなコメントをさしはさんだ。

「はあ？」

「やめたのよ。くそくらえとタンカ切って、おん出てきちゃった。もうおしまい、おさらば、ジ・エンド。なによ、あんなもの」ギャロウェイの笑顔は不健康に見えた。

「そうか」浴室の蛇口からぽたぽた水のたれる音を聞きながら、クーパーはしばらく考えこんだ。「で……これからどうする？」

「あ、心配ない、心配ない」

ギャロウェイの体ははずんでいるようだった。片方の膝は四分の四拍子で上下し、もう一方の膝はワルツのリズムを刻んでいる。あとで考えると、そのへんで気がついてしかるべきだった。彼女の頭がぐいと左に曲がり、ブーンとうなりを上げてゆっくりもとにもどった。「引く手あまたなのよ」彼女は言葉をつづけた。「CBSは、わたしと契約するためなら、七人の処女重役を石の祭壇へ生贄《いけにえ》にしてもいいって。NAARとテレコミュニオンは、いまこの瞬間に六番街で激しく交戦中。戦車と神経ガスを総動員してね。それだけじゃない。わたしはもうすでにコスタリカのGNPの半分は稼いでいる。あいつらはそれを三倍にしたいのよ」

「じゃ、なにもかもうまくいきそうだね」

クーパーは思いきってそういった。だが、不安でならなかった。頭の運動がまたくりかえされ、ヒールがせわしなく床をたたいている。そのブーンというなりがボディーガイドから出ていることに、いまようやく気がついた。

「そう、あいつらなんか死んじゃえばいい」彼女はあっさりいってのけた。「独立プロ、わたしにふさわしいのはそれよ。自主企画作品。見てなさい、いまにすごいテープを作るから。もうLCDなんてまっぴら、トレンド指数もまっぴら。わたしと、あとひとりかふたりの親友だけでやってみせる」

「LCDって？」

「最小公倍数。共通項。わたしの観客。三十一・三六歳の肉体に宿った八歳の精神。人口統計。脳腫瘍患者」

「テレビが大衆をそんなふうにしたんだよ」

「もちろん。しかも大衆はテレビが大好き。だれも大衆を見くびれないし、大衆にはいくらガラクタを見せてもきりがない。わたしはもういや」

ギャロウェイは立ちあがると、腰をぐいとひねり、ドアを蝶番《ちょうつがい》からふっとばした。彼女の拳が金属板に作りだした深い窪みのまわりで、ドアはきりきりまいしてから、どすんと廊下に倒れた。

それだけでも不気味なのに、物音がついに静まっても、ギャロウェイはまだそこに立っていた。腕をのばし、拳をかため、腰をなかばひねったままの姿勢だった。ブーンといううなりはいっそう高くなり、こんどはサイレンに似た音が加わった。彼女はクーパーをふりかえった。

「くそ、やんなっちゃう」その声は一語ごとにかんだかくなってきた。「わたし、動けないみたい」そういって、わっと泣きだした。

クーパーは超富豪や超有名人のわがままに未経験ではなかった。顔の威力がどんなものかも心得ているつもりだった。だが、ほどなく自分の無知を思いしらされた。

クーパーがなだめているうちに、二、三分でギャロウェイは落ちついた。やがて、それまでドアのあった場所のむこうに小さな人だかりができたのに、ギャロウェイは気づいた。人びとがひそひそささやきあいながら指さしているのは、片腕を奇妙な角度に突きだし、クーパーのベッドに腰かけている女性なのだ。ギャロウェイはつめたい目になり、電話を使わせてほしいとたのんだ。

最初の電話から三十秒後には、BCEの八人の職員が外の廊下に到着した。ガードマンが野次馬を追いはらい、技術者がひん曲がった蝶番をはずして、新しいドアをとりつけた。すべては四分たらずで終わり、そのころにはギャロウェイが第二の電話をすませていた。

ギャロウェイがかけた電話は合計三本で、どれも二分以上はかからなかった。ある通話では、テレコミュニオンのだれかとしばらくしゃべったあと、ほんのついでのようにボディーガイドの故障を知らせた。そして、しばらく相手の言葉に耳をかたむけてから、礼をいって電話を切った。ボディーガイド社を所有しているコングロマリットのGM&Lへかけた電話も事務的で、ごく手短だった。

二時間後、ボディーガイド社からやってきた修理技術者がドアをノックした。翌日にようやくクーパーは知ったのだが、連絡をうけたときまだ地球上にいたその男は、彼ひとりと工具キットだけを乗せた特別仕立ての宇宙船で、1Gの加速をかけっぱなしにして駆けつけたらしい。男は工具キットをひらくと、壁のコンピュータ端末にそれをさしこんでから、ボディーガイドの修理にとりかかった。

だが、それまでの二時間というものは……。

「おじゃまなようだったら、わたし帰る」ギャロウェイはクーパーのワインの三杯目に口をつけながらいった。

「いや、ここにいてくれ」

ギャロウェイはまだ暴力映画のひとこまのように凍りついたままだった。両脚は動くし、右腕も動くが、腰から背中、そして左腕にかけて、ボディーガイドがショートしていた。ひどく苦しそうだった。クーパーは、なにか自分にできることはないかとたずねた。

ギャロウェイは顔の前を横ぎっている腕にあごをのせて答えた。

「だいじょうぶ、心配しないで」

「うまく修理できるのかな？」

「ええ、できるわよ」ワインの残りをぐっとあおって、「もしできなかったら、わたしがここに居つくだけ。文字どおりの話の種ね。人間帽子掛け」

ギャロウェイはそばのカウチからシャツをとりあげ、それを凍りついた左腕にひっかけてから、彼にほほえみかけた。ほがらかな笑顔とはいえなかった。

それは、さっきクーパーがてつだってぬがせたシャツだ。まるで彫像を裸にするようなあんばいだった。ボディーガイドのコアに過熱点や目に見える亀裂がないかを調べ、もしあれば、すぐにボディーガイドをとりはずす必要があったからだ。明らかに彼女はそうなるのを恐れていた。しかし、クーパーの目には器具のどこにも異常がないように見えた。故障はエレクトロニクスのレベルなのだろう。

この現代テクノロジーの驚異を至近距離から見るのは、クーパーもはじめてだった。その前夜、彼女と愛をかわしたときよりいっそう間近だったし、あのときはエチケットをおもんぱかって、あまりしげしげと見つめなかったのだ。いま絶好の口実に恵まれて、クーパーはそれを利用することにした。

考えてみると恐ろしいのは、これほどの大出力をあるかなしかのサイズのメカニズムに封じこめられることだった。ボディーガイドのいちばんかさばった部分はコアだが、これも分節構造になっていて、肌色の柔軟なプラスチックでおおわれ、腰のくびれからうなじにかけて、彼女の背骨を抱きしめている。その間、三センチ以上の厚みの箇所はどこにもない。

　コアから放射状に出ているのは、金色の鎖と、バンドと、ブレスレットの複雑なネットワークだが、芸の細かいくふうのおかげで、彼女を動かすエネルギー場の伝導体には見えず、すべてが装飾と思いこまされそうだ。細い金線で織りあげたベルトが、胸の谷間で弾薬帯のように交差し、偶然そうなったかのように、きゃしゃな金色の鎖を仲立ちにして頭髪のなかに隠れたしなやかなアームに接続され、ワンダー・ウーマンもどきの金色の頭飾り《ティアラ》の後部へつながっている。蛇をかたどったらせん形のバンドが、とぐろを巻いて順々に尾をくわえながら腕を伝いおり、最後の一ぴきが宝石をちりばめた厚いブレスレットにくっついている。ブレスレットからは毛髪のように細いリード線が生え、それが指輪に姿を変えて、指関節のそれぞれをひと粒のダイヤモンドで飾っている。そのほかの部分でも、これとおなじような効果が目につく。どの部分も、それじたいが美しい装身具だ。

　メガン・ギャロウェイの〝ヌード〟に対する最大の酷評は、ギンギラギンの宝石趣味というものだろうか。それさえ気にしなければ、彼女は息をのむほど美しい。金ぴかのヴィーナス、それとも、幻想画家の描く、非実用的な甲冑に身を包んだアマゾン。だが、服を着た彼女は、ティアラと指輪をべつにすれば、ほかのみんなとすこしも変わらない。ボディーガイドには、服を傷める鋭い縁や、不自然な角度で飛びだした突起がまったくない。そのことは、ボディーガイドが美しい装飾品で、補綴《ほてい》器官という感じがまったくないこと以上に、ギャロウェイにとって重要なのだろう。クーパーはそう思った。

「どう、ユニークでしょ」ギャロウェイがいった。「世界広しといえども、これひとつっきり」

「じろじろ見つめるつもりはなかったんだ」

「とんでもない。見つめてなんかいなかったわ。あんまりわざとらしく見ないふりをするもんだから、かえって興味のほどがうかがい知れるというか。あ、だめ……なにもいわないで」自由な片手をさしあげ、クーパーが椅子に腰を落ちつけるのを待ってから、「おねがい、もうあやまるのはよしてよ。エチケットと好奇心の両方を兼ね備えた人にとって、わたしがどんなに頭の痛い相手か、それは自分でもよくわかってるつもりなの。こっちがいけなかったわ。わざとらしく見ないふりをしてるなんて。そんなことといわれたら、あなたはどっちにころんでも立つ瀬がないわよね」

彼女は壁にもたれ、修理士の到着までなるべくらくな姿勢をとろうとした。

「わたしはこのヘンテコなしろものが自慢なのよ、クーパー。たぶんミエミエでしょうね、それは。もちろん、おなじような質問をいやというほどくりかえされてうんざりしてるけど、あなただけはべつよ。こんな恥ずかしいざまになったのをかくまってもらってるんだし、知りたいことがあれば、なんでも答えたげる」

「それは本物の金？」

「二十四カラットの金むく」

「じゃ、きみのニックネームはそこからきたのか？」

彼女は一瞬けげんな表情をしてから、なっとくした顔になった。

「やられた。あなたとおんなじで、わたしも自分のニックネームが好きじゃない。それに、あなたのとおんなじで、このニックネームも正確じゃない。そもそも黄金のジプシーというのは、わたしのことじゃなく、ボディーガイドのことだった。それがこの型についた名称なの。ところが、結局は一台しか作られなかったもんだから、まもなくその名前がわたしになすりつけられたってわけ。こっちは極力抵抗したけど」

クーパーにもその気持ちはわかりすぎるほどわかった。

彼はいくつかの質問をした。まもなくギャロウェイの説明は、とても歯が立たないほど専門的なものになった。理論的なことにくわしいのも意外だった。さすがの彼女も、同調《チューナ》可能変形場《ブル・デフォーメーション・フィールド》の数学理論には手が届かなかったが、限界はそれだけだった。同調可能変形場、略してＴＤＦこそ、〈バブル〉を実現可能にしたものだ。この力場は、特定の分子構造または原子構造と共鳴させることができる。〈バブル〉の力場がH_2Oをひきつけるか、はねのけるように同調されているのに対して、ギャロウェイのボディーガイドは

Au^{197}、つまり金だけに作用して、ほかの物質にはなんの影響もおよぼさない。

　彼女はどんどん話を進め、ボディーガイドのコアのなかで力場が発生するしくみを説明したが、クーパーにはちんぷんかんぷんだった。装身具のなかに埋めこまれた導波管で形作られたその力場は、ハードウェアのなかに散在するナノコンピュータの指令にしたがい、〝増強神経フィードバック全体観的トポロジー〟と呼ばれるプロセスでその形をひずませる――「物理学用語はどうも不粋でいけないのよね」と彼女は弁解した。

「つまり、ひらたくいえば……？」とクーパーは泣きついた。

「……わたしがまんなかのバルブを押しさげようと考えると、その音楽がめぐりめぐってここから出てくるわけ」彼女は片手の中指を曲げてみせた。「この単純な運動をなしとげるのに、コアがどれだけたくさんの決定をくだしたかを知ったら、涙が出てくるわよ」

「その一方で《オン・ジ・アザー・ハンド》」といってから、クーパーは彼女のもうひとつの手に起きたことを思いだし、いそいであとをつづけた。「それとおなじ動作をするためにぼくの脳がやる仕事は、複雑だがいちいちプログラムしなくてもいい。ぼくの代わりに脳がそれをやってくれる。きみの場合もそれとおんなじかい？」

「だいたいはね。そっくりおなじじゃないけど。もし、あなたの体に合わせてこれとおんなじ器具を作り、それを接続したら、きっとあなたはじたばたするわよ。二、三週間すれば、せっせっせっせぐらいはできる。でも、一年たらずで無意識に体が動くようになるわ。脳が自分を再訓練するのよ。早くいうと、六、七カ月のあいだはまったく不自然な感じのする器具と昼夜格闘しなくちゃならないけど、やがては慣れてしまうってこと。いったん慣れてしまえば、かみそりの刃の上のタップダンスだって軽いもんよ」

「きみはいろんな質問をいやというほどくりかえされたといったね。いちばん嫌いな質問は？」

「あら、あなたって意外と冷酷じゃない？　ダントツはこれね――『どうしてそんな大けがをしたんですか？』あなたがずるがしこく聞かずにすませたその質問に答えたげようか。わたしがこのばかな首の骨を折ったのは、ハング・グライダーもろとも一本の木にぶつかったとき。もちろん、その喧嘩は木の勝ちだったわ。ずっとあとになってから、わたしは事故現場へもどってその木を切り倒したけど、あれはいままでにやったいちばん愚かな行為かもしれないな。きょうのをぬきにすれば」クーパーを見あげ、片眉をつりあげて、

「そのことを質問しないつもり？」

クーパーは肩をすくめた。

「おかしな話だけど、その質問をしてもらいたかったのよ。なぜかっていうと、それがきのうふたりでしたことに関係があるから。ここへきたのも、実はそれを話したくて」

あれが不快な経験で、ふたりにとって屈辱的だったという事実のほかに、いったいどんな話があるのだろう、とクーパーはいぶかしんだ。

「じゃ、話してくれ」

「あれはわたしのこれまでを通じても最低の性体験だったわ。しかも、あなたに責任はこれぽっちもないのよ。どうか口をはさまないでちょうだい。あなたが知らないことは、まだたくさんあるんだから。

あなたがわたしの職業を見くだしているのも知ってる——ちょっと、口をはさまないでよ。でないと、なんにも話せなくなっちゃう。もし反論があるなら、話をすっかり聞いてからにして。

もし、あなたが体験テープのファンだとしたら、それともあのてのテープを買う人びとに優越感を持っていないとしたら、むしろそのほうがふしぎよ。あなたは若いし、かなり教養もあるし、かなりの自己表現能力もある。りっぱな体格と魅力的な容貌の持ち主で、異性に対しても恥ずかしがったりおびえたりはしない。人口統計上からいえば、あなたはすべてのガウス曲線のはずれに位置してる。あなたはわたしの観客じゃない。そして、わたしの観客じゃない人たちは、わたしの観客を見くだすだけじゃなく、たいていの場合、わたしとその同類をも見くだす傾向がある。それもむりないと思うわ。わたしとその同類は、ほんとうなら偉大な芸術形式になったかもしれないものを、ハリウッドや六番街さえ啞然とするほどのあざとい商売に変えたんだもの。

いまさらいうまでもないけど、最近では、正直な、本物の、自発的な感情というものにおしりをけとばされても気がつかないような人たちが、ぞろぞろ育ってる。もし感情再生《トラン》装置《サー》をとりあげたら、ゾンビ同然になっちゃう人たちがね。

　わたしは長いあいだ、自分がこの業界の水準よりすこしはましだと考えて、心をなぐさめてきたわ。これまでに作ったテープのなかにも、それを証明できるようなものがすこしはある。意識的に冒険してみたテープ、LCDの要求よりもうちょい複雑なことをためしてみたテープがね。金儲けのためのテープじゃないわよ。あれは最低のやっつけ仕事のトラベローグとおなじぐらい単純なんだもの。とにかくわたしは、過去の芸術的奴隷工場でこき使われた労働者に負けないようにがんばってきた。あんな環境のなかでも、見るべき作品をなんとか作りあげた人たちはいるわ。たとえば、ハリウッドの西部劇の何人かの監督が、大衆娯楽でしかないはずのものからいくつかの芸術作品を生みだしたように。また、ひとにぎりのテレビ・プロデューサーが……。でも、こんな話はあなたにはなじみがないわね。ごめんなさい。アカデミックな話をするつもりはなかった。ただ、そのあたりのこと、マス・カルチャーにおける芸術のことは、これでもすこしは勉強したのよ。

　こうした古い芸術形式には、アングラ活動というか、独立製作を試みる人たちもいたわ。資金もなく、質は玉石混淆だけど、どれほど風変わりにしても、なにかヴィジョンのあるものを作りだそうと苦闘していた人たちが。映画やテレビにくらべて、体験テープはもっと費用がかかるけど、それでもアングラ活動は存在する。ただ、あんまり地下深くにもぐっているので、なかなか日の目を見ないだけなの。信じてもらえないかもしれないけど、感情の記録だって大芸術を生みだすことはできる。いくつか作品の名を挙げられるけど、きっとあなたは聞いたこともないでしょう。といっても、人を殺す気分を記録するようなテープを作ってる連中のことじゃないのよ。おなじアングラでも、あれはまったく別物だから。

でも、状況はどんどんきびしくなってる。わたしはセックス・テープなんか作らなくても、そこそこの生活ができた。いっとくけど、セックス・テープを作ってる人たちを軽蔑してるわけじゃないわ。いまの観客ときたら、性欲を感じてもどうしたらいいかわからないので、すりきれたポルノ・カセットをおいとく必要のある人が大多数。たいていの人は、それがないと途方に暮れる。だけど、わたしはそんなものを作りたくなかった。この業界にはこんな格言があるのよ——愛は記録できないただひとつの感情だ。もしわたしが——

——」

「ごめん」とクーパーはいった。「どうしても口をはさみたくなった。そんな格言は初耳だな。むしろ、その正反対のことを聞かされてきたがね」

「あなたが聞かされたのは業界のCM。あんなたわごとは忘れちゃいなさい。ひでえ誇大広告なんだから」彼女はひたいをさすり、ためいきをついた。「あ、ちょっと待って。いいかたが不正確だったかもね。わたしが父や母を、それともすでに恋した相手をどれだけ愛してるか、そんなテープなら作れるのよ。それはべつにむずかしくない——微妙な感情から遠ざかるほど、簡単に記録も伝達もできる。でも、恋におちる過程を記録できた人間は、これまでにひとりもいない。感情転写《トランシング》にも一種の不確定性原理が働いていて、限界が機材にあるのか、それとも記録される人間にあるのかはよくわからないけど、とにかく限界が存在する。それに、これからもその種の愛情の記録は成功しないだろうという見通しにも、それ相当の理由があるわ」

「どうしてかな」クーパーは疑問を述べた。「恋というのはすごく強烈な感情のはずだ、そうだろう？　きみもいったじゃないか、強い感情ほどテープにとりやすいって」

「そりゃそうだけど。でも……具体的に想像してみて。わたしがこの仕事にありついたのは、感情転写《トランシング》に使われるいろんなハードウェアを無視する名人だからなの。それはこのボディーガイドのおかげ。つまり、自分がこれを操作してるのを忘れられるぐらいなら、どんなものでも無視できるってこと。ネットワークがあっちこっちの病院の外傷センターをさがしまわって、明日のスターをスカウトしているのも、理由はそこにある。たとえばそれは……そうね、初期の性科学の研究では、被験者に電極をつないで、実験室内でセックスさせたんだって。でも、たいていの被験者は自意識が強すぎて、どうしてもセックスできなかった。それとおなじで、たいていの人は感情記録装置《トランスコーダー》につながれると、こんなことを考えてしまうのよ。

『あら、テープの製作ってすごくおもしろそう。あんなにおおぜいの人がわたしを見てる。カメラがずらっと並んですごいわね。でも、いまはそんなこと忘れなくちゃいけない。忘れなくちゃいけない。どうしても忘れなくちゃ――』」

　クーパーは片手を上げてうなずいた。〈バブル〉での初日に彼女が水中から飛びだしたのを思いだし、それをながめていた自分の気持ちを思いだした。

「だからテープを作るコツは」とギャロウェイは話をつづけた。「自分がテープを作っているという事実を忘れる能力にあるのよ。テープを作ってないときとまったくおなじリアクション。それには演技能力もいくぶんか要求されるけど、たいていの俳優にはそれができない。そのプロセスのことを意識しすぎるから、自然な感情が出ない。それがわたしの特技なの。不自然な環境のなかでも自然な気持ちになれることが。

　でも、それだって限度があるわ。レコーディング中に嵐のようなセックスをすることはできるし、テープには、わたしがどんなにいい気分か、どんなに幸せかがちゃんと記録される。でも、はじめて恋におちるあの瞬間と対決するとなると、こんどは機械が音を上げる。それと、記録される人間のほうも、レコーディング中にはどうしても恋におちる気分になれない。トランスコーダーそのものが気になって、そういう精神状態にはいるのが不可能なのよね。

　話がどんどんわき道にそれちゃったな。わたしがいいたいことをぜんぶいいおわるまで、だまって聞いてもらえたらうれしいんだけど」

　ギャロウェイはまたもやひたいをさすり、クーパーから目をそらした。

「さっきの経済面の話にもどると、結局、売れるものを作らないことにはだめなのよね。わたしの売上はじり貧なの。これまでのわたしの専門は、業界でいう〝社交物〟だった。『あなたも有名人といっしょに観光地へ行けます。あなたも有名人の仲間入りをして、みんなから認められ、尊敬される気分を味わえます』ってやつ」顔をしかめて、「でなけりゃ、〈バブル〉で撮影していた種類のテープ。セックスぬきの官能物。でも、はっきりいって、あのてのものは売れなくなってきてる。社交物はまだ売れてるけど、競争相手が多い。結局、売り物はこっちの知名度なのに、わたしの場合はそれが下り坂。とにかく、競争が激しすぎるのよ。

　そんなわけで、わたしは……まあほんとはマーカムに説得されてしかたなしにだけど、とうとうスーハー物を作る気になったわけ」目を上げて、「どういうものかは知ってるわね？」

　アンナ＝ルイーゼがいったことを思いだして、クーパーはうなずいた。そうか、ギャロウェイでさえ、そこから逃げられないのか。

　彼女は深い吐息をもらしたが、もうクーパーから目をそらさなかった。

「とにかく、よくあるピストン運動物よりはちょっとましなものを作りたかったの。わかるでしょ。戸別訪問のセールスマンが居間に通されて、『さあ、見本をごらんになってください よ、奥さん』女のほうはナイトガウンの前をはだけて、『こっちの見本を見たくない?』フェードアウトしてベッドシーンというたぐい。わたしは考えたわ。最初のセックス・テープは、わいせつじゃなくてエロチックなものを実験してみたい。できればロマンチックなシチュエーションを作って、恋する思いはむりだとしても、せめていくらかの愛情を出してみたい。相手はわたしが偶然出会ったハンサムな青年。彼にはなんとなくロマンスの香りがただよっている。最初はいさかいもあったりするけど、やがて抵抗できない吸引力がふたりを結びつける。ふたりは愛をかわし、それからちょっぴり悲しい別れをする。なぜって、ふたりはおたがいにちがった世界の住人で、けっしていっしょには……」

とめどなくあふれる涙が、ギャロウェイの頬にすじを引いていた。クーパーは自分がぽかんと口をあけているのに気づいた。彼女のほうに身を乗りだしたが、しばらくは驚きのあまり言葉が出てこなかった。

「きみとぼくか……」ようやくそういった。

「きまってるじゃないの、クーパー。あなたとわたし」

「それできみは、あの……ゆうべぼくたちのしたことが……あれをテープにとる価値があると思ったのか? あれがだめだったのはわかってるが、あんなにだめなものになるとは予想もしてなかった。きみがぼくを利用してるのは知ってた。そう、ぼくだってきみを利用したし、そのことでいい気はしなかった。しかし、そこまでシニカルに――」

「ちがう、ちがう、ちがう！」彼女はすすり泣いていた。「そんなんじゃない。もっと悪質なのよ！　自然発生的という狙いだったのよ、ったくもう！　あなたを選んだのはわたしじゃない。マーカムがだんどりをつけることになってたの。彼がだれかを見つけて、あらかじめコーチし、出会いのお膳立てをすませ、おあとのベッドルームのシーンを隠しカメラでテープにおさめるはずだった。わたしの知らないうちにね。むかしの《どっきりカメラ》というテレビ番組を参考にして、そのノウハウを応用したわけ。わたしが新鮮な気持ちでいられるようにたえず意外な展開をぶつけてくる。それがマーカムの仕事だった。でも、あのテーブルにあなたが現われて、わたしにどう驚けというの？　考えてもみてよ。ロマンチックな〈バブル〉のなかで、ハンサムな救助員が――救助員よ、こともあろうに！――しかも、テレビで数百万視聴者にはおなじみの元オリンピック選手が、わたしのリッチでデカダンな友人たちに腹を立てる……きょうび、テレビ・シティ札つきのヤク中のライターだって、そんなカビの生えた台本はよこさないわ！」

しばらくのあいだ、部屋のなかにはギャロウェイの静かなすすり泣きしか聞こえなかった。クーパーはいまの話をあらゆる角度から検討したが、どう考えても愉快ではなかった。そのくせ、彼女に負けず劣らず、自分もその台本をなぞることに熱心だったとは。

「いくらもらっても、きみのような職業はお断わりだ」

「わたしだって」彼女はようやく言葉をつづけられるようになった。「それに、もうやめたわよ。けさ、なにがあったかを知りたい？　マーカムが彼のオリジナリティの程度を暴露したのよ。わたしが朝食をとっているときに、その男が――これまた救助員なのよ、信じられる？――けつまずいて、わたしの膝の上にお皿を落っことした。で、むこうはその後始末をしながら、気のきいたせりふをバンバンしゃべるわけ。ニール・サイモン顔負けのスピードで。失礼、また話が歴史的になっちゃって。つまり、台本を棒読みしてる感じなの……あれにくらべたら、わたしたちがきのう演じた貧弱な一幕だって傑出した名演に思えるぐらい。あいつの笑顔ときたら、ブリキのトランジスターみたいに嘘っぽいんだもの。そこではじめてわたしは自分がなにをしたか、あなたにどんな仕打ちをしたかに気づいたのよ。だから、そのでくのぼうをフレンチ・トーストの上へ押し倒し、マーカムを見つけだしてあごの骨をへし折り、もう仕事はやめだと宣言してから、ここへあやまりにきたの。そして、つい頭にきたもんだから、ここのドアまでこわしちゃった。ごめんなさい、ほんとにごめんなさい。おじゃまはしたくないんだけど、ボディーガイドはこわれちゃったし、みんなからあんなふうに見つめられるのはがまんできないし、だから、もうしばらくここへおいてちょうだい。修理士がくるまで。だけど、それからなにをすればいいのか、まるっきりわからないわ」

それまでかろうじてたもってきた自制がそこでふたたびくずれ、彼女はさめざめと泣きだした。

修理士が到着したときには、ギャロウェイはすでに自制をとりもどしていた。

その修理士の名前はスナイダーといった。医師とサイバネ技術者を兼ねていた。その組み合わせなら、こうした出張サービスは料金のとりほうだいだろう、とクーパーには思えた。

ギャロウェイは浴室からきれいなタオルをかき集めてきた。それをベッドの上にひろげ、それから服をぬいだ。腰から膝のあたりへ厚くタオルを敷きつめて、その上へうつぶせに寝ころんだ。まだ片腕を突きだしたままだが、できるだけらくな姿勢で修理を待った。

スナイダーは工具キットのダイヤルをいじり、針のように鋭いプローブをコアのあっちこっちに当てた。ギャロウェイの腕から緊張がぬけた。スナイダーがさらに接続を進めていくと、コアからかんだかい音がひびき、ボディーガイドが拷問具の鉄の処女さながらにぱっくりひらいた。ブレスレット、鎖、魔除け、指輪、それらのひとつひとつが見えない結合線にそってばらばらになった。スナイダーはそこでベッドに近づき、コアのまんなかに片手をかけてボディーガイドをつかみ、それを持ちあげて彼女の体からとりはずした。とりはずした器具を〝足〟で立たせると、ボディーガイドはさっそく休めの姿勢をとった。

クーパーはエッシャーの《表皮片》という版画を見たことがある。そこに描かれていたのは女の胸部だが、まるで帯のようにむきとられた皮膚だけが、以前のその女の姿かたちをうかがわせるように宙にうかんでいた。そして、透明なでこぼこの表面に描かれた理髪店の看板のように、表皮片のうらおもてが見えた。ギャロウェイのボディーガイドは、そこからギャロウェイがさしひかれたいま、ちょうどそんなふうに見える。いりくんではいるが、ひとつの連続した統一体、とうてい自力では立てないほどかよわいのに、ともかくちゃんと立っているスプリングと針金の構造物。クーパーの目の前で、それはバランスをたもとうとかすかに身動きしていた。生き物そっくりに。

それとは逆に、ギャロウェイはぬいぐるみの人形のように見えた。スナイダーがクーパーに目くばせし、ふたりで彼女を抱きあげて仰向けにした。彼女はいくらか両腕を動かすことができたし、クーパーが予想したように首が一回転したりはしなかった。背骨の傷痕にそって、金属線が走っていた。

「事故の前まで、わたしはスポーツ選手だったのよ」

「ほんとに？」

「ええ、あなたのような一流じゃないけど。わたしが首の骨を折ったのは十五のときで、それに世間をあっといわせるほどのランナーじゃなかった。女性ランナーとしては、もうすでにとうの立った年齢だしね」

「そうとはかぎらない」クーパーはいった。「だが、そのころを過ぎるとたしかにしんどくはなるね」

ギャロウェイは不自由な両手で毛布をひきよせようとしていた。しかも、ベッドから上体を起こせないので、見るからに痛々しい作業だった。クーパーは毛布のへりに手をのばした。

「だめ」彼女が冷静にいった。「規則その一。むこうからたのまれないかぎり、かたわに手をかさないこと。いくら苦労していても、そのままほうっておきなさい。むこうは人にたのむことをおぼえなきゃいけないし、あなたはむこうになるべくやらせることをおぼえなきゃいけない」

「ぼくはいままでかたわとつきあいがなかったんだ」

「規則その二。ニガーは自分をニガーと呼んでいいし、かたわは自分をかたわと呼んでもいい。でも、五体満足な白人がどっちかの言葉を使ったら、ただじゃすまないわよ」

クーパーは椅子に腰を落ちつけた。

「残りの規則をぜんぶ教えてもらうまでは、しっかり口をつぐんでいたほうがよさそうだ」

彼女はにやりとした。「それにはまる一日かかりそう。しかも、いくつかの規則は自家撞着してるかもしれない。わたしたちはずいぶん怒りっぽい集団にもなれるけど、あやまるつもりはないわ。あなたには自分の体があるけど、わたしにはない。それはあなたの責任じゃないけど、それでもそのことでちょっぴりあなたが憎い」

クーパーはしばらく考えた。「おなじ立場だったら、ぼくもそうなるだろうな」

「うん。でもそれほど深刻なことじゃないのよ。わたしはずっと前にそれを克服したし、あなただって、もしその立場になれば克服できると思うわ。つらい二、三年が過ぎればね」

ギャロウェイはまだ毛布に手が届かず、とうとうあきらめて彼に助けをもとめた。クーパーは毛布を首までぴったりかけてやった。

ほかにも知りたいことがあったような気がするが、いくら口でああいっていてもむこうは疲れきって質問に答えたくないだろう、とクーパーは推測した。それに、あまり熱心に答を知りたくはなくなっていた。ベッドの上のタオルがなんのためにあるのかをさっきからたずねようとしていたところへ、ふいにその用途が明らかになり、なぜもっと早く気がつかなかったのかと自分でもふしぎだった。つまりは彼女のことをなにひとつ知らず、身体障害の苦しみもなにひとつ知らないわけだ。そして、そう認めるのはちょっぴりうしろめたいが、もうこれ以上のことは知りたくない思いでもあった。

その日の出来事をアンナ＝ルイーゼから隠すことは、かりにそうしたくてもできなかったろう。この複合体《コンプレックス》のなかは、黄金のジプシーがどうしてヒューズを飛ばしたかという噂でもちきりだった。もっとも、彼女の引退のニュースはまだ流れていない。クーパーは、そのつぎの当直のあいだに三度もその話を聞かされた。どの話もすこしずつちがっているが、どれも事実からそんなにかけはなれてはいなかった。たいていの語り手は、その出来事を滑稽に思っているようだ。たぶんおれもそうだったろう、とクーパーは思った。これがきのうまでのおれなら。

ふたりで仕事から部屋にもどってきたとき、アンナ＝ルイーゼはまずドアの蝶番を調べた。

「彼女の右フック、相当な威力ね」

「実は左だったんだ。その話を聞きたいか？」

「全身が耳よ」

そこでクーパーは一部始終を物語った。アンナ＝ルイーゼがそれをどう受けとったのか、推測するのは骨が折れた。彼女は笑いこそしなかったが、あまり同情しているようすには見えなかった。クーパーが――いいにくそうにして、ギャロウェイの失禁のことを最後に――話しおえると、アンナ＝ルイーゼはうなずいて、浴室へと歩きだした。

「苦労のない生活を送ってきたのね、Q・M」

「どういう意味だ？」

アンナ＝ルイーゼはふりかえり、はじめて怒りの表情を見せた。

「まるで失禁が、これまでの人生で出会った最悪のものみたいな口ぶりだってこと」

「じゃ、あれはなんだっていうんだ？　たいしたことじゃないっていうのか？」

「すくなくともあの女にとってはね。あの女とおなじ障害をかかえた人たちの大半は、カテーテルや人工肛門でがまんしてるのよ。それとも、おむつで。わたしの祖父も、死ぬ前の五年間、ずっとおむつを当てていたわ。あの女がその悩みを解決するために受けた手術と、それから体内移植と外部装着のハードウェア……あれはものすごく値段が高いんだよ、Q・M。わたしの祖父が国からもらってた年金じゃとても手が出ないし、コングロマリットの健保でも絶対に支給してもらえない」

「へえ、そういうことか。彼女がリッチで、最高の治療を受けられたというだけで、彼女の悩みがぜんぶ帳消しになるっていいたいのか。いったい、きみがあの立場になったら——」

「ちょっと待ってよ、それはないでしょ……」アンナ＝ルイーゼが彼を見つめる表情は、かたときも静止していなかった。同情から失望へと移りかわっていた。「あんたと喧嘩はしたくない。首の骨を折られるのはいい気持ちのもんじゃないから。かりにわたしが億万長者だとしてもね」

そこでいったん間をおき、言葉を慎重にえらんでいるようすだった。

「この一件、どうも気になるな」ようやくアンナ＝ルイーゼはいった。「なにが気になるのか、自分でもよくわからない。ひとつにはあんたのことが心配なんだわ。いまでもやっぱりまちがいだと思うよ、彼女と掛かりあいになるのは。わたしはあんたが好き。だから、傷つくのを見たくない」

クーパーは、ゆうべ眠っているアンナ＝ルイーゼのそばで固めた決心のことを、とつじょとして思いだした。それだけでひどく頭が混乱してきた。いったいおれは、アンナ＝ルイーゼのことをどう思っているのか？　ギャロウェイから、恋について、体験テープのCMの嘘について、あれだけの話を聞かされたあとでは、どう考えていいかわからない。この年になって、恋とはどういうものかさっぱりわからず、また、そのときがくればたぶん体験テープのなかに見つかると思いこんでいたというのは、考えてみるとやりきれない話だ。腹が立ってきた。

「どういう意味だ、傷つくとは？」クーパーはいいかえした。「彼女は危険じゃないぞ。そりゃたしかに一時は自制を失ったし、腕力も強いが、しかし——」

「ああ、助けて！」アンナ＝ルイーゼはうめきをもらした。「もはやつけるクスリがないわね。このての感情発育不全のスモッグ吐きは、だれかにがつんとやられるまで骨身にしみないんだから——」

「スモッグ吐きだと？　さっき、ぼくを差別的だといっときながら——」

「ごめん。あやまる」

クーパーはまだしばらく文句をいいつづけたが、アンナ＝ルイーゼは首を横にふるだけでとりあわなかった。やがて彼の罵りもじょじょにおさまった。

「終わり？　ああ、よかった。ここにいると気がくるいそう。まあ、あと一カ月のしんぼうで、故郷へ帰れるけど。まったく地球っ子ときたひには──これなら無難な用語でしょ？──つきあいにくいのが多くて。でも、あんたなんか、まだましなほうよ、いつもはね。ただ、なんのための人生かってことを、あんまり考えてないみたい。あんたはねじこむのが好きで、泳ぐのが好き。まあ、それだけでもふつうのスモ──、じゃなかった、地球っ子にくらべたら、二倍も目的があるわけだけどさ」

「きみは……いなくなるのか？」

「おや、びっくりしてる！」ぽたぽた皮肉がしたたるような口調。

「なんで教えてくれなかった？」

「たずねなかったからよ。あんたがたずねなかったことは山ほどあるわ。想像もしなかったんじゃない？　わたしが自分の生い立ちを話したがってるかもしれないとか、それがあんたの生い立ちとはちがってるかもしれない、なんて」

「そんなことはない。そのちがいは感じてた」

アンナ＝ルイーゼは片方の眉をつりあげ、なにかをいおうとして思いなおしたようだった。ひたいをさすり、それから大きく、決然と息を吸いこんだ。

「それを聞いて、ちょっと残念だわ。でも、もう一度やりなおすには手遅れね。わたし、出ていく」そういうと、荷造りをはじめた。

クーパーはしきりにとめたが、むだだった。この部屋を出ていくのは焼きもちのためじゃない、と彼女は断言した。クーパーがそれを疑ったことを、むしろ滑稽に感じているようだった。そして、ユーリー・フェルドマンの部屋へ引っ越す気もない、とつけたした。〈バブル〉での最後の一カ月は、ひとりで暮らすつもりだ、と。

「それからルナへ帰って、前からの計画をいよいよ実行するんだ」彼女はダッフルバッグのひもを結びながらいった。「警察大学へ入学するの。卒業までの学資がたまったし」

「警察？」彼女が両手を羽ばたかせて火星へ飛んでいくといったとしても、クーパーはこれほど驚かなかったろう。

「うすうす感づきもしなかった？　そうね、あんたが感づくわけがどこにある？　セックスの最中しか、相手が目にはいらない人だもの。それが欠点だといってるんじゃないわよ。そんなふうに育っただけのことだからね。わたしがここでなにをしてるか、いっぺんも疑問に思ったことはない？　ここの環境にひかれたんじゃないわよ。わたしはこの施設も、ここへやってくるお客も軽蔑してる。水だってほんとはあんまり好きじゃないし、みんなが〈バブル〉と呼んでるあのばかでっかい怪物はだいっ嫌いよ」

クーパーはもうショックを通り越していた。〈バブル〉の魔法にひきつけられない人間がいるとは、想像もできなかった。

「じゃ、なぜだ？　なぜここで働いてるんだ？　なぜ大嫌いなんだ？」

「ここが大嫌いなのは、ペンシルヴェニアの人びとが飢えてるからよ」アンナ＝ルイーゼはそう答えて、完全に彼を煙に巻いた。「それでもここで働いてるのは、いまいましいことに給料がいいからよ。のんびり育ったお坊っちゃんには縁の遠い話だけどさ。金持ちのぼんぼんといいたいとこだけど、いまのわたしはほんとの大金持ちがどんなものかを見ちゃったからね。わたしは貧乏育ちよ、Q・M。あんたが知ろうとしなかったささやかな情報を補足すると。なにを手に入れるにもわたしは必死だった。ここで働くチャンスをつかんだときもそうさ。BCEがGWAドルをたっぷり払ってくれなきゃ、このいやったらしいポン引きシティでリッチな人間の屑どもに安全サービスを提供してやるなんて、まっぴらごめんだった。おそらくあんたは考えたこともないだろうけどさ、ルナは深刻な経済危機に直面してる。それもあんたらの法人国家の挟み撃ちにあったからで……。まあ、やめとく。そのかわいい小さなおつむを悩ませるのはかわいそうだもんね」

アンナ＝ルイーゼは戸口までいくと、ドアをあけてふりかえった。

「Q・M、正直なところ、わたしはあんたが嫌いじゃないわ。なんだか気の毒になっちゃうのよ。気の毒だから、もう一度だけ忠告するけど、ギャロウェイには用心なさい。いま彼女と掛かりあいになると、きっと傷つくわよ」

「どういう意味か、まだぼくにはわからないな」

アンナ＝ルイーゼはためいきをつき、背を向けた。

「それなら、もうわたしにいえることはなにもないわね。じゃ、また」

メガン・ギャロウェイは、このホテルでも最高の〈ミシシッピー・スイート〉に泊っていた。クーパーがノックしても戸口には出てこずに、ブザーでドアをひらいただけだった。彼女はゆるやかなナイトガウンを着て、ベッドの上にあぐらをかき、細縁のメガネをかけ、目の前の小さな箱をながめていた。外輪船をかたどったベッドは、四隅の支柱から煙と火花が上がり、クーパーの部屋と浴室を合わせたよりも大きい。彼女はメガネを鼻の頭にずらし、じろりとクーパーを見た。

「なにかご用？」

クーパーはベッドの横にまわり、その小さな箱が見える位置にきた。箱の正面で、ぼやけた画像がちらちら動いていた。

「なんだい、それ？」

「大むかしのテレビ番組。《ハニーにおまかせ》。一九六五年ごろ。製作ＡＢＣ放送。主演アン・フランシス、ジョン・エリクスン、アイリーン・ハーヴェイ。金曜夜九時から放映。《バークにまかせろ》の姉妹篇。どうしたの？」

「立体感がおかしいんじゃないかな」

「当時のテレビは立体感がなかったのよ」彼女はメガネをはずし、放心したようにつるの端をくわえた。「どう、元気？」

「びっくりした、メガネをかけてるなんて」

「わたしみたいにたくさん手術をすると、しなくてもすむとこは手抜きしちゃうわけ。なにしにここへきたのか、すごくいいにくそうな感じだけど、どうして？」

「いっしょに泳ぎにいかないか？」

「プールは閉鎖中よ。週一回の濾過作業だかなんだかで」

「知ってる。泳ぎにいくには最高のときさ」

彼女は眉をひそめた。「だけど、濾過作業中は立入禁止じゃなかった？」

「うん。法律違反だ。たのしいことって、みんなそうじゃない？」


〈バブル〉は二十四時間ごとに一時間、急速濾過のために閉鎖される。以前はたえず濾過作業がおこなわれ、一日じゅう開放されていたが、そのうちに事故が起きた。利用客のひとりが三つの安全システムを通りぬけ、曝気《ばっき》され、紫外線照射され、遠心分離され、そのあげく、ごく目の細かい何重ものスクリーンからむりやり外へ濾しだされたのだ。遺体の大部分はまだなんらかのかたちで水のなかに残っており、その伝説からこのステーションの幽霊第一号が生まれた。

しかし、その濾過幽霊がステーションの廊下へびしょ濡れの第一歩を踏みださないうちに、システムは改善された。フィルターはけっして完全停止しないが、プールのなかに客がいるあいだは徐行運転をつづける。そして、一日一回フルパワーで運転される。

これだけではまだ充分でない。そこで十日ごとにBCEはもっと長時間プールを閉鎖し、徹底的な殺菌濾過作業をおこなう。

「だれも見まわりにこないなんて信じられない」メガンはささやいた。

「手ちがいなんだよ。保安作業はコンピュータがやってる。ここには二十台のカメラが動いてるが、だれかがコンピュータに指示をし忘れたんだ。濾過作業中に入場するものがいたら本部へ知らせろ、というのをね。この話、コンピュータそのものからこっそり聞いた。むこうはこのドジをすごくおもしろがってる」

スイマーたちの大群が去ってからすでに二時間あまりがたち、清掃班も三十分前に帰ったあとだった。おそらくメガン・ギャロウェイは過去二回の訪問で、〈バブル〉とはこんなものだとたかをくっていただろう。いまの彼女は、ずっとむかしのクーパーがそうだったように、自分の無知を発見しているところだ。行楽地の海岸が連休と冬のさなかでがらりと変わるといっても、いま見ているこれとは比較にならない。

〈バブル〉は完全に静止し、澄みきっている。世界ほども大きい水晶球。

「おお、クーパー」腕にかかった彼女の手に力がこもるのが感じられた。

「ごらん。あそこだ。ちがう、もっと左」

彼女はクーパーの指さすかたを目で追い、水面よりはるか下で、〈バブル〉の金魚の群れが怠惰な潜水艦のように動いているのを見つけた。スイカのようにまるまると太り、公園のリスのようにおとなしい。

「さわってもいい、パパ？」

彼女のささやきにはくすくす笑いがこもっていた。クーパーはしばらく考えるふりをしてから、こっくりうなずいた。

「でも、なんだかわるい気がするな、わかる？　ちょうど新雪が積もったばかりの広い野原みたい。まだ、だれの足跡もついてなくて」

「うん、わかる」クーパーはためいきをついた。「だけど、どうせならぼくたちがやったほうがいい。急ごう、だれかに先を越されないうちに」

クーパーはにっと彼女に笑いかけると、シャンペン・グラスの縁にめぐらされたサンデッキの無重量飛びこみ台からゆっくり足をけりだした。

メガンはもっと強く台をけり、予想どおり、水面までの中間点でクーパーを追い越した。彼女の進入が作りだした波は完全な円形にひろがり、そしてクーパーもそのすぐあとから水面に割ってはいった。

そこは別世界だった。

ずっとむかし、はじめて〈バブル〉が企画されたときは、なかまでびっしり水の詰まった球体にして、無重量状態と表面張力だけでそれを支えようという案が出た。どちらの力も無料で手にはいるというのが、この案の大きな強みだった。

だが、結局、建造者たちはTDFをえらんだ。その理由はこうである。どれほど体積の大きい水でも、自由落下状態では完全な球形をとるけれども、もしその水がかきみだされた場合、表面張力だけではその形を維持できない。スイマーたちが水中にはいって微妙なバランスをくずさなければ、そんな構造物でもりっぱに通用するだろうが。

TDFは、そんな厄介な事態が起こらないように、目立たないかたちで必要な力を提供しつづける。水を吸引または反発するように同調されたこの力場は、異物を外表面または内表面へ押しやる働きもする。その結果、水でないものはすべて浮きあがる。鉛の棒は人体よりもよく水に浮く。気泡もやはり外へ押しだされていく。力場はわざと弱く設定されている。その結果、人間はコルクのようにぽんと水面から飛びだしたりせず、ゆっくりと水面にひきよせられてから、水中のかなり高い位置に浮かぶことになる。さらにまた、一般開放時間のプールは、つねに無数の気泡でわきかえることにもなる。

ふたりが水中にもぐったこの時間には、幸せなスイマーたちがあとに残していった気泡も、とっくにプールの内外どちらかの空気の大集塊へ溶けこんでいた。〈バブル〉は魔法のレンズ、無限の曲率をもつひとつながりの水となった。ほとんど透明な水は、ほのかなアクアマリンに色づいている。光の屈折は魅惑的で、周囲の全貌が一度に見える可能性さえ想像できるほどだった。

光の屈折によって、〈バブル〉の外の世界はゆがめられていた。救助員詰所、更衣室、バー、それに中央のデッキチェアも、それと見わけがつかないほど変形し、いまにもブラックホールの事象の地平線へ吸いこまれていきそうだった。シャンペン・グラスの縁、〈バブル〉をおおう濃いすみれ色のドーム形力場と、利用客が本物の太陽光線で肌を焼くデッキチェアの円陣は、シュールレアリスムの風景画のようにぐにゃりと曲がり、流れだしている。そして、〈バブル〉の内外にあるすべてのものは、こちらが水中で位置を変えるのにつれて、ひとつの形からべつの形へじわじわ移行していく。なにひとつ不変のものはない。

その規則にはひとつの例外があった。水中の物体はゆがめられない。メガンの体はべつの次元に存在し、なめらかにゆがみ流れる背景のなかへ強引に割りこんだ現実という感じで動いている。ピンクの肌と金色のバンド、カールした黄色の髪、水をかきわける手足。マウスピースから吐きだされる気流が、体の前面へ滝のように降りそそぐ。そして、きらめく無数の水銀のしずくのように彼女をなれなれしく愛撫したあと、彼女の足にうちすえられて泡だちはじめる。つややかな流線形の飛行機のように進む彼女は、ひとすじの航跡をうしろにひいている。

ふだんひとりで泳ぐときのクーパーは、マウスピースと空気タンクをおいてくるのだが、いまはちゃんと着用していた。まねをして、わたしもはずすとメガンにいいだされては困るからだ。クーパー自身は、正しい泳ぎは全裸にかぎると思っている。もちろん、甲殻類やプランクトンに補助呼吸装置が必要なのはよくわかる。彼らは〈バブル〉の物理法則を理解できず、時間をかけてそれをおぼえる気もない。方向感覚を失って道に迷い、どっちが空気のある場所への最短距離なのかわからなくなる可能性もないとはいえない。人体のことだからいずれは水面に浮きあがるにしても、それまでに溺れ死ぬおそれは充分にある。〈バブル〉には、深くも浅くも端というものがない。だから、すべてのスイマーはマウスピースを要求される。首のまわりをとりまくふたつの半円形タンクと、チューブと、耳にくっつけるセンサーと、マウスピース本体とがひとつのセットだ。どれにも十五分間分の酸素がはいっていて、利用客が望んだときや、血液の色がある程度まで変化したときは、すぐに供給できるようになっている。タンクがからに近づくと、自動的にその装置が利用客と救助員詰所にそのことを知らせる。

救助員仲間では、そのタンクを支給されたときとおなじ満杯のままで持ち帰るのが面子《メンツ》の問題になっている。

〈バブル〉のなかでは、平たい水のなかではとうてい不可能な芸当もできる。クーパーはそのいくつかをメガンに教え、まもなく彼女もそのコツをのみこんだ。ふたりはいっしょに水中から飛びだし、彗星の尾のように水しぶきをひきながら、空中に長いゆるやかな放物線を描いた。水上でもTDF力場はつねにふたりの体に作用しているが、きわめて微弱な力なので、容赦ない求心的衝動に身をまかせるまでは数分間の滞空も可能だ。ふたりは水泡の航跡で水面にレース飾りをつけ、こまかな霧を空中にまきちらした。ふたりは半径線にそって水中をつっきり、しだいにスピードをまして内表面に飛びだしたあと、〈バブル〉の中心を横ぎってふたたび水中にもぐり、またすこし泳いで、日光を浴びた外表面に現われた。充分なスピードさえあれば、あとは惰力で運ばれ、二本の足で立てるほど堅固な、暗いサンデッキにたどりつける。

さっきまでのクーパーは、メガンを誘ってここへくることに大きな懸念をいだいていた。事実、自分が彼女を誘っていることに気づいて、驚きを感じたほどだ。それまでの何時間かはなかなか決心がつかず、彼女の部屋の前まできてはノックもせずにひきかえしたのだった。いったん部屋にはいっても、話しかけるのがためらわれた。第一、なにをいいたいのかもよくわからなかった。だからこそ、彼女をここへ連れてきたともいえる。ここなら会話の必要がない。そして、なによりの驚きは、いまの自分の喜びだった。この経験をだれかとわかちあうのはすばらしい。なぜいままで一度もそうしなかったのだろう？　なぜアンナ＝ルイーゼをここへつれてこなかったのだろう？　そう考えてから、〈バブル〉に対するアンナ＝ルイーゼの率直な意見を思いだし、彼女のことを頭からはらいのけた。

激しい運動だった。体力に自信のあるクーパーも、そろそろ疲れてきた。この女は疲れというものを知らないのだろうか、とふしぎに思った。かりに疲れたとしても、ここにいる喜びに陶酔して、それに気づかないのだろうか。外表面での短い休憩のあいだに、彼女はその歓喜をこんなふうに要約した。

「クーパー、あなたは天才ね。ふたりで水泳プールをハイジャックしちゃった！」

救助員詰所の大時計に目をやると、もうそろそろ水から上がる時間だった。休息が必要だからではなく、メガンに見せたいものがあるからだ。むこうが予想だにしていないものを。そこで、彼女のそばへ泳ぎよると、その手をとってシャンペン・グラスの縁を指さし、相手がうなずくのを見てとった。スピードをましていく彼女のあとを、クーパーは追いかけた。

縁にたどりつくと、ちょうど間にあった。クーパーはひたいに手をかざし、太陽を指さした。光線が変化しはじめている。目を細くすると、それが見えた。黒い円盤となって現われた地球が、太陽をのみこみはじめたのだ。

太陽はどんどんのみこまれていった。大気が比類ないライト・ショーを創造した。こはく色の腕が何本も空の黒い穴をとりまき、スペクトル全域にわたってすばやく色を変えていった。これより濃い闇は想像もできないほどの漆黒を背景にした、純粋で輝かしい色彩。太陽はまぶしいひとつの光点となり、一瞬のするどい閃光を放って消えた。あとに残ったのは、コロナの片側と、地球大気のハローと、そして星ぼし。

無数の星ぼし。観光客が〈バブル〉についてなにかの不満をもらすとすれば、たいていはそれだった。星が見えないこと。その理由は簡単だ――宇宙空間には放射線が満ちあふれている。それから保護されないと、人間はたちまち黒焦げになってしまう。その放射線をさえぎる保護手段が、星ぼしのかすかな光をさえぎってしまうことはいうまでもない。しかし、日食が起きたいま、力場内のセンサーはバリヤーをガラスのように透明に変えた。多くの波長に関してはまだ不透明のままだが、肉眼には無関係。バリヤーは消え、ふたりはまる裸で宇宙空間と向かいあった。

愛をかわすのにこれよりふさわしい時と場所を、クーパーは思いつけなかった。そして、それこそまさにふたりがしたことだった。

「こんどは前よりもよかったんじゃない？」

「ああ」クーパーはまだ息をはずませていた。メガンは彼の胸に頭をのせ、満足の吐息をもらした。

「あなたの心臓、まだ発狂したまま」

「この心臓がこれほど酷使されたことはめったにないからね」

「四分の一《クォーター》メーターとやらもへとへとかな、お見うけしたところ」

クーパーは笑いだした。「とうとうばれたか。あれは誇張だよ」

「でも、五分の一メーターでは控え目にすぎるんじゃない？」

「だろうね」

「すると、その中間といえば？　四十分の九？　しまらないわね、〝四十分の九《ナイン・フォーティース》クーパー〟なんてニックネーム。そのへんがだいたい正確なとこかな」

「ロックンロールにはそれで充分さ」

　メガンはしばらくその意味を考えてから、彼にキスをした。

「きっと自分じゃ知ってるんでしょ、正確な数字を。十分の一ミリ単位で。知ってるはずよ。そんなニックネームの持ちぬしなら」

　彼女はまたもや笑いだし、クーパーの腕のなかにはいってきた。クーパーがまぶたをひらくと、彼女はその目をのぞきこんだ。

「こんどはわたしがロックするから、あなたはロールしてよ」

「ぼくも年をとったらしい」とうとうクーパーはそう告白した。

「とらないほうが、よっぽどふしぎね」

クーパーは思わず苦笑して、キスをくりかえした。「太陽が出てくるのを見られなかったのだけが心残りだ」

「うん。わたしはそれよりもうちょっと心残りがあるけど」メガンはまじまじと彼を見つめてから、そこになにかを見つけて当惑したようだった。「ごめん。これは予想外だったけど、でも、あなたがほんとに悩んでるとは思えないな。傷ついたエゴをなぐさめたげる必要はなさそうね」

クーパーは肩をすくめた。「ないだろうね」

「その底にある秘密は？」

「たんにぼくがリアリストだっていう、それだけのことじゃないかな。もともとスーパーマンのふりをしたおぼえはない。それに、かなり多忙な一夜だったし」

クーパーは目をつむった。そのことは思いだしたくない。だが、実をいうと、なにかが心にひっかかっている上に、ほかのなにかがそのことをたずねるなと警告している。といっても、たずねずにはいられなかった。

「かなり多忙な一夜だっただけじゃなく」と彼はいった。「ちょっと感じたんだけどさ、つまり――なんていうかな、二度目のとき、きみがどこか醒めてるような気がしてね。それがちょっとひびいたんじゃないかと思う」

「いまのもそうだった？」

クーパーは彼女の顔をうかがったが、むこうはおもしろがっているだけで、べつに怒っているようではなかった。

「ぼくのカンが当たったかな？」

「ぴったり」

「どこがいけなかったんだろう？」

「たいしたことじゃないわ。ただ、わたしにはまったく感覚がないだけ。足の指先から……ちょうどここいらまでは」メガンは腕を胸の上で水平においた。肩のすぐ下あたりに。

クーパーにとって、それは一度に消化できないほど大きな事実だった。彼女のいう意味が頭にしみとおってきたときは、恐怖におそわれた。これにくらべれば、インポの不安などはとるにたりない悩みだ。

「でも、まさか……ぼくのしたことがなんにも……あれはお芝居だったのか？　なにもかもお芝居だったのか、最初から最後まで？　まるきりなにも——」

「あの最初の晩はね、そう、お芝居だったわ。完全に。あんまり名演技じゃなかったようね、あなたの反応からすると」

「……しかし、さっきの……」

「さっきのはちょっとちがうわ。説明できるかどうか自信がないけど」

「どうか説明してくれ」どうしても聞かずにいられなかった。想像したこともないような絶望を感じたからだ。「きみは……あれはただ体を動かしてるだけかい？　そうなの？

ほんとにはセックスをたのしめない？」

「わたしは充実した、満足な性生活を送ってるわ」メガンは断言した。「ただ、それはあなたのとはちがうし、ほかの女性のともちがう。それにはいろいろの適応が必要で、パートナーにたくさんの新しいテクニックをおぼえてもらわなきゃならない」

「じゃ、それを——」クーパーの言葉は、水中からのかんだかい、さえずるような呼び声にさえぎられた。ふりかえると、〈バブル〉にもどされたイルカのチャーリーが、ふたりに水入らずの時間の終了を知らせていた。チャーリーはクーパーのことをよく知っており、このいたずらに加担して、いつも一般客の到来を予告してくれるのだ。

「もういかなくちゃ。きみの部屋へもどってもいいかな？　そこで……ぼくにそのテクニックを教えてくれないか？」

「それはどうかしら。ま、聞いて。わたしはあれでたのしかった。充分に満足した。なぜその思い出をそっとしとかないの？」

「自分が恥ずかしくてたまらないからだよ。ちっとも気がつかなかったことが」

メガンはじっと彼を見つめた。さっきまでのおちゃめな表情はあとかたもなくなっていた。ようやく彼女はうなずいた。もっとうれしそうな顔をしてくれたら、とクーパーは思った。

しかし、部屋にもどると、メガンは気が変わったらしい。怒っているようすはなかった。だが、さっきの話題にはぜんぜんふれようとしなかった。クーパーがなにかいいかけると、優しいけれどもきっぱりした口調でさえぎってしまうので、とうとう彼もその話題を追うのをあきらめた。するとメガンは、もう帰りたいかときいた。クーパーは、いやと答えた。それを聞いて、彼女の微笑はこころもち温かみをおびたようだった。

そこでふたりは、地球から運ばれてきた本物のまきを暖炉にくべた（「この暖炉というのは、人間が作ったなかでいちばんエネルギー効率のわるい暖房器具ね」とメガンはいった）。ふたりはカーペットにまきちらされた巨大なクッションの上にまるくなって話しこんだ。おしゃべりは夜がふけるまでつづき、こんどはクーパーも彼女のいったことを思いだすのになんの造作もなかった。しかし、ほかのだれかにその会話の内容を伝えろといわれたら、きっと説明に窮しただろう。ふたりはささいな事柄と大きな心の傷とを、ときにはおなじセンテンスのなかでごちゃまぜにしてしゃべったので、ひどくその意味がとりにくくなったのだ。

ポップコーンを作り、自動バーにホット・バタード・ラムを注文して飲んでいるうちに、ふたりは頭がもうろうとしてきて、何度かのキスのあと、とうとう眠りこんでしまった。パジャマ・パーティーにやってきた、けがれのない八歳の少年少女のように。

それからの一週間というもの、ふたりが離れ離れになるのはクーパーの勤務時間中だけだった。クーパーはあまり睡眠をとらず、セックスからはまったく遠ざかった。思春期このかた最長の禁欲期間なのに、ものたりなさを感じないのが自分でも意外だった。意外なことはもうひとつあった。とつじょとして、勤務中にちょくちょく大時計を見るようになったのだ。いまでは当直時間の終了が待ちきれなかった。

メガンに教育されていることに気がついても、クーパーはべつに反発を感じなかった。ふたりがいっしょにやっていることは、味気なさや退屈とは縁がなかったし、またメガンが彼女の関心事をすべてわかちあえと強制しているわけでもなかった。その過程で、クーパーはたった一週間のうちに、ここ十年間よりもずっと趣味の幅をひろげることができた。

ステーションの外側のプロムナード・レベルにはちっぽけなレストランがびっしりならんで、それぞれのエスニック料理を売り物にしていた。メガンはそこへ彼を連れていって、ハンバーガーや、ステーキや、ポテトチップスや、タコスや、フライドチキンだけが食べ物でないことを実地に教えた。テレビで宣伝しているものはぜったいに食べないくせに、彼女の食事はクーパーのそれより千倍もバラエティに富んでいた。

「まわりをごらんなさい」ある晩、メガンは彼にそういった。そのロシア料理店は、モスクワのどの店よりもおいしいという彼女の保証つきだった。「あなたが生まれてこのかたずっと食べつづけてきた食品を作ってる会社のオーナーばかりよ。あの連中は、化学者を雇って毎月の人気食品を調合させ、広告代理店を雇ってそれの需要をこしらえあげ、それにお金をはらうプロレにローンを貸してる。その食品に関してはどんなことでもするくせに、それを食べることだけはしない」

「なにかよくないことでもあるのかね？」

彼女は肩をすくめた。「むかしは、病気の原因になるようなものもあったわ。たとえばガンとか。いまでも、たいていのものはあんまり栄養がない。発ガン物質には気をつけるようになったけど、それはガンにかかった消費者が少食になるからなのよ。栄養については、たくさん放送したほうが勝ち。わたしが経験から得た法則によると――テレビで大々的に宣伝しなきゃ売れないような食品はよっぽどまずいのにちがいない」

「じゃ、テレビに出るものはみんなだめなのか？」

「そうよ。このわたしも」

クーパーは服装には無関心だが、ショッピングは好きだった。メガンはファッション・デザイナーをひいきにせず、衣装戸棚の中身はおよそ意外な方面から仕入れたものばかりだった。

「あのての高級デザイナーは、古ぼけた法則を後生大事に守ってる」とメガンはいった。

「彼らの仕事は、多かれ少なかれ共同作業なの――そのつもりじゃなくてもね。つまり、陳腐なアイデアは凡才の頭に同時に宿るってこと。ファッション・デザイナーや、テレビ脚本家や、撮影所の管理職に、本当の知性なんてものはかけらもない。集団思考をしてるだけよ。マス・カルチャーの水面に浮いた汚物を食べ、それを消化し、それから創造的下痢を起こす――いっせいにね。だれの排泄物も、色といい、においといい、そっくりおんなじ――それが今年のファッション、話題の芝居、ベストセラー、必見の映画と名づけられる。着こなしの秘訣は、ほかのみんなが着ているものをよく見て、それを避けることにあるのよ。服のデザインなんか考えたこともない創造的な人間をさがして、なにかくふうしてほしい、とたのんでみるとか」

「でも、きみはテレビでそんな服装をしていないぜ」とクーパーは指摘した。

「おや、ごあいさつね。あれはわたしの本業。有名人は、彼女を有名人と信じこんでいる文化と均質化しなくちゃならない。いま着てるようなドレスじゃ、テレビに出してもらえない。趣味判定委員がトレンド指数を調べてから、ヒステリーを起こして首を横にふる。でも、おぼえといて。これからひと月ほどすると、みんながこんなスタイルの服を着るようになるから」

「好きなのかい、そのスタイル？」

「《だれがイマ、だれがイモ？》の番組で着るゲスト用のコスチュームよりはましよ。これなら、デザイナーたちがわたしに注目する。その逆じゃなしにね」メガンは笑いだし、彼を肘でこづいた。「一年半ほど前のドロップシート・パジャマをおぼえてる？　あれ、わたしのアイデア。どこまでひろがるか、ためしてみたかったの。みんなが飛びついたわ。滑稽だと思わなかった？」

クーパーもそれをおぼえていた。最初に出現したときには、たしかに滑稽だと思った。だが、どういうわけか、しばらくするとセクシーに思えてきた。まもなく若い女性は、太腿のうしろに長方形のフランネルをぱたぱた垂らしていないと、やぼくさく見えるようになった。そのあとでまた新しい変化が起こり、その日からそのデザインが流行遅れになったことがわかった。

「テールフィンのついた靴をおぼえてる？　あれもわたしのアイデア」

ある晩、メガンは古いビデオテープのコレクションの一部を彼に見せた。なにかといえば彼女がテレビを槍玉に上げるのを聞かされていたため、そのメディアの埋もれた骨董品に対する彼女の嗜好、本物の愛情にでくわして、クーパーはめんくらった。「テレビは自分の子を食べる母親よ」彼女はケースのなかから親指の爪ほどのカセットテープをよりわけながらいった。「テレビ番組は、光点が消えた二秒後にもう老衰。一回の再放送で死亡して、天国へも行けない」

えらんだテープをかかえてカウチにもどると、それを旧式のビデオデッキのそばにぶちまけた。

「わたしのビデオ・ライブラリーは出たとこまかせだけど、でも現存の最高のコレクションのひとつなのよ。ほんとの初期には、番組の記録をとっておく習慣さえなかったの。一部はフィルムになったけど、その大半は失われた。つぎにテープが使われるようになっても、大部分は倉庫へ二、三年しまいこまれたあとで、消されてしまった。そこからも、当時の業界の自己評価がどれぐらい低かったかがわかるわ。ほら、見て」

再生された画像は立体感がないだけでなく、色彩までが欠けていた。それをちゃんと知覚できるようになるのに、二、三分はかかった。それほど異様だった。画面はちらつくし、飛ぶし、灰色の濃淡だけで、おまけに音もよくない。だが、十分とたたないうちに、クーパーはすっかり夢中になった。

「《遙かなる丘》という帯ドラ。最初のソープオペラ。デュモント・ネットワークで水曜の夜九時から放送。十二週連続。わたしの知るかぎり、現在残っているのはこの一回分だけで、それも一九九〇年になるまで発掘されなかったのよ」

メガンは小さいガラスの画面をタイムマシンに変え、クーパーを過去の時代にいざなった。ふたりは《エド・サリバン・ショー》、《ある男の家族》、《わが友アーマ》、《十二月の花嫁》、《陽気な夫婦》、《ペチコート作戦》、《ボール・フォア》、《ハンキーとドーラ》、《ブラック・ヴェット》、《クンクローウィッツ》、《刑事コジャック》それに《クーンツ》を味見した。彼女はすばらしく独創的なクイズ番組や、たった一回分でとりこにされそうな連続ドラマや、とてもテレビ番組とは思えないほど上品で抑制のきいた冒険物などを、つぎつぎに見せた。それからシットコムの黄金時代へさかのぼって、《ギリガン君ＳＯＳ》や《ニューヨーク・パパ》を紹介した。

「まだ信じられないのは、どれもすばらしいってことだ。いま見てるテレビ番組よりダンチに程度が高い。しかも、セックスぬき、暴力もほとんどぬきで、けっこう見せるんだもんな」

「裸さえないわよ。《クーンツ》がはじまるまで、ネットワーク放送には正面からの裸は出なかったの。もちろん、そのつぎのシーズンにはどの番組もあらそってそのまねをしたけど。性交シーンが生でテレビに出たのは、それよりずっとあと、《キス・マイ・アース》からよ」

メガンが目をそらす前に、クーパーはその瞳に悲しみを見てとった。どうしたのか、とたずねてみた。

「自分でもわからないのよ、Ｑ・Ｍ。つまり……はっきりわからないってこと。ひとつには、こうした番組が実際に放送されていたころ、その大部分が批評家からくそみそにけなされたのを知ってるからかな。それに、いま見せたのはたいていヒット番組だけど、なかにはコケたのもまじってるのよ。だけど、わたしには区別がつかない。どれもみんなすてきに見える。つまりね、実生活で出会いそうな人間はひとりも出てこないけど、それでもみんな人間味があって、ある程度まで人間的に行動するじゃない？　ドラマの登場人物には共感できるし、コメディはすごく気がきいてる」

「だとすると、批評家のほうが、自分のけつに自分の頭をつっこんでたんだ」

彼女はためいきをついた。「いいえ。残念ながら、その表現があてはまるのはわたしたちじゃないかな。いつもゴミを食べつづけてれば、腐ったソーヤロイドだっておいしい。どうやらそれが事実らしいわよ。いまあなたがいった肉体的に不可能な芸当は、道徳面にも移しかえられそう。わたしはそのての曲芸師のひとりなんだもの。恐ろしいのは、そんな姿勢になったまま動きがとれない、と自分をごまかしてきたことなの。だれもが、もうしゃんと背骨を伸ばせなくなった、と」


メガンの部屋にはほかのテープもあった。

いっしょに暮らしはじめて二週間目に、はじめて彼女はそうしたテープを、クーパーの目にはちょっと恥ずかしそうにして出してきた。母親がホームビデオのマニアだったらしい。そこにはメガンの成長ぶりがことこまかに記録されていた。

クーパーがそこに見たものは上流の下の生活をとらえた映像であり、おおざっぱなところでは、彼が育った中流の上の環境とそんなに差はなかった。クーパーの一家も経済的苦労を一度もしたことがない。ギャロウェイ一家はけたはずれの大富豪ではなかったが、それでもクーパー一家の二十倍の年収があった。背景に現われる邸宅は、クーパーが育った家よりはるかに大きかった。クーパーの家族がバイクを使っていたのに対して、彼女の家族はめいめいが専用の車を持っていた。初期のテープにはメガンの乳母という女性が出てきた。ほかに召使はいなかった。しかし、たったひとつクーパーがのけぞったのは、彼女が十歳の誕生日に子馬をもらう場面だった。これこそ上流社会。

ボディーガイド以前の少女、メガン・ギャロウェイは、画面で見るかぎり早熟で、ちょっぴり甘やかされているきらいがあった。いまの彼女がトランスコーダーの前で示すおちつきぶり、あのすくなくとも一部がどこから生まれたかは明らかだった。いつも、いたるところから母親が、ビデオカメラで娘の一挙一動を追っていたのだ。メガンの生活はそのままシネマ・ヴェリテであり、少女はそのときどきの気分のままに、まったくカメラを無視したり、ものなれたようすでカメラと向かいあったりしていた。七歳のときに三カ国語ですらすら本を朗読する場面もあったし、裏庭に作られた素人芝居の舞台でおおげさな演技をしている場面もあった。

「ほんとにまだ見たいの？」メガンがそうたずねるのは、もう三回目か四回目だった。

「ほんとさ。すごくおもしろい。きくのを忘れたけど、これはどのあたりなんだい？　もしかしてカリフォルニア？」

「いいえ。わたしが育ったのは〈第二十一特別居留区《ラ・パリオ・セルカーダ・ペインテイウノ》〉、コングロマリットがメキシコから切りとった、管理職の家族のための飛び領土。合衆国とGWAコングロマリットの二重籍。あそこで暮らしていたあいだ、本物のメキシコ人を見たことは一度もなかったわ」彼女は遠慮がちに先をつづけた。「いちおうきいておこうと思ったの。ホームビデオって死ぬほど退屈なときがあるから」

「それは被写体に興味がない場合の話さ。もっと見たいね」

それから一時間ほどのテープのどこかで、カメラの操作権はメガンの母親から奪いとられ、おもにメガン自身とその友だちの手にゆだねられた。この一団はメガンの母親にひけをとらないカメラ狂だったが、撮影のテーマに関してはまったく抑制がなかった。子供たちは、ビデオカメラの発明以来、ほとんどすべての持ちぬしがこころみたやりかたでそれを利用した――エッチなテープを製作したのだ。もちろん、子供たちのことだから、たいていの場合はセックスというよりわるふざけに近く、それにすくなくともカメラのまわっているあいだは本物の性交の一歩手前で終わるのがふつうだった。

「まったくもう」メガンは天を仰いで嘆息した。「ぜんぶ合わせたら百万キロもの長さになるわよ、このてのキディ・ポルノのテープ。まるでわたしたちが草分けみたい」

クーパーは感想を述べた。メガンとその仲間は、むかしの自分たちの仲間とくらべて、ずっと裸でいる割合が多い。クーパーの学校では、海岸へ行ったときや、運動をするときや、春分や終業式のような特別な日を祝うときだけしか、生徒は服をぬがなかった。メガンの仲間は年じゅう裸でいるように見える。大部分は白人らしいが、コーヒー豆のような褐色に日焼けしている。

「そうなのよ」彼女は答えた。「スパイクシューズ以外のものは身につけたことがなかった」

「学校でも？」

「そんなことをやかましくいわない教育方針だったの」

彼の見まもる前で、メガンはシークエンスごとにディゾルブをくりかえし、十歳の少女からしだいに女性として成長していった。ちょうど微速度撮影がとらえた開花の魔法のように。

「まあ、いうならば《二〇七三年の思春期バラエティ》ね」とメガンは自嘲的な笑いをもらした。「何年も前に自分で編集したのよ、退屈しのぎに」

これらの断片をひとつのまとまった全体に組み合わせ、しかも人工的な臭みを感じさせないような熟練した編集者の存在には、すでにクーパーも気づいていた。あの業界で長年メガンがまなびとった技術がものをいって、これだけの長いプログラムを飽きずに見させたのだ。それぞれの部分を単純につなぎあわせたのでは、とてもそうはいかなかっただろう。クーパーはアンナ＝ルイーゼの非難を思いだし、こんなふうにすっかり他人の生活に熱中しているおれを見たら、あいつはどう思うだろうな、と考えた。

手書きのタイトルが画面に現われた――〈散りゆく花――愛のいとなみ　制作メガン・アレグラ・ギャロウェイ／レジナルド・パトリック・トマス〉。そのあとのテープには、それまでのスムーズな流れがなかった。カットのつなぎがぎくしゃくしていた。カメラはつねに静止したままで、ディゾルブも使われていなかった。ずっとむかしに少女が編集したときから、このテープはまったく手を加えられていないのだ。子供たちはスローモーションで海岸を走りまわり、大きな波がその背後にうちよせていた。少女と少年は手をつないで未舗装道路を歩き、立ちどまってキスをかわした。背景で音楽が高まった。ふたりは黄色い花が果てしなく咲きみだれる野原にすわった。笑いながら、おたがいを愛撫しあった。少年はメガンの上から花びらの雨をふらせた。

ふたりは森のなかを駆けぬけ、滝と深い池を見つけた。ふたりは滝の下で抱きあった。キスが熱をおびてきた。ふたりが平たい岩の上に登ると、そこには――なんたる偶然か――エアマットレスがあった（「リハーサルのときにね」とメガンが説明した。「あのしゃくな岩が見た目ほどロマンチックじゃないとわかったのよ」）。ふたりはひとつになった。そのシークエンスは、三種類のカメラアングルで撮ったものをつないであった。一部のショットには、べつの三脚の足が映っていた。恋人たちは疲れきっておたがいの腕のなかに横たわり、寄せ波がくだけつづけた。溶暗。

メガン・ギャロウェイはテープデッキをとめた。しばらくは、組んだ両手を見つめてすわっていた。

「あれが初体験」ぽつりといった。

クーパーはけげんな顔になった。「しかし、その前にも見たような気が――」

「いいえ。わたしのは見てないはずよ。どれもほかの女の子。たしかに、わたしもいろんなことはしたけどね。でも、あれだけはちゃんと〝とって〟おいたの」彼女はくすくす笑った。

「古いロマンス物の読みすぎ。バージンを捧げるなら愛する人に。おばかさんね」

「で、彼を愛してた？」

「めちゃくちゃに」手の甲で目じりをぬぐい、ためいきをもらした。「彼、最後に抜いて、おなかの上へ射精するっていうのよ。テレビではみんながそうしてるからって。説得するのに何時間もかかったわ。彼っておめでたかった」しばらく考えて、「ふたりともおめでたかった。彼は実生活がテレビのまねをするべきだと信じこんでいた。わたしはテレビに映らないものは現実じゃないと信じこんでいた。だから、記録せずにいられなかったのよね。でないと、なにもかも消えてしまうような気がして。どうやら、いまもそれが治らないらしいわ」

「しかし、そうじゃないのは知ってるはずだ。生活のためにやってるだけさ」

メガンはわびしげに彼を見た。「それがなぐさめになると思う？」

クーパーが答えずにいると、彼女はまた自分の手を見つめ、しばらくだまりこんだ。つぎに口をひらいたときも顔を上げようとはしなかった。

「ほかにもまだテープがあるのよ」

クーパーはその言葉の意味をさとった。ここから先のテープはけっしてたのしくないこと、だが、やはりそれを見なければならないことをさとった。見せてほしいとたのんだ。

「これを撮ったのは母なの」

ファースト・シーンは、銀色のハング・グライダーの遠写だった。クーパーは、メガンの母親が気をつけなさいと娘に呼びかけている声を聞いた。それに応じるように、ハング・グライダーは急上昇し、失速しかけてから、旋回して二十メートル上空を通過した。カメラはそれを追った。メガンが手をふり、にっこり笑った。それからは大混乱の数秒後――きれぎれのショットで、地面と、空と、立ち木に接近するグライダーのブレた映像――とつぜん、カメラがぴたりと静止した。

「あのときの母がどんな思いだったかは知らないわ」メガンが静かにいった。「でも、母の反応は、年季のはいったプロなみだった。きっと反射運動なのね」

それがなんであったにせよ、カメラは狙いあやまたず対象をとらえていた。グライダーは右に向きを変え、立ち木と接触して裏返しになった。グライダーは下枝のなかへ墜落し、串刺しにされた。メガンの母親が走りだすのといっしょに、映像がゆらいだ。一瞬、ストラップからぶらさがったメガンの映像が出た。彼女の首は異様な角度に折れ曲がっていた。それから空が画面の半分を、そして地面が残りの半分を占めた。ほうりだされたカメラがまわりつづけているのだ。

その後の状況は、前ほどわかりやすくなかった。とうとう彼女の家族も、テープに記録する意欲をなくしたのだろう。いくつかのあわただしいショットがつづいた。ベッドの上の顔――包帯とストラップにくるまれ、顔のほかはなにも見えないメガン――医師たちの姿、手術室のドア、病院の無人の廊下。そしてだしぬけに年老いた目の少女が車椅子にすわり、握り拳にゆわえつけたスプーンを使って、苦労しながら食事をとっていた。

「すこし元気になってから」とメガンがいった。「撮影を再開してくれとたのんだのよ。みんなをあっといわせようと思って。このテープを、これから一年後に撮るテープと対照させるつもりだったわ。そのころには、きっと歩けるようになっているからって」

「医者が歩けるようになるといったのかい？」

「むりだといわれたわ。でも、だれだって、自分だけは例外だと思いたがるじゃない？　お医者さんから機能の一部がもどるといわれたら、よーし見てろ、機能の一部がもどるなら、全部だってきっともどるわよって。そこで精神力の勝利を信じはじめ、神さまもわたしにだけはほほえんでくださるわ、と思いこむ。あ、そうそう、このあたりの体験もとってあるのよ」

そのさりげないひとことに隠された意味にクーパーが気づくまでには、しばらくかかった。その意味がのみこめたとき、クーパーは相手が二度とそれを口にしないだろうとさとった。その誘いかけは、いまの彼女がやった以上にはけっして露骨にできない種類のものなのだ。

「きみさえよかったら、それを体験してみたいな」

こちらもさりげない口調をとろうとつとめたが、そうできたかどうかクーパーには自信がなかった。ふりかえったメガンの目は、彼の心のなかを見とおしているようだった。

「ここで抗議したら礼儀に反するわね」しばらくして彼女はいった。「もちろん、あなたに体験してほしいのはやまやまなの。だけど、耐えられるかどうか。あらかじめことわっとくけど、あれは――」

「――たのしいもんじゃない？　よしてくれ、メガン、それは侮辱だぜ」

「わかったわ」

メガンは立ちあがってキャビネットをあけ、とても小型の、とても高価な感情再生《トランサー》ユニットとヘルメットをとりだした。クーパーがそれを装着するのに手をかしながらも、メガンは彼と目を合わそうとせず、ある日フィーリー・コーポレーションのスカウトたちが病院を訪れたときのことを、神経質な早口でしゃべりはじめた。スカウトたちが持ってきたコンピュータ・プリントアウトには、同社と契約すれば将来有望だと、彼女の才能が高く評価されていた。最初は追いかえしたが、むこうはそういう扱いに慣れていた。当時、体験テープ業界はごくマイナーなものだった。まもなく革新的な新技術が生まれ、マス・マーケットへの進出が果たされることになるが、まだそのころはフィーリー社もメガンもそれを予想していなかった。ついにテープの製作に同意したときも、それはスターダムへの道を確信したからではなかった。自分の人生をどうにもできないという、つのる一方の不安とたたかうためだった。むこうはひとつの職業の可能性を示してくれた。健康で、なに不自由ない暮らしをしていたころのメガンなら、そんなものには鼻もひっかけなかっただろう。だが、とつぜん、どんな仕事でも歓迎したい気持ちになった……。

「最初は感度を落としておくわ」と彼女はいった。「あなたにはトランシングへの耐性がないと思うからブースターの必要はないわね。これは断片的な記録なの。感情記録《トランス》トラックのはいったテープもあるし、はいってないテープもあるから、ひょっとすると――」

「たのむから、さっさとはじめてくれよ」

メガンは機械をスタートさせた。

画面のメガンは治療プールのなかにいた。ふたりの看護婦がそばに立ってメガンを支え、少女の細い手足を伸ばしていた。そのあと、いくつかの物理療法のシーンがつづいた。クーパーはいつからトランシングがはじまるのかといぶかしんだ。それは遠近感の変化からはじまるはずだ。まるでそこへ（テレビ・スクリーンがひろがった。彼はガラスを通りぬけて、その奥にある世界へ）実際にはいっていくように——

「だいじょうぶ？」

クーパーは両手で顔をおおっていた。顔を上げ、首を横にふってから、相手がその動作を誤解するだろうことに気がつき、こっくりうなずいた。

「ちょっとめまいがしてね。ひさしぶりだから」

「いそぐことはないわ。またこんどにしましょうか」

「いや。つづけてくれ」

彼は車椅子にすわり、薄いレースのガウンに首から足の先までをおおわれていた。足の指はすでにようすがちがっていた。そこには筋肉の緊張状態がなかった。もっと重要なのは、その指がなにも感じないことだった。

感覚はごくわずかしかなかった。両方の乳首のすぐ上あたりにどちらともつかない中間領域があり、そこから下はすべてが薄れている。彼は浮遊する意識だった。車椅子とそこに固定された肉体から離れて宙ぶらりんになっていた。

こうしたすべてのことを感じとりながらも、彼はそのことを考えてはいなかった。すでにそれはありふれた現実になっていた。あのおそろしい新奇さは、とっくになくなっていた。

窓の外は春だった。ここはどこだろう？　メキシコでないのはたしかだが、正確な居場所はよくわからない。まあ、どうでもいいことだ。彼は窓のすぐ外でリスが木に登っているのをながめた。あのリスになりたい。

もうすぐだれかが見舞いにくる。あと一時間か二時間で。そのことがうれしかった。それがたのしみだった。きょうは朝からなにもたいしたことが起こらない。セラピーと（そのせいでまだ両肩が痛い）再訓練セッションと（無意識のうちに、彼は麻痺した大きいミトンのような両手を強くくっつけあわせた——親指とあとの四本の指のあいだに一枚の紙をはさんで持つ訓練でも、それとおなじぐらいの力が必要だった）。もうすぐ昼食だ。どんなメニューだろうか、と考えた。

ああ、そうだ。けさは嫌なことがあった。ヒスを起こしてわめきちらしているところへ、医者が注射器を手に現われたのだ。その記憶はまだ残っている。そこに溺れてしまうほどたくさんの悲しみはあるが、いまはそれを感じなかった。自分の腕にあたる日ざしを感じ、それになぐさめられた。気分がよくなってきた。昼食はなんだろう？

「まだ、だいじょうぶ？」

「だいじょうぶだ」

彼は目をこすり、焦点を結ばせようとした。移行の瞬間はいつもめまいがする。まるでぴんと張られていた輪ゴムの一端が離れ、テレビのなかからはじきだされて、自分の頭、自分の肉体のなかへもどった気がする。すっかり凝ってしまった両腕をさすった。画面では、メガンがまだ車椅子にすわったまま、ぼんやり窓の外をながめている。場面が変わった。

彼は首のうしろの縫合の跡が離れないようになるべくじっとすわっていたが、その苦痛をがまんする値打ちは充分にあった。すぐ前にあるテーブルの上では、小さな金属製の虫が身ぶるいし、ぎくしゃくと前進し、そしてとまった。精神を集中して、その虫に右へ曲がれと命じた。車を運転するときに、どうやって右へターンするかを考えた。片足をアクセルにのせ、両手をハンドルにかける。肩の筋肉が腕を持ちあげ、指が曲がり、親指が——親指はどうするんだっけ？　だが、そこで記憶がもどり、腕の筋肉がハンドルをまわしはじめるのが感じられる。片足でブレーキを軽くたたいてみる。足を持ちあげるのといっしょに、靴の内側に指の表面があたるのが感じられ、ブレーキを踏むと足の裏にしっかり圧力が加わる。左手が体の前を横ぎるのといっしょに右手をハンドルから離し……。

テーブルの上では、金属製の虫がブーンと音を立てて右に曲がった。ぼんやりその存在が感じられる周囲の人たちから、拍手がわいた。汗がだらだら首すじをつたうのを感じながら、その装置を誘導して左へターンさせ、つぎに右へターンさせた。そこまでがせいいっぱいだった。虫はテーブルの縁にきて、いくら努力しても動かなくなった。医師のひとりが虫をつまみあげ、テーブルのまんなかにもどした。

「すこし休憩しようか、メガン？」

「ううん」彼は休もうとしなかった。「もう一度やってみる」

背後では、壁ぜんたいが光りまたたいていた。コンピュータが能力の極限に追いやられながら、脊髄の断端に集まるややこしい神経刺激を選りわけ、情報を翻訳し、それをリモートタログ装置のサーボに放送しているのだ。彼は虫をスタートさせてから、テーブルの端まで行きつかないうちにストップさせた。どうしてそれをやってのけたかはまだ謎のままだが、コツをつかみかけているのがわかった。ときには、まだ歩けると自分をだましながら、あっさりそれをやったほうがうまくいくこともあった。ときには、虫のほうがごまかされず、動こうとしないときもあった。この虫はこっちが歩けないことを知っている。けっして歩ける体になれないことを――

白いシーツにおおわれた患者が、担架車で手術室のドアまで廊下を運ばれていく。こんどはギャラリーから見た、手術室内部の映像。みんなが患者を移しかえるとそこは手術台の上。照明がまぶしい。彼はめんくらって目をぱちぱちさせる。だが、みんなにうつぶせにされ、それでずいぶん気分がよくなる。なにかつめたいものが首のうしろにふれ――

「もうしわけございません」メガンがそういって、いそいでテープを早送りにした。「あなたにはまだ早いわ。わたしでさえ、あれにはまだ……」

メガンがなんのことをいっているのか、よくわからなかった。自分にはその手術が必要だ。それによって神経のインターフェースが改善され、いま開発中の新しいリモコン装置を動かすのがもっとらくになる。すばらしい。新技術開発の役に立てるなんて……。

「ああ。わかった。ぼくは……」

「Q・M・クーパー」メガンはそういうと、心配そうに彼の顔をのぞきこんだ。「残りはまたこんどにしたほうがいいんじゃない?」

「いや。もっと見せてくれ」

いちばんつらいのは夜だった。毎晩ではないが、つらい夜になると、ほんとにつらい。昼間はまだ受容の気持ちがあるし、しぶとい心の鎧がほんとうの絶望をさえぎってくれる。何日か幸せな気分がつづくこともある。自分の身に起きたことを受けいれることもできるし、苦しい努力をするだけの価値はあると自分にいいきかせることもできる。これが世界の終わりではなく、これからも幸福で充実した生活が送れるのだ、と考えることもできる。自分のことを気にかけてくれる人がおおぜいいる。最悪の不安は現実にならずにすんだ。まだたのしみを味わえるし、幸福をつかめる。性の快楽さえ、けっして消えたわけではない。以前とはちがうし、ときには不便でもあるが、それは気にならない。

しかし、夜ひとりで寝ていると、そのすべてが崩壊していくのだった。暗闇が彼の防備を奪いとり、肉体的にも感情的にも無力になってしまう。

彼は動けなかった。両脚は死んだ肉だった。彼は生き腐れの不快な肉体、だれにも愛してもらえない醜悪な対象だった。チューブがはずれて、シーツは小便でびしょびしょだ。恥ずかしさのあまり、看護婦を呼ぶこともできなかった。

彼は声もなく泣いた。涙がかれはてたとき、冷静に自殺の方法を考えはじめた。

彼女は激しい身ぶるいの発作がおさまるまで、彼を抱きしめていた。彼は痛みを理解できない子供のように泣き、疲れきった老人のように泣いた。長い長いあいだ、目をあける気になれなかった。なにも見たくなかった。

「つぎの……つぎのを見なくちゃいけないかな？」自分が鼻声なのに気づいた。

メガンは彼の顔にキスの雨をふらせ、彼を抱きしめ、なにも心配はいらないと無言の励ましを与えた。クーパーは感謝の気持ちでそれを受けいれた。

「いいえ。もうなにも見なくていいのよ。なぜあなたにあそこまで見せたのか。自分でもわからないんだけど、たとえ見せたくても、あの先は見せられないわ。とっくに破棄してしまったの。あまりにも危険だから。いまのわたしは人なみの自殺志向しかないけど、もしこのつぎのテープをかけたら、きっと心の奥底までまる裸にされて発狂すると思う。わたしにかぎらず、だれでもそうだわ。いくら強い精神を持った人間でも、ずいぶんかよわいものなのよ。人間の意識のすぐ下には、おそろしく大きな原初の絶望がひそんでる。それをへたにいじったらたいへんなことになる」

「きみはどこまでそれに近づいた？」

「ジェスチャーよ」彼女はあっさりと答えた。「自殺未遂が二回。どちらも発見されたときには充分に間にあったわ」

メガンはまたキスをして、クーパーの目をのぞきこみ、おずおずと微笑をうかべた。そこに見いだしたものに満足したらしく、彼の頬をなでると、またトランサーの制御部に手をのばした。

「もうひとつだけ。これを見たらおひらきにしましょう。これは幸福なテープなの。口直しにぴったりだと思うわ」


そこにはボディーガイドをつけた少女がいた。その機械と黄金のジプシーをくらべると、ライト兄弟の飛行機と超音速ジェット機をくらべたほどの差があった。メガンの姿は機械に隠れてほとんど見えなかった。クロムめっきの支柱があっちこっちに飛びだし、液圧シリンダーがしゅうしゅう音を立てていた。組み立てたときの溶接部分もまる見えだった。メガンが動くと、その怪物は病気の犬のような泣き声を出した。しかし、彼女は動いていた。しかも、自力で。片足をそろそろともう片足の前に出し、舌の先をかみながら、つぎの一歩をひたむきに考えていた。そこで場面が変わると——

——翌年の新型。それはまだ鈍重な感じで、衣服の下からごつごつ出っぱっていた。液圧式のぶこつな補綴装置だった。しかし、メガンはじょうずに動いていた。もう自然に歩くことができた。精神集中を物語る眉間のしわも消えていた。この機械には両手があった。重い金属の籠手《こて》に似たものだが、指をべつべつに動かすことができた。彼女がカメラに向けた笑顔には、クーパーがあの事故のあとで見たどれよりも本物の温かみがこもっていた。「新しいマークIII」と画面外の声がいい、クーパーは走るメガンをながめた。彼女はハイキックをくりかえし、なんべんも高くジャンプした。だが、この新型は、実のところマークIIよりもかさばっていた。彼女の背中には大きなふくらみがあった。これまで機械の外部にあったコンピュータが、そこに内蔵されているのだ。自己充足的ボディーガイドの第一号。だれもそれを美しいとはいわないだろうが、彼はそれがメガンに与えた解放感を想像できた。なぜ彼女がトランス・トラックを再生しないのかと、ふしぎだった。彼は画面から目を離そうとしかけてしかし、そんなことを気にしている場合じゃない。もう自由なんだ！

　彼は両手を顔の前にさしだし、手のひらを返し、これからいつもはめていなくてはならない革手袋を見つめたが、気にはならなかった。あのぶかっこうな籠手や、その前の不器用なフックよりどれだけいいかしれない。きょうは新しいボディーガイドをつけた最初の日で、気分は最高だった。走り、さけび、跳ねまわり、はしゃぎまわり、そしてみんなもいっしょになって笑い、自分の一挙一動に拍手する。なんてすばらしい力！　これなら世界だって変えられる。なにがきてもとめられるもんか。いつかそのうちメ（Q・M）ガン

・ギャロ（クーパー）ウェイの名前が世界じゅうに知れわたる日がやってくる。この世界に自分のできないことは、なにひとつ、なにひとつない。いまに――

「ああ！」ショックのあまり、彼は両手を顔にたたきつけた。「ひどいな！　切ってしまうなんて！」

「ちょっと性交中断みたいな感じかしら？」彼女がすました顔でいった。

「もっと見たかったのに！」

「それはまちがいよ。他人の喜びや悲しみにあんまり深入りするのは禁物。それに、あんな調子がいつまでつづくと思う？」

「どうしてつづかないわけがある？　きみはすべてを手に入れたんだ、いま――」クーパーはいいやめて、相手の顔をのぞきこんだ。メガンは微笑んでいた。それからのち、クーパーは何度もこの瞬間にもどって、彼女の顔にわずかでもあざけりの気配がないかとさぐることになるが、けっしてそれを見いだしはしないだろう。壁はとりはらわれた。メガンはすべてを、彼女について知っておかなければならないすべてを見せてくれたのだ。クーパーは自分の人生が二度ともとにもどらないことをさとった。

「愛してるよ」と彼はいった。

ごく、ごくかすかな表情の変化だったので、メガンの感情にこれほどぴったり同調していなければ、それを見逃したかもしれない。彼女の唇がふるえ、目のまわりに悲しみが現われた。大きなためいきをついた。

「やぶから棒ね。すこしおちつくまで待ってからにしたら――」

「いや」両手を彼女の顔にそえ、自分のほうを向かせた。「いや。この気持ちは、さっき、あの夢中になった瞬間にしか言葉にできなかった。ぼくにとっていいやすい言葉じゃなかった」

「まいったな」メガンは静かなモノトーンでいった。

「どうした？」それでも彼女が答えないのを見て、クーパーは両手にはさんだ顔を静かに前後にゆらした。「ぼくを愛してない、そうなのか？　だったら、いまはっきりそういってくれ」

「そうじゃないわよ。もちろん愛してる。あなたは恋をした経験がないんでしょう？」

「うん。どんな気持ちのものなのか、いつになったらわかるだろうと思っていた。いま、それがわかった」

「あなたはまだその半分も知らない。ときには恋がもっと理性的なものであってくれたら、と思いたくなることもあるわよ。いちばん対処しにくいときを選んでおそいかかってこなくても、と」

「どうやら、ぼくたちは完全に無力ということらしいね、ちがう？」

「そのとおりよ」彼女はもう一度ためいきをついてから、立ちあがってクーパーの手をとった。ベッドのほうへいざないながらいった。

「いらっしゃい。メイク・ラブのしかたをおぼえてもらわないと」

　クーパーは、それが奇怪なものではないかと、これまで一抹の不安をいだいていた。だが、そうではなかった。あれからそのことはずっと頭にあったが、答が出てこなかった。いったい彼女はどんなことをするのだろう？　もし鎖骨から下はぜんぜん感覚がないとしたら、どんな性行為も彼女にとっては意味がないのでは？

　ひとつの答は最初から明らかなはずだった。彼女は、まだ肩と、首すじと、顔と、唇と、耳で感じることができる。第二の答も、最初から目の前にあったのに気がつかなかったのだ。彼女にはまだ勃起能力がある。性器からの知覚は脳に届かないが、クリトリスから脊髄につながる神経は損傷を受けていない。そして、複雑な現象が起きる。それがどんなものかは彼女も説明しきれなかったが、第二次と第三次の体性効果、ホルモン、代行的な刺激、体内の自律神経系と循環器系に関係したいろいろのことが。

「その一部は自然適応で、あとの一部は外科手術とマイクロプロセッサーで補強されたもの。いまのような外科手術が開発される以前にも、四肢麻痺患者はそれをやってのけていたけど、わたしのようにやすやすとはいかなかった。ちょうどそれは、失明した人の聴覚や触覚が鋭敏になって、視覚を補うのと似ているのよ。わたしの体のなかでまだ感覚の残っている部位はいっそう敏感になり、反応が速くなった。知りあいの女性で、肘を刺激されるとアクメに達する人もいるわ。わたしの場合、肘はそれほど強い性感帯じゃないけど」

「これだけ医学が発達しているのに、どうしてきみの脊髄の切れたすきまを埋められないんだろう？　きみの脳が出す信号を読みとる機械が作れたなら、どうしてきみの下半身に新しい信号を送る機械が作れないんだろう？　その機械で、同時にきみの下半身からくる信号を読みとって、それを……」

「それはむずかしい問題なのよ。いま開発は進んでる。たぶん、あと十五年か二十年すればね」

「ここかい？」

「それよりもこのへん。首すじぜんたい。耳から耳にかけて……そこ。もっとつづけて。あら、どうして手をあそばせてるの？」

「だって、こうしても感じないんだろう？　ちがう？」

「直接にはね。でも、すてきなことがはじまってるわ。見て」

「うん」

「だから、心配いらないのよ。つづけてちょうだい」

「これはどうだい？」

「いまいちね」

「これは？」

「うん、調子が出てきたぞ」


「しかし、考えてみると、きみは――」

「すこし考えるのをやめたら？　いいのよ、入れなさいったら。あなたにもいい思いをしてほしいわ。それにいっとくけど、わたしにだってそれなりの効果はあるのよ」

「仰せにしたがうよ。おやっ、なんだ、この感じは……ねえ、いまのはどうやったんだい？」

「質問が多いのね」

「ああ。だけどあのへんの筋肉は動かせないはずなのに」

「簡単な応用なのよ。粗相をしないように移植された組織を使って。ねえ、いいかげんにしたらどう、Q・M、もう質問の時間は終わったと思わない？」

「まったくだ」

「おもしろいものを見せてあげようか？」とメガンがきいた。

ふたりは腕をからめて横になり、奇妙なベッドの支柱からおくびのように吐きだされる煙をながめていた。彼女がホログラムのスイッチを入れたので、ベッドルームはマーク・トウェイン風の幻想のなかに消えていた。ふたりはミシシッピー川をゆっくりくだっていた。ベッドが静かにゆれる。クーパーはみだらなまでにくつろいでいる自分を感じた。

「うん」

「笑わないと約束する？」

「おもしろくなければね」

メガンがごろんと寝返りをうち、ベッドの上でうつぶせの大の字になった。ボディーガイドが彼女を放し、立ちあがり、ホロの制御装置を見つけて、川を消した。ボディーガイドは片膝をベッドにのせて、ていねいにメガンを仰向きに寝かせ、彼女の両脚を組ませてやってから、自分はベッドの端に腰かけ、脚を組んでぶらぶらさせた。もうこのときには、メガンのもくろみどおり、クーパーは笑いだしていた。ボディーガイドはメガンのそばにすわり、左の前腕と手を包みこんでタバコに火をつけ、彼女の口にくわえさせてから、手を放した。それから部屋のむこうへ行って、椅子に腰かけた。

クーパーは彼女にさわられてびくっとなった。ふりむくと、かぼそい手が自分の肘にかかっていた。その手は肘をつかむことができず、そっとつつくだけの力しかない。

「これを消してくれない？」メガンがクーパーのほうに頭を向けた。彼は片手を下にそえて灰を受けながら、相手の唇からそうっとタバコをとりのけた。つぎに彼が向きなおったとき、彼女の目には警戒の色があった。

「これもわたしなのよ」

「わかってる」クーパーは眉をよせ、彼女だけでなく自分のためにも真実に近づこうとした。「いままでそのことはあんまり考えなかった。いまのきみはすごく無力に見える」

「事実、すごく無力だわ」

「なぜこんなことをした？」

「こんなわたしの姿はだれも見ていないからよ。お医者以外は。それで気持ちが変わるかどうかをたしかめたかったの」

「いや。ちっとも変わらない。きみのこんな姿は前にも見たことがある。そんなことをあらためてたずねるなんて、むしろ驚きだ」

「驚いちゃだめ。わたしはこんな自分が大嫌い。自分で自分がいやになる。だから、当然、ほかの人もおなじ反応をすると思って」

「ちがうな」クーパーは彼女を抱きしめ、それから体をひいてその顔を見つめた。「ねえ……もう一度メイク・ラブしようか？　いますぐじゃなく、もうすこししてから。このままで」

「あら、それはいやよ。でも、お申し出ありがとう」

ふたたびボディーガイドのなかにはいると、メガンは指輪をちりばめた手で彼の顔にふれた。その表情には満足と不安が奇妙に交錯していた。

「あなたはどんどんテストにパスしていくわ、クーパー。こっちが追いつけないぐらい。いったい、これからどうしたらいいのかしら？」

「まだテストがあるのかい？」

彼女はかぶりをふった。「いいえ。もうないわ、あなたには」


「仕事に遅れるわよ」とアンナ＝ルイーゼがいった。見送りにきたクーパーは、彼女のスーツケースをひとつさげて、シャトルポートの待合室を出ようとしたところだった。

「かまうもんか」

アンナ＝ルイーゼがふしぎそうな視線をよこした。その理由はわかっていた。これまでふたりでいたとき、いつもクーパーは勤務時間のはじまりを待ちこがれていたからだ。しかし、いまの彼はそれを嫌いはじめている。勤務中はメガンといっしょになれないからだ。

「相当な重症だな、こいつ」

クーパーはにっこりした。「そうさ。彼女をおいて外出したのは何週間かぶりだよ。怒ってないよな？」

「わたしが？　いいえ。見送りにきてくれただけでもうれしいわ。あんたは……すくなくともひと月前のあんたは、そんなことを思いつく人じゃなかった。あ、ごめん」

「いえてる」

アンナ＝ルイーゼが運んできた荷物のそばに、彼はスーツケースをおろした。ポーターがそれをエアロックからシャトルのなかへ積みこんだ。クーパーは、〈ニュー・ドレスデン、クラヴィウス、ティコ・アンダー〉という標識によりかかった。

「きみが怒っているかはべつにして、とにかく見送りに行こうと思ったんだ」

アンナ＝ルイーゼは皮肉な笑みをうかべた。「ふーん。彼女のおかげでずいぶん変わったのね。いいことだわ。まだいまでも、彼女があんたを傷つけるだろうって気はするけど、そこからきっとなにかが得られるはずだし、この前のあんたとくらべると、まるで生きかえったみたい」

「そのことを聞きたかったんだよ」クーパーはゆっくりといった。「なぜ彼女がぼくを傷つけると思うんだい？」

アンナ＝ルイーゼは口ごもって、しきりにパンツをひっぱりあげたり、靴の底をデッキにこすりつけたりした。

「もう、前みたいに仕事がおもしろくなくなったんでしょ、ちがう？」

「うん……まあ、そうだね。もっともそれは、なるべく彼女といっしょにいる時間がほしいからでもあるんだが」

アンナ＝ルイーゼは彼を見つめ、小首をかしげた。

「じゃ、さっさとやめれば？」

「うん？……そりゃどういう……」

「あっさりやめれば。彼女としたら、男ひとり食わせていくぐらい、なんでもないはずよ」

クーパーはにやりと笑いかけた。「見そこなうなよ、A・L。ぼくは女に食わせてもらうことになんの抵抗もないぜ。そんなに頭の古い男だと思ってたのかい？」

彼女は首を横にふった。

「だが、金が問題になると、きみは思ってる」

彼女はうなずいた。「問題は、むこうがお金を持ってることじゃない。あんたが持ってないことよ」

「よしてくれ。彼女はぼくが金持ちでないことなんか歯牙にもかけてない」

アンナ＝ルイーゼはじっと彼を見つめてから、にっこりした。

「よかったね」そういうと彼女はクーパーにキスをした。うしろを向いて手をふりながら、いそいでシャトルに乗りこんだ。

毎日、メガンは袋いっぱいの郵便物を受けとる。それは氷山の一角だった。地球にいる専属スタッフが郵便物を選りわけ、ファン・レターには同文の手紙で返信を出し、講演の依頼をことわり、寄生虫たちを追いはらっているのだ。あとの残りがメガンに送られてくるのだが、それには三つのカテゴリーがあった。大多数を占める第一のカテゴリーは、ヒモつきでない手紙のなかから厳選のすえ、いちおう目をとおす価値があると認められたもの。メガンはその一部を読み、あとは封も切らずに捨ててしまう。

あとのふたつのカテゴリーにはかならず目をとおす。ひとつは出演の申しこみであり、もうひとつは神経系の研究をしている地球の学術機関からの報告だ。この種の報告にはよく寄付の依頼が添えられている。たいていの場合、メガンは小切手を送る。

最初、メガンは神経医学の現況をクーパーにも知らせようとしたが、相手が彼女ほどの熱意と関心を持っていないことにまもなく気がついた。メガンはその研究の最前線に深く関与していた。新しい発見は、ささいなものも、重要なものも、翌日かならず彼女のデスクの上に届けられる。それには奇妙な副産物もあった。ふたりの最初の出会いにひと役買ったワッキーダストも、実はこうした研究所のひとつから送られてきたものだった。先方は偶然にそれを発見したものの、さてなんに使ってよいやらわからなかったのだ。

メガンのコンピュータには、神経外科学に関する情報がぎっしり詰まっていた。いちおう里程標となりそうな新技術がいつ完成するかを、外挿法で予想することもできた。小規模な強化手術からニューロン網の完全な再生にいたるまでを。クーパーの見たところ、先行きは暗かった。こうした研究は資金不足に悩んでいる。医学研究への出資金の大部分は、放射線病の調査研究につぎこまれるのだ。

そうした郵便物を読むのは、一日の最高の時間とはいえなかった。吉報はめったにない。しかし、アンナ＝ルイーゼがルナへ帰ってから二週間後のある日、メガンが見せた暗い表情は、彼が予想もしないようなものだった。

「だれかが死んだ？」クーパーは腰をおろして、コーヒーに手をのばした。

「わたしよ。それとも、瀕死の状態かな」

目を上げてクーパーの顔を見てから、かぶりをふった。

「いいえ、医学のニュースじゃない。それほど単純なものじゃないわ」メガンはテーブルの上に一枚の紙をほうりだした。「総合テレビジョン協会《アルゲマイン・フェルンゼーヘン・ゲゼルシャフト》からの手紙。むこうはいくらでも払うというの……ただし、これまでわたしがフィーリー社でやってきたことと実質的にはおなじことをするという条件。総合テレビジョン協会が作品に関する完全な支配権を持たないような契約では、残念ながら重役会の許可がおりない、と」

「それで何回目になる？」

「あなたに見せた分？　十七回目。準備段階も突破できなかったものを入れたら、もっとたくさん」

「すると、独立製作というのは、きみが考えてたほど簡単じゃないわけだ」

「簡単だといったおぼえはないわよ」

「なぜ自分の金を使わないんだい？　自分の会社を作ればいい」

「それも検討してみたけど、結論がどれもこれもかんばしくないのよね。GWAとロイヤル・ダッチ・シェルの戦争で、税金の……」メガンはちらと彼の顔を見て、いそいでギアを切り替えた。「説明がむずかしいわ」

それは、「あなたに話してもわからないわ」の婉曲表現だった。クーパーはべつに腹も立たなかった。これまで、むこうは何度か事業のことを説明しようとしたが、ふたりともしびれを切らしてしまうのがおちだったのだ。クーパーにはよくよくその方面の才能がないらしい。

「わかった。で、これからどうする？」

「そうね、まだ危機ってわけじゃないわ。投資は順調。戦争による損失はあるけど、GWAからは足が抜けかかってるし。銀行残高はかなりいい状態よ」

これも婉曲表現のひとつだった。メガンは自分が代表する法人、ヒターナ・デ・オーロ（黄金のジプシー）の奇怪なメカニズムがクーパーにはちんぷんかんぷんなのをさとったときから、そんな表現を使いはじめたのだ。ボディーガイド社から届くとほうもない金額の請求書は見たことがあるが、彼女が心配ないというならその言葉を信じよう、とクーパーは思った。

さっきから、彼女はエッグズ・ベネディクトが冷めるのをよそに、塩入れをもてあそんでいた。いま、フフンと鼻を鳴らすと、ちらとクーパーに目をやった。

「皮肉なことにね、つい最近、わたしはすべての理論家がまちがっていたことを証明したのよ。だれもが不可能だと思っていた壁を突破した。それで全業界をあっといわせることができるというのに、本人は仕事にもありつけない」

そのことはクーパーも初耳だった。礼儀正しい質問のしるしに、片眉を上げてみせた。

「いいにくいな、クーパー。どんなふうに打ち明けたものかと、ずっと考えていたのよ。問題は、二、三日前にあなたにいわれるまで、ついうっかりしてたことなの。ほら、わたしのボディーガイドにトランスコーダーが組みこまれてるのを知らなかったっていうあれよ」

「ぼくはてっきり、きみの撮影班が――」

「あなたがそう思ってたのは知ってる。いまはね。誓ってもいいけど、それまではまったく気がつかずにいたの。いいえ、あの撮影班はビデオテープしか作ってなかったわ。編集段階で、それがボディーガイドの作った体験テープに組みいれられる。体験テープのほうはいつもつけっぱなしなのよ」

クーパーはその言葉をしばらくかみこなしてから、彼女に向かって顔をしかめた。

「つまり、きみは恋をテープに記録できたというのか」

「恋におちる瞬間をね。なにからなにまで」

「どうしてぼくに話さなかった?」

彼女はためいきをついた。「体験テープは一種の現像処理が必要なのよ。ビデオテープとちがってね。それがきのうラボからもどってきたばっかり。ゆうべ、あなたが寝てからトランサーにかけてみたわ」

「ぼくも見てみたい」

「いつかそのうちね」彼女は逃げをうった。「いまのところは、すごく個人的なものだから。これは自分だけのものにしておきたいの。わかってもらえる? いままでのわたしはプライバシーをあんまり熱心に求めなかったけど、これだけは……」当惑したようすだった。

「だろうな」クーパーはもうしばらくそのことを考えた。「だが、もしきみがそれを売れば、個人的なものじゃなくなる。ちがうかい?」

「わたしは売りたくないわ、Q・M」

クーパーはだまっていたが、実はメガンからもうすこし強い否定の言葉を聞きたかったのだ。いまはじめて、彼は胸騒ぎにとりつかれた。

それからの二週間、クーパーは金のことも体験テープのことも考えなかった。ほかにすることがいっぱいあった。たまりにたまった有給休暇と病気休暇をまとめどりして、ふたりで地球へ旅行したのだ。まるで新しい惑星といってもいい地球へ。

生まれてはじめて訪れる土地をめぐり歩くからだけではなかった。こういう旅行のスタイルになじみがなかったせいもある。たいていの人がファースト・クラスと考えているものより、さらに数段上をいくぜいたくさだった。この惑星にはなんの問題も存在しなかった。手荷物はひとりでにかたづいた。現金を見たためしがなかった。守らなければならないスケジュールもなかった。車も、飛行機も、超音速シャトルも、つねにふたりを待ちうけていて、好きなところへ運んでくれた。これでは費用がかかりすぎるのではないかと心配すると、メガンは、こちらはいっさいなにも払ってないと説明した。熱心に彼女を勧誘している企業が競争でサービスを提供してくれるのだ、と。クーパーには、そういう企業のやりかたが、初恋に夢中な少年よりも滑稽に思えた。彼らは子犬のようにじゃれつき、贈り物を受けとった彼女にすげなくされても、あっさりそれを許している。

見たところ警備らしいものもないのに、メガンは誘拐される心配もしていないようだった。そのへんを彼女にただしてみると、目につくような警備はアマチュアのこけおどしだという答が返ってきた。そして、なにもかも手配ずみだから、もうそんなことで頭を悩まさないように、と忠告された。

「まさか、あのテープを市販するつもりじゃないだろうね？」とのつまり、思いきってクーパーはそうたずねてみた。

「そうね、こういえばわかってもらえる？　はじめてあなたの部屋へ駆けこんだときのわたしは、セックス・テープ業界にはいることを考えただけで、もうノイローゼ寸前の状態だったわ。だけど、あのテープはわたしにとってもっともっと秘密でたいせつなものなのよ。ありふれたセックスとはわけがちがう」

「ああ。それで安心したよ」

メガンはベッドの上で手をのばし、クーパーの手をにぎりしめて優しく彼を見つめた。

「ほんとにあれを市販してほしくないのね、あなたは？」

「うん。してほしくない。はじめてきみにあった日、ぼくは親友から忠告された。きみといっしょに寝たら、ぼくのテクニックを九千万のミーハーにのぞき見されることになるぞって」

彼女は笑いだした。「じゃ、アンナ＝ルイーゼはまちがっていたわね。そんな可能性は頭から追いだしてもらってだいじょうぶ。第一に、あのときはビデオカメラが動いてなかったから、あなたがわたしを抱いた現場はだれものぞき見のしようがない。第二に、もし万一わたしがセックス・テープ業界にはいっても、むこうはわたしの性感を使おうとはしない。わたしの観客にとっては難解すぎるもの。そっちは編集室の仕事になるわ。わたしのビデオと感情をテープにとって、わたしがふつうのやりかたでセックスしてるところを見せ、そして性感のほうは代役を使う」

「失礼な質問だけど、それだと最初の日のきみの反応はちょっとオーバーだったんじゃないかな？」

彼女は笑った。「から騒ぎってわけ？」

「うん。つまりスクリーンに映るのはきみの体で――」

「――でも、それには関心がないって説明したじゃない？」

「それに、もしきみがふつうのやりかたでセックスしても、ほとんどなんの感情も伝わらないわけで――」

「純然たる退屈として記録されるでしょうね」

「だから、感情のトラックも、なにかほかのソースから切り貼りしなくちゃならない理屈じゃないかな」

クーパーは顔をしかめた。自分がなにをいいたかったのか、よくわからなくなっていた。

「のみこめてきたようね。この商売はみんなまやかしだといわなかった？　わたしだって、なぜこんなに気になるのか、うまく説明できないのよ。自分自身のたいせつな一部だけは、ほんのわずかだって譲りわたしたくない、ただそれだけ。たしかに自分の初体験はテープにとったけど、それもあのときあなたに見せるまでは、ほかのだれにも見せなかったわ。あなたはどう？　わたしがあなたと恋におちたテープを売りはしないかと気をもんでいる。でも、あなたの姿はまったく出てこないわよ」

「しかし、あれはふたりでわかちあったものなんだ」

「そのとおりよ。わたしはあれをほかのだれともわかちあいたくない」

「きみがあれを売るつもりがないと聞いて、ほっとしたよ」

「ダーリン、そうしたくない気持ちは、わたしだっておんなじだわ」

彼女がその可能性を頭から否定しなかったことにクーパーが気づいたのは、あとになってからだった。


クーパーの休暇が終わると、ふたりは〈バブル〉にもどった。メガンは彼に仕事をやめるようにとはすすめなかった。ふたりは前とちがう小さいスイートにチェックインした。べつに経費の関係じゃない、とメガンは弁解したが、こんどは彼もそれをうのみにはしなかった。届いた手紙を読むメガンの目のまわりに、とりつかれたような表情が現われたのに気づいていた。彼女の提示する条件がますます控え目なものになっていくのに、先方はつぎつぎとそれを拒絶してくるのだ。

「あいつら、ほんとに商売上手だわ」ある晩、メガンはうらめしそうに打ち明けた。「どの会社もいうことはおんなじ。どんなサラリーでもご希望に応じるが、まず契約を結んだ上で、だって。みんなで共謀してるんじゃないかと思いたくなる」

「そうなのかい？」

「よくわからない。たんなる抜け目のなさかもしれないわね。わたしはいつもあいつらがどんなに愚鈍かを話題にしてきたし、芸術面ではまさにその表現があてはまる。道徳面では、〇・一パーセントの視聴率が稼げるなら、金をはらって自分の娘を輪姦させるのも辞さない手合いばっかりよ。でも、商売に関してはおそろしく目はしがきく。経費が安すぎて使い物にならないという理由で、十あまりの病気の治療法をオクラにしてしまったやつらだもんね。もちろん、わたしがいうのは親コングロマリット、実質的な政府のこと。もし核戦争で儲ける方法を思いついたら、あいつらは一週間おきにでもやりかねない。その連中が、どうやら自分たちの統制をはずれたテレビは危険だと判断したらしいわ」

「で、それがきみとぼくにどんな意味を持つのかな？」

「わたしはひょんな偶然からこの業界に飛びこんだ。もし仕事をホサれても、発狂したりしないわ」

「だけど、金は？」

「なんとかなるわよ」

「きみの経費はずいぶんかかるんだろう？」

「たしかにね。そのことで嘘をいってもはじまらない。たいがいの経費は節約できても、ボディーガイドだけは安あがりにすまないものね」

その前夜の彼女の言葉を裏書きするように、黄金のジプシーが機嫌をそこねた。メガンの右手中指が、伸びたままで動かなくなったのだ。彼女はそれをジョークの種にした。

「ほら、『宇宙のひねくれぐあいはつねに最大をめざす』という言葉があるじゃない。なぜ中指なの？　それに答えられる？」

「ぼくが仕事から帰ってくるまでに、あの修理士が駆けつけてくれるさ」

「こんどはちがうわ。苦しいけど、なんとかがまんしてみる。ふたりで地球へ帰るときまで待って、工場へ寄ることにする」

クーパーが出勤のために着替えをしているあいだに、メガンはボディーガイド社へ電話を入れた。その声は聞こえたが、言葉までは聞きとれなかった。彼がバスルームから出て、ドアへ向かっても、まだ電話はつづいていた。彼女は保留ボタンを押してから、クーパーをつかまえ、向きなおらせて、激しく唇を合わせた。

「あなたを愛してる。心から」

「ぼくもだ」

クーパーが仕事から帰ってきてみると、彼女の姿はなかった。テープがかけっぱなしになっていた。それをとめようとして、スイッチがシールされているのに気づいた。画面では、少女時代のメガンがマークⅠのボディーガイドをつけ、治療室のなかを動きまわっている。テープはエンドレスになっていて、おなじ場面がいつまでもくりかえされた。

クーパーは小一時間待ってから、メガンをさがしにでかけた。十分後には、彼女が〇八〇〇時のシャトル便で地球へ出発したと知らされた。

翌日になっても、メガンとの電話連絡はとれなかった。おなじ日のニュースは、彼女がテレコミュニオン社との契約にサインしたことを伝えていた。テレビを切ろうとしたクーパーは、その上に体験テープがのせてあることに気がついた。

メガンがおいていったトランサーをとりだし、ヘルメットをつけてそのカセットをさしこみ、機械のスイッチを入れた。半時間後、自動的にスイッチが切れ、クーパーは至福の笑みをうかべたまま現実にひきもどされた。

そこで絶叫がはじまった。

クーパーは三日間の入院生活から解放された。まだ鎮静剤でぼんやりした頭をかかえ、銀行へ足を運んで、口座を引きあげた。ニュー・ドレスデン行きのキップを買った。

アンナ＝ルイーゼを訪ねあてたところは、警察大学の寮だった。彼女は驚きはしたけれども、クーパーの予想ほど驚いたようすはなかった。ルナ・パークのひとつ——スチール屋根と放射状の通廊のある緑地帯——へ彼をつれていくと、そこにすわらせ、しゃべりたいだけしゃべらせた。

「……で、きみだけは、彼女のことがよくわかっていたようだからさ。最初の日に警告してくれたじゃないか。その理由を知りたいんだ。できれば説明してほしいと思って」

アンナ＝ルイーゼはいい顔をしなかったが、その怒りは彼に向けられたものではなさそうだった。

「そのテープ、ほんとに彼女のいったとおりだった？　恋の気分がちゃんと記録されていた？」

「だれにもそれは疑えないと思うよ」

アンナ＝ルイーゼは身ぶるいした。「背すじが寒くなるような話だわ。近ごろ聞かされたなによりも」

クーパーは相手のいう意味をはかりかねて、説明を待ちうけた。

「すると、わたしが彼女を誤解してたということかな。最初は、あんたがただのおもちゃにされてる気がしたの。そのあと、あんたのいったことで考えが変わったけどね。あのステーションを離れる前から」

「しかし、きみはそれでも彼女がぼくを傷つけるだろうと、確信を持っていた。なぜだ?」

「クーパー、あんたは歴史を勉強したことがある? 答えないで。なにを勉強したにしろ、どうせコングロマリットが経営してる学校だもんね。ひょっとして、前世紀の大イデオロギー闘争の話は聞いた?」

「いったいそれがぼくとなんの関係がある?」

「わたしの意見を聞きたいの、聞きたくないの? 遠路はるばるそれを聞きにきたんでしょうが」

クーパーが耳をかたむけるのを待って、アンナ＝ルイーゼは話をつづけた。

「うんと単純化した上での話よ。ここであなたに歴史の授業をするひまはないし、あんたもそんなものを聞きたい気分じゃないよね。とにかく、片方に資本主義があり、もう片方に共産主義があった。どっちの体制も、結局はお金で動かされていた。資本主義者は、お金ほどすばらしいものはないといった。共産主義者は、お金というものが現実に存在しないふりをつづけた。どちらもまちがっていて、最後にはお金が勝った。そして、いまのような世界ができあがった。お金のことしか頭にない組織や機関が、すべての政治哲学をのみこんじゃったのよ」

「なあ、きみが頭のおかしい月っぺ《ルーニー》なのは知ってるし、きみが地球のことを――」

「おだまり!」とつぜん彼女につきとばされて、クーパーはよろめいた。一瞬、なぐられるのではないかと思った。「なめるんじゃないよ。その冗談は〈バブル〉じゃ通用するかもしれないけど、いまあんたがいるのはわたしのホームタウン。頭がおかしいのはあんたのほうさ。こちとら、スモッグ吐きのたわごとにつきあってるひまはないね」

「わるかった」

「もういいわよ！」アンナ＝ルイーゼはそうさけぶと、短い髪の毛を片手でひっかきまわした。「歴史の授業はやめた。メガン・ギャロウェイは、私利私欲しか頭にないこの世界で、できるだけたくさんのものをつかみとろうとしてる。わたしもそう、あんたもそう。きょうもきのうも、地球でもルナでも、たいしたちがいはない。おそらくむかしからこの世界はずっとそうだった。きっと明日もそうだと思う。ご愁傷さまね、Q・M。彼女についてのわたしの読みは当たってたけど、彼女にはあれしか選択の道がなかったのよ。それは最初からわかってた」

「そのへんを説明してくれないか」

「もしも黄金のジプシーじゃなかったら、彼女はあんたと世界の果てまでつきあって、どんな貧乏もがまんしたかもしれない。あんたがけっして金持ちになれなくても、ちっとも気にしなかったかもしれない。あんたになんの悩みもないとはいわないけど、ほかのみんなのようにそれを克服するチャンスがある。でも、黄金のジプシーはたったひとつしかない。理由はそれにつきるわ」

「きみがいってるのはあの機械のことだな。あのボディーガイド」

「そうよ、彼女はきのうわたしに電話してきた。電話のむこうで泣いてたわ。こっちはどういってもわからないから、だまって話を聞いてやった。かわいそうだった。彼女が好きでないわたしでもね。あんたがわたしを訪ねてくるのを、彼女、見ぬいてたみたいよ。で、あんたには恥ずかしくてじかにいえないことを、わたしに聞かせた。こっちはいい面の皮だけど、でも、どうすればいい？

　黄金のジプシーはたった一台しかない。しかも、その持ちぬしはメガン・ギャロウェイじゃないのよ。いくら彼女がリッチでも、そこまでは手が届かない。彼女はリースであれを借りてて、あんたやわたしが一生かかっても拝めないほどの大金を毎月の使用料として支払う上に、保守契約にもそれとおなじぐらいの大金を払いこまなきゃならない。ここ一カ月あまり、彼女はテレビに出演してなかった。わかる？　ああいう機械を使いたい人がほかにいないわけじゃないのよ。きっと希望者は百万人を越すはずだわ。もし、あんたがあの機械を所有するコングロマリットを経営してたら、だれにそれを貸す？　名もない人間か、それとも毎晩それをつけて百億の家庭の居間に姿を見せ、会社の宣伝をしてくれる人間か？」

「やつらは彼女に電話でそういったのか？　あの機械を取りあげる、と？」

「彼女にいわせると、肉体を取りあげると脅迫したそうよ」

「しかし、それじゃ理由にならないんだ！」もうそんな段階は卒業したと思っていたのに、また涙がとまらなくなっていた。「ぼくだってそれぐらいは理解できるさ。彼女にもそういった。きみがボディーガイドをつけていようが、車椅子に乗っていようが、ベッドに寝たきりだろうが、そんなことはなんの関係もないって」

「あんたの意見にはなんの影響力もないわ」アンナ＝ルイーゼが指摘した。

「いや、ぼくのいいたいことはちがう。彼女がいやなことをやらされる契約にしかたなくサインしたって、それはかまわない。もし、彼女にとってそれほど大きな意味があるなら、もし黄金のジプシーを身につけることがそんなにだいじならね。しかし、それだけの理由でぼくを捨ててほしくなかった」

「そうね。彼女もそこのところはあんたを認めてたと思う。ただ、自分のしなけりゃならないもうひとつのことを、あんたが許してくれるという確信がなかったのよ。つまり、あんたと恋におちるプロセスを記録したテープを売ったこと。でも、なぜそうしなくちゃならないかを、たぶんあんたに理解してもらおうとはしたと思う……ただ、彼女にとってほんとうの問題はそれじゃなかったのよ。問題は、自分自身への裏切り行為と向かいあって生きていくのはむりだってこと。もしあんたがそばにいたら、自分が売りとばしたものの大きさを、いつも思いだすことになるからね」

クーパーはあらゆる角度からじっくりそのことを考えた。それを言葉にする苦しさには耐えられないだろうと思ったが、とにかくためしてみた。

「彼女はぼくをとるか、自分の肉体をとるかだった。両方をとることはできなかった」

「そういう方程式になりそうね。そこに自尊心という、ちょっと複雑な問題もからんでくるけど。どっちをとるにしても、あまり自尊心をたもてるとは思わなかったでしょうよ」

「で、彼女は機械をえらんだ」

「あんただって、おなじ立場ならそうしたかもしれない」

「しかし、彼女はぼくを愛してた。愛はなによりも強いはずじゃないか」

「Q・M、いいかげんにそのおつむをテレビからひっぱりだしたらどう？」

「ぼくは彼女を憎んでいるらしい」

「それは大きなまちがいだわ」

しかし、クーパーはもう聞いていなかった。


一度、そのテープが発売された直後に、クーパーはメガンを殺そうとしたことがある。ほんとうにそうしたいというより、そうすることが正しいと思えたからだ。しかし、彼女の一キロ以内にも近づけなかった。むこうの警備態勢はたしかに万全だった。

テープは大当たりで、業界空前の人気商品になった。一年たらずのうちに、他社もぞくぞくと模倣作品を出したが、たいていはオリジナルからの盗作だった。著作権をめぐるいざこざが、ハリウッドと東京で発生した。

　クーパーは浜辺をさすらって時をすごし、泳ぎで憂さを晴らした。いまでは平たい水のほうが好きになっていた。定住の場所を持たずにほうぼうを流れ歩いたが、どこへ行っても小切手が追いかけてきた。最初の小切手にはくわしい印税計算書が添えてあり、テープの売上利益の五〇パーセントが彼の取り分だと書いてあった。クーパーはそれを破りすて、小切手を返送した。二度目の小切手には、最初の金額に、利息と、新しい印税が加算されていた。クーパーは自分の血をなすりつけ、金をはらって彼女へじかにそれを届けさせた。

　メガンが残していったテープは、クーパーの心にとりついて離れなかった。彼はそれを捨てずにおいて、そうする気力があるときにだけそれを見た。ぜいぜい音を立てるボディーガイドに包まれた少女は、堅い決意に顔をひきしめ、何度も何度も部屋のなかを横ぎった。たとえどれほどぎごちなくても自力で歩けるようになった少女の勝利感は、そのたびによみがえった。

　じょじょにクーパーは、そのテープの最後の数メートル分に注意を集中するようになった。カメラはメガンからパンして、ひとりの看護婦の顔を映しだす。その顔には奇妙な表情がやどっていた。モナリザのように微妙でとらえにくい表情。クーパーはさとった。これこそメガンが彼に見せたかったものだ、これこそ彼女の別れの言葉、理解を求める最後のせつない訴えだ。クーパーは自分を励まし、その看護婦の体験テープがどんなものかを想像しようとした。その女の目でながめ、その女の肌で感じようとした。メガンの誇らしげな歩行、あれほど長く苦しい努力のすえに少女がようやくかちとったもの――それをながめる看護婦の表情から、どんなわずかなニュアンスも見逃すまいとした。そして、とうとうその女がどんなことを感じているか、確信をいだくことができた。それはたんなる哀れみ以上に不愉快なものだった。それなのだ、メガンがクーパーに残していこうとしたイメージは――世界がメガン・ギャロウェイを見る目。それは彼女がどんな犠牲をはらっても、二度とそこへもどりたくないイメージなのだ。

一年がたつころには、クーパーもあの愛のテープのビジュアルな部分だけを見てやろうという気になった。彼の代役には俳優が使われ、〈バブル〉のなかや、外輪船をかたどったベッドでのシーンを再現していた。そして、クーパーも認めないわけにはいかなかった――メガンはけっして嘘をついたわけじゃない。その男はクーパーにまったく似ていなかった。だれもクーパーの愛技をのぞき見しているわけではなかった。

それからしばらくのち、クーパーはそのテープを実際に体験してみた。そして怒りを静められるとともに、酔いをさまされもした。業界がこの新機軸を使ってどんなものを売りだすだろうかと考えると、アンナ＝ルイーゼとおなじように背すじが寒くなった。だが、おそらくクーパーは、有史以来のユニークな失恋男だともいえるだろう。女からほんとうに愛されていたことを、疑問の余地なく知ったのだから。

それが多少のなぐさめになるのはたしかだった。

クーパーの憎しみは急速に消えていった。心の傷が癒えるのにはもっと長くかかったが、とうとうある日、メガンを許せる気持ちになった。

それからずっとあとになって、クーパーはさとった。もともと彼女のしたことは、おれが許すも許さないもなかったのだ、と。

PRESS ENTER ■

Press Enter ■

中原尚哉◎訳

「これは録音です。メッセージが終わるまで切らずに——」

電話を叩き切った。勢いがよすぎて受話器が床にころがった。俺は水滴をたらし、怒りに震えながらしばらく立ちつくした。やがて電話はうるさい音を鳴らしはじめた。受話器がフックからはずれていることを知らせるあれだ。普通に電話を使っていて聞こえる音の二十倍も大きい。なぜだろうといつも思う。まるで大災害の発生を知らせるようだ。〝緊急事態です！　受話器がフックからはずれています！〟と。

いわゆる留守番電話は、日常生活のわずらわしさの一つだ。そもそも機械に話したいやつなどいないだろう。しかしいま俺を悩ませているのは、その程度のわずらわしさではなかった。自動ダイヤル装置からかかってきているのだ。

これが登場したのは最近だ。月に二、三回かかってくる。たいていは保険会社からだ。

宣伝を二分間しゃべって、興味のある方はこちらへと電話番号が最後に案内される（一度かけてみたことがある。不愉快な気持ちをぶつけるためだ。しかし、お待ちくださいと言われて、保留の音楽をいつまでも聞かされただけだった）。むこうはリストを見てかけてくる。どこからそのリストを入手しているのかは知らない。

俺は浴室にもどり、図書館の本のビニールカバーにかかった水滴をふいてから、ゆっくりと浴槽に身を沈めた。冷たくなっている。お湯をたして、血圧がようやく正常にもどったときに、また電話が鳴った。

呼び出し音を十五回無視した。

電話が鳴っているときに読書してみたことがあるだろうか。

十六回目で立ち上がった。体をぬぐい、バスローブをはおる。わざとゆっくり歩いてリビングへ行く。しばらくじっと電話機を見つめた。

五十回目の呼び出し音で受話器をとった。

「これは録音です。メッセージが終わるまで切らずにお聞きください。この電話は隣のチャールズ・クルージの家からかけています。十分ごとにくりかえし発信します。クルージ氏はよき隣人ではないことを自覚しており、ご面倒をあらかじめお詫びします。すぐに彼の家へ行ってください。鍵は玄関マットの下にあります。屋内にはいって、しかるべき処置をしてください。ご協力には謝礼をいたします。ありがとうございます」

プチッ、ツーツー。

俺はなにごとも急がない男だ。十分後にまた電話が鳴った。俺はまだ電話機の横にすわって対応を考えていた。受話器をとって注意深く聞いた。

まったくおなじメッセージだった。さっきとおなじく、クルージの声ではない。合成音声のようだ。知育玩具のスピーク&スペルの音声に人間味を増やした感じだ。

さらにもう一回聞いた。それが終わると受話器をもどした。

警察を呼ぶことを考えた。チャールズ・クルージは十年来の隣人だ。そのあいだに言葉をかわしたのは十数回。それぞれ一分にも満たない。好意も悪意も持っていない。

無視することも考えた。それを考えているときにまた電話が鳴った。腕時計を見るとちょうど十分。受話器を持ち上げてすぐに切った。

電話線を抜いてもいい。とくに困ることはない。

しかし最終的に、服を着て、玄関から出た。左へ曲がり、クルージの家のほうへ歩く。道をはさんだむかいの家のハル・ラニアーがちょうど芝刈りをしていた。手を振ってきたので、俺も振り返した。美しい八月の夕方、午後七時頃だ。影が長く伸び、刈られた草が香る。いいにおいだ。うちもそろそろ芝生の手入れをしなくてはと思った。

クルージにはそういう考えはまったくないらしい。芝は茶色くなって膝まで伸び、雑草だらけだ。

ドアベルを鳴らした。だれも出てこないのでノックした。ため息をつき、玄関マットの下を探して、みつけた鍵でドアを開けた。

「クルージ？」

俺は顔だけいれて呼んだ。短い廊下をそろそろと進む。はいっていいのかわからない客の歩き方だ。カーテンはいつも閉めきられ、なかは暗い。しかし、もとはリビングだったらしい部屋にはいると、十台のテレビ画面が明るくともっていて、その光でクルージをみつけることができた。テーブルの椅子にすわり、コンピュータのキーボードに突っ伏している。その頭は半分が吹き飛んでいた。

ハル・ラニアーはロサンジェルス警察にコンピュータのオペレータとして勤めている。彼に事情を話して通報してもらった。最初のパトカーが到着するまで二人で外で待った。ハルは、俺が室内でなにかにさわったかと何度も尋ねた。俺は、ドアノブ以外はさわっていないと何度も答えた。

救急車はサイレンを鳴らさずに到着した。すぐに付近は警官だらけになった。近隣の住民たちは前庭から眺めたり、クルージの家のまえまで来て話したりしている。どこかのテレビ局の取材班がやってきて、ビニールの死体袋が搬出されるようすを撮影した。多数の男女が行き来した。指紋採取や証拠品集めなど、警察がいつもやるようなことをやったようだ。俺は帰ろうとしたが、近くにいるように言われた。

やがて、この事件を担当するオズボーン刑事に会うように言われた。クルージのリビングに通される。テレビ画面はどれもついたままだ。オズボーンと握手した。彼はなにも言わずに俺をじろじろと見た。小柄ではげ頭の刑事で、最初はとても疲れた印象だった。しかし俺が来ると、表情は変わらないのに、疲れた印象はたちまち消えた。

「あなたがビクター・アプフェル？」問われてそうだと答えると、オズボーンは室内をしめした。「アプフェルさん、この部屋からなくなったものがあるかな？」

俺はパズルに挑戦するように見まわした。

暖炉があり、窓にはカーテンがかかっている。床にはラグが敷かれている。それらをのぞけば、普通のリビングルームにあるようなものがなにもなかった。

すべての壁ぎわにテーブルがあり、中央は狭い通路が残されているだけだ。テーブルにはモニター画面とキーボードとディスクドライブ。現代の真新しいガラクタがある。それぞれ太いケーブルやコードでつながっている。テーブルの下にはさらにコンピュータが何台もある。電子機器や付属品が詰めこまれた箱もある。テーブルの上は天井まで棚になっていて、そこの箱にはテープやディスクやカートリッジが詰まっている。こういうのをなんというか、すぐには思い出せなかった。そう、ソフトウェアだ。

「家具がないですね。あとは……」

オズボーンは困惑した顔になった。

「昔は家具があったと？」

「知りませんよ」そこでようやく相手の誤解に気づいた。「ああ、俺がこの家に来たことがあると思っているんですね。この部屋に足を踏みいれたのは一時間前が初めてですよ」

オズボーンは眉をひそめた。どうも気にいらない表情だ。

「検死官によると、遺体は死後三時間経過しているらしい。一時間前になんの用があってここに来たのかね、ビクター？」

刑事からファーストネームで呼ばれるのはうれしくないが、それはしかたない。あの電話について説明せざるをえなかった。

オズボーンは疑わしげな顔になった。しかし簡単にたしかめる方法がある。だからそうした。俺はハルとオズボーンと他数人を連れて自分の家へむかった。玄関からはいると電話が鳴りつづけていた。

オズボーンが受話器をとって聞いた。渋い顔がますます渋くなる。夜になっても騒動はおさまる気配がなかった。

十分後にふたたび電話が鳴った。それまでオズボーンは俺のリビングを隅々まで観察していたので、呼び出し音にほっとしたほどだ。今度はメッセージを録音した。そして全員でクルージの家にもどった。

オズボーンは裏庭にまわって、クルージが設置したたくさんのアンテナを見た。さすがに驚いたようすだ。ハルが笑いながら説明した。

「何軒か先のマディソン夫人は、彼が火星人とコンタクトしようとしていると思ってましたよ。わたしはケーブルテレビをこっそり受信してるんだろうと思ってましたけどね」

パラボラアンテナは三つある。高い支柱が六本立っていて、その一部には電話会社がマイクロ波の送受信に使うようなアンテナがついている。

オズボーンは俺をふたたびリビングへ連れていき、そこで見たものを説明するように求めた。なんの役に立つのかわからなかったが、それでも言われたとおりにした。

「あの椅子にすわってました。そのときはこのテーブルのまえだった。銃は床にあって、そちらの側の手が垂れてましたね」

「自殺だと思った？」

「ええ。そう思いましたよ」オズボーンの見解を待ったが、返事がない。「そう思わないんですか？」

刑事はため息をついた。

「遺書がないんだよ」

「ない場合もあるでしょう」ハルが指摘した。

「まあね。しかし、ないとなると調べてみたくなる」彼は肩をすくめた。「思いすごしかもしれないが」

「あの電話は？　一種の遺書になりませんかね」俺は言った。

オズボーンはうなずいた。

「他に気づいたことは？」

俺はテーブルに近づき、キーボードを見た。テキサスインスツルメンツ製で、モデル名はTI-99/4Aとある。右側に大きな血痕がある。彼の頭がのっていた側だ。

「この機械のまえにすわっていたってことくらいですよ」

俺はキーにふれた。するとすぐにキーボードのむこうのモニター画面に文字が浮かんだ。

俺はあわてて手を引っこめ、表示を見た。

プログラム名：さよなら、現実世界
日付：8／20
内容：遺書、その他
プログラマー：〝チャールズ・クルージ〟

エンターを押すと実行します。■

行末に黒い四角が点滅している。カーソルというものだとあとで知った。みんな集まってきた。コンピュータの専門家のハルは、たいていのコンピュータは操作しないで十分間放置すると、文字がテレビ画面に焼きつかないように表示が消える仕組みになっていると説明した。このコンピュータは、それまで緑一色の画面で、俺がさわると白背景に黒い文字になった。

「このコンソールは指紋採取したのかな」

オズボーンが訊いた。だれも知らない。そこでオズボーンは鉛筆を出して、消しゴムの側でエンターキーを押した。

画面の文字は消えて、いったん青一色になった。まもなく画面上端に小さな楕円がたくさんあらわれて、雨のように降りはじめた。色とりどりで何百個もある。

「薬だな」警官の一人が驚いたようすで言った。

「ほら、これはクエイルードだ。ネンブタールもあるぞ」べつの警官が他の錠剤を指さした。

俺にわかったのは白いカプセルに特徴的な赤い線がはいったやつで、たぶんジランチンだ。長年毎日飲んでいるのでわかる。

やがて薬の雨は止まり、コンピュータは音楽を鳴らしはじめた。賛美歌の〈主よ御許に近づかん〉。三声のハーモニーだ。

何人かが苦笑した。笑うところではないとみんなわかっている。葬式用の賛美歌は薄気味悪い。しかしそれがおもちゃの笛や蒸気オルガンのような音で演奏されたら、つい笑ってしまう。

曲が流れるなかで、画面左から小人があらわれた。四角の集まりで描かれた小人は、ぎくしゃくとした動きで中央へ歩きはじめた。ビデオゲームでの人の描き方とおなじだが、かなり粗いので、人として見るには想像力を必要とする。

画面中央になにかがあらわれた。小人はその手前で止まり、体を折り曲げた。体の下に椅子らしいものがあらわれる。

「これはなんだ？」

「コンピュータだろう」

たしかにそうだ。小人は両腕を伸ばし、ピアニストのように上下に動かしはじめた。キーを打っているのだ。小人の頭上に単語が並びはじめた。

いつのまにか失くしてしまったものがある。わたしは昼も夜もここにすわっている。同心円の巣の中央にいる蜘蛛のように。調査の責任者のように……。しかしものたりない。なにかがたりない。

あなたの名前を入力してください。■

「なんだこれは。冗談じゃない、インタラクティブな遺書か」

「しょうがない。続きを見よう」

俺がキーボードのそばにいたので、かがんで自分の名前を打った。しかし画面を見ると、“VICT9R”と打ってしまっているのに気づいた。

「どうすればもどせる？」俺は訊いた。

「それでいいさ」

オズボーンが言って、脇から手を出してエンターを押した。


そんな気分になったことはないかい、VICT9R？　自分の仕事で一番になろうと人生を賭けてきたのに、ある朝目覚めると、なぜこんなことをやっているんだろうと思う。それがわたしに起きたのだ。

続きを読みますか、VICT9R？　Y/N■

とりとめないメッセージが続いた。クルージも自覚があって申しわけなく思っているらしく、数行の段落ごとに〝はい／いいえ〟の選択肢をもうけて読者に判断させている。
俺は何度も画面からキーボードに目を移し、そこに突っ伏していたクルージを思い出した。一人でここにすわってこれを打っていたのか。
彼は落ちこんでいると書いていた。もう続けられない。薬を飲みすぎている（このとき薬の雨がまた画面に降ってきた）。目標もない。やりたかったことはやりつくしたと。それがどういう意味か、俺たちにはわからなかった。自分はもう存在しないという。それは画面の小人のことだろう。

きみは警官か、VICT9R？　もしそうでなくても、やがて警官は来るだろう。だからきみ、ないし警官に言っておく。わたしは麻薬の売人ではない。寝室にあるドラッグは自分で使うためのものだ。多くを使った。そしてもう必要ない。

エンターを押してください。■

オズボーンが押した。すると、部屋の奥のプリンターがいきなりガタガタと動きだした。

全員がぎょっとした。プリンターのヘッドが左右に動きながら印刷している。同時に、ハルが画面を指さして大声で言った。

「おい、見ろ!」

コンピュータグラフィックの男はふたたび立ち上がっていた。こちらをむいている。片手には銃らしいものを持っている。それを頭に突きつける。

「やめろ!」ハルが叫ぶ。

しかし小人は聞かない。不自然な銃声が鳴って、小人はあおむけに倒れた。画面の上から赤い線が垂れてくる。背景が緑から青に変わり、プリンターが止まった。倒れた黒い小人の死体だけになり、画面の下端に〝終了〟の文字が表示されて、世界は終わった。

俺は大きく息をついて、オズボーンを見た。刑事はこれ以上ないほど不快げな顔だ。

「寝室のドラッグとやらを探してみよう」


オズボーンが箪笥やテーブル脇の引き出しを開けていくのを、俺たちは見守った。なにもみつからない。ベッドの下やクローゼットのなかも探した。他の部屋とおなじくここもコンピュータだらけだ。壁に穴を開けてケーブルの太い束が通されている。

立っている俺の隣に、ボール紙製の大きな円筒容器があった。百二十リットルくらいの容量で、船便でなにかを送るのに使うようなものだ。とくに封もされていない蓋を俺は開けてみた。そして後悔した。

「オズボーン、これを見てくれ」

円筒容器のなかには厚手のゴミ袋がいれられ、その三分の二くらいまでクエイルードの錠剤がぎっしりはいっていた。

警官たちは他の容器も開けた。アンフェタミン、ネンブタール、ベイリウム。あらゆる種類があった。

ドラッグを無事発見したところで、現場の部屋にもどった。テレビ局のカメラクルーもはいってきた。

騒がしくなり、俺はもう用済みらしいと思って、抜け出して自分の家にもどった。玄関の鍵を閉める。ときどきカーテンのすきまから外をのぞいた。レポーターが近隣住民にインタビューしている。ハルもそれに答えている。上機嫌に見える。取材班が二度、俺の玄関をノックしたが、無視しているとやがて去った。

俺はバスタブに熱い湯を張り、一時間くらいはいった。だんだんと熱くしていった。そしてベッドにはいり、毛布にくるまった。

一晩じゅう震えていた。

翌朝九時にオズボーンがやってきた。なかにいれると、ハルもはいってきた。とても不愉快そうだ。二人とも寝ていないらしい。そこでコーヒーを淹れてやった。

「まずこれを読んでくれ」

オズボーンはコンピュータのプリントアウトをよこした。俺は広げて、眼鏡をかけて読みはじめた。

粗いドットマトリクス文字によるプリントだ。普段ならこういうゴミは読まずに暖炉に放りこむのだが、今回は例外にした。

内容はクルージの遺書だった。検認裁判所に持っていくべきものだ。

自分は存在しない人間であり、血縁者はいないとここでも書いている。そのため世俗的財産はすべてふさわしい人物に遺贈することにしたという。

では、ふさわしい人物はだれかと、クルージは検討しはじめた。

四軒先のパーキンズ夫妻はふさわしくない。彼らは児童虐待をしている。証拠としてバッファローとマイアミの法廷記録と、この地元で係争中の訴訟を引用した。

五軒先で道をはさんで住むラドノー夫人とポロンスキー夫人は、どちらもゴシップ屋だ。

アンダーソン家の長男は自動車窃盗犯だ。

マリアン・フロレスは高校の代数のテストでカンニングをしたことがある。

近所のある男は高速道路建設計画にからんで市から不正に金を受けとったことがある。

ある家の妻は訪問販売のセールスマンと浮気をしている。べつの家の妻も夫以外の男と不倫関係にある。ある十代の少年はガールフレンドを妊娠させて捨て、そのことを友人たちに自慢している。

近所のじつに十九世帯が国税庁に所得を申告していないか、控除を水増ししている。

クルージの裏手の家では犬を飼っていて、吠え声が一晩じゅううるさい……。

まあ、犬の話は本当だ。俺も夜中に何度も目を覚ましたことがある。しかし他の主張はあんまりだろう。違法な麻薬を百二十リットル容器で何箱も隠し持っているくせに、隣人をこうもきびしく断罪する資格があるのか？　児童虐待はともかく、長男が自動車を盗んだからといって一家全員を悪者扱いするのはどうか。そもそも……これらのことをどうやって知ったのか。

告発は続いた。なかでも、火遊び好きの四人の亭主についての箇所が問題だった。その一人がハロルド・ラニアー、つまりハルだ。ロサンジェルス警察データ処理施設の同僚、トニー・ジョーンズと三年前から不倫関係にあるという。離婚を迫られていて、〝妻に切り出すタイミングをはかっている〟という。

俺は目を上げてハルを見た。紅潮した顔を見れば、それ以上の確認は必要なかった。はたと気づいた。クルージは俺のなにを発見したのか。

急いでページをめくり自分の名前を探す。それは最終行にあった。

「……アプフェル氏は三十年にわたって自分のせいではない失敗の責任をとらされている。けして聖人君子ではないが、消去法によって（他にしかたない）、わたしのすべての土地と建物の不動産権利証書をビクター・アプフェルに遺贈する」

俺はオズボーンを見た。その疲れた二つの目はじっとこちらを見ている。

「いや、こんなものほしくない！」

「クルージの電話でほのめかされていた謝礼とは、このことかな？」

「そうでしょうね。他に考えられない」

オズボーンはため息をついて、椅子にすわりなおした。

「まあ、すくなくとも遺贈されたのはドラッグではない。彼のことを知らないとまだ主張するかね？」

「俺を疑ってるんですか？」

オズボーンは両手を広げた。

「アプフェルさん、ただ質問しているだけだよ。本件は自殺という百パーセントの確証はない。他殺の可能性もある。もしそうだとすると、これでわかるように、彼の死で得をするのはいまのところあなただけだ」

「他人同然ですよ」

オズボーンはうなずいて、プリントアウトのコピーを指先で叩いた。俺は自分の手もとのを見て、こんなものはなくなってしまえばいいのにと思った。

「ここに言及されている……失敗とはなんのことですか？」

恐れていた質問だ。

「昔、北朝鮮で捕虜になったんですよ」

オズボーンはしばらくじっと考えた。

「洗脳されたと?」

「ええ」俺は椅子の肘掛けを叩いて、立ち上がり、歩きはじめた。室内が急に寒くなったように感じた。「いや、ちがう……。その言い方には語弊がある。北朝鮮は俺を〝洗脳〟しようとしたか? ええ、もちろん。彼らは成功したか? 俺は戦争犯罪を認めてアメリカ政府を糾弾したか? いいえ」

俺はまたあの疲れたようすの目に調べられている気分になった。

「いまもまだそのことに……強い感情を抱いているようだね」

「そう簡単に忘れられませんからね」

「それについてなにか言いたいことがあるかな?」

「あれはとにかく……いや、いい。これ以上は言わないでおきます。あなたにも、他のだれにも」

「クルージの死についてもうすこし質問をしたいのだが」

「弁護士を呼んでからにしてください」

なんてことだ。弁護士が必要な身になってしまった。なにをどうすればいいのか。

オズボーンはまたうなずいた。立ち上がって玄関へ行きかけて、こう言った。

「わたしはこの件を自殺として処理するつもりだった。唯一引っかかったのが、遺書がないことだ。その遺書はこうして出てきた」

クルージの家のほうをしめして、怒った顔になった。

「あの男は遺書を書くだけでなく、コンピュータに不愉快なプログラムを残した。パックマンもどきの特殊効果入りで。おかしな連中のおかしな行動はよくある。いろいろ見てきた。でもコンピュータから賛美歌が流れてきたときに確信した。これは殺人だとね。正直にいえば、アプフェルさん、あなたが犯人だとは思わない。このプリントアウトを見ると、動機のある人物は二十人以上いる。彼は近所の人々を強請《ゆす》っていたのかもしれない。その金でこれだけのコンピュータをそろえたのかもしれない。だいたい、ドラッグを大量に持っている人間はいい死に方をしない。本件は調べることがたくさんありそうだ。犯人はかならずつかまえるよ」

この町から出ないようにと注意し、また来ると言って去っていった。

「ビクター……」

ハルが言った。俺はそちらを見た。ハルは言いにくそうにしている。

「そのプリントアウトのことだが、できれば……。まあ、警察は公表しないと言っている。だから……なにを言いたいかわかるだろう」

ハルはバセットハウンドのような哀れっぽい目をしていた。初めて気づいた。

「ハル、俺のことでなにも心配しなくていいから、帰ってくれないか」

彼はうなずいて、そそくさと玄関へむかいながら言った。

「あの内容は外に漏れないはずだ」


もちろん、そんなわけはなかった。

放置しても広まったはずだが、クルージの死の数日後から届きはじめた何通もの手紙が拡散を早めた。それらはすべてニュージャージー州トレントンの消印で、出どころをたどられないようにコンピュータから出力されていた。手紙にはクルージの遺書の内容が詳細にしるされていた。

しかしその日の俺はまだ知るよしもない。ハルが帰ったあとはベッドで一日すごした。電気毛布にくるまっていたが、足先が寒くてしかたない。バスタブにつかるか、サンドイッチをつくるかしようと思って起き出した。取材のレポーターがドアをノックしたが無視した。

翌日、刑事事件専門の弁護士に電話をかけた。電話帳の最初に名前が出ていたマーティン・エイブラムズという弁護士で、彼に担当になってもらった。そのうち事情聴取のために警察署に呼び出されるはずだと言われた。俺は行く気はないと言って、ジランチンを二錠飲み、ベッドにもぐった。

近所から二度サイレンが聞こえた。通りからは大声で言い争う声が一度聞こえた。のぞきたい気持ちを抑えた。好奇心はあるが、そういう猫はなんとやらだ。

また来ると言っていたオズボーンを待ったが、あらわれない。数日たち、一週間たった。そのあいだに興味深いことが二つ起きた。

一つめは、ドアへのノックからはじまった。クルージの死の二日後のことだ。カーテンのすきまからのぞくと、銀色のフェラーリが縁石ぞいに駐まっている。ポーチにいるはずの人の姿は見えないので、だれかと問いただした。

「リサ・フーです。言われて来ました」

「呼んだ憶えはないが」

「ここはチャールズ・クルージのお宅では？」

「それは隣だよ」

「あら、失礼しました」

クルージが死んだことを教えてやろうと思って、ドアを開けた。彼女は振り返って、微笑んだ。俺は目がくらんだ。

リサ・フーをどう描写したらいいだろう。まず、ニューヨークタイムズに〝ジャップ〟という単語が恥ずかしげもなく並んでいた時代の、裕仁天皇や東条英機の風刺マンガを思い出してもらいたい。チビで、顔がフットボール大で、耳は把手のように張り出し、分厚い眼鏡をかけ、ウサギのような二本の大きな前歯があり、細い口髭をはやしている……。

その東条の戯画から口髭だけをのぞくと、彼女にそっくりだ。眼鏡、耳、歯……。ただし歯には矯正用のワイヤがかかっている。まるで鉄条網で縛られたピアノの鍵盤のようだ。身長は百七十五センチ前後。体重はせいぜい五十キロだろう。俺の勘では四十五キロ。胸が二・五キロずつと見た。つまり痩せの巨乳。そのせいでTシャツに書かれたメッセージは最初、“POCK LIVE（生の天然痘）”としか読めなかった。

動いてくれたおかげでようやく、左右にSがあることがわかった。“SPOCK LIVES（スポックは生きている）”だ。

彼女は細い手を差し出した。

「しばらくお隣に住むことになりそうです。あの竜の巣を整理するまで」

訛りがあるとしたらサンフランシスコ・バレーだろう。

「そうですか」

「彼とはお知りあいだったんですか？　つまりクルージと。その名前も本人が名乗っていただけですけど」

「というと、本名ではない？」

「たぶんちがうでしょう。〝クルージ〟というのはドイツ語で賢いという意味で、ハッカーのスラングでは一筋縄ではいかないという意味なんです。たしかに一筋縄ではいかないやつでしたね。脳みそにバグがあるみたいな」頭の横を意味ありげにつついてみせる。

「アクセスするたびにウイルスやおばけや悪魔が飛び出してきて、ソフトウェアは腐るわ、ビットのゲロを吐くわ……」

わけのわからないことをしばらくしゃべった。スワヒリ語かなにかを聞いているようだ。

「つまり彼のコンピュータには悪魔が棲んでいると」

「そのとおりです」

「悪魔払い師が必要なようですね」

彼女は親指を自分の胸に力強く突き立て、にかっと大きな前歯をのぞかせた。

「それがあたしです。ではこれで。いつでも遊びにきてください」

その週の二つめの興味深い出来事は、翌日に起きた。銀行口座の明細書が送られてきて、そこには三件の振り込みが記載されていた。一件目は四百八十七ドルで、復員軍人局からの定期の振り込み。二件目は三百九十二ドル五十四セントで、両親が十五年前に残した遺産の利子だ。

そして三件目の振り込みは二十日付け。つまりチャールズ・クルージの死亡当日だった。金額は七十万八十三ドル四セント。

数日後にハル・ラニアーがやってきた。

「やれやれ、大変な一週間だったよ」

そういってソファにどさりとすわると、起きたことをすべて話してくれた。

このブロックで二人目の死者が出た。例の手紙は多くの騒動を引き起こした。警察が一軒一軒まわって聞き込みをしているからなおさらだ。警察に追われていると感じると口を滑らせる人々がいる。夫が仕事中にセールスマンと浮気を楽しんでいた女は、不倫を認めた。そして夫に射殺された。夫は郡刑務所にはいった。それは最悪の事例だが、他にも殴りあいの喧嘩から窓への投石までいろいろあった。ハルによると国税庁はこの近所に支所をもうけることを検討しているという。それほど多くの世帯が税務調査を受けているのだ。

俺は七十万とびとび八十三ドルのことを考えた。

プラス四セントだ。

そのことは話さなかったが、足が冷たくなった。

しばらく黙っていたハルが言った。

「ぼくとベティのことが気になってるんじゃないかと思う」

気にしてないし、聞きたくなかった。しかし同情的な表情をよそおった。

「ぜんぶ終わったよ」ハルは満足げな息をついた。「ぼくとトニーがね。ベティに洗いざらい話した。それから数日はひどかった。でもいま、夫婦の絆は強まったと思う」

そこで黙りこみ、温かい感情にひたっているようだ。俺は過去にもっとひどく挑発されても無表情を通したことがあるので、このときも顔色を変えなかったはずだ。

ハルは、クルージについて他にわかったことを話したいと言い、夕食に俺を招待した。しかし話も夕食も断った。戦時の傷がうずいていることを口実にした。ハルを玄関まで追い返したときに、ちょうどオズボーンがノックした。招きいれないわけにいかない。ハルも残った。

コーヒーを出すと、オズボーンは感謝した。ようすがすっかり変わっていた。最初はどうだっただろう。疲れた顔はおなじといえばそうだが……それだけではない。いつもの疲れた顔は、演技か、警官につきもののシニカルさのあらわれだったかもしれない。しかし今日のそれは本物だ。疲労感は顔だけでなく、肩にも、手にも、歩き方にもあらわれている。ぐったりと椅子にすわるようすもそうだ。苦々しい敗北のオーラが全身に漂っている。

「まだ俺は容疑者ですか?」訊いてみた。

「弁護士を呼ぶべきかという話なら、その必要はないだろう。あなたのことはかなり調べさせてもらった。あの話はあまりにもあやふやで、とうてい動機として成立しない。はっきりいってマリーナにいるコカイン売人たちのほうが、あなたよりよほどクルージを殺す動機を持ってる」ため息をついて、「二、三、質問したいことがある。答えたくなければそれでもいい」

「とりあえず聞きましょう」

「クルージのところに普通でない訪問者が来たことは？　深夜の人の出入りとか」

「記憶にあるのは届け物ばかりですよ。郵便、宅配便、運送業者など……。ドラッグはそれらの荷物にはいっていたのでしょう」

「それはそうだ。五ドル、十ドルの小売りをしていたようには見えない。中間業者だったのだろう。右から左へ商品を流していた」

しばらく考えこみ、コーヒーをすすった。

「では、なにか進展は？」俺は訊いた。

「本当のところを知りたいかい？　手詰まりだよ。動機はいくらでもある。しかしどれも弱い。調べてみても、クルージがあれだけの情報をどこで手にいれたのか近隣住民はだれも見当がつかない。住民たちの銀行口座を調べたが、恐喝された形跡はない。というわけで隣人たちはシロだ。まあ、もしいまクルージが生きていたら、住民たちは今度こそ彼を殺したいと思うだろうけどね」

「まったくです」ハルが言った。

オズボーンはその腿を叩いた。

「もし生きていたら、このわたしが真っ先に殺してやりたい。しかし、そもそも彼は生き

「彼は、自分はすわりなおした。「彼は、自分は存在しないと書いていた。たしかにそうだったのだ。電力会社のPG&Eは彼の存在を知らない。電力線をつなぎ、検針員が毎月来てるのに、その電気代は過去に一度も請求されていない。電話会社もそうだ。あの家には電話線を挿す機械がぞろぞろある。どれも電話会社の製品で、配送も取付工事も電話会社でやっている。なのに記録が残っていない。工事をした下請け業者に聞くと、記録は提出したらしい。しかしコンピュータに吸いこまれて消えている。クルージは銀行口座をカリフォルニア州のどこにも持っていない。まあ、なくても困らなかったようだ。彼に商品を販売した企業百社を追跡調査した。彼らは品物を発送すると、すぐに支払い済みのチェックマークをつけたか、売ったこと自体を忘れている。注文番号と口座番号が台帳に残っているところもあった。しかし口座どころか銀行名も架空だった」


ていなかったのかもしれない」

「どういうことですか？」

「あの死体を見なかったら、本当に……」オズボーンはすわりなおした。「彼は、自分は存在しないと書いていた。たしかにそうだったのだ。電力会社のPG&Eは彼の存在を知らない。電力線をつなぎ、検針員が毎月来てるのに、その電気代は過去に一度も請求されていない。電話会社もそうだ。あの家には電話線を挿す機械がぞろぞろある。どれも電話会社の製品で、配送も取付工事も電話会社でやっている。なのに記録が残っていない。工事をした下請け業者に聞くと、記録は提出したらしい。しかしコンピュータに吸いこまれて消えている。クルージは銀行口座をカリフォルニア州のどこにも持っていない。まあ、なくても困らなかったようだ。彼に商品を販売した企業百社を追跡調査した。彼らは品物を発送すると、すぐに支払い済みのチェックマークをつけたか、売ったこと自体を忘れている。注文番号と口座番号が台帳に残っているところもあった。しかし口座どころか銀行名も架空だった」

オズボーンは憤懣やるかたないというようすで椅子にもたれた。

「ただ一人、彼の存在を知っていたのは、月に一度食料品を配達していた店の男だった。セプルベダ通りの小さな商店だ。そこではコンピュータを使わず、紙の注文書で処理している。支払いは小切手。ウェルズファーゴ銀行がその小切手を引き受け、不渡りは一度もない。なのに銀行は彼の存在を知らない」

俺はしばらく考えた。意見を求められているようなので、それを言った。

「きっとコンピュータで操作していたんでしょう」

「そのとおり。食料品店に対する詐欺はわたしもだいたい理解できる。しかし大半の事例では、クルージはコンピュータのプログラムの奥深くにはいって自分の存在を消している。電力会社は小切手でも他の手段でも支払いを受けていない。会社から見ればそもそも彼になにも売っていないんだから。政府機関も彼を知らない。郵便局からＣＩＡまであらゆるところにあたって確認した」

「クルージというのが偽名なのでは？」

「そうだとしても、ＦＢＩに指紋の登録すらない。そのうち身許はつきとめられるだろう。しかし他殺かどうかという疑問の答えにはならない」

殺人事件としての捜査をやめて、自殺として片づけろという圧力があるようだ。しかしオズボーンは納得していない。詐欺行為の解明がまだなので、詐欺事件としての捜査はもうしばらく続くだろう。

「頼みの綱はあの東洋の猛女だな」オズボーンが言った。

ハルが鼻で笑った。

「無理でしょう」そして、ボートピープルめとさげすんだ。

「あの若い女ですか？　まだいるのか。何者ですか？」俺は訊いた。

「カリフォルニア工科大の頭脳だよ。こういう問題で困っていると相談したら、彼女がよこされた」

オズボーンの表情からすると、彼女の助けにはまったく期待していないようだ。

やがて二人を追い出すことに成功した。彼らの背中を前庭の小径に見送りながら、クルージの家のほうを見る。たしかにリサ・フーの銀色のフェラーリは車庫前に駐まっていた。

隣へ行く用事はない。それはよくわかっている。

そこで夕食をつくりはじめた。ツナのキャセロールだ。俺がつくるのだから薄味ではない。オーブンにいれて、菜園からサラダの材料を摘んできた。ミニトマトを切りながら、白ワインのボトルも冷やしたほうがいいかと考えているところで、一人分には多すぎることにはたと気づいた。

俺はなにごとも急がない男だ。すわってしばらく考えた。最終的に決断したのは俺の足だ。これほど温かく感じるのは今週初めてだ。そこでクルージの家へ行った。

玄関ドアは開いたまま。網戸すら閉めていない。開けっぱなしの無防備な状態で住んでいる家というのは、見ていて居心地悪いものだ。俺はポーチに立ってなかをのぞいた。しかし無人の廊下があるだけ。

「ミス・フー？」呼んだが返事はない。

前回ここに来たときは死体をみつけたのだ。俺はこそこそとなかにはいった。

リサ・フーはコンソール型コンピュータのまえでピアノ椅子にすわっていた。こちらから見ると横むきだ。背筋をぴんと伸ばし、茶色い両脚はあぐらをかいている。指はキーを叩き、画面に文字が次々と並んでいく。彼女は顔を上げ、例の歯を見せて笑った。

「お名前はビクター・アプフェルだそうですね」

「そうだ。その……ドアが開いていたから」

「暑いので」理にかなった説明のように言った。汗をかいたときにやるように、Tシャツの襟をつまんで上下させる。「なにかご用ですか？」

「いや、とくには」

薄暗いところに足を踏みいれたら、なにかを踏みそうになった。大きな平たいボール紙の箱。ジャンボサイズのピザの配達箱だ。

「夕食をつくっていたんだけど、一人分には多すぎるようなので、もしよかったら……」

俺は言いよどんだ。あることに気づいたからだ。彼女はショートパンツ姿だと思っていたが、じつはTシャツとピンクのビキニタイプの下着だった。しかし本人は平然としている。

「……いっしょに夕食をどうかなと」

彼女の笑みがさらに大きくなった。

「それはぜひ」するりと脚をほどいて身軽に立ち上がり、俺の脇をすり抜けた。汗と石鹸の香りが漂う。「すぐ着替えますから」

俺はふたたび室内を見まわした。しかしつい頭は彼女のことを考えた。好物はピザとペプシのようだ。空き缶が何十個もころがっている。彼女の膝と腿のつけ根には大きな傷痕があった。灰皿は空だ。歩くとふくらはぎの長い筋肉が力強く動いていた。クルージは煙草を吸ったが、リサは吸わないようだ。背中のくびれの細かな毛がコンピュータの緑の光で浮かび上がっていた。トイレの水が流れるのが聞こえた。黄色のノートを見ると、ここ何十年も見たことがないような達筆でびっしりとなにかが書かれていた。ふと石鹸の匂いに気づき、小麦色の肌と軽やかな足どりを思い出した。

廊下にあらわれたリサは、カットオフジーンズとサンダルと、新しいTシャツ姿だった。まえのシャツは、バローズ・オフィス・システムズという社名がはいっていた。今度のはミッキーマウスと白雪姫城で、漂白したばかりの綿布の匂いがする。ミッキーの耳は、彼女の大きすぎる胸のむこうに反っている。

俺はあとに従って玄関から出た。Tシャツの背中ではティンカーベルが魔法の粉を振りまいていた。

「素敵なキッチン」

そんなことを言われると、あらためて見まわさざるをえない。

タイムカプセルのようなキッチンだ。一九五〇年代前半の〈ライフ〉の誌面をそっくり持ってきたかのようだ。撫で肩のフリッジデール。このブランド名がゼロックスやコークのような一般名詞として冷蔵庫をあらわしていた時代のビンテージ品だ。カウンタートップは黄色いタイル張り。最近ではバスルームでしか見ない。合成樹脂の部分はどこにもない。食洗機はなく、かわりに二層式のシンクとワイヤの水切りラック。電動缶切りも、フードプロセッサも、ゴミ圧縮機も、電子レンジもない。最新の機械は十五年前のミキサーだ。俺は器用で機械の修理が好きなのだ。

「このパンもおいしい」

自家製だ。リサはちぎったパンで皿をきれいにぬぐってから、おかわりを求めた。パンで皿を拭くのは行儀が悪いとされているが、俺は気にしない。自分もやる。そもそも彼女のマナーは非の打ちどころがなかった。キャセロールを三杯もおかわりして、皿洗いの必要もないほど隅々までぬぐった。よほどお腹が空いていたらしい。

リサは椅子によりかかって、グラスに白ワインをつぎなおした。

「エンドウ豆のおかわりは？」

「もうおなかいっぱい」リサは満足げに腹を叩いた。「ごちそうさま、アプフェルさん。家庭料理なんて本当にひさしぶりだわ」

「ビクターでいいよ」

「アメリカ料理は大好き」

「そんなジャンルがあるとは思わないけどね。中国料理とちがって……というか、きみはアメリカ人？」彼女は笑っているだけ。「いや、つまり……」

「わかってるわ、ビクター。市民権は持ってるけど、アメリカ生まれじゃない。ちょっと失礼していいかしら。すぐに席を立つのは失礼だけど、この矯正ワイヤのせいで食後すぐに歯を磨かないとまずいのよ」

リサが歯ブラシを使う音を聞きながら、俺はテーブルを片づけた。シンクに水をいれて皿洗いをはじめる。まもなくリサがやってきて布巾を手にし、俺が遠慮しても気にせず水切りの皿を拭きはじめた。

「一人で住んでるの？」リサは訊いた。

「そうだ。両親が死んでからね」

「結婚は？　立ちいった質問で申しわけないけど」

「いいんだ。したことはないよ」

「女手がないのに家事がいきとどいてるわ」

「長年やってるからね。こっちからも質問していいかな？」

「どうぞ」

「出身は？　台湾？」

「言葉を覚えるのは得意なのよ。故郷でもピジン英語をしゃべっていて、こっちに来てから話し方をきれいに整理しただけ。他にも片言のフランス語、字は書けないけど四、五種類の中国語、下層階級のベトナム語。タイ語でも、〝アメリカ領事に会いたいんで、早いとこお願い！〟って叫ぶのはできるわ」

俺は笑った。タイ語のところだけひどく訛っていた。

「そうやってアメリカに来て八年目。さて、あたしの生まれ故郷はどこでしょう？」

「ベトナム？」当て推量で言ってみた。

「サイゴンの汚い裏通りよ。いまはホー・チ・ミン市《シッティ》。改名した寝ぼけた連中の股間なんか腐り落ちて、ケツにぎざぎざの竹杭がぶちこまれればいいのよ。汚い言葉でごめんなさい」

リサは自分に困惑したようすでうつむいた。軽口が途中から本気の罵詈雑言になった。俺とおなじくらいに深い心の傷を感じて、すぐにその話題から離れた。

「日本人かと思ってたよ」

「そのほうがもっといやよね。その話はまたいつか。ビクター、あのドアのむこうは洗濯室で、洗濯機があるのね？」

「そうだけど」

「使わせてもらっていいかしら」

もちろんかまわない。色落ちしたジーンズが七本、カットオフしたのが数本、Tシャツは二十枚くらいあった。フリル付きの下着がなければまるで男の洗濯物だ。

沈む夕日を眺めようと裏に出た。リサは菜園を見たがった。土いじりは俺の生きがいだ。体調がよければ毎日四、五時間もやる。一年を通じて、たいていは午前中に作業する。南カリフォルニアなら可能だ。自作の温室もある。

リサは気にいってくれた。ただし菜園はいい状態ではない。俺はこの一週間のほとんどをベッドかバスタブですごしていたので、雑草があちこち伸びている。

「あたしが小さい頃も菜園があったわ。そのあと水田で二年間すごしたことも」

「こういう菜園とはずいぶんちがうだろう」

「本当にそう。米はもう見たくないってくらい」

アブラムシが発生しているのをみつけたので、二人でしゃがんで始末しはじめた。リサはアジアの農民特有の深く腰を曲げるすわり方だ。よく憶えているが、俺は真似できない。長く細い指先は潰した虫の脂ですぐに緑色になった。

とりとめのない話をした。どこからそんな話題になったのか忘れたが、朝鮮戦争に行ったことを話した。リサは二十五歳だと知った。誕生日がおなじなのもわかった。つまり数カ月前に俺は彼女のちょうど倍の年になったわけだ。

ようやくクルージの名前が出たのは、リサが料理好きだと話したときだ。クルージの家ではできないらしい。

「ガレージの冷凍庫は冷凍食品がぎっしり。食器は皿一枚、フォーク一本、スプーン一本、コップ一個。そして高性能の電子レンジ。それだけよ。キッチンには他になにもないの」

リサは首を振って、アブラムシを潰した。「変わったやつよね」

洗濯が終わったのは夕方遅くで、暗くなりかけていた。枝編みのバスケットにリサが出してきた洗濯物を、二人で洗濯紐に吊っていった。ちょっとしたゲームだった。俺はTシャツを振って広げるたびに、その絵や文字を眺めた。わかるのもあれば、わからないのもある。ロックバンドの写真。ロサンジェルスの地図。スタートレックのタイアップもの……。なんでもありだ。

「L5協会って？」俺は尋ねた。

「宇宙に巨大な農場を建設しようとしてる人たちがいるのよ。米もつくるのかって訊いたら、無重力での栽培にふさわしい作物じゃないって返事だった。だからTシャツを買ったわ」

「何枚くらい持ってるんだい？」

「そうねえ、たぶん四、五百枚。たいてい二、三回着たら捨ててるわ」

次のシャツを取り上げようとしたら、ブラがぽとりと落ちた。俺が若かった頃に女の子たちがつけていたようなのとはちがう。とても薄い。それでいて機能的だ。

「気にいったかい、兵隊さん。いい子、紹介するよ」リサがわざと訛った英語で言った。

俺は彼女を見た。するとリサは表情をもどした。

「ごめんなさい、ビクター。赤くならなくてもいいのに」

そして俺の手からブラを取って、洗濯紐に留めた。

表情を誤解されたようだ。たしかにちょっとどぎまぎした。しかし同時に、ある意味でうれしかったのだ。ビクターでもアプフェルさんでもない呼び方をされたのはひさしぶりだった。

翌日の郵便物のなかに、シカゴの法律事務所からの手紙があった。例の七十万ドルの件だ。

出どころはデラウェア州の持株会社で、俺の老後のために送金するのを目的として一九三三年に設立された法人だという。設立者として両親の名がある。なんらかの長期投資が実を結び、あの予期せぬ振り込みになった。しかも税引き後の金額だという。

完全にばかげた話だ。両親はそんな金持ちじゃなかった。ほしくもない。クルージがどこから盗んだのかわかったら返したいくらいだ。

来年の今頃に自分が刑務所にはいっていなかったら、どこかの慈善団体に寄付しようと決めた。クジラの保護団体でもいい。あるいはL5協会でも。

午前中は庭仕事に費やした。そのあと歩いて食料品店に出かけ、新鮮な合挽肉を買った。折りたたみ式の車輪付きワイヤーバスケットに買い物をいれて、上機嫌で引いて帰った。銀色のフェラーリの脇を通りながら笑みを浮かべた。

彼女の洗濯物は干したままだ。取りこんでたたんで、クルージの家の玄関をノックした。

「やあ、ビクターだ」

「はいって、兵隊さん」

リサは昨日とおなじ場所にいたが、今日はちゃんと服を着ていた。笑顔で俺を見たあと、洗濯物籠を見て自分の額を叩いた。あわてて受け取りにくる。

「ごめんなさい、ビクター。あとで取りにいくつもりで——」

「いいんだよ。たいしたことじゃない。ついでに、今夜の夕食もいっしょにどうかと誘う口実になった」

表情にわずかな変化があったが、すぐに隠された。もしかしたら口で言うほど〝アメリカ料理〟が好きではないのかもしれない。あるいは料理人の腕前のほうか。

「もちろん、ごちそうになるわ、ビクター。まずこれを片づけさせて。よければ、カーテンを開けてくれる？　薄暗くて墓場みたいだから」

足ばやに出ていった。俺はリサがいた席の画面を見た。表示されているのは一行だけ。

intercourse-p

打ちまちがいだろうか。

カーテンを開けていると、ちょうどオズボーンの車が縁石ぞいに停まるのが見えた。やがて着替えたリサがもどってきた。今度のTシャツは、〝チェンジ・オブ・ホビット〟の文字と、毛むくじゃらの脚の小人の絵が描かれている。彼女は窓からのぞいて、前庭の小径を歩いてくるオズボーンを見て言った。

「ワトソン君、スコットランドヤードからレストレード警部が来たようだ。いれてやってくれないか」

意地悪な頼みだ。はいってきたオズボーンから不審げな視線をむけられた。俺は吹き出した。リサはすました顔でピアノ椅子にすわっている。けだるげに姿勢を崩し、そばのキーボードに片腕をおく。

オズボーンが言った。

「さて、アプフェル。ようやくクルージの正体がわかったぞ」

「パトリック・ウィリアム・ギャビンですね」リサが言った。

オズボーンのぽかんと開いた口がふさがるまでかなり時間がかかった。閉じて、すぐまた開く。

「どうやってそれを?」

リサはけだるくかたわらのキーボードをなでた。

「今朝あなたのオフィスにその知らせがはいったようですね。あなたのコンピュータには簡単な傍受プログラムがしこんであって、クルージの名前が出てくるたびにこっちに通知が来るようになっているんです。でも必要なかった。五日前にすっかり調べ上げてましたから」

「ならばなぜ……なぜ教えてくれなかったんだ?」

「訊かれませんでしたから」

二人はしばしにらみあった。過去になにがあったのか知らないが、おたがいを好ましく思っていないのは明白だ。今回はリサの勝ちで、機嫌がいいらしい。彼女はなにげなく画面に目をむけて、驚いた顔になって急いでキーを叩いた。表示されていた文字は消えた。

俺のほうにもの問いたげな一瞥を投げると、オズボーンにむきなおった。

「憶えてますよね。あなたの部下がみんなお手上げなのであたしが呼ばれた。来た当初は、このシステムはイカれて無反応状態でした。うんともすんとも言わなくて、部下のみなさんは起動すらできなかった」

にやりとして続ける。

「部下たちにできないのだから、あたしにはなにもできないだろうと考えた。だから、このシステムを壊さずにクルージのコードを解読してみろとけしかけたんですよね。ええ、解読しましたとも。来て、見て、さわっただけ。お望みならトラックいっぱいの紙にプリントアウトしてさしあげますけど」

オズボーンはそこまで黙って聞いた。自分の考えが誤りだったこともわかっただろう。

「なにがわかった？　いま見せてもらえるかね？」

リサはうなずいて、いくつかキーを叩いた。画面全体に文章が表示されていく。オズボーンのそばの画面にもおなじものが流れた。俺は立ち上がってリサの端末から読んだ。

クルージ、本名ギャビンの略歴だ。年齢は俺とほぼおなじ。ただし俺が銃弾の飛びかう外地にいた頃に、彼は萌芽期のコンピュータ産業を渡り歩いていた。最初期から業界に身をおき、多くのトップクラスの研究機関で仕事をしていた。こんな男の身許が一週間も不詳だったとは驚きだ。

俺たちが読んでいるかたわらで、リサは説明した。

「これはばらばらに調べてあたしがまとめたものです。電子化された情報システムを調べても、ギャビンはどこにも存在していないことが最初にわかりました。そこでアメリカじゅうに電話をかけてまわったんです。この家に設置された電話システムは興味深いですね。

電話をかけるたびに新しい番号が生成され、相手からかけなおすのも追跡するのも不可能になる。とにかく、五〇年代や六〇年代にトップを務めた人々に尋ねてまわりました。すると多くの名前が出てきました。あとはそのなかで電子ファイル中に存在しない人物を探せばいい。彼は一九六七年に自分の死を偽装していました。新聞のファイルにその記事をみつけました。彼を知っていた取材相手はみんな彼が死んだと思っていました。フロリダには紙の出生記録が残っていました。発見できた痕跡はそれだけです。業界の有名人でありながら、世界にまったく足跡を残さなかった人物は他に例がありません。これであきらかにできたと思います」

オズボーンは読み終えて、顔を上げた。

「いいだろう、ミズ・フー。他にわかったことは？」

「彼の一部のコードを解読しました。運もよかった。彼が他人のプログラムを攻撃するためにつくった基本的な破壊略奪プログラムに侵入できたんです。それを彼自身のプログラムにむけて使った。パスワードとその出どころが書かれたファイルもロックを解除しました。彼のテクニックも一部わかりましたけど、それは氷山の一角です」

部屋に並んでいる無言の金属の頭脳を手でしめした。

「まだだれにも話していませんが、これはきわめて狡猾な電子兵器です。戦艦のように重武装している。当然です。侵入者を発見してつかまえたらテリアのように離さない、ずる賢いプログラムがうろついていますからね。そんな攻撃を受けてもクルージは跳ね返す能力を持っている。でもたいていの場合、相手は侵入されたことさえ気づきません。クルージは巡航ミサイルのように低く、速く、ジグザグの経路で侵入する。次々に近道を通って攻撃をかける。

さらに有利な手段を持っていました。最近の大型システムの保護は強力です。パスワードと洗練されたコードが使われている。でもクルージは、それらをつくった本人なんです。錠前屋に開けられない錠前をつくるのは難しい。彼は大規模システムの多くでインストール作業を手伝っています。そのさいにソフトウェアの裏側にスパイを忍ばせた。暗号が変更されたら、コンピュータは自動的にその情報を秘密のシステムに送信する。クルージはあとでそれを調べればいいわけです。強力で凶暴で訓練の行き届いた番犬を買ったのに、そのトレーナーが夜中にやってきて頭をなでたら、システムは丸裸というわけです」

そういう話がえんえんと続いた。リサがコンピュータの話をはじめると、俺の頭は九割がた停止してしまうようだ。

「一つ確認しておきたいことがあります、オズボーン」リサが言った。

「なんだね」

「ここでのあたしの立場です。犯罪をあなたの代わりに解明しているのか。それとも知識のあるユーザーが使えるところまでこのシステムを復旧させればいいだけなのか」

オズボーンは考えこんだ。リサはさらに言った。

「もっと心配なのは、アクセス制限のあるデータバンクをこれまでに多数調べまわっていることです。そのうちドアがノックされて手錠をかけられるのではないかという不安があります。その点ではあなたも心配したほうがいいですよ。殺人課の刑事に内情を見られたくない政府機関はあるはずですから」

オズボーンは憤慨したように顔を引いた。リサの狙いどおりらしい。刑事は不愉快そうに言った。

「わたしにどうしろと？　続けてくれと頭を下げればいいのか？」

「いいえ、あなたの承認がほしいだけです。書面でなくてもいい。責任をとると口頭で言ってくだされば」

「いいかね、ロサンジェルス郡とカリフォルニア州から見れば、この家は存在すらしないんだ。ここに土地はない。課税査定官の記録にも出てこない。法的に忘れられた場所だ。この家のものについて使用許可を出せるのはわたしだけだ。なぜならここは殺人現場だからだ。だからこれまでどおりに続けてくれ」

「積極的な承認には思えませんけど」

「ないものねだりだ。さあ、他にわかったことがあるかね？」

リサはキーボードにむいてしばらく叩いた。すぐにプリンターが動きだし、リサはキーボードから手を離した。俺は画面を見た。そこにはこう書いてあった。

osculate posterior-p

osculate はたしか接吻という意味だ。まあ、こういう人々は独特の言語を使うのだろう。

リサが顔を上げて、にやりとした。小声で言う。

「あなたじゃないわ。彼よ」

なんのことやらさっぱりわからない。

オズボーンはプリントアウトを受けとって帰ろうとした。しかし、ドアのまえで振り返って最後の命令をするというお約束をどうしてもやりたかったようだ。

「自殺ではないなんらかの証拠をみつけたら教えてほしい」

「わかりました。自殺ではありません」

オズボーンはしばらく意味がわからなかったようだ。

「証拠は？」

「あります。でも法廷では通用しないでしょう。あのふざけた遺書を書いたのは彼ではありません」

「なぜちがうとわかる？」

「初日にわかりました。コンピュータにソースコードを表示させ、クルージの書き方と比較してみました。彼が書いたものではありえない。あまりにもきっちりしている。一行のすきもない。クルージの偽名には由来があるんです。どういう意味かご存じですか？」

「賢いという意味だろう」俺が答えてやった。

「文字どおりにはね。でも本当は……ループ・ゴールドバーグの機械のことなのよ。過剰に複雑な仕組み。機能はするけど、まちがった理由で動いている。プログラムのバグを〝回避する《クルージ》〟という言い方をするわ。ハッカーが使う潤滑剤のようなものね」

「だから？」オズボーンはよくわからないようすで訊いた。

「だからクルージのプログラムはごちゃごちゃなんです。無駄な仕掛けばかりで、整理整頓しない。彼は天才で、プログラムは動くけど、これでよく動いてるなという状態なんです。ルーチンの見苦しさに虫酸がはしるくらい。よくできた混乱。でもいいプログラムなんてものはめったになくて、凡人がやる巨大なハックより、彼のごちゃごちゃのほうがましなんです」

オズボーンも俺とおなじように理解できていないはずだ。

「つまり、プログラミング手法を根拠にした見解だと」

「そうです。残念ながらこれが筆跡や指紋のように法廷で認められるのは十年以上先でしょう」

そのあとようやくオズボーンを追い出した。俺は帰って夕食を準備した。できた頃あいにリサはやってきた。またしても旺盛な食欲を見せてくれた。

俺はレモネードをつくり、二人で小さなパティオに出て、夜が更けていくのを眺めてすごした。

その夜中、汗びっしょりになって俺は目を覚ました。起き上がり、考えて、不愉快な結論に達した。ローブをはおってスリッパをはき、クルージの家へ行く。

またしても玄関は開けっぱなしだった。それでもノックすると、リサは廊下の角から顔をのぞかせた。

「ビクター、どうしたの？」

「うまく説明できない。はいっていいかな」

手招きされ、俺はあとについてリビングにはいった。口を切ったペプシの缶がコンソールの隣にある。ピアノ椅子にすわったリサは目が赤い。

「なにかあったの？」あくびしながら訊く。

「それはともかく、きみは寝なくていいのかい？」

リサは肩をすくめてうなずいた。

「ええ。リズムがずれてるみたいね。いまが昼モードなの。でもビクター、夜中に長時間仕事をすることはよくあるのよ。そんなお説教をするために来たわけじゃないでしょう？」

「そうだ。クルージのことだけど、他殺だと言ったね」

「遺書を書いたのは本人ではない。となると他殺の線が濃くなるでしょう」

「ではなぜ殺されたのかと考えはじめたんだ。彼は家から一歩も出なかったから、コンピュータでやったことが原因だろう。それをいまはきみが……。まあ、きみがなにをしてるのか、正直いって俺はよくわからない。でもおなじものをいじってるように見える。おなじ人々から狙われる危険はないのかい？」

「人々？」リサは片方の眉を上げた。

うまく言えなくて困った。俺の恐怖心はきちんと説明できるほど形をなしていない。

「なんていうか……政府機関とか言ってたし……」

「オズボーンがそれを聞いてぎょっとしたのを見たのね。クルージがなんらかの陰謀にかかわったとか、なにかを知りすぎたせいでCIAに殺されたとか思ってるの？」

「わからない。でもおなじことがきみにも起きるんじゃないかと心配なんだ」

驚いたことに、リサは俺に微笑んだ。

「ありがとう、ビクター。オズボーンには言わなかったけど、じつはあたしも不安は感じてるのよ」

「だったらどうする？」

「あたしはここで仕事を続けたい。だからどうすれば自分を守れるか考えてみたわ。でも結論としては、できることはなにもない」

「なにかあるはずだ」

「銃を持ってるかという話なら、持ってるわ。でも考えてみて。クルージは真っ昼間に消されたのよ。家にだれかがはいるのも、出るのも目撃されていない。とするとどういうことかしら。白昼堂々と家に侵入し、クルージを射殺し、遺書をプログラムし、自分がいた痕跡をすべて消して立ち去れるのは、いったいだれ？」

「とても優秀なやつだな」

「ありえないほど優秀ね。そんな優秀な殺し屋が女一人消そうと思ったら、もし元兵隊さんが立ちむかってくれても、たぶんかなわない」

俺はショックを受けた。リサの言葉と、身の危険に無頓着なようすの両方に愕然とした。

それでも、不安を感じていることは認めている。

「だったらこの仕事を中止すべきだ。ここにいないほうがいい」

「あたしは自分のやりたいことをやる」

リサは言った。断固たる態度だ。俺は言おうとしたことを一つずつ検討して、すべて退けた。

「せめて……せめて玄関には鍵をかけてくれ」俺は弱々しく言った。

リサは笑って、俺の頰にキスした。

「わかったわ、兵隊さん。心配してくれてありがとう。そうする」

彼女が俺のあとで玄関を閉めるのを見て、鍵をかける音を聞いた。月明かりの下で自分の家へもどる。その途中で足を止めた。夜はうちの空いている寝室を使うように言えばよかった。あるいは俺がクルージの家に泊まろうと申し出てもよかった。

いや、よくない。誤解されるだろう。

苦渋と少なからぬ自己嫌悪を覚えながら、いつのまにか自分のベッドまでもどっていた。確実に誤解されるだろう。

なにしろ俺は彼女のちょうど倍の年なのだ。

午前中は庭仕事をしながら、夜のメニューを考えた。料理はもともと好きだが、リサとの夕食はすでに一日のメインイベントになっていた。それどころか恒例の行事だと思っていた。

だから昼に表を見て、彼女の車がないのに気づいて愕然とした。

急いでクルージの家へ行く。玄関は開けっぱなしだ。屋内を見てまわったが、だれもいない。リサの痕跡があったのは主寝室だ。きれいにたたんだ洗濯物が床に積んであった。

俺は震えながらむかいのラニアー家の玄関を叩いた。出てきたのはベティで、俺のそわそわしたようすにすぐに気づいた。俺は言った。

「クルージの家にいたあの子になにかあったらしい。警察を呼んだほうがいいと思う」

「どうしたの?」ベティは俺の背後をのぞいた。「連絡がないの? まだ帰ってないようね」

「帰ってない?」

「一時間ほどまえに車で出ていくところを見たわ。すごい車に乗ってるのね」

愚かしい気分になった。あわててなんでもないふりをした。しかしベティの目を見ると、子どもの頭をなでんばかりの表情だ。そのことに腹が立った。

服が残っているのだから、リサはもどってくるつもりのはずだ。

自分にそう言い聞かせて、急いで風呂にはいった。火傷しそうなほど熱くした。

ノックに応じて玄関に出ると、リサは両手に買い物袋をかかえ、あのまばゆい笑顔で立っていた。

「昨日これをやろうと思ってたんだけど、声がかかるまで忘れてたの。だから、先に訊くべきだったけど、驚かせようと思って、こうして菜園にない野菜をいくつかと、スパイスの棚にないものをいくつか買って……」

しゃべりつづけながらキッチンに買い物袋をおいた。俺は口をはさめなかった。リサは新しいTシャツを着ていた。大きなVの字。その下にネジ《スクリュー》の絵。そしてハイフンと小文字のp。しゃべりつづけるリサの声を聞きながら考えた。

V screw-p

意味は尋ねないことにした。

「ベトナム料理は好き?」

俺はリサを見た。ようやく彼女がとても緊張していることに気づいた。

「わからないな。食べたことがないから。でも中華料理は好きだし、日本料理も、インド料理も好きだ。いつも新しいものを試したいと思ってる」

列挙したなかの後半には嘘があるが、心にもないことを言ってはいない。新しいレシピに挑戦するのは本当だし、偏食でもない。東南アジア料理だけ苦手ということはないはずだ。

リサは笑った。

「でも、完成してみるまでわからないわよ。あたしの母親は半分中国系だったから、できあがるのはごちゃまぜ料理よ」

目を上げて俺の顔を見て、また笑った。

「ああ、そういえばあなたはアジアにいたことがあるのね。大丈夫よ、兵隊さん。犬の餌みたいなのを出したりしないから」

がまんできないものが一つだけあった。箸だ。なるべく努力したが、とうとう脇においてフォークに持ちかえた。

「ごめんなさい。箸はあなたには難しかったわね」

「きみはうまいね」

「長いこと使ってたから」

とてもおいしかった。だからそう言った。どの皿も意外性があった。これまで食べたどんなものともちがう。

最後のほうで誘惑に屈して質問した。

「Vは勝利の意味？」

「かもね」

「ベートーベン？　チャーチル？　第二次世界大戦？」

答えず微笑む。

「考えて、兵隊さん」

「あたしを怖いと思った、ビクター？」

「最初はね」

「顔を見たときでしょ」

「漠然とした東洋人恐怖症だよ。俺は人種差別者なんだと思う。そうありたくはないんだけど」

リサはゆっくりとうなずいた。闇のなかだ。日はとっくに沈んでいるのに、まだパティオに出ていた。話題は憶えていないが、何時間も話しつづけていた。

「あたしだっておなじよ」

「東洋人恐怖症が？」俺は冗談のつもりで訊いた。

「カンボジア人恐怖症よ」しばらく俺に考えさせるような間をあけて、リサは続けた。

「サイゴンが陥落したときに、あたしはカンボジアへ脱出した。徒歩で国境を越えたわ。生き延びられたのは幸運だった。そして強制労働収容所にいれられた」

「いまはカンプチア人民共和国というんだったかな」

リサは唾を吐いた。無意識にやったのだろう。

「梅毒犬の共和国よ。あなたは北朝鮮でひどい扱いをうけたんでしょう、ビクター？」

「そうだ」

「朝鮮人は朧野郎よ」

俺は驚いた顔をしたのだろう。リサはくすりと笑った。

「アメリカ人は人種差別についてずいぶん罪責感を持ってるわ。まるで自分たちが生み出した悪行で、南アフリカとナチス以外にこんな忌まわしいことをやっている国はないとでもいうように。それでいてあなたたちは黄色人種の顔を区別できない。黄色人種は均質な集団に見えている。でもじつは、東洋人こそ地球上でもっとも人種差別的なのよ。ベトナム人はカンボジア人を千年前から嫌っている。中国人は日本人を嫌っている。朝鮮人はあらゆる人種を嫌っている。そしてあらゆる人種が、いわゆる中国系少数民族を嫌っている。中国人は東洋のユダヤ人よ」

「聞いたことがあるよ」

リサはうなずいた。しばらく黙って考えてから、口を開いた。

「あたしはカンボジア人が大嫌い。あなたとおなじで、そうありたくはないのよ。収容所で虐待されていた人々の大半はカンボジア人だった。憎むべきなのは大量殺戮を指導したポル・ポト政権よ」俺を見て続ける。「でもこういうのって自分ではどうしようもないのよね。そうでしょ、兵隊さん」

翌日は昼に訪問した。暑さのピークはすぎていたが、彼女の暗い仕事場はまだ暑かった。

シャツは着替えていなかった。

俺はコンピュータの初歩を教わった。キーボードをすこし叩いてみたが、すぐにわけがわからなくなった。プログラマーになろうと思わないほうがいいとおたがいに結論づけた。

電話モデムというものも見せてもらった。これを使って世界じゅうのコンピュータにつながられるらしい。リサは実際にスタンフォード大学のだれかに接続してみせた。顔も本名も知らず、〝泡の選別者《バブルソーター》〟という仮名で知っているだけだという。相手とは文字でやりとりした。

最後にバブルソーターは、“bye-p”と打ってきた。リサは、“T”と返した。

「Tってなに？」

「真《トゥルー》よ。つまり、イエスってこと。ハッカーにとってイエスはあたりまえすぎておもしろくないから」

「バイトの意味は教えてもらったけど、“bye-p”は？」

リサは真剣な顔の上目遣いになった。

「疑問形よ。単語にpをつけると疑問になる。つまり“bye-p”は、ログアウトしたいか、つまり接続を終了したいかと、バブルソーターが尋ねてきたわけ」

俺はすこし考えた。

「じゃあ、“osculate posterior-p”を翻訳すると？」

「〝あたしのケツにキスしたいのか？〟ってこと。もちろん、あのときはオズボーンに言ってたのよ」

俺はあらためてリサのTシャツを見た。それから彼女の目を見た。真剣でゆらがない。両手を膝の上で組んで、返事を待っている。

intercourse（性交）-p

「イエス。したい」俺は答えた。

彼女は眼鏡をはずしてテーブルにおき、Tシャツを脱いだ。

クルージの大きなウォーターベッドでセックスした。

俺は能力的な不安が少なからずあった。かなり……相当ひさしぶりだったからだ。しかしはじめてしまうと、彼女の感触や匂いや味に興奮してわれを忘れた。リサはいやがらなかった。

終わると二人とも汗だくだった。リサは背中をむけて立ち上がり、窓へ歩いていって開けた。風がはいってきた。もどってくると、ベッドに片膝をついて俺のむこうに手を伸ばした。ベッド脇のテーブルから煙草の箱をとり、一本つけた。

「あなたが煙草嫌いでなければいいけど」

「かまわない。俺の親父も吸ってた。でもきみが吸うとは知らなかった」

「これのあとだけよ」小さく微笑んで、深く煙を吸う。「サイゴンではみんな吸ってた」

リサはまた隣で横になった。汗だくのまま、手をつないで寝転がる。彼女は脚を開き、足先を俺の足にあてた。ふれあうのはそれだけで充分だ。彼女の右手から煙が立ち昇るのを眺めた。

「三十年間、温かさを感じたことがなかった。熱いとは感じるんだが、温かいとは感じなかった。でもいまは温かいな」

「その話をして」

だから話した。話せるだろうかと不安に思いながら話した。三十年たったいまでは、さほど恐ろしい話には感じられなかった。その間にさまざまなものを見てきた。おなじ時期に牢獄にいれられ、俺とおなじくらいひどい虐待を受けた人々もいた。抑圧の道具立てはいまも昔も変わらない。三十年も隠遁生活をせざるをえないような具体的ななにかが俺に起きたわけではなかった。

「俺は重傷を負った。頭蓋骨を骨折した。その後遺症が……いまもある。冬の朝鮮半島はとても寒い。俺はいつも寒かった。でも原因は他にあった。いままでいう洗脳のせいだったんだ。それがなんだか当時はわからなかった。理解できなかった。知っていることを全部しゃべっても、まだ虐待が続くんだ。眠らせてくれない。時間感覚を狂わされる。勝手に創作してしゃべって自白調書にサインしたやつもいた。それでもだめなんだ。虐待は続く。当時の俺はわからなかった。巨大すぎる悪は理解できなかったんだと思う。でも本国送還がはじまったとき、一部の収監者が帰りたがらなかった……。本気でいやがったんだ。本気で信じていた……」

言葉が続かなくなった。リサは起き上がり、ベッドの足の側に移動して、俺の足をさすりはじめた。

「のちにベトナムに行った連中とおなじように帰国を経験した。しかし俺たちの経験は逆だった。退役兵は英雄だが、元捕虜は……」

「あなたは口を割らなかった」リサは問いかけではなく、そう断言した。

「そうだ」

「そのせいでひどくなったのよ」

俺は彼女を見た。俺の足の裏を平たい下腹にあて、踵をつかみながら、爪先を反対の手でさすっている。俺は話しつづけた。

「国はショックを受けていた。洗脳がどういうものか理解していなかった。俺は説明しようとした。しかし、奇異なものを見る目をむけられた。そのうち話すのをやめた。すると話すことはなにもなくなった。数年前に陸軍は方針を変えた。心理的条件付けに耐えるこなにを話しても、なにを話しても、なににサインしてもいいことになった」

リサはじっと俺を見ていた。ただ足をなで、ゆっくりとうなずいていた。それから自分の話をはじめた。

「カンボジアは暑かったわ。いつかアメリカに行けたら、メイン州かどこかに住もうと思ってた。雪が降るところに。そして実際にケンブリッジに住んだけど、実際には雪は嫌いだった」

リサは昔の話をしてくれた。俺が聞いていた話は、百万人くらい死んだという内容だった。国全体が口から泡を吹いて、動くものすべてを嚙み殺すようだったと。あるいは獰猛な鮫にたとえる話も聞いた。その腹を切り裂くと、自分の血に興奮してぐるぐるまわりながら自分の身体をむさぼり食うような状態だったと。

彼女は切断された首を積んでピラミッドをつくる労働について話した。二十人一組になって暑い日差しの下で一日じゅう作業するが、高さが三メートルくらいになると重みで崩れてしまう。二十人のうちのだれかが怠けると、全員の首がその山に加わるのだ。

「意味なんてなかった。ただの労働よ。あたしは頭がおかしくなっていた。正気にもどりはじめたのはタイ国境を越えてからよ」

彼女が生き延びられたのはほとんど奇跡だ。想像を絶する恐怖をくぐり抜けていた。しかし立ち直りは早かった。俺よりはるかにしっかりしている。俺が彼女の年の頃は、のちに自分が住む牢獄を築いている途中だった。そう話した。

「それも準備の一部なのよ」リサは皮肉っぽく言った。「それも人生で、これまでのことも人生よ。自分で言ったでしょう、朝鮮がそんなところだとは知らなかったって。あたしだってカンボジアがどんなところか知らなかったけど、それまでの人生だって安全な暮らしじゃなかった。リンゴを売って路上生活をしてたわけじゃないのよ」

リサは俺の足をさすりつづけた。目は虚空を見ている。

「お母さんが亡くなったのはきみが何歳のとき？」俺は訊いた。

「テト攻勢のなかでよ。一九六八年。あたしは十歳だった」

「ベトコンに？」

「わからない。たくさんの銃弾が飛び、たくさんの手榴弾が投げられていたから」

ため息をついて、俺の足を下ろし、すわりなおした。袈裟を脱いだ痩せた仏陀のようだ。

「もう一回できそう、兵隊さん？」

「無理だよ、リサ。年だ」

するとリサは上からかぶさってきて、俺の胸骨に顎をおき、いちばん敏感なところに胸をあてた。笑いを漏らしながら言う。

「さあ、どうかしら。あたしはいろんな性技を知ってるのよ。若返った気分にさせてあげられる。でもそれは一年くらいおあずけなのよ。これのせいで」歯の矯正用ワイヤを指先で叩いた。「このままじゃ丸鋸とおなじでしょ。だからべつのやり方でやってあげる。名付けて〝シリコンバレーの旅〟」

　そして体を上下に数センチずつ動かしはじめた。そして、なにかを発見したようにまばたきして、急に笑いだした。

「やっとあなたがはっきり見えたわ。あたしってド近眼だから」

　しばらく彼女の動きに身をゆだねた。それからふいに俺は顔を上げた。

「シリコンだって？」

「そうよ。まさか本物だと思ってた？」

　思っていたと白状した。

「あたしにとって最高の買い物よ。あの自動車よりも」

「なぜこれを？」

「嫌い？」

　そういうわけではない。そう話した。しかし好奇心を抑えきれない。

「まちがいない買い物だからよ。サイゴンにいた頃は胸が大きくならないのがすごくいやだった。売春婦になればいい暮らしができるのに。あたしはのっぽで、痩せすぎで、ブスだった。でもカンボジアではそれがさいわいしたわ。しばらく男の子のふりができた。そうでなかったら、もっと長期間レイプされてたはず。タイに脱出すれば、いずれ西洋に行けるとわかってたわ。西洋に行ったら、最高の自動車に乗って、食べたいものを食べるつもりだった。そして金で買える最高のおっぱいを買うんだって思ってた。収容所では西洋をそんなふうに見てたのよ。おっぱいを買える場所だって」

胸の谷間をのぞきこみ、また俺の顔を見る。

「ほら、やっぱりいい投資だった」

「たしかに効きめがあるな」俺は認めた。

夜は俺の家で寝泊まりすることにリサは同意した。仕事はクルージの家でしかできないこともある。たとえば装置を物理的につないでロードする場合だ。しかし大半の作業は離れた端末と大量のソフトウェアでできるらしい。そこでクルージのいちばん高性能なコンピュータと十数個の周辺機器を運んで、俺の寝室の簡易テーブルに設置した。

クルージを殺した犯人がもし彼女を狙いはじめたら、この程度で安全とはいえないだろう。しかし気分の上で俺は安心できたし、彼女もそうだった。

二日目、リサがいるときに配送トラックが表にやってきて、作業員が二人がかりでキングサイズのウォーターベッドを下ろしてきた。リサは俺の顔を見て大笑いした。

「まさか、クルージのコンピュータを使って――」

「落ち着いて、兵隊さん。なぜあたしがフェラーリを買えたと思ってるの?」

「不思議に思ってたんだ」

「高度なソフトウェアを書く能力があれば、とても稼げるのよ。あたしは自分の会社だって持ってる。でもハッカーはいろんな場面でトリックを使うものよ。クルージがやったようなペテンはあたしもやってたわ」

「いまはやってないんだろう？」

リサは肩をすくめた。

「泥棒になったら一生泥棒よ、ビクター。いまさら体を売って帳尻をあわせることはできないんだから」


リサはあまり眠らなかった。

俺たちは七時に起床し、朝食は俺が毎朝つくった。そのあと菜園でいっしょに一、二時間庭仕事をする。それからリサはクルージの家に行き、俺は昼にサンドイッチを持っていく。日中何度かようすを見にいった。俺が安心するための確認で、長居はしない。午後のどこかの時点で買い物に出たり、家事をこなす。夜七時にはどちらかが夕食をつくる。これは交代制にした。俺は〝アメリカ料理〟をリサに教え、彼女はいろいろな料理を教えてくれた。

アメリカの食料品店には不可欠な食材がないと不満そうだった。食用の犬はもちろんない。彼女は猿や蛇や兎の下ごしらえ法を詳しく説明してくれた。たぶんからかわれているのだが、あえて訊かなかった。

夕食のあとはリサはそのままこちらの家に泊まった。会話して、セックスして、風呂にはいった。

リサはうちのバスタブを気にいってくれた。この家でここだけは改装していた。唯一の贅沢だ。一九七五年に浴室を拡張してこのバスタブをいれた。後悔はしていない。俺たちはジェットやバブルを動かしたり止めたり、おたがいを洗ったり、子どものようにはしゃぎながら、二十分でも一時間でもはいっていた。バブルバスを使って一メートル以上もある泡の山をつくり、それを壊してあたりを水浸しにしたこともあった。彼女の長い黒髪はほぼ毎晩俺が洗った。

リサにはとくに悪癖はなかった。すくなくとも俺ががまんできないようなものはない。清潔でまめな性格だ。服は一日二回着替える。使ったグラスを流しにおきっぱなしにしない。浴室を汚したままにしない。ワインは二杯が限度。

俺は墓場から蘇生したラザロの気分だった。

オズボーンはその後の二週間に三回やってきた。リサはクルージの家で刑事と会い、わかったことを説明した。かなりの量だった。あるときはこんなことを話した。

「クルージはかつてニューヨークのある銀行に九兆ドルの口座を持っていました。ためしにつくったのだと思います。一日放置して、利子だけ取って、バハマの銀行に移して元金を消去しています。もともと存在しない金ですから」

オズボーンのほうは殺人事件の捜査とクルージの資産状況を調べた結果を話した。といっても捜査の進展はない。資産状況は混乱をきわめていた。

さまざまな政府機関がここに人をよこした。ＦＢＩからも何人か来て、捜査の引き継ぎを求めた。リサはコンピュータの話をさせると相手がだれでも煙《けむ》に巻いてしまう。まず自分がやっていることを具体的に、難解な専門用語で説明した。場合によってはそれだけで充分だ。まだ効かず、相手が居すわるときは、運転席を譲って、クルージの仕掛けのハンドルをためしに握らせる。どこからかドラゴンが飛び出してきて、ディスクのデータがむさぼり食われる恐怖を体験させるのだ。画面には、〝ばーか、ばーか！〟と表示される。

「わざとよ」リサはあとで告白した。「落とし穴があるとわかってるところに行かせたの。あたし自身が穴にはまったところだから。あたしはクルージのデータをすでに四十パーセント消してしまったわ。でも他の連中がやったら百パーセント消える。クルージがしかけた論理爆弾が炸裂したときの彼らの顔ったらないわ。二人目の男は部屋の奥の三千ドルもするプリンターを壊して、あたしに口止め料を払おうとしたのよ」

連邦政府のある機関はスタンフォード大学の専門家を送ってきた。彼は手あたりしだいの破壊をためらわなかった。あとで再構築できると自信を持っていたからだ。リサは彼を国税庁のコンピュータに迷いこませた。彼は番犬プログラムに発見され、抜けられなくなった。じたばたしているうちに、頭文字がSからWまでの人々の課税記録を消してしまった。三十分くらい頭を抱えていたようだ。

「心臓発作を起こしそうだったわ。顔から血の気がひいて口をきけずにいるの。そこで、あたしが念のためにバックアップをとっておいたデータのありかと復旧方法を教えて、番犬も手なずけてやったわ。終わると一目散にあの家から逃げていった。頭が冷えたら、あれだけの量のデータを消すにはダイナマイトでも使わないと無理だとわかるはずよ。バックアップがあることや、同時実行できる作業の制限を考えたらね。でももう二度と来ないはず」

「まるでよくできたビデオゲームみたいだ」俺は言った。

「ある意味でそうよ。むしろボードゲームのダンジョンズ&ドラゴンズみたいなものね。危険がひそむ閉じた部屋がどこまでも連なっている。一歩ずつは進めない。百歩ずつ進む。そしてこんなことを問われるわ。〝さて、これは質問ではありません。質問ではないけど、もし質問する気になったらと仮定しましょう。隣の部屋の扉にわたしはさわらないし、こちらの部屋にもいません。でも、その扉を開けたらなにが起きるかと質問したら、あなたはどうしますか？〟そしてプログラムが動いて、主人公が大きなクリームパイを顔にぶつけられる条件を満たしているかどうかを判断し、そのあと実際にクリームパイを投げつけるか、ステップAからステップA′へ進ませるかを判断する。それから主人公は、〝じゃあ、ちょっとだけ扉のむこうをのぞいてみようか〟と考える。そしてプログラムは、場合によっては、〝見たな、見たな、大ばか野郎め！〟と言って、派手な花火をはじめるわけ」

どういうわけか、この説明で彼女がやっていることが多少わかった気がした。

「オズボーンには全部話してるのかい？」俺は訊いた。

「全部というわけじゃないわ。四セントのところは省略してる」

四セント？　あの件か。

「リサ、あの金はほしくないんだ。頼んでもいないし、あんなものは——」

「落ち着いて、兵隊さん。厄介なことにはならないから」

「記録のなかにあるんだろう？」

「あたしが朝から晩までやってるのはそれよ。彼の記録の解読」

「いつ知った？」

「七十万ドルについて？　解読した最初のディスクにはいってたわ」

「もとの持ち主に返したいんだ」

リサはしばらく考えて、首を振った。

「ビクター、いまからあの金を消すのは危険よ。持っておくほうが安全。もとは仮想の金だけど、いまは現実の履歴がある。国税庁は出どころを知っているつもりでいる。税も支払われている。デラウェア州で合法的に設立された会社が支出したことになっている。イリノイ州の法律事務所がその取り扱いで報酬を得ている。あなたの銀行は利子を支払っている。それらの履歴をさかのぼって消していくのは不可能ではないけど、あたしはやりたくない。それなりに腕はいいつもりだけど、クルージほどではないから」

「彼はいったいどうやったんだ？　仮想の金と言ったけど、俺が知っている金はそういうものじゃない。あいつは虚空から引き出したというのかい？」

リサはコンピュータのコンソールの上を軽く叩いて、微笑んだ。

「これがお金なのよ、兵隊さん」目をきらりと光らせた。

夜は蠟燭の明かりでリサは仕事をした。俺の眠りを乱さないようにという配慮だった。それがまずかった。

リサは手もとを見ずにキーを叩ける。蠟燭の光はソフトウェアのありかを探すのに必要なだけだ。俺は毎晩、その蠟燭の光に浮かび上がる彼女の痩せた体を見ながら眠った。焼きトウモロコシの穂先から垂れるバターをいつも連想した。金色の肌にあたる金色の光。

自分は醜いと彼女は言う。痩せすぎだと。たしかに細い。背中にあばら骨の線が浮かんでいる。背筋を伸ばし、腹を引っこめ、顎を引いてすわる。最近はいつも裸で座禅を組んで仕事をする。手を腿におき、長いことじっとしている。それからおもむろに手を上げてキーの上にかまえる。指の動きは軽く、ほとんど音を立てない。プログラミングというよりヨガのようだ。いい仕事をするために瞑想状態にはいるのだと言っていた。

もっと骨張った体を想像していた。肘や膝は鋭く突き出ているだろうと思っていた。実際にはちがった。体重は俺の見積もりより五キロくらい多かった。どこに隠していたのか。丸く柔らかく、力強い筋肉もあった。

彼女の顔を美人だという者はいないだろう。かわいいという者も少ないはずだ。矯正ワイヤのせいだ。ついそこに目がいき、見映えの悪い金属のからまりを気にしてしまう。しかし肌は美しかった。傷痕はあるが、思ったほど多くはない。短期間にきれいに治ったようだ。

俺は彼女を美しいと思った。

そうやって毎晩恒例の鑑賞が終わると、俺の目は蠟燭に惹きつけられた。一度見ると目を離せなくなる。

蠟燭を見るとそうなることがある。なぜだかわからない。風がないと炎は完全に垂直に上がる。そしてまたたきはじめる。炎は上に伸びて、縮む。伸びて、縮む。伸びて、縮む。そのリズムにあわせて明るさも変化する。一秒間に二、三回の周期で――

——彼女を呼ぼうとする。蠟燭のまたたきを止めてほしい。しかしもう声が出ない——

——短い息が漏れるだけ。もう一度。なんとかして叫ぼう、悲鳴をあげようとする。心配しなくていいと。不快感が高まっていく……。


口のなかに血の味がした。おそるおそる息をした。嘔吐、尿、便失禁のにおいはない。天井の明かりがついている。

リサがよつんばいで俺をのぞきこんでいた。顔が近い。涙がこちらの額に垂れてくる。俺はカーペットにあおむけに倒れていた。

「ビクター、あたしがわかる？」

俺はうなずいた。口にスプーンがさしこまれている。それを吐き出した。

「なにが起きたの？　もう大丈夫なの？」

もう一度うなずいた。なんとか話そうとした。

「じっとしてて。もうすぐ救急車が来るから」

「いや、必要ない」

「でも呼んじゃったのよ。楽にしてて。それで——」

「起こしてくれ」

「まだ無理よ。起きられない」

そのとおりだった。起き上がろうとしたが、すぐに倒れてしまった。何度か大きく息をした。そこにドアベルが鳴った。

リサは立ち上がって出ようとした。俺はその足首に手をかけるのがやっとだった。リサはまたかがみこむ。目を飛び出さんばかりに見開いている。

「なに？　今度はどうしたの？」

「服を着て」俺は言った。

リサは自分を見下ろして、驚いた。

「あら、ほんとに」

救急隊にはリサが説明して引きとってもらった。コーヒーを淹れてキッチンのテーブルでいっしょにすわるころには、リサは落ち着きをとりもどしていた。深夜一時。俺はまだふらついていたが、ひどくはない。

浴室へ行って、彼女が引っ越してきたときに隠していたジランチンの瓶を出した。それを見せて、一錠飲んだ。

「今日は飲み忘れていたんだ」

「隠したせいでね。ばかなんだから」

「まったくだ」

ちがう言い方もできたはずだ。悲しいことに、リサは傷ついた顔をした。彼女が傷ついたのは、責められた俺が弁解しなかったからだった。しかし癲癇の大発作を起こした直後の俺には、そこまで頭がまわらなかった。

「きみが出ていきたければ出ていってもいい」

そう言った俺は、普通の状態ではなかった。それはリサもおなじだった。テーブルごしに俺の両肩をつかみ、にらみつけた。

「今度そんなことを言ったら怒るわよ」

俺はうなずいた。そして泣きだした。

リサはそんな俺を放っておいた。それがいちばんよかった。慰めはいらない。こんなときの自分の扱いは心得ている。

やがて落ち着いた俺に、リサは訊いた。

「いつからなの？　三十年、家にひきこもっているのはこれのせい？」

俺は肩をすくめた。

「それもある。帰還したときに手術を受けた。でもかえって悪化した」

「なるほどね。あたしが怒ったのは、あらかじめ話してくれなかったからよ。だからどうすればいいかわからなかった。あたしはここにいたい。でもそのために知っておくべきことは話してほしい。そうすれば怒らないから」

俺はそこですべてをだいなしにする行動をとってもおかしくなかった。そうしなかったのが不思議なほどだ。だいなしにするのが長年のうちに習慣になっていた。しかしリサの顔を見たら、その一瞬を回避できた。彼女は本気でここにいたいと思っている。理由はわからない。しかしそれだけで充分だった。

「スプーンはよくない。もし余裕があったら、きみが指を怪我しないように気をつけて、布切れを噛ませてくれ。紙とかでもいい。すくなくとも硬くないものを」口のなかを指で探った。「歯が欠けたみたいだ」

「そのほうが都合がいいわ」

リサは言った。俺は彼女を見て、苦笑した。そしていっしょに声をたてて笑った。リサはテーブルのこちら側に来て、俺にキスして、膝の上にすわった。

「最大の危険は窒息だ。発作の初期段階では全身の筋肉が硬直する。これは長く続かない。次に筋肉の収縮と弛緩がランダムに、きわめて強く起きる」

「そうね。見たわ。押さえようとしたんだけど」

「それはやらないで。横むきにして、きみはかならず背中側に。振りまわす腕に気をつけて。可能なら頭の下に枕をいれて。手足がぶつかって怪我しそうなものは遠ざけて」正面から彼女を見た。「そして大事なのは、いま言ったことはすべて、可能ならやるということだ。俺の暴れ方がひどいときは離れていてくれ。これはおたがいのためだ。きみを殴って気絶させせたら、嘔吐物で窒息しそうなときに助けてもらえない」

俺はリサの目をじっと見た。リサは俺の考えを読んだように、弱々しく微笑んだ。

「ごめんなさい、兵隊さん。混乱してたわけじゃないのよ。でもなんていうか、とんでもないことをしちゃった。考えられるかぎり最悪のことを。つまり――」

「――スプーンで窒息死した可能性がある。いいんだ、話しておかなかった俺が悪い。でもそういうことだ。たしかに舌を噛むとか、頬を噛む危険はある。でも気にしなくていい。それからもう一つ」

リサは待っている。どこまで話すか迷った。彼女にできることはあまりない。しかし俺が目のまえで死んだときに、自分のせいだと思わないでほしい。

「ときには病院に運んだほうがいい場合がある。発作が連続することがあるんだ。あまり長く続いて、呼吸をできないと、酸欠で脳死状態になる」

「五分でそうなるはずね」リサは警戒する調子で言った。

「そうだ。発作が連続する場合に問題なのはそれだけだ。対応をあらかじめ決めておけばいい。発作が一回で終わらず、連続するとき。あるいは呼吸が三、四分間にわたって再開しないときは、救急車を呼んだほうがいい」

「三、四分も？　それじゃ救急車が来るまえに死んじゃうわ」

「死ぬか病院暮らしか、どちらかだ。俺は病院は嫌いだ」

「あたしも」

翌日はフェラーリでドライブに出かけた。俺は少々不安だった。リサが乱暴な運転をするのではないかと思ったのだ。しかし、実際には彼女はのろのろ運転だった。うしろからクラクションを鳴らされるほどだ。あらゆる操作に過剰な注意を払うようすから、運転はひさしぶりらしいとわかった。

「あたしにフェラーリは宝の持ち腐れね。九十キロまでしか出したことがないの」彼女は告白した。

ビバリーヒルズのインテリア用品店へ行って、彼女は低ワット数のアームライトを選び、とんでもない値段で買った。

その夜はなかなか寝つけなかった。また発作が起きるのが不安だったからだろう。しかしリサの新しい照明器具が原因になることはなかった。

発作という言葉も奇妙だ。俺が初めてこれを起こした頃はみんな痙攣と呼んでいた。それがしだいに発作とか、大発作とか呼ばれるようになった。だんだん恐ろしいものに聞こえてくる。

年をくった証拠なのだろう。言葉に違和感を覚えるようになる。

新語もぞろぞろ出てくる。俺が子どもの頃には存在すらしなかったものが多い。ソフトウェアもそうだ。軟らかい工具ってなんだとつい思ってしまう。

「コンピュータに興味を持ったのはなぜだ、リサ?」俺は尋ねた。

リサは動かない。マシンのまえにすわっているときの彼女はとても集中している。俺は背中をむけて眠ろうとした。

「力があるからよ、兵隊さん」

顔を上げると、リサはこちらにむいていた。

「アメリカに来てから勉強したのか?」

「そのまえからかじってたわ。大尉の話はしたかしら?」

「聞いてないと思う」

「へんな人よ。そう思ってた。あたしは十四だった。彼はアメリカ人で、あたしに興味を持った。サイゴンのいいアパートに住まわせてくれた。学校にも通わせてくれた」

リサは探るようにこちらを見た。反応を待っているが、俺はなにも言わなかった。

「小児性愛者だったのはたしかよ。ホモセクシャルの傾向もたぶんあった。その頃のあたしは痩せた少年のような体形だったから」

また沈黙。今度はリサは微笑んだ。

「あたしによくしてくれたわ。勉強して本をすらすら読めるようになると、あとはどんなことも可能だったわ」

「俺が訊いたのは大尉についてじゃない。コンピュータに興味を持った理由だ」

「そうね。そう訊かれた」

「生活のためか？」

「最初はね。でもそのあとは、これが未来だからよ、ビクター」

「よく聞くな、その言い方を」

「そのとおりなのよ。すでに現実になってる。これは力よ。使い方を知っていれば。クルージがやったことを見たでしょう。コンピュータを使って金をつくれる。稼ぐという意味ではなく、文字どおりつくるのよ。お金の印刷機を持っているようなもの。クルージの家は存在しないとオズボーンが言っていたでしょう。どうやったかわかる？」

「メモリーバンクのデータを消したんだろう」

「第一段階ではね。でも土地は郡の土地台帳に記載されているでしょう。この国は紙の記録を完全に捨ててはいないのよ」

「じゃあ、郡にはあの家の記録があるのか」

「ないわ。台帳のそのページが破りとられている」

「わからないな。クルージは家から一歩も出なかったんだぞ」

「昔ながらのやり方よ。クルージはロサンジェルス警察の人事ファイルを調べて、サミーという名前の男を選んだ。そして千ドルの預金小切手と、公文書館であることをしてくれたらこの倍の金額を支払うという手紙をいっしょに送った。サミーはこの話に食いつかなかった。マッギーも、モーリー・アンガーも。でもリトル・ビリー・フィップスという男は誘いに乗った。そして手紙のとおりの小切手を受けとった。以来、彼とクルージは良好なビジネス関係を長年にわたって続けたわ。いまリトル・ビリーは最新のキャデラックに乗っている。クルージが何者か、どこに住んでいるのかなにも知らないまま。クルージはいくら金がかかっても気にしなかった。無からつくりだせるんだから」

俺はその話についてしばらく考えた。たしかに充分な金があればなんでもできるのだろう。そしてクルージはいくらでも金を持っていた。

「そのリトル・ビリーのことはオズボーンに話したのか？」

「ディスクごと消去したわ。あなたの七十万ドルとおなじように。そういう男がいつ必要になるかわからないでしょ」

「そのせいで厄介なことに巻きこまれる心配はないのか？」

「人生に危険はつきものよ、ビクター。掘り出し物は懐にしまってるわ。使う予定はないけど、もし必要に迫られたときに持っていなかったら後悔するから」

リサは首を傾げて、目を細めた。もともと細い目はほとんど消えてしまう。

「兵隊さん、正直に言って。隣人たちのなかからあなたがクルージに選ばれたのは、あなたが三十年間もボーイスカウトのように品行方正な暮らしをしてたからよね。あたしのやり方をどう思う？」

「きみは清々しいほど不道徳で、生存者で、基本的なところでは常識人だ。敵にまわしたくないね」

リサはにっこりした。そして背伸びをして立ち上がった。

「〝清々しいほど不道徳〟というところが気にいったわ」隣に腰を下ろして、ウォーターベッドを大きく波打たせる。「また不道徳になってほしい？」

「すこしはね」リサは俺の胸をなではじめた。俺は続けた。「きみはコンピュータに未来の波を感じてその世界にはいったんだな。怖くはないのかい？　つまり、ありきたりな言い方だけど……乗っ取られそうな不安は感じないのかい？」

「コンピュータを使わない人がそういうことを考えるのよ。使ってみれば、いかに愚かな機械かわかる。プログラムがなければ文字どおり無用の箱。いまはどちらかというと、コンピュータを使う人に乗っ取られると思ってるわ。すでに乗っ取られてる。だから研究してるの」

「俺が言いたいのはそういうことじゃないんだ。うまく言えないけど」

リサは難しい顔をした。

「クルージはあることを調べていたわ。人工知能の研究室を盗聴していた。神経学の研究論文を大量に読んでいた。共通の要素を探していた」

「人間の脳とコンピュータの？」

「正確にはちがう。コンピュータとニューロン——つまり脳細胞よ」自分のコンピュータを指さす。「あれも、他のコンピュータも、人間の脳には遠くおよばない。一般化、推論、分類、発明……そういう能力はない。上手なプログラムであたかもできるように見せられるけど、虚像にすぎない。

脳にあるニューロンとおなじ数のトランジスタを持つコンピュータが将来できたら、なにが可能だろうと古くから議論されているわ。自意識を持つだろうか、とね。でも、ばかげた話にすぎないと思う。トランジスタはニューロンじゃない。百京個のトランジスタを集積しても、一ダースのニューロンさえ超えられない。

クルージもおなじように考えたようね。そしてニューロンと16ビットコンピュータの相似性を考えはじめた。彼の家に大量にころがっている安物の家庭用機はそのためのものよ。八〇年代のガラクタの山。アタリとか、TIとか、シンクレアとか。彼はもっと強力なマシンを使い慣れていた。こんな家庭用機はおもちゃにすぎない」

「クルージはなにを発見したんだ？」

「とくになにも。見たかぎりではね。16ビットのプロセッサは一個のニューロンよりははるかに複雑。それでもこの宇宙に生物の脳に匹敵するコンピュータは存在しない。でもこういう言い方には裏があるわ。たしかにアタリはニューロンより複雑だけど、本当は比較できない。方向と距離を比較するようなものよ。あるいは色と質量を。単位が異なる。でも一つだけ相似性があるわ」

「それは？」

「接続よ。これももちろん異なる。でもネットワークの概念はおなじなのよ。一個のニューロンは他の多くのニューロンとつながっている。ニューロンは何兆個もあり、それらのあいだを行き来する電気パルスが、自我や、思考や、記憶を生み出す。そこにあるコンピュータは百万台の他のコンピュータにつなげられる。じつはそれは人間の脳より巨大なのよ。ネットワークのなかにある情報は全人類が百万年かけても処理できないほどの量だから。冥王星軌道のむこうにいるパイオニア十号から、電話機をそなえたあらゆるリビングルームまで網羅している。収集されてもだれも見る暇がない大量のデータに、そのコンピュータからアクセスできる。

クルージの興味の対象はそれよ。意識が発生するという〝臨界量コンピュータ〟の古い概念に、新しい視点をあたえた。必要なのはコンピュータの規模ではなく、コンピュータの数ではないか。昔はせいぜい数千台だったのが、いまは数百万台もある。自動車にも、腕時計にも搭載されはじめている。どんな家でもいくつかある。単純なタイマーから、電子レンジ、ビデオゲーム、家庭用端末まで。クルージはそうやって臨界量に到達したらどうなるかと考えていたのよ」

「どうなるんだい？」

「わからない。彼ははじめたばかりだったから」そこで俺の下のほうを見た。「でも、ほら、兵隊さん。あなたはいつのまにか臨界量に到達したみたいよ」

「らしいな」

俺は彼女に手を伸ばした。

リサは抱かれて眠るのが好きだ。五十年間一人で眠ってきた俺には、そんな習慣はなかった。しかしすぐに好きになった。

話題がふたたび出たのはそんなときだ。おたがいに腕をまわし、とりとめのない話をしていた。どちらも愛という言葉は口にしないが、俺は彼女を愛している自覚があった。だからどうするという予定はないが、ゆくゆくは考えるつもりだった。

「臨界量のことだけど」

リサは俺の首にすりつけた鼻を動かし、あくびをした。

「それが？」

「どういうものになるんだ？　巨大な知性体みたいに思える。高速で、全知で。神のようなー」

「かもね」

「それは……人間を支配するだろうか。最初の質問にもどるけど、人間を乗っ取るかな」

リサは長いこと考えた。

「そもそも、乗っ取るほどのものがあるかしら。気にしないんじゃないかしら。なにに興味を持つのかわからない。たとえば、崇拝を求めるのか。それはないと思う。あるいは、〝人類の行動を合理化して、感情なんて消してしまえ〟なんて求めるのか。泣いている少女にコンピュータがそんなことを言う五〇年代のSF映画があった気がするわ。

意識という言葉を簡単に使うけど、それはどんなものかしら。アメーバにも意識はあるはず。たぶん植物にも。一個のニューロンにも一定の意識はあるかもしれない。集積回路にだって。人間自身が意識とはなにかよくわかってない。光をあてて解剖して、これがどこから来て、人間が死んだらどこへ行くのかを知ることはできない。こういう仮説的なコンピュータネットワークの意識に人間の価値観をあてはめるのはばかげているわ。そもそも人間の意識を気にするかどうかも疑問よ。意外と気づかないんじゃないかしら。人間が体細胞や、体を通り抜けていくニュートリノや、空中の原子の振動に気づかないように」

そこからニュートリノの説明に移った。俺はいつものように無知な聞き手になるしかない。そのあとは、謎めいた超越的コンピュータのことなど忘れてしまった。

それからずいぶんあとに、俺は訊いた。

「きみの大尉のことだけど」

「知らないほうがいいかもよ、兵隊さん」リサは眠そうにつぶやいた。

「知るのが怖いとは思っていない」

リサは起き上がり、煙草に手を伸ばした。彼女はストレスを感じるときにも煙草を吸った。セックスのあとに吸うと言ったが、それは最初だけだった。闇のなかでライターの火がともり、煙を吐く息が聞こえた。

「実際は少佐よ。昇進したの。名前を知りたい?」

「リサ、きみが話したくないことを聞き出したいわけじゃない。もし話す気があるなら、俺が知りたいのは、彼がきみのささえになったかどうかだ」

「結婚という意味なら、それはしなかったわ。彼がサイゴンを去らなくてはいけないとわかったとき、彼はそういう話をしてくれた。でも断った。あたしのこれまでの行動でいちばん高潔だったかもしれない。あるいはいちばん愚かかも。

あたしが日本人に見えるのは偶然じゃないのよ。祖母は日本占領時代の一九四二年に日本軍兵士からレイプされたの。祖母はハノイ在住の中国人で、母はそこで生まれた。ディエンビエンフーの戦いのあとに二人は南へ逃れた。祖母は亡くなり、母はさらに苦労した。中国人というだけでも大変なのに、中国人と日本人の混血なんて最悪よ。父はフランス人とアンナン人の混血で、そちらも悪い組み合わせ。会ったことはないけど。あたしはベトナムの歴史の縮図ってわけ」

　煙草の先端がまた輝いた。

「あたしは一方の祖父から顔を、もう一方の祖父から身長を受け継いだ。おっぱいはグッドイヤー製。他にほしいのはアメリカ人の遺伝子くらい。子どもには持たせられるように努力してるわ。

　サイゴンが陥落したとき、アメリカ大使館へ行ったけど、はいれなかった。そこからタイへ脱出するまでは話したとおりよ。ようやくアメリカ人に自分のことを伝えたら、少佐がまだあたしを探していたことがわかった。彼のお金でこちらへ来て、癌で死の床にあった少佐に会った。最後の二カ月はいっしょにすごしたわ。ずっと病院で」

　俺は暗い気持ちになった。

「なんてことだ。あの戦争じゃなかったのか。いや、たしかにきみの半生は――」

「――レイプされつづけたアジアの物語ね。そう、ビクター、あの戦争じゃないわ。でも彼はネバダ州の砂漠で原子爆弾の実験を間近に見た兵士の一人だったのよ。彼はまじめな正規兵だったから口を閉ざしていたけど、自分に死をもたらした原因がなにかはわかっていたわ」

「彼を愛していたのか?」

「どんな答えを聞きたいの?　地獄から救ってくれた恩人よ」

また煙草の先端が輝く。それをもみ消すのが見えた。

「いいえ、愛してはいなかったわ。彼もそれはわかってた。あたしはだれも愛したことはなかった。彼はとても親切で、特別な人だった。彼のためならたいていなんでもした。父親のような存在だった」闇をとおしてリサの視線を感じた。「彼が何歳だったか訊かないの?」

「五十歳くらいか」

「ちょうどよ。あたしからも質問させて」

「順番だろうな」

「北朝鮮から帰ったあと何人の女と寝た?」

俺は手を上げて指折りかぞえるふりをした。

「一人だ」

「行くまえは?」

「一人だ。戦争に行くまえに別れた」

「朝鮮では?」

「九人だ。みんな、釜山にあったマダム・パークの陽気な売春宿でのことだ」

「つまり白人一人、アジア人十人と寝たわけね。そのなかであたしがいちばん背が高いんじゃないかしら」

「朝鮮人の女は頬がふっくらしていた。目はきみとそっくりだな」

リサは俺の胸に鼻をすりつけ、大きく息を吸って、それを吐いた。

「あたしたちって最高に相性のいいカップルだと思わない？」

俺は彼女を抱きしめた。その吐息がまた胸に熱くかかった。こんな単純な奇跡を知らずにどうやっていままで生きてきたのだろうと思った。

「ああ、本当にそう思う」

翌週、オズボーンが訪れた。気落ちしたようすだった。リサが提供してもいいと決めた情報を、あまり興味なさそうに聞いた。プリントアウトを受けとり、担当部署に渡すと約束した。しかしまだ席を立とうとしない。沈黙のあとに言った。

「きみには話しておくべきだろう、アプフェル。ギャビンの件は捜査を終了した」

クルージの本名がギャビンであることを思い出すのにしばらくかかった。

「検死官は早い段階で自殺と判断していた。捜査を続けたのは、わたしが強い疑いを持ったからだ」リサのほうを顔でしめして、「そして遺書について彼女の意見があったからだ。しかし証拠はなにもなかった」

「短期間におこなわれたのかもしれません」リサが言った。「だれかに尻尾をつかまれ、居場所をたどられた。クルージは長いこと幸運だっただけで、ありえることです。そしてその日のうちに消されたのかもしれない」

「自殺だとは思ってないんでしょう？」俺は刑事に訊いた。

「そうだ。しかし新しい材料が出ないかぎり、犯人は大手を振って歩ける」

「なにか出てきたら連絡します」リサは言った。

「それがそうもいかない。あの家での作業をわたしからはもう許可できない。家と家財道具一式はいまは郡の所有物なんだ」

「そのことならご心配なく」

リサは落ち着いて答えた。短い沈黙が流れ、そのあいだにリサはコーヒーテーブルにおいた箱から煙草を一本抜いた。火をつけ、煙を吐いて、俺の隣で背中を倒して、オズボーンに謎めいた視線を送る。刑事はため息をついた。

「きみと腹の探りあいをするつもりはないんだ。どういう意味だね、〝ご心配なく〟というのは」

「家は四日前にあたしが買い取りました。家財道具一式も。殺人事件として捜査を再開できるような新しい材料が出てきたら、お知らせします」

オズボーンは怒るより敗北感が強いようだ。しばらくじっとリサを見つめた。

「どんな手を使ったのか教えてくれないか」

「違法なことはしていません。調べてくださってもけっこうですよ。相当額を現金で支払いました。家は売りに出された。それを適切な競売価格で買っただけです」

「その取り引きをわたしの優秀な部下に調べさせたらどうかな。不審な金が出てきたらどうする？　あるいは詐欺行為がみつかったら？　ＦＢＩに調査をゆだねてもいいんだぞ」

リサは落ち着いた表情のままだ。

「どうぞご自由に。正直にいえば、オズボーン刑事、あの家を盗むこともできたんですよ。それどころかロサンジェルスのグリフィス公園も、ハーバー高速道路も。それでも逮捕されない自信があります」

「そうするとわたしの立場はどうなる？」

「変わりません。捜査は終了、あたしがなにかみつけるのを待っていただくだけです」

「あの家にあるものをきみがすべて所有するというのは不安だ。いま言ったようなことをきみができるとなると」

「安心しろとは言いませんが、あなたの部署の担当ではないでしょう。郡が一時所有していたとはいえ、没収手続きにすぎない。中身を知らずにふたたび手放しただけです」

「詐欺行為について詳しい報告をすれば、きみのソフトウェアを没収できるかもしれない。そのなかに犯罪の証拠がはいっているはずだ」

「おやりになるならどうぞ」

二人はしばらくにらみあった。勝ったのはリサだ。オズボーンは目をこすってうなずき、重い腰を上げた。そしてよろよろと玄関へ足を運んだ。

リサは煙草を消した。オズボーンが玄関前の小径を去っていく足音を聞いた。

「あっさり引き退がったな」俺は言った。「しかし本当にあきらめたのかな。ガサ入れに来るかもしれないぞ？」

「来ないわ。勝ち目はないとわかってるから」

「説明してくれないか」

「一つめの理由は、彼の部署の担当ではないから。彼はそれをわかっている」

「なぜあの家を買ったんだ？」

「どうやって、と訊くべきじゃないの？」

俺は彼女をのぞきこんだ。すまし顔だが、目には愉快そうな光がある。

「リサ、いったいなにをやったんだ？」

「オズボーンもそれを自問したはずよ。そして正しい答えに至った。彼はクルージの機械を理解しているから。方法もわかっている。あの家が競売市場に出たのは偶然ではないし、入札者があたし一人だったのも偶然ではない。クルージの子飼いの議員を使ったのよ」

「買収したのか？」

リサは笑って、俺にキスした。

「ようやくあなたを驚かせることができたわ、兵隊さん。あたしと生粋のアメリカ人との最大のちがいがね。この国の平均的な市民は賄賂の支出額がとても低い。サイゴンではみんな使うのに」

「賄賂を渡したのか？」

「あからさまなことはしないわよ。この国では裏でやりとりする。州選出上院議員の口座に、完全に合法的な選挙運動への寄付金が何件か振り込まれる。すると上院議員は、ある状況についてだれかに話をする。そのだれかは、あたしの望みどおりのことを合法的に実施できる立場にある」俺のほうを斜めに見る。「もちろん賄賂よ、ビクター。いかに小額か知ったら驚くわ。それを知って不愉快？」

「ああ。買収は嫌いだ」俺は認めた。

「あたしはなんとも思わない。重力のような日常の一部。ほめられた方法ではないけど、目的は達成できる」

「きみの正体は隠しているんだろうな」

「それなりにね。賄賂を使うときに身許を完全に隠すことはできない。人間の要素があるから。議員は大陪審で証言することになったら吐くかもしれない。でもそんな場面にはならないわ。オズボーンが事件にしないから。彼があっさり引き退がった二つめの理由がそれ。彼は世界がどう動いているかわかっている。あたしが持っている力を知り、それに抵抗しても無駄だとわかっている」

長い沈黙になった。俺はいろんなことを考えた。どれも気分のいい考えではない。途中でリサは煙草の箱に手を伸ばし、べつのことを考えはじめた。俺の考えがまとまるのを待ってくれた。

「すごい力だな」俺はようやく言った。

「おそるべき力よ」リサは認めた。「怖くないわけじゃない。スーパーウーマンになったような気がしないわけじゃない。権力はとても誘惑的で、拒否するのは難しい。いろんなことがやれるわ」

「それをやるのか？」

「ものを盗むとか、お金持ちになるとか、そんなつもりはないわよ」

「きみはな」

「政治的権力なのよ。それを……ありきたりな言い方だけど、どうすれば善に使えるのかわからない。善のつもりで悪がなされる例をたくさん見てきたわ。あたしは善をなせるほど賢明じゃない。クルージのように消される可能性も高い。だからといって、見なかったふりをできるほど利口ではない。あたしはいまもサイゴンの路上で暮らす子どもなのよ、兵隊さん。不必要な使い方をしないだけの頭はある。でも捨てるのはもったいない。壊すこともできない。あたしは愚かかしら？」

うまい答えはみつからなかった。しかし暗い気分になった。

俺は一週間、疑念に悶々とした。倫理的に納得できる結論は得られなかった。リサは犯罪に気づいているのに、当局に報告していない。それはいいとしても、犯罪を実行できる道具を手にしていることがもっと気になった。それでなにかをやるつもりだとは思わない。防衛的にのみ使うという賢明さは持ちあわせているはずだ。ただ、リサは許容範囲が広い。

ある晩、夕飯にリサがあらわれなかったので、俺はクルージの家に行った。リサはリビングで忙しく作業しているところだった。棚が二メートルにわたって空になり、そこにあったらしいディスクやテープがテーブルの上に山積みにされている。大きなプラスチック製のごみ箱があり、ソフトボールくらいの大きさの磁石がおかれている。リサはテープを磁石のそばで振って、ごみ箱に投げいれている。ごみ箱はすでに満杯になりかけている。

リサは目を上げた。さらに数枚のディスクにおなじ作業をしてから、眼鏡をはずして目をぬぐった。

「気分はましになった、ビクター？」リサは訊いた。

「どういう意味だい？　俺は大丈夫だけど」

「よくないはずよ。あたしもよくない。とてもつらいけど、やらなくてはいけない。新しいごみ箱を持ってきてくれる？」

言われたとおりにして、指示に従って棚のソフトウェアをさらに運んだ。

「全部消すつもりかい？」

「いいえ。消してるのは記録よ。それと……べつのあるものを」

「それがなにか、話せるかい？」

「知らないほうがいいことってあるのよ」リサは暗い調子で言った。

　なんとか説得して夕食に来させた。リサは口数少なく、食べて、首を振るばかりだった。しかしやがて話しだした。

「憂鬱なのよ。この二日間はある微妙な場所を探っていたわ。クルージは自由自在に出入りしていたけど、あたしにとっては怖い場所。薄汚れた場所。でもあたしがみつけたい情報がある場所」

　リサは身震いした。話したくなさそうだ。

「もしかして軍のコンピュータかい？　あるいはＣＩＡとか？」

「ＣＩＡは手はじめ。そこは簡単よ。そのあとは北米航空宇宙防衛司令部《NORAD》。次の戦争を戦う場所よ。そんなところにクルージが簡単に出入りしていたことにぞっとしたわ。第三次世界大戦をはじめられる仕掛けさえ、ためしにつくっていた。さっきの作業で最初に消したのがそれよ。この二日間はその本家の片隅にもはいりこんでいた。国防情報局と国家安全保障……なんとか。ようするにＤＩＡとＮＳＡ。どちらもＣＩＡより巨大な組織よ。そこでなにかに尻尾をつかまれた。監視プログラムのようなものに。気づいてすぐに退避したわ。それから五時間は跡をたどられていないことを確認していた。確証が持てたので、いまは記録をすべて破棄していたというわけ」

「彼らがクルージを殺した犯人だと？」

「最右翼の候補ではあるわ。クルージは彼らの情報を大量に持っていた。彼はNSAで最大のシステムの設計にかかわって、以後は長年にわたってあちこちのぞいていたのよ。そこで一歩足を踏み外したらこのざまというわけ」

「無事に抜けてこられたのかい？　自信はある？」

「追跡されていない自信はある。すべての記録を破棄できたかどうかはわからない。もどってもう一度確認するわ」

「俺も行こう」


深夜すぎまで二人で作業を続けた。リサがテープやディスクを調べ、すこしでも怪しいと思ったらこちらへ投げる。俺はそれを磁石で処理する。あるときは、確証がないというだけの理由で棚一段分のソフトウェアのまえでリサが磁石を滑らせたことがあった。

考えてみれば恐ろしいことだ。磁石を一振りするだけで何十億ビットもの情報がランダム化される。世界でここにしかないものもあるだろう。俺はまた難しい疑問に直面した。

彼女にはこんなことをする権利があるのか。情報は万人のものではないのか。しかし正直いえば、この疑念を抑えこむのは容易だった。むしろさっさと消えてほしいと思った。俺の古い本能は、〝これらは知らないほうがいい話だ〟と簡単に信じた。

作業が終わりかけた頃、彼女のモニター画面が誤作動を起こした。なにかがショートするような雑音も出た。リサはしばらくマシンから手を離した。すると、画面がまたたきはじめた。俺はしばらくそれを凝視した。なにかの映像が浮かびかけているように見えた。三次元のなにかだ。それがなにかわかりはじめたとき、俺はリサに目をやった。リサはこちらを見ていた。またたく光が顔に映っている。彼女はこちらに来て、俺の目を両手でふさいだ。

「ビクター、あなたは見ないほうがいいわ」

「大丈夫だよ」俺は答えた。

そのときはそう思ったのだ。しかしそう言ったとたん、大丈夫ではないのを感じた。そしてそれっきり、記憶が飛んだ。

とてもひどい二週間だったらしい。ほとんどなにも憶えていない。大量投薬で眠らされていた。たまに意識がもどっても、直後に新たな発作が起きた。

最初の明瞭な記憶は、スチュワート医師の顔を見上げたことだ。病院のベッドだった。

退役軍人病院ではなく、シーダーズ・シナイ医療センターであることはのちに知った。リサの負担で個室にいれられていた。

スチュワートからいつもの一連の質問をされた。俺はとてもだるかったが、質問には答えられた。俺の状態に満足したスチュワートは、今度はこちらの質問に答えてくれた。意識がなかった期間はどれだけか。なにが起きたのか。

「連続的な発作が起きたんだ」スチュワートは説明した。「正直なところ、原因はわからない。この十年、そんな傾向はなかった。よく管理されていると思っていた。しかしいまはまったく不安定としかいいようがない」

「じゃあ、リサが手遅れにならないうちに救急車を呼んだんだな」

「救急車だけじゃない。最初は正直に話してくれなかったがね。きみの発作を最初に目撃したあとに、読める本を全部読んだらしい。そしてその日から注射器とベイリウム溶液を手もとに用意していた。きみが呼吸をしていないとわかったときに、それを注射したんだ。それがきみの命を救ったのはまちがいない」

スチュワートとは長年のつきあいだった。ベイリウムが処方されていないことを彼は知っている。前回入院したときに処方の是非を話しあったが、一人暮らしなので発作時に注射できる者がいないということで、やめたのだ。

彼の関心は結果にむいていた。リサの行動は狙いどおりの結果をもたらした。俺はまだ生きている。

その日の面会は許されなかった。俺は不満を述べたが、すぐに眠くなった。翌日、リサが見舞いにきた。新しいTシャツを着ていた。ロボットが大学のガウンを着て、角帽をかぶり、ふきだしには〝クラス・オブ・1111000000〟とあった。数字を十進法になおすと1984で、つまり映画のタイトルだった。

「はーい、兵隊さん」リサは満面の笑みでそう言うと、ベッドにすわった。

俺はすぐに震えだした。リサは心配そうな顔になり、医者を呼んでこようかと言った。

「ちがうんだ。抱きしめてくれればなおる」俺はなんとか声にした。

リサは靴を脱ぎ、毛布をめくって俺の隣にもぐりこんで、しっかりと抱きついてきた。しばらくして看護師がやってきて、ベッドから出るように言った。リサはベトナム語と中国語で悪態をつき、英語でも目を丸くするようなことを言った。看護師は去った。あとでスチュワート医師ものぞきにきた。

俺は、泣きやむ頃には晴れやかな気分になっていた。リサの目も濡れていた。

「毎日来てたのよ。ひどい状態だったわ、ビクター」

「いまはいい気分だ」

「たしかにいい状態に見える。でもあと二日くらいは念のために入院しておいてもらうと、医者は言ってるわ」

「言うとおりにしよう」

「退院したらお祝いのディナーにしましょうよ。近所の人たちも招いていいかしら」

俺はすぐに返事ができなかった。俺たちのまえには越えるべきハードルがまだいくつもある。そもそもこの関係は続いていくのか。俺は甲斐性のない自分にいずれ腹を立てるのではないか。彼女はこんな年寄りに愛想を尽かすのではないか。いつからリサを人生の一部と考えはじめたのだろう。どんなきっかけでそう思うようになったのだろう。

「もうすぐ死ぬ男を看取るためにまた病院通いをするはめになるんだぞ」

「なにが望みなの、ビクター？　結婚したいなら結婚するし、同棲がいいならそれでもいい。あたしとしては同棲のほうがいいけど、もしあなたが――」

「どうしてきみはこんな癲癇持ちの老人を背負いこもうとするんだ？」

「愛してるからよ」

彼女がその言葉を口にしたのはそれが初めてだった。問いつめてもよかった。たとえば、俺は少佐の代わりなのかと。しかしそんな気分ではなかった。それでよかった。俺は話題を変えた。

「仕事は終わったのか？」

仕事がなにをさしているかは了解している。リサは声をひそめ、耳もとでささやいた。

「詳しい話はここではしないわ、ビクター。盗聴器の有無を調べていない場所では気を抜けないから。でもあなたの安心のために言っておくと、終わったわ。そしてこの二週間は平穏無事。だれかに出し抜かれた形跡はない。あたしももう危ない橋は渡ってない」

俺は安心した。そして眠くなった。あくびをがまんしていたが、リサのほうで察してくれた。彼女はキスして、いろいろな約束をして、帰っていった。

彼女を見たのはそれが最後だった。

その夜の十時頃、リサはドライバーとその他の工具を手にクルージの家のキッチンにはいった。そして電子レンジをいじりはじめた。

家電製品である電子レンジには徹底した安全設計がされている。ドアが開いたまま作動して、危険なマイクロ波が外に出ることがないようにしてある。しかし優秀な頭脳と基本的な工具があれば、安全装置は回避できる。リサにとっては簡単だった。そしてキッチンにはいって十分後に、レンジの庫内に頭をいれて、スイッチをいれた。

どれくらいの時間そうしていたかはわからない。すくなくとも眼球がゆで卵とおなじ状態になるまでだ。どこかの時点で彼女は随意筋の制御を失って、床に倒れた。いっしょに床に落ちた電子レンジは、ショートして発火した。

火災が起きると、リサが一カ月前に設置した高度なセキュリティシステムが警報を鳴らしはじめた。ベティ・ラニアーが火を見て消防署に通報し、ハルは道を渡って火元のキッチンに駆けこんだ。そして焼けたリサの体を外の芝生に引きずり出した。焼け焦げた上半身と、とりわけ胸の凄惨なようすを見て、ハルは嘔吐した。

リサは病院に救急搬送された。外科医は片腕を切断し、破裂したシリコンの醜悪な塊を除去し、歯をすべて抜いた。目はどうしようもなかった。そして人工呼吸器につないだ。脱がせるときに切り刻まれた、焦げて血まみれのTシャツに看護助手が目をとめた。メッセージの一部は読めなくなっていたが、書き出しはこうだった。

〝このまま続けていくのはもう無理……〟

もちろん俺はこれらのことをいっぺんに聞かされたわけではない。断片的だった。その最初が、翌日リサが見舞いにこなかったときにスチュワート医師が見せた暗い表情だった。その時点では俺はなにも教えられず、直後に発作を再発させた。

翌週はぼんやりとしたまま過ぎていった。ベティが来て親切にしてくれた。トランジーンという精神安定剤を処方され、それはよく効いた。飴かなにかのように大量に摂取した。薬物による譫妄《せんもう》状態で徘徊し、ベティから強く言われたときだけ食事を口にした。椅子にすわったまま眠り、目覚めてもここがどこか、自分がだれかわからなかった。頭は何度も捕虜収容所にもどった。生首を積み上げるリサの手伝いをしているときもあった。

鏡を見ると、恍惚とした笑みの自分がいた。前頭葉がトランジーンで麻痺しているせいだ。これから生きていくにはこの薬と大のなかよしになるしかないようだ。

やがて、それなりに理性的な思考力がもどってきた。オズボーンの訪問がいくらか助けになった。俺は生きる理由を探そうとしていて、その望みを彼に託していた。

「とても残念だ」オズボーンは話しはじめた。俺が黙っていると、彼は続けた。「いまは私用の立場だ。署はわたしがここに来ていることを知らん」

「自殺だったんですか?」俺は訊いた。

「彼女の……遺書のコピーを持ってきた。あの……事故の三日前に」ウェストウッドのTシャツデザイン会社に彼女が注文していた。

渡されたものを読んだ。俺のことが出てきたが、名前は書かれていない。〝愛する男〟とされている。俺の問題に対処できないという内容だった。遺書としては短い。Tシャツにあまり長い文章は印刷できない。俺は五回読み、オズボーンに返した。

「クルージの遺書はクルージが書いたものではないと彼女は言いましたね。俺は、この遺書は彼女が書いたものではないと断言します」

オズボーンはためらいながらうなずいた。俺は冷静だった。水面下では悪夢が渦巻いていたが、水面は静かだった。トランジーンさまさまだ。

「裏付けるものがあるかね？」

「その……事故の直前に彼女は病院に見舞いにきました。生きる希望にあふれていた。三日前にそのＴシャツを注文していたとしたら、俺はなにか感じたはずです。それにその文面は悲観的だ。リサはけして悲観的ではなかった」

オズボーンはまたうなずいた。

「このことはきみに話しておこう。現場に争った跡はなかった。ラニアー夫人は玄関からだれも出てこなかったと証言している。科学捜査官が現場を調べたが、彼女の他にだれかがいた証拠は出てこなかった。あの家には他にだれも出入りしていないことに、命を賭けてもいいつもりだ。なのにそのわたし自身が、これが自殺だとは信じられない。心あたりはないかね？」

「ＮＳＡですね」

俺は最後にリサとあの家にはいったときに、彼女がやっていたことを説明した。政府の情報機関を恐れていた。俺が知っているのはそれだけだ。

「なるほど。かりに他殺だとして、彼らならやろうと思えばそういうことをできるだろう。しかし正直なところ、わたしは納得できない。そもそも理由がわからない。たぶんきみはああいう連中が庶民を蠅かなにかのように殺すと思っているんだろう」

表情からすると問いのようだ。

「どうでしょうね」

「彼らが国家の安全保障やその他の理由で人を殺すことがないとはいわない。しかしもし彼らなら、あの家のコンピュータを没収しただろう。クルージを殺したあとに、彼女を一人であの家にはいらせないだろう。近づくことも許さないはずだ」

「理屈ですね」

オズボーンはその考えをしばらく話した。しばらくして俺は、ワインを飲まないかと提案した。刑事は頂戴すると言った。俺もいっしょに飲むことを考えたが、やめた。それは死への近道だ。オズボーンは一瓶開けた。いい感じに酔ったところで、彼は隣へ行って現場をもう一度見ようと提案した。俺は次の日にリサの面会に行く予定で、心の準備をする材料が必要だった。だから同行した。

まずキッチンを調べた。火はカウンターを焦がし、床のリノリウムの一部を溶かしていたが、それだけだ。むしろ放水のせいで荒れていた。床に茶色のしみが残っていたが、見ても俺はとくに動揺しなかった。

リビングにもどった。コンピュータの一台がついたままになっていた。画面には短いメッセージが表示されている。

続きを知りたければエンターを押してください。■

「押さないで」

俺は言ったが、オズボーンは押してしまった。彼はまばたきし、真剣な顔でじっと立っている。画面はいったん消去され、新しいメッセージが表示された。

あなたが見たのは

画面が点滅しはじめた。

気づいたら、俺は真っ暗な自分の車のなかにいた。口のなかに薬が一錠あり、手にもう一錠を持っていた。口のなかのを吐き出し、しばらくすわったまま古いエンジンのアイドリング音を聞いた。反対の手にはプラスチック製の薬の容器を持っている。とてもだるかったが、ドアを開けて、エンジンを停めた。手探りでガレージの扉へ行き、開けた。外の空気はさわやかだ。そこで薬の容器をあらためて見て、急いでトイレに行った。

胃のなかのものを吐ききって、便器のなかを見ると、消化されていない薬が十錠くらい浮いていた。溶けて開いたカプセルの残骸はたくさんある。あとはただの嘔吐物だ。容器に残った薬をかぞえ、何錠あったはずかを思い出した。そして、はたして自分は助かるだろうかと考えた。

クルージの家に行ってみたが、オズボーンの姿はなかった。朦朧としながらなんとか自分の家にもどり、ソファに横になった。そして生きるか死ぬか運にまかせた。

翌日、新聞で記事をみつけた。オズボーンは自宅に帰ってから、後頭部を自分のリボルバーで撃ち抜いていた。大きな扱いの記事ではない。警官たちにはよくあることだ。遺書はなかった。

俺はバスに乗って苦労して病院へ行き、リサへの面会を求めて三時間粘った。しかし希望はいれられなかった。俺は血縁者ではないし、医者は面会をかたくなに拒否した。俺が怒りだすと、病院側はなだめようとした。そこで初めて彼女の負傷の全貌を教えられた。ハルは最悪の部分を伏せていたのだ。しかし問題なのは傷の程度ではない。彼女の頭の内側にはなにも残っていないと医師は断言した。だから俺は帰った。

二日後にリサは死んだ。

驚いたことに、遺言があった。俺はあの家と家財道具一式を遺贈された。それを知ると、すぐに俺は受話器を上げて廃棄物処理業者に電話した。彼らがやってくるまでのあいだに、最後にもう一度クルージの家にはいった。

おなじコンピュータにまだ電源がはいっていて、おなじメッセージが表示されていた。

エンターを押してください。■

俺は慎重に電源スイッチを探して、それを切った。まもなく到着した業者が家のなかをすっかり空にした。

俺は自分の家のなかからコンピュータの親戚といえそうなものを残らず探し出した。ラジオは捨てた。車、冷蔵庫、電熱式のレンジ、ミキサー、電池式の時計などはすべて売り払った。ウォーターベッドは水を抜き、暖房用のヒーターは廃棄した。

かわりにプロパンガス式で最高級のレンジを買った。長く探しまわって、氷をいれて使う昔の冷蔵箱をみつけてきた。ガレージには薪を天井まで積んだ。煙突も掃除した。まもなく寒い季節になる。

ある日バスでパサデナへ行って、リサ・フー記念奨学基金を設立した。対象はベトナム難民とその子どもで、基金として七十万八十三ドル四セントを寄付した。すべての学問分野での就学を支援するが、コンピュータ科学だけは例外とした。俺は変わり者と思われたようだ。

ようやく安心したときに、電話が鳴った。

出るかどうか、かなり長く考えた。しかし、出るまで鳴りつづけるはずだとわかったので、受話器をとった。

しばらく発信音だけが聞こえた。しかしだまされない。黙って受話器を耳にあてつづけた。やがて発信音が止まった。無音が続く。耳をすました。電話線のむこうからいつも聞こえる遠い音楽的なうなり。はるかに離れた場所での会話の反響。そしてもっと遠くにひそむ冷たいなにか。

NSAでいったいなにが育っているのか。目的があって育てているのか、偶発的に生まれたのか。そもそもNSAとは無関係なのか。しかし、たしかにいる。その精神の吐息が電話回線ごしに聞こえる。俺はとても用心深く話した。

「これ以上は知りたくない。だれにも、なにも話さない。クルージ、リサ、オズボーンはみんな自殺した。俺は一人暮らしだ。おまえに迷惑はかけない」

回線の切断音がして、発信音にもどった。

電話機をはずすのは簡単だ。配線を剝がすのは少々面倒だった。電話を引いたら普通は撤去しないものだ。作業員は渋ったが、俺が自分で剝がしはじめると、態度を軟化させた。ただし費用がかかると警告された。

電力会社のPG&Eはもっとかたくなだった。すべての家屋は電力網につながれていなくてはならないという法律があるなどと言いだした。給電を止めるのはしぶしぶやったが、引込線を家から撤去するのはがんとしてこばむ。そこで俺は斧を持って屋根に上がり、啞然とする彼らのまえで軒先の一メートルほどを叩き壊した。彼らは電線を巻いて引き揚げていった。

照明器具も電気式のものはすべて捨てた。金槌と鑿《のみ》と鋸を持ち出して、壁の石膏ボードの幅木のすぐ上あたりに穴を開けはじめた。

家じゅうの配線をはがしながら、ここまでやることがあるかと何度も自問した。無駄ではないか。俺の余命は長くない。何年かしたら最後の大発作を起こして果てるだけだ。それまで楽しく暮らせる見込みもない。

リサは生存者だった。彼女ならこうする理由をわかってくれるだろう。俺も生存者だと彼女は言った。捕虜収容所を生き延びた。両親の死を生き延びて、一人暮らしをなんとかやってきた。リサはあらゆる死を生き延びた。他の生存者さえ想像しないほどの経験をくぐり抜けてきた。それでも、生きているあいだは生きつづけようと努力した。

俺もそうするのだ。壁からすべての配線を剝がし、さらに磁石を手に金属の反応を探した。それから一週間がかりで掃除をし、壁や天井や屋根裏に開けた穴をふさいでいった。俺の死後にこの家を売ろうとする不動産屋を想像して、俺は苦笑した。かなりめずらしい家だぞ。なにしろ電気がない……。

こうして俺は、いままでと変わらず静かに暮らしている。

昼間のほとんどの時間は菜園で働いている。菜園はかなり拡張し、前庭でも作物をつくりはじめた。

夜は蠟燭とケロシンランプの明かりですごす。食事はほとんど自給自足だ。トランジーンとジランチンは服用量を減らすのにかなり時間がかかったが、なんとか使用を断てた。発作が起きたら起きたままにしている。打ち身やすり傷は日常だ。

巨大な都市のまんなかで俺は隔絶した暮らしをしている。想像を絶する速さで成長しているネットワークとは無縁だ。普通の人々にとってそれが危険かどうかはわからない。それは、俺やクルージやオズボーンに目をつけた。リサにも。人が蚊を追い払おうとして誤って潰してしまうように、俺たちの精神を追い払おうとした。俺だけがなぜか生き延びた。

しかしまだ不安はある。

難しいのだ。電力線経由でもはいってくると教えてくれたのはリサだ。搬送波という技術を使って、電線に流れる家庭用電流に乗ってくるらしい。だから配線を撤去しなくてはいけなかった。

菜園には水道が必要だ。南カリフォルニアは雨が少ない。他に水を得る方法は思いつかない。

水道の配管を経由してもはいってくるだろうか。

訳者あとがき

大野万紀

本書はこれまで訳されたジョン・ヴァーリイの中短篇の中から、新訳・改訳を含めて編集部が独自に選んだ六篇を収録した、傑作選である。

ヴァーリイの中短篇の多くが属する〈八世界《エイト・ワールド》〉シリーズからは「逆行の夏」と「さようなら、ロビンソン・クルーソー」の二篇、アンナ＝ルイーゼ・バッハの登場するシリーズから「バービーはなぜ殺される」と「ブルー・シャンペン」の二篇、シリーズに属さない独立した作品が「残像」と「PRESS ENTER■」の二篇である。様々なタイプのヴァーリイ作品が読める、ちょっとお得な傑作選となっています。

ジョン・ヴァーリイは、一九四七年生まれのアメリカのＳＦ作家。一九七四年に「ピクニック・オン・ニアサイド」でデビューすると、たちまちＳＦファンの注目を浴び、その後十年あまり、彼の書くユニークでポップで少しグロテスクな未来世界は、ほとんど毎年のようにヒューゴー賞、ネビュラ賞、ローカス賞といったSF賞にノミネートされるようになる。さらに七八年の「残像」からは受賞の常連となった。まさしく七〇年代後半から八〇年代のアメリカSFを代表する作家の一人である。

　ヴァーリイの作品は、日本でも多くのSFファンの心をつかみ、「PRESS ENTER■」は八七年の、「タンゴ・チャーリーとフォックストロット・ロミオ」（本書収録の「ブルー・シャンペン」の続篇）は九二年の星雲賞を受賞している。

　しかし、九〇年代以後のヴァーリイは、九二年の長篇『スチール・ビーチ』が九四年に訳されたのを最後として（九八年一月号の〈SFマガジン〉に短篇「きょうもまた満ちたりた日を」（八九）が収録されているが）、ほとんどわれわれの目に触れない存在となってしまった。

　本当のところはわからないが、その主な原因は、ハリウッドにあるという。長い間ハリウッドで、たくさんの脚本を書いて過ごしたものの、実際に映画になったのは『ミレニアム』（八八）だけで、その他にはテレビドラマに翻案されたものが数篇あるだけである。

　現在の彼は再びSF小説に復帰し、最新作は二〇一四年に出た宇宙SF、***Dark Lightning*** である。これは二〇〇三年の ***Red Thunder*** から続く〈サンダー・アンド・ライトニング〉四部作の最終巻で、このシリーズは最初に火星を開拓した一族の、恒星間飛行へとつながる年代記となっている。重要な登場人物の名前が、ポドケインやジュバルといったハインラインの小説からとられたもので（『スチール・ビーチ』でもそうだったが）、彼のハインラインへの傾倒ぶりがうかがわれる。

ジョン・ヴァーリイを本書で初めて読むという方のために、シリーズ作品の背景についてざっと説明しておこう。

まず代表作である〈八世界《エイト・ワールド》〉シリーズについて。これは長篇『へびつかい座ホットライン』（七七）、『スチール・ビーチ』と、中短篇十三篇から成るシリーズである。

二〇五〇年、地球は異星人に侵略された。人類は地球を追われ、月や水星、金星、火星、外惑星の衛星や冥王星といった過酷な環境（これを〈八世界〉という）の中で生きねばならなくなった。人類は〈八世界〉に新しい社会を築き、冥王星の彼方に発見された〈へびつかい座ホットライン〉という異星のネットワークから情報を仕入れて、独自の文明を作り上げたのだ。社会や人間性も変化した。クローン技術により同じ人間が何度も死んでは生き返り、男女の性がころころと変わり、部品を取り替えるように身体を改変し、コンピュータに意識をアップロードしたり、バックアップをとったり……。

そして、〈八世界〉とよく似ているが、別系統の作品として、アンナ＝ルイーゼ・バッハの登場するシリーズがある。〈八世界〉よりは現代に近い感覚があるので、異星人侵略前の、同じ時間線の世界を舞台にした姉妹シリーズではないかという見方もあるが、作者本人がこれは〈八世界〉とは別のものだと述べている。彼がいうには、〈八世界〉は半ばユートピアとして描いたものだが、そこにふさわしくないもっと暗い話が書きたくなったとき、アンナ＝ルイーゼ・バッハにおまかせするのだ、と。

本書には、昔からヴァーリイを読んでいて、懐かしさから手にとっていただいた方にも、きっと新たな発見があるはずだ。そういう観点から、本書の収録作について少しコメントしていこう。

「逆行の夏」“Retrograde Summer”（1975）『残像』（ハヤカワ文庫ＳＦ）／『20世紀ＳＦ④１９７０年代』（河出文庫）収録

七六年度ネビュラ賞ノヴェレット部門、ローカス賞ノヴェレット部門ノミネート

〈八世界〉シリーズは太陽系名所案内の一面を持っている。冥王星まで探査機が飛び交う現在ではもはや当たり前になってしまったが、七〇年代の惑星探査による新たな太陽系像の発見は、本当にセンス・オブ・ワンダーにあふれるものだったのである。ヴァーリイはその当時のわくわく感をＳＦに描いた。ここでは水星の、自転と公転の関係により太陽が天頂で逆行する夏の盛りの、ボーイ・ミーツ・ガールを描いている。だがその真のテーマは、家族という関係性の見直しであり、それもまた別の意味でセンス・オブ・ワンダーに

満ちたものなのである。

「さようなら、ロビンソン・クルーソー」“Good-bye, Robinson Crusoe”（1977）『海外SF傑作選1　さようなら、ロビンソン・クルーソー』（集英社文庫）／『バービーはなぜ殺される』（創元SF文庫）収録

七八年度ローカス賞短篇部門ノミネート

ディズニーランドの崩壊とモラトリアムの終わりを扱った、しかし美しくさわやかな物語である。なおディズニーランドというのは固有名詞ではなく、地球環境を惑星や衛星の地下に再現した人工世界のこと。〈八世界〉の中でも、傑作として名高い（でも賞には恵まれなかった）作品である。楽園崩壊の静かな、力あふれる描写が美しい。惑星間の距離による時間差を利用した太陽系経済という話題もある。ただそれは逆もあり得るんじゃないかと思うのだが。

「バービーはなぜ殺される」“The Barbie Murders”（1978）『バービーはなぜ殺される』（創元SF文庫）／『わたし　Little Selections　あなたのための小さな物語』（ポプラ社）収録

七九年度ローカス賞ノヴェレット部門受賞、ヒューゴー賞ノヴェレット部門ノミネート

すべての個性が失われて同一化した共同体への嫌悪が、その集団の中での個性の現れをフェティッシュとしてとらえ、フリークとして見る見方に集約されている。「残像」とは逆の方向性ではあるまいか。今の読者は、バービーたちはクローンではないのだから、DNA鑑定すればいいのではないかと思うだろうけれど、書かれたのは七八年。DNAが個人の判別に使えるという論文が出たのは八五年で、実用化されて広く使われるようになったのは九〇年代だそうだ。とはいえ〈八世界〉にはすでに遺伝子型で人を識別する話もある。

「残像」"The Persistence of Vision"（1978）『残像』（ハヤカワ文庫ＳＦ）収録時は冬川亘訳

七九年度ヒューゴー賞ノヴェラ部門、ネビュラ賞ノヴェラ部門、ローカス賞ノヴェラ部門受賞

Ｈ・Ｇ・ウエルズ「盲人の国」へのオマージュのような話だが、ヴァーリイは風疹の流行により数千人の盲聾の赤ん坊が産まれたという記事から天啓のようにこの物語を書き始め、書き終わったときは知らず涙が流れていたと語っている。ある種のユートピア、人々の心の溶け合った、いわばオーバーマインドへのあこがれがここにはある。だが背景にある荒涼とした世界観は、今読むとどきりとさせられるものだ。冒頭に描かれる光景。何十

年も続く不況、原子炉の事故で広がった放射能汚染地帯。今では安全と見なされているのに、そこに住んでいた人々は周囲から不浄な者として扱われている。何ともはや、言葉がない。

「ブルー・シャンペン」“Blue Champagne”（1981）『ブルー・シャンペン』（ハヤカワ文庫SF）／『宇宙SFコレクション2 スターシップ』（新潮文庫）収録

八二年度ローカス賞ノヴェラ部門受賞、ヒューゴー賞ノヴェラ部門ノミネート

ここでのアンナ＝ルイーゼ・バッハは脇役で、まだ警官になる前の話。主人公の男性はなかなかのダメさ加減で、やはり本当の主役は、肢体不自由な女優のギャロウェイと、彼女の補綴具であるボディーガードだろう。ティプトリーの「接続された女」とも重なり合うテーマだが、観点はかなり異なる。山岸真氏によれば、本篇は「さようなら、ロビンソン・クルーソー」を設定から、展開、テーマまですべてひっくり返した作品であるという。ギャロウェイとボディーガードは、ここではまだ障害者と補綴具の関係だが、これが〈八世界〉では発展して〈共生者《シンブ》〉となるのかも知れない。

「PRESS ENTER ■」“Press Enter ■”（1984）『ブルー・シャンペン』（ハヤカワ文庫SF）収録時は風見潤訳

八五年度ヒューゴー賞ノヴェラ部門、ネビュラ賞ノヴェラ部門、ローカス賞ノヴェラ部門受賞、八七年度星雲賞海外短編部門受賞

これはSFというよりテクノ・ホラーといった雰囲気が強く、八〇年代前半のアメリカを舞台にした、コンピューター・サスペンスである。ヴァーリイはもちろんコンピューターの原理やその社会的な側面は深く理解しているが、長いことタイプライターで執筆しており、ワープロには抵抗を感じていたという。「わたしは言葉《ワード》を処理《プロセス》なんかしたくない。わたしは書きたいいんだ」と語っている。八〇年代前半のコンピューターは、とても洗練された機械――例えばトースターのような――とはいえなかった。ヴァーリイはこの作品を書いた時、まだコンピューターは持っておらず、『ハッカーズ大辞典』からそれらしい用語を抜き出したのだという。それはともかく、これは現代社会に遍在する狂気と、不適応の物語である。そこから〈魔〉が立ち現れるのだ。

最後に、他社の話になって恐縮ですが、二〇一五年秋より〈八世界〉シリーズに属する全短篇十三篇を独自に編集して収録した短篇集を、創元SF文庫から二巻本で刊行することになりました。こちらも本書ともども、どうぞよろしくお願いします。

HM=Hayakawa Mystery
SF=Science Fiction
JA=Japanese Author
NV=Novel
NF=Nonfiction
FT=Fantasy

ジョン・ヴァーリイ傑作選

逆《ぎやつ》行《こう》の夏《なつ》

〈SF2019〉

二〇一五年七月 二十日 印刷
二〇一五年七月二十五日 発行
（定価はカバーに表示してあります）

著者 ジョン・ヴァーリイ
訳者 浅《あさ》倉《くら》久《ひさ》志《し》・他
発行者 早川 浩
発行所 株式会社 早川書房

郵便番号 一〇一 - 〇〇四六
東京都千代田区神田多町二ノ二
電話 〇三 - 三二五二 - 三一一一（大代表）
振替 〇〇一六〇 - 三 - 四七七九九
http://www.hayakawa-online.co.jp

乱丁・落丁本は小社制作部宛お送り下さい。
送料小社負担にてお取りかえいたします。

印刷・三松堂株式会社　製本・株式会社明光社
Printed and bound in Japan
ISBN978-4-15-012019-1 C0197

本書は活字が大きく読みやすい〈トールサイズ〉です。